Editora Zain

Os peixes também sabem cantar

Halldór Laxness

TRADUÇÃO DO ISLANDÊS, NOTAS E POSFÁCIO
Francesca Cricelli e Luciano Dutra

zain

© The Estate of Halldór Laxness, 1957
Publicado em acordo com Licht & Burr Literary Agency, Dinamarca,
em nome da Forlagid, Islândia.
© Editora Zain, 2025

Todos os direitos desta edição reservados à Zain.

Título original: *Brekkukotsannáll*

Esta tradução foi realizada com o apoio financeiro da Icelandic Literature Center.
ICELANDIC LITERATURE CENTER

Grafia atualizada segundo o Acordo Ortográfico da Língua Portuguesa
de 1990, que entrou em vigor em 2009.

EDITOR RESPONSÁVEL
Matthias Zain

PROJETO DE CAPA
Violaine Cadinot

PROJETO DE MIOLO
Julio Abreu

PREPARAÇÃO
Mariana Donner

REVISÃO
Cristina Yamazaki
Juliana Cury | Algo Novo Editorial

IMAGEM DE CAPA
tofutyklein/ Shutterstock

Dados Internacionais de Catalogação na Publicação (CIP)
(Câmara Brasileira do Livro, SP, Brasil)

Laxness, Halldór
Os peixes também sabem cantar / Halldór Laxness ; tradução Francesca Cricelli
e Luciano Dutra. – 1ª ed. – Belo Horizonte, MG : Zain, 2025.

Título original: *Brekkukotsannáll*

ISBN 978-65-85603-20-1

1. Ficção islandesa I. Título.

25-250661   CDD-839.69

Índice para catálogo sistemático:
1. Ficção : Literatura islandesa 839.69

Eliane de Freitas Leite – Bibliotecária – CRB-8/8415

Zain
R. São Paulo, 1665, sl. 304 – Lourdes
30170-132 – Belo Horizonte, MG
www.editorazain.com.br
contato@editorazain.com.br
instagram.com/editorazain

Os peixes também sabem cantar

1
Um bicho estranho

Um sábio afirmou que, excetuando a perda da mãe, não há nada melhor para uma criança do que perder o pai. Longe de mim endossar por completo essa afirmação, mas tampouco ousaria refutá-la de maneira cabal. Pela parte que me toca, eu formularia essa hipótese isento de qualquer ressentimento com relação ao mundo; ou antes, talvez, sem a mágoa que o mero som dessas palavras comporta.

Contudo, independentemente do que as pessoas acham, tocou a mim me criar neste mundo sem pai nem mãe. Não chego a ponto de dizer que isso foi minha bendição, pois seria um exagero. Porém, tampouco posso dizer que foi uma maldição, ao menos não no que me diz respeito, porque eu tive um avô e uma avó. A bem da verdade, não seria descabido afirmar que a maldição maior coube ao meu pai e à minha mãe, não porque com o tempo eu me revelasse um filho exemplar, pelo contrário, mas sim porque os filhos são de fato mais necessários aos pais do que os pais aos filhos. Mas essa é outra história.

Para encurtar e ir logo ao assunto, era uma vez, ao sul do cemitério da nossa futura capital Reykjavík, lá onde a encosta começa a baixar em direção ao extremo meridional do lago, mais exatamente no terreno onde Guðmundur Gudmunsen, filho de Jón Guðmundsson, dono do Empório Gudmunsen, mais tarde mandou construir um sobrado suntuoso, era uma vez ali um casebre de turfa com dois frontões cujas empenas davam para a margem sul do lago. O lugar era conhecido pelo nome de Brekkukot, isto é, "A Encosta". Lá vivia meu avô, o finado Björn de Brekkukot, que costumava pescar peixe-lapa na primavera, e com ele a mulher que foi mais próxima de mim do que a maioria das mulheres, apesar de eu saber pouca coisa a respeito dela: minha avó. Aquele tugúrio de turfa era albergue gratuito para quem quisesse. Na época em que eu vim ao mundo, o casebre estava sempre abarrotado de pessoas hoje chamadas de refugiados, ou seja, pessoas que deixaram sua terra, partindo do seu torrão e lar aos prantos, porque as condições de vida ali são tão precárias que seus filhos morrem antes de crescer.

Eis que um dia, segundo me contaram, apareceu por lá uma jovem mulher vinda de algum ponto do oeste do país. Ou seria do norte? Ou talvez do leste? Essa mulher estava a caminho da Am'rica, fugindo da pobreza, do abandono e do jugo dos poderosos da Islândia. Também me contaram que sua passagem foi paga pelos mórmons, e ouvi dizer que há mesmo excelentes pessoas entre os seguidores dessa doutrina no continente americano. Sem entrar nesses detalhes, o fato é que a tal mulher resolveu parir enquanto pousava em Brekkukot à espera do navio. Depois de dar à luz o filho, ela observou o bebê e disse:

"Ele vai se chamar Álfur."

"Eu o batizaria Grímur", disse minha avó.

"Então vamos chamá-lo Álfgrímur", minha mãe retrucou.

Assim, a única coisa que aquela mulher me deu, além do corpo e da alma, foi esse nome: Álfgrímur. Como todos os filhos sem pai na Islândia, recebi o patronímico Hansson.[*] Em seguida, a mulher me entregou nu como vim ao mundo, com

---

[*] O usual pelo sistema onomástico tradicional na Islândia eram os nomes seguidos do sobrenome paterno, por exemplo: Jón Einarsson, isto é, "Jón, filho de Einar". O patronímico "Hansson", literalmente "filho dele", era tradicionalmente usado no caso de paternidade incerta ou quando se preferia ocultar, por se tratar de crianças geradas fora do matrimônio ou em outra situação socialmente vedada ou malvista. [Esta e as demais notas de rodapé são dos tradutores.]

esse nome tão peculiar, no colo do finado Björn, o pescador de peixe-lapa de Brekkukot, e caiu no mundo. E dela nada mais consta nesta história.

Inicio então este livro falando do velho relógio carrilhão que tiquetaqueava na nossa sala em Brekkukot. O sino desse relógio era de prata; sua badalada emitia um som puro que se ouvia não apenas em toda a nossa casa, mas também no cemitério. E lá no cemitério havia outro sino, este de cobre, que respondia com uma sonoridade grave que chegava até a nossa casa. Assim, era possível, em certas condições meteorológicas, escutar naquele casebre de turfa o badalar harmônico de dois sinos, um de prata e outro de cobre.

O disco do nosso carrilhão é decorado, e no centro do desenho pode-se ler que foi confeccionado pelo senhor James Cowan, em Edimburgo, no ano de 1750. Esse relógio fora sem dúvida concebido para uma casa bem diferente do casebre de Brekkukot, pois foi preciso cortar seu pedestal para que ele coubesse sob nosso teto. Aquele relógio batia os segundos lenta e cerimoniosamente, e desde o princípio desconfiei que nenhum outro merecia ser levado a sério. Comparados com o nosso carrilhão, os relógios de bolso me pareciam crianças que ainda não sabem falar. Os segundos nos outros relógios eram como insetos numa corrida desenfreada contra si mesmos, enquanto no relogião dos meus avós, eram como vacas movendo-se na maior lentidão, sem, no entanto, ficarem paradas.

Desnecessário dizer que, quando havia movimento na sala, não se ouvia nenhum som sair daquele relógio, quase como se ele nem sequer existisse; mas quando tudo era silêncio, uma vez tirada a mesa e trancada a porta da frente, depois de as visitas se retirarem, ele recomeçava, imperturbável, e quem lhe prestasse ouvido atento podia por momentos distinguir, em meio aos ruídos do mecanismo, como que uma nota cantada, ou uma espécie de eco.

Mas de onde eu tirei a ideia de que dentro daquele relógio

vivia um bicho estranho, nada menos que a eternidade? Bem, um belo dia me ocorreu que, no seu tique-taque, o carrilhão destacava uma palavra de cinco sílabas, a última delas apocopada: eter-nidade, eter-nidade, eter-nidade. Será possível que naquela altura eu já conhecesse essa palavra?

Estranho eu ter descoberto a eternidade desse modo, muito antes de saber o que significava, antes mesmo de conhecer o clichê de que todos os homens são mortais, veja só que coisa, enquanto eu mesmo vivia de fato dentro da própria eternidade. É como se o peixe de repente descobrisse a água em que nada. Puxei o assunto com meu avô uma vez em que calhou de estarmos só ele e eu na sala.

"O senhor entende esse relógio?", perguntei.

"Aqui em casa sabemos muito pouco desse relógio. Só que ele mostra o dia da semana e do mês, além das horas, dos minutos e segundos. Mas o tio-avô da tua avó, que foi dono desse relógio por sessenta e cinco anos, me contou que ouviu da boca do dono anterior que ele também mostrava as fases da lua, isso até um relojoeiro mexer no mecanismo. Os antepassados da família da tua avó juravam que esse relógio podia prever casamentos e mortes. Mas eu não acredito muito nisso não. Bem, acho que acredito só um pouquinho, meu minino", ele respondeu.

"Por que esse relógio sempre diz eter-nidade, eter-nidade, eter-nidade?", perguntei.

"Deves estar ouvindo mal, meu minino", respondeu meu avô.

"Então a eternidade não existe?", perguntei.

"Só a que aparece nas orações que escutas tua avó rezar à noite e no devocionário que eu leio aos domingos, meu minino", ele respondeu.

"Me diga uma coisa, vovô. A eternidade é um bicho?", perguntei então.

"Deixa de pensar bobagens, meu minino", meu avô respondeu.

"Me diga uma coisa, vovô. Algum relógio além do nosso merece ser levado a sério?"

Ele respondeu:

"Não mesmo. O nosso relógio funciona muito bem. Isso porque há muito tempo não deixo relojoeiro nenhum mexer nele. Afinal, nunca encontrei um relojoeiro que entendesse esse carrilhão. E quando eu não consigo consertá-lo por conta própria, chamo um quebra-galho qualquer — eles fazem menos estragos que os relojoeiros."

2
Tempo abençoado

Quando não estou na sala escutando o bicho estranho dentro do carrilhão, muitas vezes estou brincando na horta. Os tufos de mato entre as pedras do calçamento me batiam na cintura, já as labaças e as tasneiras eram da minha altura, e as angélicas, ainda mais altas. Naquela horta, os dentes-de-leão cresciam mais do que em outros lugares. Tínhamos umas poucas galinhas, que botavam ovos com gosto de peixe. O cacarejo dessas galinhas me chegava de manhã bem cedo, quando elas vinham bicar a terra rente à parede da casa. Era um som confortável, e eu não tardava em adormecer outra vez. Às vezes, ao meio-dia, elas também cacarejavam ao desfilar de um lado para o outro no galinheiro, e eu caía outra vez em transe embalado por aquele som e pelo perfume das tasneiras. Tampouco posso deixar de agradecer à nossa querida varejeira por sua contribuição ao transe da canícula: ela era tão azul que os raios de sol lhe conferiam certo tom de verde; e o tom vibrante da vida terrena não soava menos intenso nas suas cordas afinadas.

Quer eu estivesse brincando na horta, na frente da casa ou na trilha, meu avô estava sempre por perto no seu silêncio onisciente. Havia sempre alguma porta aberta ou entreaberta, fosse a da frente de casa ou a do barracão de salga, a da cabana das redes ou a do estábulo, e ele lá dentro fazendo alguma coisa. Às vezes, estava desenredando a maçaroca das redes na mureta de pedra, ou então consertando alguma coisa. Ele nunca ficava de braços cruzados, mas era como se nunca estivesse trabalhando no sentido próprio da palavra. Não demonstrava qualquer sinal de saber que o menino andava por perto, e eu tampouco ficava pensando nele, mas de alguma maneira sentia instintivamente que ele estava logo ali atrás. A longos intervalos, eu o ouvia assoar o nariz e em seguida cheirar mais uma pitada de rapé. Aquela presença muda em cada palmo de Brekkukot era como estar preso a uma âncora: a alma encontrava nele a ansiada segurança. Ainda hoje, muitas vezes tenho a sensação de que uma porta está entreaberta em algum lugar às minhas costas ou na diagonal, ou mesmo bem à minha frente, e meu avô querido lá dentro fazendo alguma coisa. Portanto, nada mais justo, ao descrever o meu mundinho, que eu comece falando dele, do meu avô.

O finado Björn de Brekkukot foi concebido e nasceu nesta parte do mundo. O pai dele morou aqui em Brekkukot na época em que ainda era um terreno com pastagens na margem sul do lago, onde mais tarde foi aberta uma turfeira para abastecer nossa futura capital. Naquela época, reinavam aqui vice-reis dinamarqueses. Porém, no início desta minha história, o país era administrado por um governador-geral islandês, denominado conselheiro real, pois se subordinava à autoridade do rei da Dinamarca, bem como ao arremedo de parlamento que supostamente legislava no país. Quando meu avô nasceu, viviam menos de duas mil pessoas na capital. Quando eu era criança, a população beirava os cinco mil habitantes. Quando meu avô era criança, eram recenseados nesta localidade apenas um punhado de funcionários públicos, denominados autoridades ou dignitários, além de alguns comerciantes estrangeiros, sobretudo judeus da Eslésvico-Holsácia, falantes do baixo-alemão que se diziam dinamarqueses. Naquele tempo, contudo, os judeus eram proibidos de exercer o comércio na Dinamarca propriamente dita; podiam apenas nos ducados dinamarqueses e aqui na Islândia. Os demais habitantes da localidade eram trabalhadores que tiravam seu sustento do mar, e muitos deles compartilhavam uma única vaca ou alguns borregos. Possuíam pequenos barcos a remo e eventualmente içavam vela. Quando meu avô era criança, todos se sustentavam com o peixe que pescavam, exceto as autoridades e os comerciantes, que comiam sobretudo carne vermelha. Porém, quando a localidade cresceu e passou a se estabelecer algo parecido com uma vida urbana, caracterizada por certa divisão do trabalho, surgiram artesãos e estivadores sem trato com o mar, começou a circular de mão em mão um pouco de dinheiro e um ou outro homem passou a exercer o trabalho de pescar para alimentar terceiros. Um dos que exerciam esse trabalho era meu avô. Ele não era um armador no sentido de amealhar algum patrimônio. Não pescava como aqueles rentistas então denominados armadores. Jamais se enquadrou na categoria dos indivíduos que produziam um excedente de peixe seco para vender em consignação aos comerciantes, dos que acumulam prata ou ouro numa arca e começam a comprar terras ou lotes a torto e a direito ou adquirem cotas num navio com convés, como então estava se tornando moda. Ele costumava partir em seu barco a remo de manhã bem cedo, quando o mar estava para peixe, fosse de Grófin ou de Bótin, levando algum ajudante, lançando suas redes em algum ponto bem em frente às ilhotas, quando muito remando devagar e sempre até Svið. Quando ele voltava, minha avó querida e eu o aguardávamos com uma garrafa de café envolta numa meia de lã e fatias de pão de centeio enroladas num lenço vermelho. Depois meu avô levava o pescado num carrinho de mão para vendê-lo à vista no centro da cidade, na própria rua ou de porta em porta. Na temporada de inverno e também no final do verão, ele pescava sobretudo bacalhau e eglefim, mas muitas vezes linguado ou até mesmo alabote. Outras espécies não havia. O peixe que não vendia de imediato, meu avô limpava em casa e punha para secar, pendurado nas vigas do barracão de salga. Chegado o final do inverno, suspendia a pesca de voga, como se dizia na época, e se dedicava a pescar peixe-lapa. Ele o apanhava perto dos bancos de algas, tanto no fiorde de Skerjafjörður como na região de Grandi. Não sei se as pessoas em geral sabem que o peixe-lapa se divide em duas variedades que correspondem à fêmea e ao macho da espécie: este é conhecido por seu colorido belíssimo, além de ser muito saboroso, ao passo que a fêmea é considerada inferior, e por isso costuma ser reservada à salga. Quem se dedica à pesca do peixe-lapa nunca é chamado de lapeiro, mas sempre de lapeira. Meu avô era um desses. Na península de Suðurnes, considera-se chegada a primavera quando os cardumes de peixe-lapa macho começam a aumentar e as velas enceradas dos franceses rebrilham na baía de Faxaflói. Perto do final do inverno, meu avô sempre estava na cidade com seu carrinho de mão, bem de manhãzinha, já perto da hora de despertar, vendendo peixe-lapa fresco. Na Islândia, os homens que remam assim, perto da costa, não costumam ser considerados marinheiros. Duvido que meu avô alguma vez tenha saído a mar aberto em toda a sua vida. Tampouco cabe chamá-lo de agropescador, por mais que ele remasse até o banco de algas acompanhado de algum ajudante ou lançasse as redes ao mar só até onde a braçada alcançava. Em outros países, um sujeito que sai remando um barquinho em plena madrugada e leva o peixe de porta em porta na hora de despertar seria chamado de pescador ou peixeiro. Meu avô também lembrava um pouco os pescadores das pinturas estrangeiras, a não ser pelo fato de ele nunca calçar botas, muito menos tamancos, pois sempre calçava aqueles mocassins tradicionais conhecidos como sapatos islandeses, que eram feitos em casa com pele de carneiro curtida. Quando ia pescar debaixo de chuva ou quando as ondas estavam altas e respingavam, ele vestia calças de pescador e jaqueta de pesca, ambos feitos de pele de carneiro impermeabilizada com óleo de fígado de bacalhau. Quando circulava pela cidade, ele calçava seus sapatos islandeses verdes e meias de lã azuis de punho branco, tricotadas pela minha avó querida, e, quando o tempo estava úmido, enfiava a barra das calças dentro das meias. E por mais que as ruas estivessem enlameadas, jamais se via qualquer sujeira nos sapatos ou nas meias dele. Ele usava a barba abaixo do queixo como os pescadores holandeses ou dinamarqueses das pinturas, cabelos curtos com mechas brancas, cortados reto na nuca e, quando não levava seu chapéu de pescador, usava um chapéu preto de aba larga, do tipo conhecido como chapéu de pastor na Alemanha e chapéu de artista na Dinamarca, de copa baixa e vincada, com forro de seda vermelha, chapéu esse que nunca era novo, até onde eu me lembro, mas também nunca era velho, e tinha sempre os mesmos vincos. Mas certa vez o vento o arrancou da cabeça do meu avô querido, e então ele pediu para minha avó querida pregar no chapéu um par de barbicachos, e desde então ele o prendia sob o queixo nos dias de ventania.

No nosso barracão de salga, que servia também como depósito de aparelhos de pesca, o peixe-lapa fêmea semisseco pendia até bem entrada a primavera, além de peixe-lobo seco, alabote e hadoque. Às vezes, meu avô fazia patê de fígado num fogo a céu aberto ao sul do barracão. O ranço do peixe-lapa e o cheiro de óleo de fígado e de gordura de peixe mesclavam-se ao cheiro de mato novo, das tasneiras e das angélicas, da fumaça de turfa que saía da chaminé da minha avó querida. Na época em que as varejeiras começavam a pôr seus ovos, todo o peixe já devia estar seco e fora do barracão. As escamas reluziam sobre cada pedra dos muros de Brekkukot, bem como nas vigas do barracão e nos montes de turfa empilhada na sua parte norte. As escamas reluziam também no lamaçal que se formava entre o barracão e a casa quando chovia, e tudo no nosso terreno estava coberto de fígado de peixe e seu óleo, até a cruzeta que girava horizontalmente sobre o próprio eixo na cancela do jardim atrás da casa. No extremo sul do terreno, no ponto mais distante da casa propriamente dita, ficava o depósito do meu avô querido, este também dividido ao meio, com piso de madeira num dos lados, onde ficavam guardados todos os tipos de produto, pois tínhamos o costume de comprar tudo para o lar uma vez a cada semestre. Salgávamos a carne em barris, em quantidade suficiente para um ano de consumo. Na outra metade do depósito moravam os queridos Gráni e Skjalda. Portanto o cheiro de peixe e de fumaça não se misturava apenas ao cheiro de mato, mas também ao de cavalo e de vaca.

E o dia de verão ia passando.

Lá estou eu sentado na horta brincando naquele dia de verão, as moscas zumbindo, o cacarejar das galinhas e a cabana das redes do meu avô querido com a porta entreaberta e o sol brilhando no céu sem nuvens, com a máxima claridade que o sol consegue refulgir nesta vida terrena, quando vejo um homem caminhando rente ao muro do cemitério, carregando nos ombros, com enorme esforço, o peso considerável de uma saca abarrotada. O homem irrompeu com saca e tudo pelo nosso portão, que não tinha mais do que cerca de meio metro de largura, ou seja, não restava dúvida alguma de que ele se dirigia à nossa casa. Na verdade, não me lembro se o reconheci de algum lugar naquele momento, mas depois disso eu o reconheci toda vez que o via. Era um desses sujeitos a quem chamam de tarefeiros, que às vezes iam pescar com meu avô no barco a remo ou o ajudavam a limpar o peixe. Parece que ele tinha uma pequena parcela de terra em Skuggahverfi, onde vivia com uma penca de filhos pequenos, mas isso não tem nada que ver com a minha história. Acho que era conhecido como Jói de Steinbær. Menciono aqui esse caso porque sempre o recordei com apreço, e minha história ficaria de certo modo incompleta se eu não o contemplasse aqui. Contudo, antes de prosseguir com o caso, gostaria de advertir que não se deve esperar aqui uma revelação extraordinária nem qualquer relato épico. Como eu ia dizendo, o homem tira a saca dos ombros, ali na trilha em frente à casa, senta-se sobre o fardo e começa a enxugar o suor do rosto com a manga da camisa. E então se dirige a mim, o menino, perguntando assim:

"O capitão Björn, teu avô, acha-se em casa?"

Quando meu avô saiu da cabana das redes e surgiu na trilha, bem ali onde o sol brilhava nas escamas de peixe, o visitante se levantou, caiu de joelhos diante da sua carga, tirou o chapéu e começou a retorcê-lo, baixou a cabeça e disse:

"Roubei-te essa turfa de madrugada, meu caro Björn, lá da pilha que tens junto ao muro norte do barracão."

"Ai, ai. Que coisa feia. E isso uma semana depois de eu te dar um saco de turfa", retrucou meu avô.

"É, nem consegui pregar o olho a noite toda de tão arrependido. Tampouco consegui tomar o meu café aguado de manhã. Sei que daqui em diante não terei sequer um dia alegre se não me perdoares", continuou o ladrão.

"Bem, isso é um problema e tanto, mas tenta ficar em pé ao menos enquanto conversamos, e bota esse chapéu na cabeça", disse Björn de Brekkukot.

"Acho que nunca mais vou conseguir ficar em pé na minha vida", devolveu o ladrão. "Muito menos botar o chapéu na cabeça."

Meu avô cheirou rapé com certa cerimônia e disse:

"É, seria esperar muito que tivesses alguma paz de espírito depois de cometer uma barbaridade dessas. Aceitas um pouco de rapé?"

"Agradeço a gentileza, mas acho que não mereço", respondeu o ladrão.

"Bem, tu que sabes, cuitadinho. Mas num caso como este, preciso refletir. Por favor, não queres entrar e tomar uma xícara de café enquanto conversamos?", meu avô perguntou.

Deixaram o butim no meio da trilha e entraram na casa. E o sol reluzia sobre a saca de turfa.

Foram até a sala.

"Toma assento e deixa de lamento", disse meu avô.

O ladrão colocou o chapéu com a copa amarrotada debaixo da cadeira e se sentou.

"Nossa, que tempo abençoado, esse. Acho que deu peixe todos os dias desde o finzinho do inverno", disse meu avô.

"É. Tempo abençoado", ecoou o ladrão.

"Poucas vezes vi um hadoque como o desta primavera: de carne vermelha e cheirosa", disse meu avô.

"É, um hadoque bem gordo", disse o ladrão.

"E como cresceu o feno!", exclamou meu avô.

"Sim, com certeza. Como cresceu!", disse o ladrão.

A minha avó lhes serviu café. E eles continuaram conversando sobre a temporada na terra e no mar, tudo isso enquanto bebiam. Quando o café acabou, o ladrão se levantou e agradeceu com um aperto de mão. Recolheu seu chapéu do chão e preparou-se para se despedir. Meu avô o acompanhou até a trilha, e o ladrão voltou a retorcer o chapéu entre as mãos.

"Tens alguma coisa para me dizer antes de eu partir, meu caro Björn?", perguntou o ladrão.

"Não, não tenho. A barbaridade que fizeste nem deus seria capaz de perdoar", disse meu avô.

O ladrão deu um suspiro e disse baixinho:

"Bem, meu caro Björn, agradeço cordialmente o café, tchau e que deus te proteja hoje e para todo o sempre."

"Adeus", disse meu avô.

Porém, quando o visitante ia cruzando o portão com seu chapéu, meu avô foi atrás dele e perguntou:

"Ah, não queres levar essa porcaria de saco e o que tem dentro dele, cuitadinho? Pois que diabo me importa um reles saco de turfa!"

O ladrão desfez o caminho, foi até meu avô e voltou a apertar sua mão em agradecimento, sem conseguir dizer palavra. E caiu no choro enquanto botava o chapéu na cabeça. Depois, colocou a saca de turfa outra vez nos ombros, saiu com ela portão afora e se foi pelo mesmo caminho que havia chegado naquele dia de tempo abençoado.

3

Um peixe peculiar

Já contei aqui como meu avô era devoto, porém jamais lhe ocorreu rogar a deus que seguisse o exemplo dos homens, como reza aquela oração singular, o pai-nosso, que diz perdoa as nossas dívidas assim como nós perdoamos nossos devedores. O meu avô disse simplesmente ao sujeito de Steinbær: deus não seria capaz de te perdoar, mas eu, Björn de Brekkukot, estou me lixando com isso. Portanto, desconfio que meu avô mantinha uma tábua específica de valores para a maioria das coisas que podem ocorrer na vida de um pescador.

Para corroborar, mencionarei agora detalhes referentes a questões da pesca que nos diziam respeito, ou, melhor dito, a princípios éticos relacionados aos peixes. Pode-se afirmar que as ideias do meu avô em torno da pesca contavam com apoio limitado naquela sociedade caracterizada por mudanças frenéticas que, nos dias da minha juventude, despontavam para além do portão de Brekkukot, embora ainda não tivéssemos percebido de forma palpável a efervescência social que se iniciava à nossa volta. Ao menos posso afirmar que me criei atribuindo valor ao dinheiro de uma forma completamente distinta dos critérios dos bancos.

Acho que nossa avaliação tinha origem na opinião do meu avô de que o dinheiro que as pessoas contam era amealhado ilicitamente ou falsificado na forja quando excedia a renda média de um trabalhador, portanto toda e qualquer fortuna era indigna. Lembro que eu o ouvia dizer constantemente que nunca aceitava mais dinheiro do que o valor pelo qual havia trabalhado.

Muitos se perguntariam então: por qual valor a gente trabalha? Quanto a gente merece receber? Quanto um pescador deve cobrar? É aí que a porca torce o rabo. Atualmente, qualquer pessoa que rejeita as contas dos bancos precisa resolver complexas equações morais várias vezes por dia. No entanto, tais enigmas não pareciam difíceis nem causavam aflição ao meu avô. Problemas que para a maioria das pessoas pareceriam o começo de um imbróglio sem fim eram resolvidos por ele de forma irrefletida, com a mesma segurança do sonâmbulo que cambaleia à beira de um despenhadeiro de seiscentos metros de altura; sim, chego quase a afirmar que com o mesmo desprezo pelas leis naturais do fantasma que atravessa paredes.

Eu não tinha muita idade quando me dei conta de que certos pescadores ficavam chateados com meu avô porque ele às vezes vendia peixe fresco mais barato do que os outros; consideravam uma traição fazer concorrência aos bons colegas com preços mais baixos. Mas quanto custa um peixe-lapa macho? E quanto custa uma porção de hadoque? Ou de linguado? Talvez o mais apropriado fosse responder a isso com outra pergunta, qual seja: quanto custa o sol, a lua e as estrelas? Presumo que meu avô tenha respondido a essa pergunta para os seus botões, inconscientemente, dizendo que o preço correto, por exemplo, do peixe-lapa macho é o preço que impede que o pescador acumule dinheiro além do valor que ele precisa de acordo com suas necessidades.

Seguindo as leis da economia, as pessoas tendiam a aumentar os preços quando a pesca era ruim porque o mar não estava para peixe; todos, exceto o Björn de Brekkukot. Se alguém viesse procurá-lo, dizendo: Vou comprar de ti tudo que tens hoje no teu carrinho de mão por um preço duas, até mesmo três vezes maior que o de praxe, ele então olharia com indiferença para o sujeito que lhe fizesse tal proposta e continuaria retirando do carrinho de mão, pesando na balança grama após grama ou entregando a quem precisasse um peixe-lapa macho atrás do outro, e isso pelo mesmo preço de sempre. Por outro lado, havia dias em que a pesca era abundante porque o mar estava para peixe, com excesso de oferta de todos os tipos de pescado de primeira. Dias assim tornavam-se cada vez mais frequentes com o passar do tempo, especialmente depois que os navios de convés passaram a extrair enormes quantidades de peixe da enseada de Faxaflói, para não falar das traineiras. E quando a oferta aumentava e a maioria dos pescadores se julgava forçada a baixar o preço do seu peixe nas ruas, jamais ocorria ao meu avô baixar o preço do dele; em vez disso, vendia a pesca pelo mesmo valor a que estava habituado, e com isso seu peixe se tornava o mais caro de todos. Dessa forma, meu avô, Björn de Brekkukot, negava os princípios da ciência econômica. Aquele homem carregava no peito parâmetros misteriosos de valoração do dinheiro. Eram certos ou errados? Talvez os parâmetros dos bancos fossem mais corretos? Ou os do Empório Gudmunsen? Até pode ser que os do meu avô estivessem errados, porém, seja como for, a maioria das pessoas que costumava comprar peixe do seu carrinho de mão continuava a procurá-lo mesmo nos dias em que o peixe que ele vendia ficava mais caro que o dos outros. Em todas as partes da cidade, ouviam-se as pessoas afirmarem, inclusive para o Árni do correio e até mesmo nas lonjuras da comarca de Mosfellssveit, que o peixe dele, Björn de Brekkukot, era mais saboroso que o dos outros: as pessoas acreditavam que ele, Björn de Brekkukot, tirava do mar, de alguma maneira misteriosa, peixes melhores e mais atraentes do que os outros pescadores. Por isso, todos queriam comprar o peixe do Björn de Brekkukot, mesmo nos dias em que ele vendia mais caro que os outros.

4
Qual o valor da bíblia?

Já discorri um pouco a respeito de peixe, mas ainda nem comecei a falar sobre a bíblia. Porém, não posso me desincumbir desse assunto sem mencionar algo a propósito de seu valor para nós. Meu avô, Björn de Brekkukot, não era um homem de letras, nunca o vi ler outro livro além da cartilha do lar do bispo Jón Vídalín,* sem contar a espiada que de vez em quando dava nos anúncios do *Ísafold*.** Ele fazia essa sua leitura todos os domingos logo depois do almoço. A maioria das vezes ele lia corretamente; às vezes mal, mas nunca propriamente bem, e esmerava-se sobretudo em duas coisas: reproduzir a sonoridade correta do texto e, em segundo lugar, não pular os números que assinalam os livros, capítulos e versículos citados da sagrada escritura, vários em cada frase. Porém, ele não lia por extenso as abreviaturas no texto, mas dizia por exemplo Mc, Ro, Co, Hab; tampouco dizia os números que, por via de regra, seguiam a citação e não respeitava as vírgulas ou outros sinais

---

* Jón Vídalín (1666-1720), pastor luterano e bispo da sé de Skálholt, uma das duas do país, entre 1698 e 1720, destacando-se nesse cargo especialmente pela erudição e pela genialidade retórica. A referida "cartilha do lar" de sua autoria, conhecida em islandês como *Vídalínspostilla*, ou "Homilias vidalínicas", impressa entre 1718 e 1720, é praticamente a única obra teológica em prosa do cânone literário islandês.

** Semanário independente, mas politicamente afim ao partido de centro-direita Sjálfstæðisflokkur [Partido da Independência], e força dominante na política islandesa desde que o país adquiriu a soberania nacional em 1918. Foi publicado em Reykjavík entre 1874 e 1921.

que separavam os algarismos. Em vez de ler, por exemplo, primeira epístola aos coríntios, capítulo treze, versículo cinco (por escrito: I Co. 13:5), lia "um com cento e trinta e cinco". Mas ele, como já disse, nunca errava aquela dicção particular com que os antigos costumavam recitar a palavra de deus, aquele tom monocórdico e cerimonioso com um registro agudo e estridente que desce um intervalo de quarta no final das frases, numa dicção que não tinha nada de terrenal, mas lembrava um pouquinho o jeito de falar de certos dementes. Já não resta nenhum artista vivo na Islândia que conheça esse tom.

É para mim totalmente impossível dizer que pensamentos ocorriam ao meu avô Björn de Brekkukot ao ler naquela cartilha as citações de antigos excêntricos do Mediterrâneo Oriental, além da arraigada teologia dos camponeses alemães, como é habitual nos escritos do mestre Jón. Muitos considerariam vão pedantismo os exercícios espirituais como as leituras do meu avô. Juro de pés juntos que nunca o ouvi referir-se ao conteúdo daquela cartilha, tampouco testemunhei quaisquer outras práticas religiosas da parte dele além daquelas leituras dominicais. Também nunca consegui encontrar alguém que se recorde de ter ouvido Björn de Brekkukot citar quaisquer doutrinas teológicas, morais ou filosóficas daquela cartilha. Ignoro se meu avô tinha fé em tudo, ou em parte, do que constava naquele livrinho. Se acreditava em tudo aquilo, então ele era como aqueles teólogos que conservam sua teologia trancada a sete chaves em alguma parte do cérebro, ou talvez, melhor dito, como os viajantes que carregam na mala um frasco de tintura de iodo e tomam a precaução de envolver bem a tampa para evitar vazamentos que possam estragar a bagagem. Para ser franco, acredito que meu avô querido, Björn de Brekkukot, não teria sido uma pessoa diferente, naquilo que realmente importa, se vivesse numa Islândia pagã ou em qualquer outra parte do planeta onde as pessoas não lessem aquela cartilha e acreditassem no touro Ápis, no deus Rá ou na ave Colibri.

Em tudo o que foi dito antes salta aos olhos que não éramos pessoas letradas. Em nossa casa, a leitura era praticada sobretudo por hóspedes que traziam livros na bagagem. Às vezes eram histórias que eles liam em voz alta para todos ouvirem, ou então se reuniam para recitar *rímur*.* Com frequência, quem pernoitava em Brekkukot deixava livros para trás, outros os usavam para pagar a hospedagem, e assim foi se formando a nossa biblioteca, aquela mixórdia incongruente. Vou falar disso mais tarde. Entretanto, apesar de tantos livros ficarem retidos na nossa casa, só se descobriu que nós, moradores de Brekkukot, residíamos num lar privado de bíblia quando o sujeito conhecido como velho Thórður Batista começou a frequentar a nossa casa, e com isso chego, afinal, ao tema que ocupa a minha mente mais do que qualquer outra coisa.

É por demais sabido, e talvez nem houvesse necessidade de dizê-lo, que, de acordo com a cotação islandesa tradicional, a bíblia custava o equivalente a uma vaca — mais precisamente uma vaca prenhe para parir no outono — ou seis ovelhas lanudas e prenhes. Esse preço consta do frontispício da bíblia impressa num vale remoto a certa altitude no quadrante norte da Islândia no ano de 1584, pois, como se sabe, os islandeses nunca creram em outra bíblia além daquela: a tal bíblia apresenta uma requintada vinheta de remate e gravuras, pesa dez marcos e seu formato lembra bastante uma caixa de uvas-passas. Um exemplar desse livro era normalmente encontrado nas igrejas mais finas da Islândia.

Ocorreu certa vez, como amiúde se dava no verão, que um hóspede apareceu em Brekkukot dizendo ter chegado à cidade num vapor. Depois disso, ele foi nosso hóspede nos dois ou

---

* *Rímur* (sing. *ríma*) são um gênero genuinamente islandês de poesia épica, parte indissociável da vida cultural islandesa desde o século XIV. Seu tema principal são os heróis das sagas antigas, histórias de cavalaria, fábulas, sagas de reis noruegueses e sagas de islandeses. Estima-se que mais de mil ciclos de *rímur* tenham chegado aos nossos dias.

três verões seguintes, por várias semanas em cada temporada. Recordo-me de quando aquele homem chegou a pé pela rua ao longo do cemitério, trajando casaca de pastor, como o redingote era chamado na Islândia, e um chapéu rígido daquele tipo denominado de aba média para distingui-lo do de aba larga, que era como as pessoas chamavam o Fedora. Aquele homem usava colarinho duro preso na nuca. Era o velho Thórður Batista, ou como ele chamava a si mesmo: Thórður Batizador. Porém, o que me fez achar que quem vinha ali era outro ladrão de turfa foi o estranho fato de aquele homem de gabardina, que no mais tinha toda a estampa de um cavalheiro, carregar às costas um saco de estopa abarrotado de algo que me parecia ser adobes de turfa; mas, para abreviar, não era turfa o que ele carregava às costas, e sim bíblias, e essa era sua única bagagem. Não sei dizer por que cargas-d'água aquele homem de gabardina, chegado naquele vapor vindo diretamente do estrangeiro, dirigiu-se afobado até nós, naquela casa de turfa nos confins da civilização em cujo telhado cresciam dentes-de-leão, em vez de se hospedar no Hôtel d'Islande, onde não faria feio na companhia dos poderosos e dos estrangeiros.

O velho Thórður Batista era um homem de porte robusto e fidalgo, com o tipo de rosto no qual o queixo parecia ter sido encaixado com um empurrão de baixo para cima, ataviado por um formoso nariz aquilino que apontava para as covinhas. A boca retraía-se tanto quando ele não estava discursando que os lábios se recolhiam dentro dela, ocultando o lábio inferior, enquanto no superior, que era a parte mais delicada e mais sem vigor de toda a sua anatomia, achava-se um bigode curto e extremamente bem aparado. Ele franzia os olhos de tal forma que eles assumiam o aspecto de um filtro.

Nós de Brekkukot nunca soubemos lá muito bem o que aquele título de batizador do velho Thórður implicava, e isso tampouco nos importava, afinal nunca o vimos batizar qualquer alma vivente. Diziam que ele se envolvera com congregações religiosas na Escócia e no Canadá e que aderira a elas, tornando-se seu ganha-pão, mas é difícil acreditar que esse ganha-pão fosse suficiente, pois ele viera procurar um dos poucos albergues gratuitos do mundo — neste século e também no passado. Provavelmente era incumbência dele propagar na sua cidade natal a palavra do senhor cultuado pelos batistas. Nem me passa pela cabeça duvidar que ele, o velho Thórður, falasse por inspiração divina, se é que alguém era capaz disso. Pois tal era a sua inspiração e sua exaltação na pregação da doutrina que ele jamais se importava se havia alguém por perto quando pregava; mas eu pessoalmente acredito que ele no fundo preferia que não houvesse ninguém, afinal, raramente ocorria de haver alguma plateia além dos meninos que se escondiam detrás de um barril próximo para espiar sobre o que o excelentíssimo clérigo discorria para ninguém, e com tamanha inspiração divina. Infelizmente, eu não tinha inteligência nem maturidade, e talvez tampouco fosse curioso o bastante para analisar o cerne da mensagem de Thórður Batista, como tampouco tinha vontade de entender a cartilha do meu avô. O fato é que a apatia dos islandeses havia muito tempo era um fato, e quiçá Thórður, por um lado, conhecesse bem os seus compatriotas e, por outro, também fosse ele mesmo um islandês de corpo e alma, pois, quando ocorria de alguma viva alma, ou mais de uma, cambalear na direção dele, que estava ali parado sozinho pregando para a praça vazia, ele então se virava, mostrando ao excelentíssimo parlamento o seu traseiro: ele considerava tal prática a mais útil para converter islandeses. Lembro-me de, numa noite de borrasca e nortada, passar por ele no cais do porto, onde ele pregava com convicção passional logo ali, diante de alguns carrinhos de mão largados. Batia os pés no chão para reforçar seu argumento e batia na bíblia com o punho e os nós dos dedos para reafirmar sua doutrina, espumando para todos os lados. Ele repudiava a prática obscena e ultrajante de batizar as criancinhas:

"Não está escrito em parte alguma dessas sagradas escrituras, nenhuma palavra, nenhuma letra, nenhum ponto, nenhuma vírgula está escrita no livro sagrado que diga que as criancinhas inocentes devem ser batizadas. Quem insistir em afirmar que consta em alguma parte dessas sagradas escrituras que as criancinhas inocentes devem ser batizadas, que o faça por sua própria conta e risco, arcando com as consequências", ele sentenciava, batendo a mão na bíblia.

Assim que o velho Thórður Batista cumpria seus deveres batistas aqui na Islândia, sua incumbência era ir pregar sua fé na Noruega. E pode-se considerar uma prova de quão distintos são islandeses e noruegueses o fato de que, mal desembarcava em Bergen, já se formava uma aglomeração em torno do apóstolo Thórður para ouvir sua mensagem, sendo muitas vezes necessário acionar a polícia ou até mesmo o exército para evitar que o ancião ou algum daqueles desventurados ao seu redor fosse pisoteado ou que grupos simpáticos ou hostis àquele mensageiro de deus trucidassem uns aos outros no calor da contenda.

Além da pequena prebenda que o velho Thórður supostamente recebia dos escoceses e canadenses para converter os islandeses e noruegueses de sua fé batismal, creio que o ancião batista não dispunha de outros bens além das bíblias que carregava às costas num saco de estopa de um país a outro. Ao menos ninguém tinha conhecimento de que o velho Thórður dispusesse de qualquer outra renda.

Então chegou o dia em que o velho batista iria deixar a Islândia e dirigir-se à Noruega para doutrinar as pessoas que naquele país praticavam o batismo infantil.

Nas ocasiões em que se hospedara anteriormente em Brekkukot um mês inteiro ou até mesmo seis semanas durante suas andanças estivais, ele sempre tentara retribuir a hospedagem oferecendo bíblias, mas meu avô Björn sempre recusara aquela oferta sob o pretexto de que não era costume em

Brekkukot receber das pessoas itens de valor em troca de hospedagem. Contudo, da primeira vez, meu avô não recusara um modesto panfleto cristão com que Thórður Batista o presenteara. Dessa vez, porém, Thórður estava cansado de oferecer lembrancinhas e não se conformava em partir sem deixar ao menos uma bíblia de presente:

"Björn, se não aceitares uma das minhas bíblias no outono, vou concluir que tu não me consideras mais teu amigo e não vou me sentir à vontade se as pessoas comentarem que eu fui outra vez bater na tua porta", disse o batista.

"Desconheço quão nobres seriam as tuas bíblias, meu quirido. No meu tempo, ignorava-se que existissem bíblias com letra de formiga e páginas de papel higiênico", retrucou Björn de Brekkukot.

"Ponho a minha consciência cristã no fogo para garantir que a bíblia que trago comigo é boa e legítima, e que foi regularmente impressa e publicada sem gralhas a partir das línguas originais pela Sociedade Bíblica de Londres."

"De... onde?", perguntou meu avô.

"De Londres", respondeu o batista.

"Que lugar é esse?", perguntou meu avô.

"É a capital do Império Britânico", respondeu o batista.

"Certo, acredito na tua palavra. Não sei nada a respeito disso. A bíblia correta aqui na Islândia foi vertida e impressa pelo finado mestre Guðbrandur de Hólar,[*] no norte do país. Vi essa bíblia com estes olhos que a terra há de comer bem ali na nossa catedral, onde consta que ela custava uma vaca. Essa é a nossa bíblia", retrucou meu avô.

"Não arredo pé do que afirmei antes, ou seja, que a bíblia

---

* Gudbrandur Þorláksson (1541-1627), clérigo, primeiro tradutor da Bíblia para o islandês, organizador de um códice contendo as leis islandesas da época e autor de um importante mapa do país. Sua tradução das Escrituras para o vernáculo, e não para a língua da metrópole colonial, o dinamarquês, foi decisiva para a consolidação e preservação da língua nacional da Islândia.

de Londres é legítima, apesar de custar tão somente setenta e cinco centavos de coroa islandesa", redarguiu Thórður Batista.

"Achas que o mestre Guðbrandur estava extorquindo a nós, islandeses, quando estabeleceu o preço de uma vaca pela bíblia? Não, meu quirido, o preço da bíblia que o mestre Guðbrandur publicou estava correto. Se ela custava antigamente o equivalente a uma vaca prestes a parir no outono, então continua custando isso. Uma bíblia que custa o mesmo que meia galinha... deus me livre!", exclamou meu avô.

"Mas e a minha redenção, que é a fiadora da minha bíblia, vale como fezes?", perguntou Thórður Batista.

"Aí já não é comigo. Cabe exclusivamente a ti mesmo garantir o teu lado, meu bom homem. E nós dois seguiremos sendo bons amigos, não importa se o teu destino for lá em cima ou lá embaixo", disse meu avô.

O nosso caro Thórður Batista iria partir de vapor na manhã seguinte. Então, naquela noite, quando meu avô ia dar corda no relógio, como fazia semanalmente, não é que ele encontrou ali dentro uma daquelas bíblias baratas do velhote?

Meu avô tirou o livro de dentro do relógio sem dizer palavra. Isso deve ter ocorrido mais ou menos quando nossa Skjalda paria o primeiro ou segundo bezerro. Porém, na manhã seguinte, quando o batista já havia dado um beijo de despedida em todos em Brekkukot e saía levando no saco de estopa o restante das bíblias que sobravam para distribuir entre os noruegueses, ao chegar ao portão, imagina quem estava postado na trilha bem em frente à saída, esperando-o com uma vaca que segurava pelo cabresto? Claro que meu avô Björn de Brekkukot.

"Ah, que bom que finalmente te encontrei para te dar um beijo", disse o batista.

"Que deus te dê um bom dia, meu quirido. E já que nos deixaste uma nobre bíblia, como tu mesmo dizes, então vou te entregar uma nobre vaca, pois quem presenteia é porque quer presente", disse meu avô.

"Ora, ainda bem que tens senso de humor, meu caro Björn", respondeu.

O batista havia passado o portão e tentara estalar um beijo no meu avô ao passar por ele, mas este se esquivou.

"Nada de nos beijarmos pois ainda não estamos quites", disse meu avô.

A vaca, cujo valor equivalia ao das sagradas escrituras, espichou os olhos em direção ao sul da charneca e golpeou-se com o próprio rabo naquela calmaria matinal.

"O meu navio já vai partir", disse o batista.

"Então segura aqui o cabresto da tua paga", disse meu avô.

Aí eles se beijaram, enquanto meu avô punha o cabresto nas mãos do batizador e seguia portão adentro. Porém, depois de dar alguns passos puxando a vaca, Þórður a largou. E deu no pé em direção à cidade.

Nisso, meu avô puxou a bíblia de Londres de dentro de suas calças e me disse:

"Tu que és rápido e rasteiro, meu minino, corre atrás do Þórður Batista e devolve o livro dele."

O batizador era velho e sem fôlego, então não demorei a alcançá-lo. Devolvi o livro, que ele enfiou no saco de estopa antes de retomar a caminhada até o navio.

5

Duas mulheres e um retrato

Já escrevi a respeito de tudo que merece ser nomeado tanto fora como dentro de Brekkukot, mas não disse quase nada a respeito da minha avó querida, e olha que ela estava longe de ser uma personagem secundária naquela casa. No entanto, se ela fosse descrita como o coração da casa, poderia ser dito a respeito dela algo parecido com o que se diz em geral de um coração saudável: quem tem um coração assim no peito nem se dá conta de que tem um coração.

Como já foi mencionado aqui que constantemente havia hóspedes em Brekkukot, creio então que é chegado o momento de discorrer sobre a matriarca, ainda que brevemente. E digo brevemente pois nunca cheguei a conhecê-la. Por exemplo, eu já era adulto quando me dei conta, por acaso, que ela talvez tivesse uma história de vida como todas as outras pessoas. Tudo o que posso dizer aqui a respeito dela é quão pouco eu de fato sabia a seu respeito.

De qualquer forma, provavelmente foi ela quem me criou, tanto quanto eu tenha sido criado. Pelo menos, acredito que, mais do que qualquer outra pessoa, tenha sido ela quem mais contribuiu para fazer de mim o que sou; mas foi só quando adulto que a notei de uma forma que parecia me fazer enxergá-la de verdade. Um belo dia, simplesmente ocorreu-me que ela talvez fosse a pessoa mais próxima de mim, apesar de eu saber menos a respeito dela do que a respeito de outras pessoas e embora já fizesse algum tempo que ela jazia na sepultura.

Não é nada fácil querer falar de alguém de quem se sabe tão pouco, mas que é tão próximo.

Ela era uma mulher extremamente magra e franzina, porém, quando a conheci, já devia estar numa idade difícil de alcançar para a maioria das pessoas, mesmo aquelas de notória robustez e vitalidade, e olha que ela ainda viveria ao menos um quarto de século. Não me lembro dela de outra forma a não ser corcunda e desdentada, com uma tossezinha e as pálpebras vermelhas de ficar parada diante do fogo e da fumaça na cozinha de Brekkukot, e antes em outros solos cujo nome desconheço. É possível que às vezes houvesse um pouquinho de fuligem nas rugas do rosto dela, e a cabeça tremesse ligeiramente ao olhar para nós com aqueles olhos meigos. As mãos dela eram longas e ossudas.

Minha avó tinha uma prima provavelmente uns quinze anos mais nova, apesar de ter envelhecido antes e se conservado pior, que se chamava Kristín de Hríngjarabær, governanta do finado antigo sineiro, no outeiro a norte do cemitério. Uma vez, como tantas outras, eu e minha avó fomos visitar a finada Kristín, a governanta do sineiro. O trajeto passava bem no meio do cemitério. Foi na época do ano em que as moscas estavam como o diabo gosta. As duas velhas proseavam naquele tom de voz peculiar e distante que é como a batida de uma boia nas proximidades da ilhota de Engey, ou como um violino em Langanes, no norte — um tom de voz bom para adormecer. Depois de tomarmos café, com a impressão de que não conseguiria mais pegar no sono naquele dia, eu aguardava que minha avó se despedisse da prima para enfim ganhar a moeda reluzente de dez centavos de coroa islandesa que a finada Kristín tinha o hábito de me entregar na despedida porque eu era um bom menino; apoiei-me na janela que dava para o cemitério, de onde se avistava desde o fiorde de Skerjafjörður até ao sul da montanha Keilir, e comecei a matar moscas para passar o tempo. Logo em seguida nos despedimos e ganhei a minha bela moeda de dez centavos das mãos de Kristín. Porém, quando chegamos no meio do cemitério, no caminho de volta, minha avó me disse:

"Tem uma coisa que nunca devemos fazer porque é feio, meu tesouro."

"E o que é, vovó?", perguntei.

"Nunca se mata moscas na casa dos outros", minha avó explicou.

"A prima Kristín gosta tanto assim das moscas dela?", perguntei.

"Não, mas é ela que mora em Hríngjarabær", minha avó respondeu.

Senti um alívio enorme por minha avó não ter me dado aquela lição de boas maneiras na presença da prima Kristín, que afinal me dava moedas de dez centavos justamente por eu ser um bom menino.

Uma vez que, antes do que eu pretendia, já apresentei essas duas mulheres, devo agora apressar-me a contar um pouco a respeito do que eu considerava mais interessante no parentesco delas. De fato, na sala das duas pendia um quadro diferente de todos os outros ali pendurados. A presença dos outros quadros era fruto do acaso. Na nossa casa, por exemplo, havia um que retratava dois anjos voando eretos com uma guirlanda de flores entre eles e outro de uma moça anunciando uma marca de sabão; e ainda outro do finado salmista Hallgrímur Pétursson, um dos sujeitos de aparência mais sem graça que já vi num retrato. Por fim, havia algumas fotos de famílias de imigrantes islandeses na América do Norte que haviam se hospedado em Brekkukot enquanto aguardavam o navio que os levaria à Am'rica, pessoas que conquistaram o que chamam de "bonança" na Am'rica, a qual consiste em quebrar pedras, arrancar árvores ou cavar valas, e depois posar para os fotógrafos de colarinho e gravata. Igualmente aleatórios eram os quadros que pendiam na sala de Kristín em Hríngjarabær. Mas o quadro em questão era especial. Tratava-se da fotografia de perfil de um jovem de rosto pálido. Ele parecia contemplar em transe alguma visão fabulosa a uma certa distância. Porém, era sobretudo como ele estava trajado o que conferia à imagem uma aura completamente estranha à nossa vida ali: o colarinho engomado, o peitilho luzidio, a casaca com gola de seda brilhante e, para completar, uma rosa na lapela. Mais espantoso ainda era o fato, do qual cedo me foi dado conhecimento, de que se tratava do filho dela, Kristín de Hríngjarabær, portanto, um primo nosso, de nós que morávamos em Brekkukot, um jovem chamado Georg Hansson, que "atualmente", como as primas diziam, respondia pelo nome de Garðar Hólm.

Entretanto, não sei se foi naquele mesmo dia ou em outro, eu estava admirando a fotografia dele, Garðar Hólm, e não resisti a perguntar para minha avó:

"Garðar Hólm mora em algum lugar? Ou será que ele é apenas um anjo?"

"O pequeno Gorgur... Não, ele praticamente não mora mais em lugar algum, o pobrezinho", ela respondeu.

"Mas por que ele não sossegou na casa da mãe dele, da Kristín, nossa prima, em Hríngjarabær?", perguntei.

"Porque ele caiu no mundo", ela respondeu.

"E como foi que isso aconteceu?", perguntei.

"É a desgraça que faz as pessoas caírem no mundo", minha avó respondeu.

"Mas que desgraça?", perguntei.

"A gente não fala a respeito disso, meu tesouro. Ele era um menino bonzinho, o pequeno Gorgur da Kristín; parece que foi ontem que ele ainda brincava ali no cemitério, parecido contigo. Mas então caiu no mundo", ela desconversou.

Devo ter ficado em silêncio por um bom tempo, matutando sobre aquela desgraça que era maior que todas as desgraças que conhecíamos em Brekkukot, até que afinal perguntei:

"Mas por que é que as pessoas precisam cair no mundo, vovó?"

Ela respondeu:

"Elas entregam os pontos e abandonam o lar. Algumas, porque perderam a casa. Outras, porque perderam o juízo. Um ou outro não consegue tirar a tal Am'rica da cabeça. Outros pobres coitados aprontam alguma e são mandados além das serras e dos sertões, das pradarias e das praias, e colocados atrás das grades."

"A senhora já caiu no mundo, vovó?", perguntei, com enorme consternação.

Ela examinou as agulhas de tricô para verificar se não havia perdido o ponto e então respondeu:

"Sim, sim, uma vez: parti de Ölfus e vim para cá, a capital. Viemos pela estrada serrana de Hellisheiði."

"Foi muito ruim, vovó?", perguntei.

"Não vamos mais falar disso, meu tesouro: o que passou, passou", ela respondeu.

Depois foi-se um longo período em que eu não tive coragem de voltar a mencionar Garðar Hólm, aquele homem caído em desgraça. Até que, em certa ocasião, ocorreu-me perguntar em particular à nossa prima Kristín de Hríngjarabær:

"Mas por que será que Garðar Hólm está sempre pelo mundo?"

"Para cantar, claro", a mulher respondeu de um jeito um pouco seco.

Depois disso, eu tive sempre essa mesma impressão, pois, toda vez que o nome do filho dela vinha à baila, ela retrucava com certo tom de irritação. E, apesar de eu ter ficado surpreso, para dizer o mínimo, com aquela resposta, por muito tempo não me atrevi a tocar nesse assunto; mas continuei fitando com reverência aquela fotografia.

"Não sabes que o canto é o que há de mais sublime neste mundo?", a mulher me perguntou, com a mesma contrariedade de antes.

"Ele consegue cantar notas agudas?", perguntei.

"O que é que tu achas, menino? Nenhum islandês canta tão

agudo quanto ele. E ele também consegue atingir as notas bem graves. Olha, ali naquele canto está o velho harmônio dele. E aqui estão os teus dez centavos. E vê se não pega esse costume de perguntar sobre coisas que não entendes e que não te dizem respeito", ela respondeu.

Eu ansiava que chegasse logo o dia em que a minha inteligência vicejasse a ponto de eu ser considerado digno de me confidenciarem segredos assim. Porém, enquanto isso não acontecia, eu continuaria refletindo sobre aquele caso complicado.

6
Títulos de Brekkukot

É curioso que, à vontade como eu estava em Brekkukot, tão à vontade que tinha a impressão de já morar lá até mesmo antes de nascer, e apesar de aquela mulher, minha avó querida, ter me ensinado tanto a falar como a pensar, e acabou que me ensinou também a ler, enfim, é curioso que eu tenha ficado surpreso quando alguém me disse, muitos anos mais tarde, que ela não tinha em casa uma cama para dormir. Entretanto, lembrei-me então de que a única vez que a vi dormindo foi quando ela, na cozinha, se deitou na pedra inferior do fogão, que se projetava um pouco à frente, escorando-se na pedra superior com a cabeça pendendo à frente. As mãos dela caíram no colo com as agulhas e pararam de tremer por um instante. O fogo cintilou por um momento no fogão. As pessoas contam que ninguém nunca a viu ir se deitar à noite; mas se houvesse um leito desocupado, ela talvez se jogasse nele no início da madrugada, senão ela se satisfazia em escorar-se na mencionada pedra do fogão. A única certeza é que, se de fato ela dormia, então adormecia somente depois que os demais já haviam se recolhido. E nunca ninguém se levantava tão cedo em casa que não a encontrasse já de pé e com o café passado ou até mesmo com o mingau pronto. E também recordo com absoluta certeza que ela jamais deixou o fogo morrer no nosso fogão durante todo o período em que fui filho do meu avô e da minha avó lá em Brekkukot.

Já foi descrito aqui como aquela mulher inculcou em mim

que eu nunca devia matar moscas na casa dos outros. Agora vou recordar brevemente outro ensinamento que ela me transmitiu, e talvez mais um.

Quando a nossa Skjalda deixava o estábulo todas as manhãs, no final do verão, e cabia a mim tangê-la até a pastagem, ela tinha o mau hábito de espichar o pescoço por sobre o arremedo de cercadinho do canteiro de couve-nabo e mordiscar as folhas no topo da nabiça. A bem da verdade, aquele cercadinho já estava caindo aos pedaços, carcomido e recoberto de musgo, parcialmente escondido sob os pés de tasneira, angélica e labaça, então era até compreensível que a vaca não levasse aquele cercado a sério. Seja como for, depois que ela começava a mordiscar a folhagem, era tomada por tamanha avidez que não percebia nem mesmo que eu a açoitava com força com uns ramos de labaça. Àquela altura, eu já havia aprendido alguns insultos de pouca monta da boca de homens de bem, então, quando o animal não se abalava sob tanto açoite, eu não aguentava e gritava: "Ai, Skjalda, sua disgramada dos infernos!" e outros impropérios desse quilate.

Naquele mesmo verão, um hóspede do fiorde de Borgarfjörður esqueceu conosco o seu cachorro ao final de suas andanças primaveris. O pobre cão esperou na nossa casa o verão inteiro até que, nas andanças outonais, seu dono voltou a Brekkukot e o levou embora. Era como qualquer outro velho cachorro interiorano. Ele se entediava na nossa casa, pois estava sempre pensando no seu dono e em como era possível que o homem o houvesse esquecido. Ficava muitas vezes deitado sobre as patas de olhos arregalados junto ao portão ou nos degraus da entrada, com aquela expressão patética de cão deprimido. E, para cúmulo dos males, o diacho do gato ficava rondando o tempo todo, aonde quer que o cachorro fosse. Era um gato tigrado vira-lata que também havia se abancado em Brekkukot. O infeliz do cachorro, que era, por assim dizer, um hóspede nosso, não ousava correr atrás de um gato na casa de estranhos. Minha avó de vez em quando lhe jogava uma pele ou um espinhaço de peixe ao passar por ele, sempre com a mesma invectiva: "Toma, animal!", ou então: "Aí tens, vadio!". Aquele vira-lata era o único ser além do gato a quem eu ouvi minha avó se dirigir de forma desrespeitosa, mas nunca ocorreu de ela mencionar o gato sem que brotasse no seu semblante uma careta de desgosto, como se aquele bicho fosse uma espécie de assombração desagradável que aporrinhava ela e a sua família desde tempos imemoriais. Os títulos de nobreza que minha avó outorgava ao finado Brandur eram sempre estes quatro: diacho, desgraça, infâmia e negação. Nunca ocorreu de ela acariciar o cachorro ou afagar o gato. Por outro lado, sempre tinha uma pele ou um espinhaço de peixe no bolso da saia. Não obstante, devo acrescentar que ela era a única pessoa em Brekkukot por quem aqueles dois animais forasteiros demonstravam um apego incondicional e irrestrito. Aonde quer que ela fosse, mesmo que numa rápida escapadela até o varal, eles imediatamente andavam à sua volta ou praticamente em cima dela, o vira-lata com uma afabilidade espalhafatosa, enquanto o bichano se esfregava ronronando aos seus pés, erguendo o rabo bem para o alto, formando um belo gancho na ponta. Se calhava de minha avó ter que dar uma escapada até a casa da finada Kristín, os bichos a seguiam colados em seu encalço, até chegarem ao portão do cemitério, onde é claro que ela não os deixava entrar.

Enfim, voltando ao assunto anterior, como eu ia dizendo, Skjalda estava parada com a cabeça por cima do cercadinho mordiscando os brotos de couve-nabo. Pensei com meus botões que era bom agora termos um cachorro em casa e aticei-o contra a vaca.

Conforme o dia passava, o tempo foi ficando quente. O cãozinho estava de olhos abertos e deitado sobre as próprias patas nos degraus da entrada, certamente pensando no seu dono e em por que ele não voltava logo. Tive a clara impressão de que o pobre bicho não conseguia pregar o olho, tamanho o aborrecimento que sentia. Fui então até os degraus onde ele estava e comecei a lhe dar uns tapinhas delicados nas costas da mesma forma que faziam comigo quando eu era pequeno. E comecei a cantar para o cão a quadrinha a seguir, com uma melodia que entoei de improviso, uma melodia tão delicada que eu vertia lágrimas enquanto a cantava:

Ó cãozinho abençoado,
que os cães todos louvam em coro,
entra já com os cães alados
na angelical casinha dos cachorros.

Lá pelas seis da tarde, fazia bom tempo e minha avó saiu de casa para dar uma olhada na plantação de couve-nabo. Passou por mim, enquanto eu brincava na relva, mas pareceu não notar a minha presença. Olhando para a plantação, de costas para mim, ouvi ela dizer, ao menos tive esta impressão, como se estivesse falando com seus botões:

"Espero ter ouvido mal hoje de manhã, mas me parece que alguém aqui em Brekkukot estava xingando a nossa vaca."

"Não fui eu, não!", retruquei num grito.

"Pelo menos espero que ninguém tenha escutado o Björn de Brekkukot xingá-la", ela disse.

"Ela atacou os brotos de couve-nabo!", exclamei.

"Não há nada mais feio do que xingar uma vaca, a não ser talvez atiçar o cão contra ela. A vaca nos dá o leite. A vaca é a mãe de todos nós. 'Mamar na vaca quem não quer?'. 'Bicho bendito', assim as pessoas chamam a vaca", disse minha avó.

Eu não disse palavra. Ela continuou olhando o canteiro para ver se havia alguma couve-nabo de bom tamanho para pôr na sopa. E enquanto ela continuava ali agachada, eu a escutei dizer em meio à folhagem:

"Mas quem será que eu ouvi bendizendo um cachorro aqui perto dessa parede hoje?"

"Eu não me lembro de ter feito isso", respondi.

"Tenho a impressão de que ouvi alguém bendizendo um cachorro. Provavelmente devo ter ouvido mal. As pessoas chamam os cães de desgraçado, canalha e esterco. Pelo menos, ninguém ouviu o Björn de Brekkukot bendizer um cachorro", ela disse.

7
Arame farpado de Hvammskot

O nosso Gráni costuma pastar num banhado distante que fica no local conhecido como Sogin, e às vezes, quando precisávamos dele, era necessário ir até lá buscá-lo. Não é exagero algum afirmar que Sogin era então um dos pontos mais distantes no mapa da cidade. Agora ergueram ali um bairro moderno e com certeza ninguém que visita aquele lugar magnificente desconfia que lá, poucas décadas atrás, era uma pastagem de cavalos. Quando era necessário buscar o nosso Gráni, empreendia-se uma jornada de quase um dia inteiro. Há em Sogin um pequeno riacho pantanoso conhecido como Sogalækur. É relativamente fácil cruzá-lo num salto. Apesar disso, o tal riacho gozava de uma reputação sinistra na mente da minha avó. Ela não queria de jeito nenhum que eu fosse buscar o cavalo sozinho, mas sim acompanhado de algum outro menino a quem também tivessem mandado buscar um cavalo e que podia me resgatar caso eu caísse no riacho. "Tomem cuidado com o riacho Sogalækur", era a última coisa que ela dizia quando partíamos. E quando voltávamos ao anoitecer com o cavalo, ou os cavalos, então ela perguntava, antes de mais nada: "O Sogalækur estava muito cheio hoje?". Se caía um aguaceiro quando Gráni estava no banhado e fosse necessário ir buscá-lo imediatamente, podia-se ouvir, então, a velha murmurar com seus botões: "Ai, acho que o Sogalækur está mesmo subindo neste momento".

Então ocorreu certa vez, como amiúde ocorria, de me mandarem buscar o cavalo em Sogin na companhia de outros meninos que iam até lá com a mesma incumbência.

Isso aconteceu não muito tempo depois da guerra dos bôeres, quando estava começando a era do arame farpado na Islândia. Esse produto especial, cujo uso na maioria dos países é proibido por lei, exceto para fins militares (afinal, dizem que foi inventado na citada guerra dos bôeres), transformou-se num dos produtos importados mais reconfortantes para os islandeses, mais do que qualquer outro que se possa mencionar. E se em outros países aplicam-se punições rigorosas a quem instala ostensivamente tal barbaridade em tempos de paz, o arame farpado tornou-se, durante um bom tempo, juntamente com a aguardente e o cimento, um dos luxos mais cobiçados pelos islandeses. Poucas coisas unificavam a nação tão de corpo e alma como estirar aquele produto estupendo em todos os cantos do país, pelos campos e colinas, pelos matos e pântanos, no alto das montanhas, nos mais remotos penhascos à beira-mar. Inicialmente, muitos adotaram a mesma atitude que os bôeres contra os ingleses, isto é, passavam por cima do arame farpado onde quer que se deparassem com ele; mas depois o Althingi* promulgou uma lei que decretou sua inviolabilidade na Islândia. Essa lei foi ainda reforçada em alguns municípios e comarcas com normas e portarias locais específicas, inclusive na nossa capital. Aqui foi promulgada a lei municipal do arame farpado, que estabelecia que quem quer que fosse flagrado violando tais recintos sagrados deveria pagar uma multa de dez coroas. Isso na época em que um cordeiro de um inverno de idade era cotado a esse valor.

Mas voltando a nós, meninos, devo dizer que, depois de vários descaminhos, de muita divagação e da habitual gandaia juvenil, chegamos finalmente, já bem avançado o dia, às coli-

---

* O Parlamento da Islândia (*Alþingi*). Fundado em 930, é considerado um dos mais antigos do Ocidente.

nas que ficam a sudeste das pastagens de cavalos. Havia ali pequenas propriedades rurais espalhadas por toda parte, algumas nas colinas, outras em várzeas ou pequenos vales, e as terras desses lotes eram cercadas com arame farpado de cabo a rabo.

Ali também fica a propriedade conhecida como Hvammskot. Paramos à margem de um riacho lindeiro à pradaria, onde havia sido erguida, aparentemente de forma despropositada, uma robusta cerca de arame farpado. Quando estávamos detrás de uma colina, um dos integrantes do grupo, querendo arrotar conhecimento, disse que quem pulasse uma cerca desse tipo seria multado em dez coroas. Rapidamente chegamos ao consenso de que seria divertido dar um salto mortal de tão alto valor pecuniário. Uma vez que tal crime continha em si toda a tentação decorrente da especulação, todos nós fechamos questão e começamos a pular o arame farpado. Não digo que essa proeza tenha sido praticada sem sobressaltos, pois, de fato, um de nós fazia a contraespionagem para nos certificarmos de que não havia nenhum espião nas proximidades. No entanto, as coisas se deram como realmente imaginávamos, pois ninguém tomou conhecimento da infâmia que estávamos cometendo e, portanto, não fomos multados. A justa multa que não nos foi cobrada era como dinheiro sem dono encontrado no chão. E, portanto, cada um de nós havia faturado, apenas com um salto, o equivalente a um carneiro de um inverno de idade. Portanto, não é de espantar que tenhamos tentado mais uma vez. E só conseguimos nos desvencilhar daquela ocupação lucrativa depois de um bom tempo; mas ainda faltava bastante até o horário do jantar e já havíamos nos tornado pessoas abastadas, cada um de sua parte, graças à quantia de dez coroas repetidamente não cobrada, e cada vez que dávamos mais um salto, outro carneiro de um inverno de idade somava-se aos anteriormente acumulados. Passado algum tempo, ficamos um pouco aborrecidos com o rebanho ovino que havíamos juntado: um dos nossos companheiros calculou que, com toda aquela pecúnia, podíamos comprar todo o chocolate que havia na Islândia e, de lambuja, todas as balas. Outro afirmou que o nosso rebanho ovino cobria o valor de todo o chocolate e de todas as balas já importados à Islândia desde o tempo de Ingólfur Arnarson.* Mas foi então que veio na nossa direção, quando menos esperávamos, um enorme cachorro marrom, latindo de um jeito frenético e feroz. Percebemos que aquele cão iria espantar todos os carneiros que havíamos ganhado no dia, e então começamos a enxotá-lo cuspindo insultos e atirando pedras. Só conseguimos com isso redobrar a fúria do cãozinho e, percebendo tratar-se de um sabujo que poderia nos estripar, não vimos outra opção senão fugir pelos campos e colinas o mais rápido que os nossos pés conseguissem.

"Estávamos começando a ficar preocupados contigo, meu minino!", exclamou meu avô.

"O que foi que aconteceu com vocês?", perguntou minha avó.

"Estávamos no campo", respondi.

"Mas o que é que vocês foram fazer lá?", eles perguntaram.

"Fomos ganhar dinheiro. Só eu pulei a cerca de arame farpado de Hvammskot umas duzentas vezes. Isso dá duas mil coroas. E se não tivesse aparecido um cão brabo que queria nos trucidar, teríamos ganhado outras duas mil coroas", expliquei.

"Ah é? Ai ai ai!", exclamou meu avô.

Ele estava sentado sobre o dorso das próprias mãos, como muitas vezes ao anoitecer quando o tempo estava bom, e fazia caretas ao ouvir minha história, como se estivesse com dor de barriga, o que costumava fazer quando escutava algo ridículo. "Ah é? Ai ai ai!" Minha avó ficou parada na entrada da casa

---

* Geralmente considerado o primeiro colonizador da Islândia. Desterrado de seu local de origem — Sunnfjord, na Noruega —, teria feito uma primeira viagem exploratória por volta de 867, retornando para se estabelecer na ilha em 870, embora a data tradicional e oficialmente atribuída ao início da colonização islandesa seja o ano de 874.

olhando para ele por um bom tempo. Nenhum de nós disse mais nada naquela noite.

Entretanto, alguns dias depois, quando eu menos esperava, minha avó quebrou o silêncio e me dirigiu a palavra, dizendo:

"Ficou decidido que eu, e não o nosso Björn, devia conversar contigo por causa da cerca de arame farpado de Hvammskot, Grímur querido."

"De que arame farpado a senhora está falando, vovó?", perguntei, pois havia esquecido aquela bendita aventura especulativa.

"Bem, vocês devem saber, meus tesouros, que a lei islandesa proíbe saltar arames farpados", ela explicou.

"Foi só uma brincadeira, vovó. Nenhum de nós tem que pagar multa alguma", redargui.

"Pois fique sabendo que o Jón de Hvammskot viu vocês. E ele, o Jón de Hvammskot, é um bom amigo do nosso Björn de Brekkukot. E se o Jón de Hvammskot não gosta de alguma coisa, o Björn de Brekkukot também não gosta. E se alguém pula o arame farpado do Jón de Hvammskot, também está pulando o arame farpado do Björn de Brekkukot", minha avó explicou.

Isso eu não pude retrucar, embora soubesse muito bem que nunca chegaria o dia em que Björn de Brekkukot compraria arame farpado. Então fiquei calado. Por outro lado, eu sabia, sim, e muitíssimo bem, que toda e qualquer maldade praticada era como se fosse pessoal e especificamente contra ele, meu avô, Björn de Brekkukot.

"O que é que eu devo fazer, vovó?"

"Vou te dar uma merenda e sapatos novos e vou te mandar a Hvammskot hoje mesmo. E vou te pedir para te apresentares à dona da casa. Diz onde moras e cumprimenta-a em meu nome, em nome da velhota que mora com o Björn de Brekkukot, e entrega este pão da minha parte", ela explicou.

A propósito, minha avó era uma das mais renomadas na arte de assar pães de panela.

Depois que encontramos os meus sapatos, parti rumo a Hvammskot com aquele pão de panela portentoso numa sacola às minhas costas, o pão de panela de duas mil coroas, o pão de panela de duzentos carneiros, aquele pão de panela que valia mais do que todo o chocolate importado pelos islandeses desde a época da colonização até os dias atuais, além de todas as balas.

Minha avó se deteve junto ao portão e gritou para mim:

"Então, cuidado com o riacho Sogalækur, Grímur querido. Não pules por cima dele nas partes em que é estreito e profundo. É melhor vadear em algum trecho em que ele se espraia."

"Sim, vovó", respondi.

Mas depois de eu ter dado mais alguns passos, ela gritou novamente:

"E se cruzares com um cachorro, Grímur querido, lembra-te disso: nunca xingues o cachorro das outras pessoas. Se deparares com um cão, deixa ele farejar as costas das tuas mãos, e ele imediatamente passará a te obedecer."

8

Mezanino

Daria um trabalho danado contar a respeito de todas as pessoas que se hospedavam em Brekkukot, afinal, um livro assim imploriria as gráficas da Islândia. Entretanto, vou contar aqui a história de algumas delas, não mais do que eu posso contar nos dedos das mãos, especialmente daquelas que de alguma forma têm a ver com a minha crônica. Vou começar com as pessoas que construíram o mezanino.

Uma pobre de uma escada de sete degraus que rangia o tempo todo ligava o corredor ao mezanino em Brekkukot. Era nele que eu e os meus irmãos adotivos morávamos. O mezanino era formado por duas baias com tabiques em ambas as extremidades. Era, de fato, uma espécie de antessala para os hóspedes dos quartos nas alas leste e oeste do andar de cima, bem como de todos os que subiam e desciam a escada. Quando não cedia a cama a algum hóspede, meu avô dormia na parte do mezanino que dava para o sul, mas que era de fato denominada oeste. Do contrário, ele dormia sobre a pilha de redes na cabana, e não via nada de mais nisso. Muitas vezes a nossa sala estava tomada de gente, os hóspedes apinhados tanto na ala leste quanto na ala oeste, pessoas dormindo no corredor, pessoas dormindo na entrada; às vezes, durante as andanças de outono, quando vinha a maior quantidade de gente, os hóspedes se enfiavam tanto na cabana das redes quanto no palheiro. Entretanto, no mezanino dormia apenas quem já era considerado praticamente de casa em Brekkukot. Além de mim, havia outros três pernoitantes, por assim dizer, que passavam um tempão naquele mezanino; ao menos desde que me conheço por gente eles estavam lá. Nós, aqueles quatro, dividíamos duas camas. Elas eram pregadas na parede do sótão e ambas compartilhavam a mesma cabeceira, em cima da qual havia uma janela com pouco mais de um palmo, pela qual se avistava uma touceira de capim e uma estrela. Do outro lado do sótão havia um alçapão que liberava um pouco mais de piso quando estava fechado, além de um pequeno quartinho ou cubículo com tabique junto à escada, fechado com um arremedo de porta que raramente encaixava no caixilho. No cubículo havia uma cama, um banco e uma cadeira de três pés. Nele, às vezes eram alojados casais ou pessoas muito corpulentas, adoentadas, dementes, mulheres parturientes ou moribundos, além de outras pessoas que, por uma ou outra razão, deviam ficar a sós. Sou uma das tantas pessoas que vieram ao mundo naquele cubículo, segundo o que me disseram.

Agora vou contar um pouco a respeito dos três pernoitantes, ou seja, dos meus companheiros de mezanino. Primeiro, o famoso capitão Hogensen, também conhecido como Jón Hákonarson de Helgafell, originário do fiorde de Breiðfjörður, e que em paz descanse. O capitão Hogensen tinha na época idade provecta. A luz do mundo havia abandonado o homem em boa medida, pois ele estava praticamente cego. Como tantas outras pessoas, ele tinha ouvido falar, lá no oeste do país, que Brekkukot era uma pousada excelente e renomada, e quando a idade chegou, ele partiu do oeste determinado a se instalar lá como pensionista vitalício. Além de praticamente não enxergar, também sofria de reumatismo e certamente de outras enfermidades das quais nunca se queixava. Contaram-me que ele empenhara uma porção de terra como garantia ao se tornar pensionista vitalício no mezanino de Brekkukot.

O capitão Hogensen é uma das pessoas mais genuinamente fidalgas que conheci na minha vida. Era descendente de pastores luteranos, intendentes e poetas. Dividíamos a cama desde que me conheço por gente. Era um interlocutor de mão-cheia. Sempre conversava comigo de fidalgo para fidalgo; todos os seus temas de conversa estavam acima e além das bagatelas e circunstâncias cotidianas. O capitão Hogensen sentava-se à beira da cama e trançava crina de cavalo. Realizava enorme esforço e recorria a todo tipo de expediente para obter aquele material. Ele desembaraçava a crina com as mãos, penteava os fios formando um chumaço, prendia o chumaço com uma sovela no pé da cama a seu lado e fiava o pelo do chumaço num carretel e, por fim, trançava os fios formando uma corda ou cincha, prendendo o fio da trama no encosto da cama. Eu recebia a incumbência de recolher os fios de crina que ele deixava cair no chão devido à visão deficiente.

O tal Jón Hákonarson ficou conhecido como capitão Hogensen porque, muito tempo antes, desempenhara a função de piloto prático, guiando os navios hidrográficos dinamarqueses no fiorde de Breiðafjörður, tendo em vista que as rotas navais ali eram de difícil acesso e navegação a quem não conhecesse as características do local.

Jón Hákonarson era de fato descendente de uma boa linhagem, sendo um genuíno aristocrata islandês do fiorde de Breiðafjörður, como demonstravam seu caráter, sua árvore genealógica, sua imaginação e seus ideais, que por si só já bastariam. Porém, além disso, o rei da Dinamarca em pessoa lhe concedera honrarias palpáveis de gabarito internacional que tornavam supérfluos a genealogia, a imaginação e os ideais. De fato, ele próprio se fazia chamar, com todo o direito, capitão major-navegador dinamarquês e piloto da Frota Real da Dinamarca. Jamais se desfez do seu uniforme azul com abotoaduras de ouro e do quepe de identificação do Piloto da Frota Real da Dinamarca no fiorde de Breiðafjörður. Geralmente, ele vestia esse uniforme no natal e na páscoa, bem como no ano-novo e no primeiro dia de verão,* ficando lá sentado na beira da cama com uma expressão pomposa o dia inteiro sem tocar em crinas de cavalo. Tinha o hábito de se desentrevar na manhã do primeiro dia do ano, engalanar-se com seu uniforme e avançar pela cidade com a missão de rogar as bênçãos de deus aos dignitários e tentar extorquir deles um punhado de crinas de cavalo.

Outro pernoitante companheiro meu de mezanino era o nosso inspetor, ao menos sempre o chamávamos assim, e eu por muito tempo achei que fosse o próprio inspetor municipal. De resto, acho que o nome dele era Jón. Aquele nosso inspetor era um parente distante das primas, ou seja, da minha avó e da prima Kristín de Hríngjarabær. Ele era um daqueles hóspedes que ninguém sabia de fato se estava hospedado lá ou não. Em geral, se recolhia somente depois que todos os demais já estavam dormindo e tomava café da manhã com minha avó e caía neste mundão de deus antes que a maioria dos demais hóspedes se levantasse.

O nosso inspetor provavelmente era de origem élfica,** ao menos nunca ouvi dizer que ele descendesse de pastores luteranos, intendentes ou poetas. Era um acontecimento quando nós, copernoitantes, conseguíamos conversar com ele, e por muito tempo eu mal sabia se ele realmente morava lá conosco. Entretanto, seus dois saquitéis estavam lá na prateleira sobre a cama desde quando eu era pequeno, um deles cheio de rapé e o outro de ouro. Se acontecia de a gente topar com aquele inspetor, ele sempre brilhava de tão limpo e arrumado. E passado quem sabe um mês inteiro sem que ninguém

---

* De acordo com o antigo calendário lunar islandês, o primeiro dia de verão cai na quinta-feira do período que vai de 19 a 25 de abril no calendário gregoriano, sendo costume celebrar formalmente a data, atualmente um feriado nacional.
** Em islandês, *huldufólk*, literalmente "povo oculto" ou "gente escondida", entidades sobrenaturais descritas no folclore islandês como humanoides em geral invisíveis que, segundo a crença popular, habitam covas e penhascos.

se lembrasse mais da existência dele, a gente acabava o encontrando em algum lugar na rua, mas ele não costumava ter nenhuma novidade para contar, a não ser:

"Está fazendo bom tempo para os ratos hoje."

E quando a gente assentia, ele se apressava em acrescentar:

"É, e as águias tampouco podem reclamar!"

Só fui me interessar em saber quem era aquele homem quando já estava bem entrado na adolescência. E não me importo de me afobar um pouco na história: o homem era filósofo. Em algum momento, ele havia encasquetado com algo. Desfez-se de sua propriedade rural em Akranes porque se deu conta de que seria mais útil à humanidade se deixasse de criar ovinos para acabarem no matadouro. Vendeu a uns ingleses, por um punhado de metal precioso, umas terras com um excelente rio salmoneiro e mudou-se para a nossa capital com a finalidade de se tornar inspetor. Entretanto, naqueles dois saquitéis que ficavam lado a lado na prateleira sobre a cama dele, aconteceu de certa maneira a crônica aqui descrita.

O companheiro de cama do nosso inspetor era um homem cujo trabalho, na minha juventude, era levar esterco às pastagens da capital e também das penínsulas e dos vales das redondezas. Ele se chamava Runólfur Jónsson. Não seria um elogio exagerado àquele homem afirmar que dificilmente houve maior admirador de boas esterqueiras na Islândia, nem mesmo a Federação de Agricultura e Pecuária da Islândia.

Runólfur Jónsson também era descendente de pastores luteranos, intendentes e poetas, mas era sobretudo e principalmente parente de um dos mais notáveis fidalgos do conselho que já houve nesse país. Porém, ele não invocava sua fidalguia nas conversas cotidianas com as pessoas, a não ser depois de beber umas e outras: então, dizia que queria adquirir uma corveta, ia até o centro da cidade e discursava sobre o conselheiro real nas escadarias do seminário teológico ou na calçada em frente ao Empório Gudmunsen; infelizmente encontrava-se lá apenas um público a quem pouco importava a origem fidalga de alguém. Runólfur Jónsson era pescador de veleiro e viajou por mais de trinta anos nas embarcações que pertenciam ao Empório Gudmunsen, mas agora tinha sido demitido de uma vez por todas porque sofria de queimaduras nos olhos causadas pela água do mar: ele virou o que meu avô chamava de acólito aposentado do Gudmunsen. No tempo em que era pescador, Runólfur gastou a maior parte de sua renda no pagamento de multas por embarcar atrasado nos barcos de pesca. Por outro lado, na sua velhice, como já foi dito, ele se dedicava a esvaziar as esterqueiras de criadores de ovelhas aqui na cidade e em seus arredores. Desde tempos imemoriais, as esterqueiras permaneciam abertas e desprotegidas diante das portas das casas na Islândia, da mesma forma como ainda é costumeiro nas zonas rurais da França, afogando-se mais islandeses nelas do que em outros mares, à exceção do mar oceano; portanto, um mar cada vez mais perigoso que o outro coube por sorte a Runólfur Jónsson. Porém, naqueles anos, num sinal dos tempos na nossa então futura capital, assim como em Seltjarnarnes, arrojados produtores rurais mandaram construir cisternas de concreto para substituir as esterqueiras em suas propriedades. Runólfur Jónsson admirava aquelas moderníssimas cisternas mais do que qualquer outro artefato produzido na época; considerava esterqueiras de primeira qualidade verdadeiros milagres ou obras de feitiçaria. Era para ele uma satisfação inestimável em termos financeiros, e um desagravo pelas tantas privações pelas quais passara ao longo da vida, poder na sua velhice recolher o esterco daquelas obras-primas inigualáveis do mundo contemporâneo e despejá-lo nas pastagens.

Por via de regra, Runólfur Jónsson embebedava-se quatro vezes por ano, normalmente durante algumas semanas em cada ocasião. Fora desses períodos, ele se mantinha de cara limpa. Em geral, era o nosso inspetor, companheiro de cama dele, quem o incentivava a adquirir uma corveta. Nem é preciso dizer que ele sempre sumia da nossa presença quando a Manguaça o convocava e só voltava a aparecer depois de passada a embriaguez, pois em Brekkukot reinava a doutrina de que todos lá eram tratados como seres humanos, para não dizer como dignitários — ricos ou pobres, santos ou bandidos —, exceto os beberrões. Afinal, aquele casebre retorcido de turfa sustentado sobre algumas estacas podres já há muito teria se convertido em pura ruína se nele fossem acolhidos manguaceiros. Somente depois de concluídas suas expedições em busca de uma corveta, o primo do conselheiro real voltava a subir os degraus de Brekkukot e dormir novamente com nosso inspetor.

Não pretendo descrever aqui o aspecto que Runólfur Jónsson tinha ao retornar de suas expedições, exceto o fato de que, tão logo ele aparecia, nosso inspetor cortava seus cabelos e barba e tratava de lavá-lo minuciosamente dos pés à cabeça com sabão de potassa, creolina e pedra-pomes. O inspetor considerava esse favor que prestava a Rúnki[*] tão natural como dar-lhe algum trocado para a bebida. No entanto, apesar de Rúnki se manter sempre sóbrio quando estava em casa, jamais conseguia coadunar-se com a mentalidade das pessoas que vivem nesta árida vergonheira que chamam de país, por isso tinha conversas muitas vezes estranhas com os outros. Um de seus senões durante essas conversas era sua incapacidade de lembrar dos nomes de pessoas ou lugares quando estava bêbado, à exceção apenas de Björn de Brekkukot e de Gudmunsen. Por isso era forçado, como única saída, a traduzir os nomes próprios em longas perífrases, tornando difícil até mesmo aos seus chegados decifrar sobre quem ou o que ele estava falando. Não serei eu a detalhar aqui seu glossário de nomes próprios, porém não há por que negar que guardava certa semelhança com o dicionário dinamarquês de

---

[*] Apelido diminutivo de Runólfur, com uma conotação jocosa.

Konráð Gíslason.* A minha avó ele só chamava de "a mulher que tinha filhos"; o seu companheiro, de "o homem dos saquitéis"; e o capitão Hogensen, naturalmente, ele só chamava de "o homem que pilota corvetas". É lamentável, mas, Runólfur Jónsson tampouco se lembrava do nome do nosso redentor, e sempre que precisava mencionar deus, era obrigado a recorrer à solução infeliz de falar do "homem que está acima de Björn de Brekkukot". Tampouco se recordava do país em que vivia; só tinha a lembrança de que era um lugar seco.

Antes de terminar de contar dos méritos de Runólfur Jónsson, não posso me esquecer da façanha que provavelmente vai imortalizar seu nome nos anais da história: o fato de aquele excelente copernoitante e irmão adotivo ter sido uma das primeiras pessoas a serem atropeladas por um automóvel, já quase na casa dos oitenta anos. Isso por causa do seu costume de, quando bêbado, caminhar sempre pelo meio da rua, onde fazia tudo ao mesmo tempo: brandia a garrafa, cantava, fazia discursos e gargalhava, geralmente acompanhado de uma cambada de bebuns, desocupados, vira-latas, pangarés e ciclistas, estes últimos, aliás, recém-surgidos por aqui, e todos dinamarqueses. Runólfur considerava os automóveis uma lata qualquer que rola no meio da rua. E se, por uma funesta fatalidade, ele, parente de um conselheiro real, um belo dia evaporasse deste livro de uma maneira que eu próprio esquecesse de registrar o momento de seu desaparecimento, isso seria porque meu irmão adotivo foi atropelado pelo primeiro carro importado na Islândia.

---

* Konráð Gíslason (1808-1891), gramático e lexicógrafo pioneiro da língua islandesa, radicado em Copenhague, capital do Reino da Dinamarca, do qual a Islândia fazia parte na época. De sua autoria é o *Danska orðabók* [Dicionário dinamarquês, 1851] aqui citado. Gíslason defendia a adoção de uma ortografia moderna para o islandês, mais fonética do que a que acabou prevalecendo. A citação de seu nome é, portanto, significativa, pois Laxness escreveu toda a obra utilizando uma ortografia baseada na pronúncia de Reykjavík.

9
Os dignitários

Os hóspedes de Brekkukot falavam por vezes de dignitários e fidalgos. Porém, não havia propriamente uma porta giratória entre o tugúrio de Brekkukot e as casas dos dignitários. "Os dignitários"... Por muito tempo, eu não soube muito bem que tipo de empresa estrangeira era aquela. É estranho morar na própria capital, onde os dignitários do país têm assento — pois é isso o que eles fazem: tomam assento —, e apesar disso não saber, com um mínimo de certeza, mais a respeito dessa turma do que sabemos dos anjos que voavam eretos entre guirlandas de flores exibidos na gravura na nossa parede. Salvo quando algum sujeito de sobrecasaca com gola de veludo, chapéu de aba média, bujarrona e pincenê vinha até o carrinho de mão do meu avô num dia claro de verão, descobria a cabeça e perguntava de forma respeitosa e grácil: "A pescaria foi boa esta manhã, meu caro senhor Björn?". Então meu avô separava um bacalhau na balança, e o sujeito pagava com moedas de prata recém-cunhadas e recebia o peixe pendurado num arame atravessado na guelra, enquanto aos demais clientes só restava enfiar o indicador na boca do pescado. Depois, o homem descobria a cabeça novamente e segurava o peixe a certa distância enquanto ia se afastando. Tratava-se de um dignitário. Entretanto, era mais comum meu avô ir com seu carrinho de mão até a porta da cozinha dos dignitários e vender o pescado à criada. Quanto a mim, só comecei a frequentá-los quando, já grande o bastante, comecei a acompanhar o finado capitão Hogensen em suas peregrinações de ano-novo.

Mas não vou aqui rememorar todas as ocasiões de ano--novo em que acompanhei o capitão Hogensen em seu beija--mão dos dignitários na minha mocidade: limito-me a contar superficialmente a respeito da primeira delas, pois essa não difere das demais peregrinações em que o acompanhei com a mesma finalidade, além de sobrepujar as subsequentes no quesito novidade.

Eu devia ter lá os meus seis anos quando fui convocado pela primeira vez para conduzir o capitão Hogensen até os referidos dignitários para desejar-lhes tudo de bom no novo ano. Devo ressaltar aqui que não considero aquela visita memorável pelo fato de as maravilhas do mundo terem se revelado especificamente em tal expedição, mas simplesmente porque não é improvável que agregue um tom inesperado à fábula que ora fabulo.

Retomo então no ponto em que o capitão Hogensen pede a um homem conhecido por ser um barbeiro habilidoso para lhe cortar o cabelo e depois barbear o queixo de modo que ficasse o mais parecido possível com o rei Cristiano IX.* O capitão acordou em plena manhã no dia de ano-novo e, com calma e zelo, começou a se vestir para disfarçar a própria decrepitude na escuridão que o redentor havia lhe destinado e a qual não conseguem vencer nem a luz de velas ou a de lamparina a óleo, tampouco o próprio alvorecer; com efeito, nada além da luz da intrepidez. Apesar de ser tão completamente cego como seria possível esperar de uma pessoa, ele sempre lustrava pessoalmente as abotoaduras de seu uniforme. Se elas não eram de ouro legítimo, então eu nunca vi o

---

* Cristiano IX (1818-1906), foi o rei da Dinamarca de 1863 a 1906. Promulgou a chamada Lei do Estatuto da Islândia (1871) e outorgou a primeira Constituição da Islândia (1874), medidas consideradas preparatórias para a transferência aos islandeses da soberania sobre seu próprio território.

tal metal precioso. Mais ou menos à hora em que as outras pessoas desceram a escada na manhã de ano-novo, o capitão achava-se sentado esperando na beira da cama, engalanado em seu uniforme azul de oficial da marinha com abotoaduras de ouro. A viseira reluzente do quepe coriscava. Ele mal acreditou quando lhe disseram que ainda não havia começado a clarear nas janelas, mas pediu ao seu garoto de companhia que ficasse por perto e lhe contasse toda a verdade sobre quando estivesse claro o suficiente para caminhar e poder ver as pessoas pelas ruas da cidade.

Quando tinha sete anos, e de fato por muito tempo depois, eu estava convencido, assim como o célebre Cândido, de que o mundo em que vivemos era o melhor dos mundos e, por isso mesmo, não me deixava engambelar por nada daquilo que via para além do portão da nossa casa em Brekkukot. E, como é habitual entre seres humanos primitivos, a civilização superior não parecia nada de mais aos meus olhos.

O capitão Hogensen disse à criada do conselheiro tão logo entramos:

"Pois, pois... deus conceda a vosmecês todos um excelente dia e um ótimo, próspero e abençoado ano. Aqui é o capitão de sua majestade, o rei Jón Hogensen, que se apresenta trazendo suas saudações ao conselheiro."

A doméstica nos apontou um determinado lugar no vestíbulo onde devíamos aguardar e contou que a sala estava sendo arrumada depois da festa da noite anterior e que os dignitários fariam uma recepção perto do meio-dia. E acrescentou:

"Mas eu acho que posso tentar dizer ao conselheiro que vieste vê-lo, meu caro Hogensen."

Depois de aguardarmos um bom tempo no vestíbulo, um tanto pomposos e absolutamente calados, um homem de barbicha e em mangas de camisa veio até nós de repente, os suspensórios arrastando no chão como um par de rabos. Estava fumando um charuto.

"Mas então, um bom dia para o senhor, meu caro Hogensen, e seja bem-vindo, creio que cabe dizê-lo, embora o tempo dedicado à marinha tenha sido breve, como de costume. Mas vamos ao assunto. Aceita pitar um charuto?", ele pergunta.

O capitão Hogensen bateu os calcanhares e virou-se na direção do conselheiro real, numa saudação militar:

"Desejo ao rei da Dinamarca e a vossa excelência, preposto dele, um ano-novo próspero e abençoado, ao passo que gostaria de penhorar a vossa excelência e a sua majestade o desejo e a esperança de uma melhor governança para nós, islandeses de terra e mar, nos anos vindouros. E colhendo o ensejo, gostaria também de declinar a vossa excelência o nome do lhano e notável mancebo aqui a meu lado, Álfgrímur Álfgrímsson, filho de criação de Björn de Brekkukot, aquele honrado e cordato homem de bem."

"Sim, sim, é isso mesmo", assentiu o conselheiro real.

Então, ele nos estendeu a mão, me pegou de leve pela nuca e me arrastou adiante por uma porta dupla que ele havia entreaberto e me empurrou para a sala formidável na qual as serviçais estavam em plena azáfama. A seguir, apontou para um retrato vultoso pendurado na parede um pouco abaixo do retrato do rei Cristiano e me disse:

"Meu caro jovem, sabes quem é esse?"

Nossa! Não é que estava lá pendurado o retrato daquele homem invulgar de nariz imperial e rosto virado para o alto? Então, volto a me perguntar, desta feita na sala de visitas do conselheiro real: aquele homem existia ou era apenas um retrato? Ou será que éramos, talvez, nós que morávamos no outro lado do cemitério, descendentes de anjos, ao fim e ao cabo? Fiquei sem palavras.

"É o garoto de Hríngjarabær: foi ele que tornou a Islândia famosa pelos sete mares afora. Tu, que vens de Brekkukot, levanta o sarrafo, mocinho!", exclamou o conselheiro real.

Até onde percebi, o rosto do conselheiro iluminou-se ao

admirar o retrato, enquanto o capitão Hogensen se manteve impassível, com a obstinação característica dos cegos:

"Uma vez que já desejei a vossa excelência e ao reino da Dinamarca tudo de bom, mais particularmente ao meu bom amigo, o rei Cristiano IX, que é um dignitário estrangeiro do reino da Dinamarca assim como eu, gostaria de requerer, na pessoa de vossa excelência, que sua majestade levasse em consideração o meu vaticínio, conforme exposto ao senhor no ano passado e no ano retrasado e também no ano re-retrasado aqui neste vestíbulo, e sei que sua majestade não ficará injuriado caso eu o repita outra vez, consistindo no fato de que, desde que os ingleses, os faroeses e o Gudmunsen foram autorizados a pescar com rede de arrasto e draga até praticamente as pastagens dos cidadãos e, chego quase a dizer, até as hortas aqui na baía, tanto na angra de Breiðubuktin como na de Faxabuktin, paira sobre a Islândia a ameaça de despovoamento entre Rosmhvalanes e Látrabjarg. Exijo que essa barbaridade tenha fim", disse o capitão Hogensen.

"Bem, então é isso", desconversou o conselheiro do rei da Dinamarca, fechando a sala de estar que abrigava o famoso retrato. Tirou do bolso dois charutos e enfiou-os no bolso do capitão Hogensen, antes de continuar:

"O caso requer investigação e análise mais detalhada por parte das autoridades competentes. Procurarei tê-lo em mente. Somos gratos ao senhor, meu caro Hogensen. De fato, o senhor é a única marinha com que contamos. Porém, como o senhor bem pode entender, não posso prometer nada quanto a esse caso no momento. Os tempos são, para dizer o mínimo, sinistros. Apesar de a marinha ser precária, o exército é ainda mais. Aqui na Islândia, depositamos toda a esperança nos jovens que tornam a nossa nação tão famosa como já foi outrora. *Lille frøken, giv drengen lidt chokolade.*[*] De resto, meu

---

[*] Em dinamarquês, "Senhorita, por favor dê ao menino um pouco de chocolate".

caro Hogensen, como o senhor bem pode ver, eu mal despertei. Porém, como disse, se houver algo mais que eu possa fazer pelo senhor, naturalmente tentarei tudo o que estiver ao meu alcance."

"É como sua majestade, o rei da Dinamarca, já sabe", retrucou o capitão Hogensen, perfilado com os pés firmes sobre o tapete persa na antessala do conselheiro real — toda vez que mencionava o rei, o capitão chocava os tacões e batia a mão estendida no quepe. "Como sua majestade bem sabe, foi pela vontade do destino que me tornei súdito do rei da Dinamarca na flor da idade, e isso é mais do que se pode dizer da maioria dos habitantes deste país. E apesar de eu agora, na minha velhice, limitar-me a trançar crinas de cavalo, como se punia outrora a gentalha na Torre Azul, em Copenhague, e em Bremerholm, não me arrependo e tampouco me considero inferior, dados os serviços que prestei ao rei e aos guerreiros que navegavam as régias corvetas no fiorde de Breiðafjörður. Porém, caberia considerar se não acrescentaria ainda mais motivos de honra ao reino da Dinamarca se sua majestade decidisse enviar de lá a este seu servidor um bocadinho de crina de cavalo além do punhado que consigo, a pau e corda, arrancar dos pequenos agricultores, poucos dos quais possuem cavalos, aqui na Islândia."

O conselheiro do rei da Dinamarca disfarçou um bocejo e depois respondeu:

"Deveras e decerto que terei essa solicitação em mente, meu caro Hogensen. Entretanto, talvez... ahm... talvez a Islândia, como o senhor mesmo afirmou, dificilmente seja parte interessada neste caso. Todavia, não considero de todo improvável que as partes pertinentes a este caso estejam dispostas a considerar, ponderar e investigar se seria relevante... ahm... investigar, ponderar e considerar o que seria possível nesse caso e nestes tempos bicudos. Mas agora tratemos de nos apressar, meu caro Hogensen, pois estamos esperando outras pessoas e, para dizer a verdade, ainda não terminei de acordar."

"Bem, então agora de fato não tenho mais nada a perguntar ao conselheiro a não ser se vossa excelência não teria condições de destinar a mim um tiquinho de crina de cavalo na primavera, quando os cavalos do rei tiverem o rabo aparado. Estou absolutamente certo de que o meu soberano, o rei Cristiano IX, que era um pequeno agricultor alemão paupérrimo e endividado na Holsácia, entende como é ser um dignitário estrangeiro no reino da Dinamarca."

Nesse ponto, faltou muito pouco para o conselheiro real se empolgar na conversa, e ele respondeu quase convicto:

"Na verdade, Hogensen, eu mesmo estou tão carente de cordas que nem sei como dizer. Para ser franco, tenho que me virar para amarrar todo o feno cortado aqui na pastagem real. Então, no dia de natal, decidi e determinei, após consulta às autoridades competentes, que este real gabinete devia produzir por conta própria as cordas de que necessita com a crina dos cavalos que lhe é designada e tomei todas as medidas cabíveis para que os detentos do presídio real produzam as benditas cordas. Dito isso, eis aqui uma moeda de duas coroas recém-cunhada que quero lhe dar e aqui também dez centavos para o menino. Passar bem!"

Já no início do mês lunar de þorri,[*] o capitão Hogensen me convocou para acompanhá-lo novamente ao encontro do conselheiro real, a quem presenteou com uma corda para amarrar feno.

---

* Quarto mês do inverno segundo o antigo calendário lunar islandês. Inicia-se na sexta-feira da décima terceira semana do inverno, correspondendo ao período que vai de 19 a 26 de janeiro pelo calendário gregoriano.

10

A fala e a escrita em Brekkukot

As escalas musicais antigas continham intervalos diferentes daqueles aos quais estamos hoje habituados, e por isso temos a impressão de que faltam algumas notas. Porém, algumas das mais belas canções que se entoam na Islândia foram compostas nessas escalas, como *Ísland farsældafrón* e *Ó mín flaskan fríða.* Na nossa casa em Brekkukot, nem todos os conceitos atualmente alardeados eram reconhecidos, pois faltavam-nos palavras para nomeá-los. Muitas expressões então em voga para além do portão de Brekkukot nos pareciam um desvario; palavras alhures comuns não apenas soavam desconhecidas aos nossos ouvidos, mas francamente desagradáveis, como se fossem obscenidades ou outras baboseiras desavergonhadas.

Por exemplo, se alguém usasse em uma conversa a palavra "caridade", parecia-nos que se tratava de uma citação algo frívola, inapropriada ou inoportuna para a cartilha. Na nossa casa, "caridade" era chamada de "compaixão", e uma pessoa caridosa, como alguém diria usando uma linguagem religiosa, era para nós alguém compassivo ou bondoso. A palavra "amor" também não era ouvida na nossa casa, a não ser quando bêbados ou criadas profundamente tacanhas vindas do interior recitavam versos de algum poeta contemporâneo,

---

* *Islândia, venturoso torrão*, poema de Jónas Hallgrímsson (1807-1845) sobre uma melodia tradicional, e *Oh minha afável garrafa*, poema e melodia de Eggert Ólafsson (1726-1768), são os respectivos títulos dessas canções tradicionais islandesas.

cuja linguagem nos dava calafrios só de ouvi-los. Meu avô se sentava sobre o dorso das próprias mãos, às vezes escorado no muro do jardim, e fazia uma careta, contorcia os ombros, saracoteava-se todo como se estivesse com piolho e dizia "ai ai ai..." ou "mas, gente...". Em geral, a poesia contemporânea soava para nós como se alguém arranhasse um saco de estopa. "Apaixonar-se" também não existia na nossa casa, onde dizíamos que "um rapaz via uma moça com bons olhos" ou que um rapaz e uma moça estavam se "achegando". O ato de "cortejar" podia ser mencionado, desde que não se entrasse muito em detalhes. Juro pelo que há de mais sagrado que, na minha tenra infância, nunca ouvi a palavra "felicidade", a não ser saída da boca de uma louca varrida que se instalou temporariamente no nosso mezanino, cujo nome não é mencionado neste livro — só fui topar outra vez com essa palavra já adolescente, quando comecei a fazer traduções escolares no liceu. E já me tornara adulto, mas continuava achando que a palavra "pranto" era um empréstimo do dinamarquês. Por outro lado, lembro de certa vez perguntarem ao meu avô, com um tom de voz delicado, como estava a família de Akurgerði, cujo pai havia perecido numa expedição de pesca fazia um ano, ao que ele respondeu de bate-pronto: "Eles têm peixe que basta para o cozido". Também era comum na nossa casa respondermos quando alguém perguntava como tal ou qual pessoa estava: "Ah, está passado na banha!", o que significava que a pessoa estava bem ou, como diriam na Dinamarca, que estava feliz. Se alguém estava mal, então dizíamos: "Ah, está meio capenga", e se a pessoa já estava dobrando o cabo da Boa Esperança, dizíamos então: "Ah, esse aí está na vasca". E, ainda, se alguém estava prestes a morrer de velho, então dizíamos: "Ah, esse já não vai mais passar manteiga no pão". Sobre alguém que estava no leito de morte, a gente dizia: "É, já está esticando as canelas, coitado". De um jovem desenganado, dizíamos: "Parece que esse não vai ficar pra semente".

Quando um casal estava prestes a se separar, assuntávamos a respeito nesses termos na nossa casa: "É, acho que tem uns probleminhas entre eles". Em Brekkukot, cada palavra era valiosa, mesmo as mais curtas.

Minha avó era useira e vezeira em responder às pessoas com expressões idiomáticas e ditados populares. Muitas vezes, havia nas respostas dela um tom de humor bonachão, mas também em parte um tom de despiste, como quando a gente está de frente para uma janela aberta mas falando com alguém às nossas costas. Os acordes dissonantes que ela emitia carregavam uma pitada de simpatia, por vezes até mesmo de rendição, mas sem qualquer traço de rancor. Ela tinha não apenas ditados sempre na ponta da língua, mas dispunha também, para cada ocasião, de uma quadrinha ou verso solto, uma mescla qualquer de aforismo e canção de ninar, ou então citava um fragmento de salmo, poema ou cantiga de roda ou outra forma poética antiga, sem maiores explicações. Ela era um tal manancial de sabedoria que, apesar de seu jeitão circunspecto, se alguém a provocasse e a instasse a mostrar o que sabia, era como se ela não tivesse fundo. Sabia versos inteiros de *rímur,* de cor e salteado. Em prol dos leitores que já não sabem mais o que são *rímur,* esclareço aqui que se tratava de uma narrativa em versos sobre a vida dos heróis de outrora e dos grandes acontecimentos do longo período em que esse gênero era a norma, consistindo numa forma poética de quartetos rimados, por vezes com rimas ricas, em que cada estrofe forma uma adivinha poética. Um ciclo de *rímur* de média extensão, ou seja, com apenas uma *ríma,* pode conter trinta poemas, cada um deles com no mínimo cem quartetos. Na Islândia, foram preservadas centenas — segundo alguns, milhares — de ciclos de *rímur.* Minha avó também conhecia volumes inteiros de salmos. Às vezes, ela recitava esses cacos em voz baixa enquanto tricotava. Não para um ouvinte em particular, e de fato tampouco para si mesma, mas sim porque, às vezes, claro, estava pensando em outra coisa. Toda vez que um salmo mencionava algo que me parecia estranho, como, por exemplo, o que se untava no pão no reino dos céus, eu começava a perguntar "como assim?", era como se eu a despertasse de um sonho, e ela dizia não saber direito o que é que estava recitando, e depois não conseguia retomar o saltério. Nunca entendi propriamente se ela distinguia ou não os versos bons dos ruins, não sendo nisso diferente do impressor que compõe livros ruins e bons sem distinção. Com certeza, seria possível transcrever a ladainha dela na forma de grossos alfarrábios, se alguém se desse ao trabalho. Duvido que haja muitas universidades que contem com mestres depositários de semelhante caudal literário; e no entanto, poucas pessoas que conheci estavam mais longe que aquela mulher de ser o que por vezes se denomina "literatos", palavra usada amiúde para adular fidalgos.

Como é de conhecimento geral, saber ler e escrever era apenas um pouco menos raro antes da era da impressão na Islândia do que depois; e de fato, acho que minha avó se achava mais próxima das pessoas que viveram antes do tempo de Gutenberg. Cartilhas de alfabetização não eram adotadas na Islândia: minha avó afirmava que aprendeu a reconhecer as letras porque um velho senhor as escrevia para ela na geada quando a mandavam vigiar as ovelhas no inverno. Com uma velha senhora aprendeu a traçar as letras riscando-as numa superfície de vidro opaco com uma agulha de tricô, o que faziam durante a noite, à luz do luar, para não serem notadas. Minha avó escreveu e mandou uma carta para mim no exterior no ano em que completou seus noventa anos. A carta tinha catorze linhas de extensão, como um soneto. Há muito tempo perdi aquela carta, mesmo assim ela continua existindo, ainda vejo a letra dela à minha frente. Ela grafava não apenas todos os substantivos importantes com inicial maiúscula, mas também todos os adjetivos mais significativos. A mesma prática foi adotada precisamente por Fitzgerald num poema de Omar Khayyam por ele adaptado e intitulado *Rubaiyat*, que muitos consideram um dos mais belos poemas já escritos naquela parte do mundo que arrosta a face iluminada da lua: "Ó lua do meu enlevo". Quando li esse poema, disse para mim mesmo: "Esse poeta escreve como minha avó".

Eu tinha cinco invernos de idade quando aquela mulher tirou do seu baú um livro e disse:

"Hoje vamos começar a aprender a ler, Grímur querido."

O tal livro começava com uma litania que soava assim: "Abraão gerou Isaque, e Isaque gerou Jacó, e Jacó gerou Judá e seus irmãos, e Judá gerou, de Tamar, Farés e Zara, e Farés gerou Esrom, e Esrom gerou Arão. E Arão gerou Aminadabe, e Aminadabe gerou Naasson, e Naasson gerou Salmon, e Salmon gerou, de Raábe, Booz, e Booz gerou, de Rute, Obede, e Obede gerou Jessé...".

Levamos quase todo o inverno pelejando com aquela litania.

"Ai, vovó, como essa litania é maçante!", exclamei.

Então ela recitou os seguintes versos:

A bíblia entalou na minha goela
como, de peixe, espinha surrada,
engoli-a toda de uma só sentada,
mas ela não me serviu de nada.

Um pouco antes do natal, perguntei:

"Por que essa litania é assim tão maçante, vovó?"

"Ela é escrita em hebraico", minha avó respondeu.

Porém, no final do inverno, eu tinha aprendido a soletrar aquela porcaria de litania, e desde então me tornei capaz de ler qualquer livro.

11
A universidade dos islandeses

Era costume na Islândia desde tempos antigos, em todas as casas de respeito, alguém capacitado ler em voz alta trechos das sagas ou recitar versos de *rímur* à noite para a família — esse era o passatempo nacional. Algumas pessoas chamam esses serões de "a universidade dos islandeses". Os velhos que frequentavam aquela universidade por oitenta anos ou mais já estavam um pouquinho familiarizados com o currículo, como seria de esperar. Em Brekkukot, a leitura de sagas e *rímur* era feita sobretudo pelas pessoas que se hospedavam com a gente de tempos em tempos ou que pernoitavam uma única vez, pois, como já dito, meu avô, Björn de Brekkukot, era letrado apenas o estritamente necessário. Hóspedes vindos de comarcas distantes muitas vezes se revelavam ótimos animadores. Os do norte da Islândia eram os melhores, especialmente os do fiorde de Skagafjörður: homens valorosos que calçavam botas de borracha, enquanto os do sul da Islândia se contentavam em vestir meiões de couro de carneiro. Eles esbanjavam histórias boas e ruins e tinham uma prosódia muito mais enfática que a nossa, e quando alguém de Skagafjörður se sentava diante do frontão e começava a recitar as *Rímur de Úlfar, o Forte* na cadência característica daquele fiorde, com o obrigatório prelúdio sobre o rei Ciro, descortinava-se até os confins do Oriente, alumiada por clarões peculiares, toda a imensidão da poesia épica.

A mixórdia livresca que havia em Brekkukot consistia na maior parte de livros deixados para trás, como já foi dito aqui. Entretanto, classificar aquela coleção, bibliograficamente falando, era mais fácil do que muitos poderiam imaginar. E ela dava um testemunho particular sobre nossos hóspedes, sobretudo considerando que havia mais admiradores de heróis, cavaleiros e intrépidos navegadores do que do romance dinamarquês, termo esse usado por nós para denominar a literatura contemporânea em geral, mas sobretudo como sinônimo de histeria. Quando falávamos em romance dinamarquês, era como se tivéssemos uma vaga ideia de Dostoiévski e outros narradores que pareciam verter uma quantidade assombrosa de piche que então se insinuava nas fendas e cavidades de uma forma errática, apenas subordinada à lei da gravidade.

Muitos dos hóspedes de Brekkukot eram não apenas bons leitores, mas também exímios contadores de histórias. Na maioria das vezes, predominavam as narrativas de tribulações em terra e mar, ou então histórias de heróis, sátiras de assombrosos glutões e de outros sujeitos bizarros. Não esquecendo das histórias de fantasmas e de elfos.

Um homem vindo de longe, curtido das intempéries, está sentado à luz de uma lâmpada junto à porta do mezanino e lê um trecho de um livro ou conta uma história; meu avô prendeu uma rede na viga e acrescenta uma malha após a outra em silêncio; a corda do capitão Hogensen vai ganhando comprimento na mesma toada e o encosto da cama range quando ele aperta o trançado; Rúnki está sentado com um dedo entre as gengivas feito uma criança que ainda não sabe falar, as lágrimas escorrendo de seus olhos, não porque esteja chorando, mas sim porque ele passou tanto tempo no mar que as queimaduras de sal nos cantos dos olhos fizeram um estrago permanente; outras pessoas estão sentadas na beira da cama, ou nas cadeiras; o alçapão da escada está aberto e lá embaixo, no último degrau, minha avó está sentada tricotando, à espera de mais hóspedes. E a história prossegue...

Que história estaria sendo contada?

São tantas as histórias, mas a maioria tinha uma característica em comum: eram narradas de forma oposta ao método que atribuíamos ao romance dinamarquês; a vida do narrador propriamente dito jamais vinha ao caso e, por conseguinte, tampouco as suas opiniões. A trama falava por si só. Eles jamais açodavam a história, aqueles homens. Ao chegar a algo que os ouvintes achavam emocionante, os contadores muitas vezes começavam a recitar genealogias e se demoravam nisso, depois passavam a alguma digressão, primando muitas vezes por minúcias desmedidas. A trama propriamente dita vivia uma vida particular, amena e sobranceira, alheia à narrativa, sem nenhum cheiro humano, um pouco como a própria natureza, cujos quatro elementos imperam soberanos. O que é um homúnculo encolhido numa hospedagem fortuita diante da vastidão do mundo da denominada era dos heróis, do mundo da poesia épica com suas façanhas monumentais ocorridas uma única vez?

Biografias dos islandeses notáveis — às vezes sonho em ter outra vez esse livro nas mãos, onde será que o perdi? Lembro tão bem dele na nossa casa em Brekkukot. Vasculhei os catálogos de várias bibliotecas, mas não encontrei nada. Será que minha memória me traiu e aquele livro nunca existiu? Ou será que ele passou a existir de alguma forma dentro de mim? Como é possível que eu saiba de tantas histórias nele contidas? Uma vez que eu mesmo agora também estou escrevendo um livro, gostaria muito de transcrever algumas histórias de *Biografias dos islandeses notáveis*.

Se eu tivesse que compor agora, sem quaisquer referências bibliográficas e recorrendo apenas à memória, a história de algum islandês notável, à semelhança das que eram usuais em Brekkukot, entre as sagas antigas e as *rímur*, acho que uma das primeiras que me ocorreria seria a história do reverendo Snorri de Húsafell.* Talvez eu devesse tentar rememorá-la aqui, mas com a ressalva de que não a contaria como ela aparece no referido livro, uma vez que ele se perdeu, mas sim segundo a própria essência da história e a partir do que me pareceu serem seus elementos fundamentais quando a ouvi narrada na nossa casa em Brekkukot. É possível que eu confunda elementos das biografias de outros islandeses notáveis com os da biografia do reverendo Snorri, mas que mal haveria nisso? A razão seria que, no fundo, acredito que assim, exatamente como o reverendo Snorri de Húsafell, todos os islandeses deveriam ser notáveis.

O reverendo Snorri era o melhor, o mais robusto e o mais varonil dentre os homens. De resto, saía-se bem na maioria das atividades físicas até mesmo em idade avançada, o que se pode concluir do fato de ele, então nos seus setenta anos, ter pulado o rio Hvítá de uma saliência de lava pouco abaixo de Húsafell. E, quando pescador na península de Snæfellsnes na juventude, ele suplantava a maioria dos que remavam com ele e era tão exímio que sempre conseguia pescar, até mesmo quando lançava a linha de pesca onde a maioria dos outros não pegava nada e dizia que o mar não estava para peixe.

Desde a tenra juventude, o reverendo Snorri era o melhor dos trovadores. E nos seus tempos de estudante em Skálholt, mostrou-se tão célere em amealhar conhecimentos que vários mestres e velhos latinistas sabichões se viram em apuros. E mais ou menos quando ele se formou naquela escola, deu-se um fato ainda hoje memorável: a visita de um dignitário francês, que trazia um livro em língua latina nada pequeno, e o latim em que estava escrito era tão difícil, especialmente

---

* Snorri Björnsson (1710-1803), pastor da paróquia de Húsafell, no fiorde de Borgarfjörður, de 1757 a 1796. Foi um dos mais importantes poetas islandeses do século XVIII e pioneiro na dramaturgia nacional.

em sua parte final, que nenhum dos mestres daquela escola se mostrou capaz de verter o referido texto. Então Snorri de Húsafell foi convocado. Ao ver o livro, Snorri deu um risinho, apanhou o volume e verteu em islandês cada palavra nele impressa, como se estivesse em sua segunda língua nativa; e os pastores, os mestres da escola e os franceses cercaram-no, como que embasbacados e pasmos com tamanha erudição. E anos mais tarde, quando perguntam a Snorri que tipo de latim era aquele que deixou os pastores de Skálholt mudos feito uma parede, ele deu uma risadinha e disse que não era de surpreender que tenham ficado assim, pois a primeira metade do livro estava escrita em grego e a segunda, em hebraico.

O reverendo Snorri de Húsafell era tão exímio praticante da luta livre islandesa que, segundo consta, durante mais de meio século não compareceu ao sínodo pastor algum capaz de enfrentá-lo. Ele era particularmente hábil em pelejar com touros. Há várias histórias de como frequentemente, em suas andanças, ele se colocava diante de touros ferozes, imobilizava-os com um mata-leão e os derrubava no chão. Conta-se que derrubou um negro que tripulava um navio mercante que aportou em Stapi aplicando um golpe de cintura. Pessoas dignas de crédito afirmam que o reverendo Snorri derrotou uma ogra na passagem de montanha de Holtavörðuheiði. Ele a fulminou com um mata-ogro.

O reverendo Snorri era um ferreiro tão magistral que os habitantes do fiorde de Borgarfjörður acreditavam que ele dominava a soldagem a frio. Era um tabagista de tal monta que, quando ia oficiar o culto na capela de Kalmanstunga, que fica a uma jornada de Húsafell, levava consigo, para passar uma noite, duas bolsas feitas de escroto de carneiro abarrotadas de rapé. Também era um excelente cantor.

Cabe agora contar um pouco sobre a poesia do reverendo Snorri de Húsafell. O povo afirma, e nisso é secundado por vários eruditos, que houve vários mestres trovadores que, no auge da inspiração, compuseram versos tão rebuscados como os do reverendo Snorri, mas poucos mais rebuscados. É da lavra dele essa quadrinha:

A ovelha só entre carneiros
num talvegue assim se via.
Mas o que deveras a afligia
eram espinhos no traseiro.

Compôs uma grande quantidade de longas *rímur*, sendo *As tribulações de Jóhanna*[*] a mais importante. Contam que em certa ocasião encontraram-se na estrada de Kjalvegur o reverendo-poeta Jón Þorláksson,[**] que na opinião dos estrangeiros é considerado o maior dos poetas da Islândia, e o reverendo Snorri de Húsafell. O reverendo-poeta Jón desafia imediatamente o reverendo Snorri com a seguinte trova:

Horrenda e maldita é a ilusão,
que nos cega na estrada da vida,

O reverendo Snorri respondeu ato contínuo:

mas ainda pior se ela é servida
pelo saber e pela erudição.

Então saudaram-se mutuamente erguendo o chapéu, sem dizer mais nada um ao outro. E cada um seguiu seu caminho. O povo considera a poesia de ambos igualmente excelente, apesar de o reverendo Jón ter se tornado célebre por suas traduções de Milton e de Klopstock, enquanto Snorri se contentou em compor *As tribulações de Jóhanna*.

---

[*] Em islandês, Æfintýrið *Jóhönnuraunir*, livro publicado em 1829.
[**] Jón Þorláksson (1744-1819), pastor da paróquia de Bægisá, no fiorde Eyjafjörður, norte da Islândia, poeta e um dos primeiros tradutores literários islandeses.

Cabe agora mencionar a devoção ardente do reverendo Snorri. Conta-se que no tempo dele havia mais fiéis na Islândia do que em qualquer outra época, e isso se deve ao mando neste país dos reis dinamarqueses, que promulgaram decretos regulando os serviços religiosos. Quem dormisse na igreja era castigado com surrado de porrete. Porém, é consenso que, apesar de muitos terem se portado bem nesse quesito aqui no país naquela época, poucos islandeses eram capazes de discutir religião com o pastor Snorri. Conta-se que dificilmente houve um debatedor na Islândia que o reverendo Snorri não conseguisse demover das suas opiniões. Também não houve nenhum sacrílego na Islândia naquela época, leigo ou erudito, que se atrevesse a discutir com o pastor Snorri.

Naquela época, o governador-geral Magnús Stephensen[*] morava em Leirá. Ele era considerado o mais instruído no iluminismo francês dentre seus contemporâneos islandeses, tendo, com efeito, escrito livros bem arrazoados sobre o tema.

Consta nas narrativas que, num certo dia de verão, Magnús Stephensen aviou os cavalos e cavalgou acompanhado de seus criados até o vale de Borgarfjörður, só desmontando ao chegar em Húsafell. Pede para ser anunciado ao pastor Snorri e, tão logo entabulam a conversa, o conselheiro real Magnús diz do que queria tratar, isto é, que tinha ido até lá com a intenção de desafiar o pastor Snorri para um debate sobre o inferno. O reverendo Snorri aceita o desafio e pede que Stephensen se dirija à sala e se sente à mesa, propondo que, depois de cear, ele pernoite em sua casa e que o debate comece pela manhã, e assim foi feito.

Magnús Stephensen, além de haver amealhado erudição francesa, era considerado pelos homens de cultura como um dos maiores especialistas, dentre todos os seus compatriotas,

---

* Magnús Stephensen (1836-1917) foi desembargador, intendente e último governador-geral da Islândia, de 1886 a 1904.

tanto nas *Eddas** como na arte dialética e, igualmente, nas disciplinas fundadas no conhecimento do latim e do grego. Tinha sempre na ponta da língua citações pertinentes das fontes mais importantes e dos magos que em latim são denominados *auctores*, sendo consenso que qualquer pessoa com sapiência o bastante para citar esses *auctores* é capaz de refutar a maioria dos argumentos de seus interlocutores. Então o pastor Snorri e o conselheiro real Magnús debateram durante boa parte do dia a respeito do tema proposto, lançando mão de seus respectivos conhecimentos e argumentação lógica, ombreando-se na retórica e na citação dos referidos *auctores* de forma mais diligente que já se tenha escutado numa sala na Islândia. Beberam tanto soro de leite durante o debate que quatro criadas se azafamaram em servi-los. Foram invocados os testemunhos de ocidentais — da Irlanda e do Império Romano, passando pela França — e orientais — de Moscou e, segundo alguns, até mesmo do Império Chinês. Foram cotejados sábios tão inusitados como Avicena e Averróis, e por muito tempo não ficou claro qual dos debatedores levaria a palma. Porém, afirmam ser verídico que, por volta do anoitecer, o pastor Snorri começou a fraquejar um pouco, até que pareceu prestes a perder o controle da situação quando o conselheiro real Stephensen conseguiu tirar da cartola uma tese um tanto insólita de autoria de um certo gnóstico danado de nome Abracadabra, que teria vivido na Pérsia sete séculos antes de cristo. O reverendo Snorri nunca havia ouvido falar do tal clérigo e ficou absolutamente inerme para enfrentar a heresia cruel e funesta contida naquela citação. De pouco adiantou Snorri redarguir a

---

* *Eddas* são duas obras distintas do século XIII encontradas na Islândia: a *Edda em prosa* (ou *Snorra-Edda*), de autoria de Snorri Sturluson (1179-1241), misto de compêndio de mitologia, catálogo de formas métricas e manual de figuras estilísticas características da poesia nórdica antiga, e a *Edda poética*, coletânea anônima de poesia que explora os temas de heróis e deuses da antiga religião nórdica e germânica.

Magnús afirmando que o tal Abracadabra certamente era um filho do demônio. Então, o pastor Snorri permaneceu sentado alguns instantes, com os lóbulos de suas orelhas parecendo duas bexigas enormes, inchadas pela comoção em seu sangue em vista do argumento de Abracadabra contrário ao inferno com o qual o conselheiro real Magnús Stephensen atinara. No entanto, depois de se manter calado por um tempo, o reverendo Snorri se recompôs e então perguntou ao conselheiro real:

"Gostarias de me acompanhar por um instante até a colina ali atrás na propriedade, Magnús?"

Stephensen assentiu. Eles sobem a tal colina. E depois de circular nela por um momento, o pastor Snorri conduz o visitante até uma ribanceira e mostra a ele uma fenda que havia lá embaixo, da qual exala uma fumaceira e um fedor intenso. E assim que Snorri permitiu que o conselheiro real espiasse por alguns instantes aquela fenda, conta-se que, lá embaixo, descortinaram-se aos olhos daquela erudita autoridade e do célebre racionalista certas visões, digamos, um tanto inusitadas, sendo algumas delas tão lamentáveis, e por assim dizer escusadas, que os estudiosos se negaram a registrá-las por escrito. Vendo aquilo, o conselheiro real Magnús ficou um tanto apavorado e deu no pé, só se detendo ao chegar à sede da herdade. Ele chamou os criados e ordenou que lhe trouxessem seus cavalos, afirmando ter visto o próprio inferno naquele lugar e deixando Húsafell a cavalo ao entardecer.

Outro exemplo da devoção ardente e da força espiritual do reverendo Snorri foi quando ele arrebanhou a maior parte dos fantasmas e também de diáboas e demônios que na época andavam livres, leves e soltos ao norte do fiorde de Borgarfjörður, juntando-os a uma miríade de outras criaturas que costumam aprontar das suas no campo, como chupa-vacas, chupa-ovelhas, chupa-cabras, diabretes de estábulos, sendo algumas delas despachadas ao próprio pastor Snorri por pessoas invejosas dele. Depois, o pastor Snorri conduziu essa caterva até Húsafell, convocando-os para comparecerem na alvorada do domingo de pentecostes junto ao rochedo da Pedra Grande que fica na quina direita lindeira à pastagem de Húsafell. Os visitantes eram vinte e um no total. O pretexto de Snorri para convencê-los a acompanhá-lo foi que ele gostaria de rezar para aquela chusma uma missa negra, na qual a bênção, o *pater noster* e o amém seriam ditos ao contrário. Mas os vilões se enganaram redondamente, pois o pastor Snorri sequer disse o introito, nem tampouco piou qualquer aleluia, mas se pôs a despejar sobre aquela súcia exorcismos veementes e altissonantes nos quais o nome de Jesus e da virgem Maria e o de Maria Madalena eram atados, intrincados e embaraçados de forma tão mirabolante que, por obra de semelhante doutrina, aquela canalha inteira encolhe até ficar reduzida a insetos; toda a congregação então desapareceu sob o rochedo da Pedra Grande lá na quina direita lindeira a Húsafell pra nunca mais aparecer, tampouco nada digno de nota se observou ao norte do fiorde de Borgarfjörður até o dia de hoje. O portentoso rochedo que engoliu aquela súcia fantasmagórica ainda pode ser visto no redil de Húsafell, sendo por vezes denominado Rochedo dos Fantasmas, e só vai se quebrar quando soarem as trombetas do apocalipse, nunca antes disso.

O pastor Snorri de Húsafell deixou copiosa descendência no fiorde de Borgarfjörður. A linhagem recente de Húsafell é tida como oriunda dele. A maioria dos homens ponderados é unânime em afirmar que dificilmente houve em Borgarfjörður um clérigo que tenha sido melhor pescador, crente mais fervoroso ou tabagista, cantor, poeta e ferreiro maior do que ele. Suas duas filhas, Engilfríður e Mikilfríður, eram excelentes ferreiras. Porém, em nenhuma história consta que elas praticassem a soldagem a frio.

Termina aqui a narrativa sobre o pastor Snorri de Húsafell.

12
Um excelente enterro

Já mencionei em alguma parte desta crônica o sino de cobre do cemitério, que por vezes respondia ao sino de prata do carrilhão que havia na nossa sala?

"Estão enterrando alguém hoje", diziam os hóspedes quando as badaladas do sino de cobre do cemitério reverberavam na nossa sala.

Quase imediatamente depois, também se ouvia o salmo *Allt eins og blómstrið eina** oscilar na brisa.

"Nossa, é incrível como morre gente. Tem sempre alguém morrendo. Não sei quantos morreram só na semana passada. Às vezes, são dois enterros num dia", disse meu avô.

"É, os pastores têm bastante o que fazer", retrucou algum forasteiro.

"Coitado do nosso reverendo Jóhann, que não se aguenta mais nas próprias pernas. Muitas dessas pessoas são de outros cantos do país e morrem nos hospitais, e é incrível como ele dá conta de caminhar atrás de toda essa gente, o pobre homem."

"Mas não vai faltar espaço no cemitério se enterrarem o país inteiro ali?", alguém perguntou.

"Já sondei um cantinho para nós, velhotes, e espero que ele continue à nossa espera."

---

* *Tudo como a flor tão só*, em português. Salmo de autoria de Hallgrímur Pétursson (1614-1674).

Quando eu era menino, sempre achava confortável e apra-
zível ouvir meu avô e minha avó conversarem a respeito da
morte com as pessoas; e ver os lentos cortejos fúnebres aden-
trando o portão do cemitério e iniciando sua cantoria; e quando o talar de seda preta do pastor da catedral refletia os raios
de sol, parecendo quase azul; e o flanco dos cavalos pretos que
puxavam a carruagem fúnebre também parecia quase verde.
Espero que os resenhistas abalizados não me ponham no mesmo balaio que os vendilhões da desgraça e da morte pelo fato de
eu afirmar aqui que os enterros no nosso cemitério me diverti-
ram mais do que a maioria das coisas quando eu era pequeno.
De repente, e de certa forma absolutamente do nada, quando
menos se esperava, no meio de um dia no meio da semana, ou-
via-se uma badalada. Depois passa um bom tempo até que se
ouve o repique outra vez, quase uma eternidade. E quando soa
a primeira badalada no campanário da capela mortuária, na
parte alta do cemitério, quiçá o cortejo esteja partindo de alguma casa em alguma parte da avenida Laugavegur. Pouco a
pouco, as badaladas se tornam mais frequentes, e o murmúrio
se intensifica. Eu me sentava a uma certa distância e esperava os cavalos pretos. Talvez tenha chovido naquela manhã,
o perfume gostoso das tasneiras pairava no ar. Eu devia ter
lá os meus seis para sete anos. Começava a cantoria. Os pássaros e as moscas cantavam junto. O eco do salmo *Allt eins
og blómstrið eina* continuava oscilando na brisa, *vox humana*
e *vox celeste* alternando-se, surgindo por vezes um *tremolo* ti-
morato no vento inconstante.

Era uma sensação por demais confortante saber que as pessoas, ao cabo da vida, retornavam à terra ao som de salmos e
sinos. No entanto, não tenho por que negar que eu sentia um
pouco de pena de certo tipo de pessoas, a saber, os náufragos e
outros que morriam no anonimato, por exemplo, viajantes que
não tinham ninguém que os reconhecesse e outros estrangeiros
que estavam de passagem aqui na Islândia. O velho Jónas,

o guarda, e um ajudante traziam da cidade um cadáver desses num carrinho de mão e o colocavam em cima de uma tábua atravessada sobre os bancos da capela mortuária, às vezes sem nem cobrir. Costumávamos nos referir a eles como "defuntos do carrinho de mão". Muitas vezes eu ficava espiando os cadáveres por uma das janelas da capela mortuária; de vez em quando eram apenas os troncos aos quais faltavam tanto a cabeça como os braços e as pernas; de vez em quando eram mulheres de cabelos compridos que pareciam escorrer do carrinho de mão até o chão. Agora vou contar melhor, ainda que com brevidade, a respeito de um desses enterros.

Eu ainda era pequeno, e o salmo fúnebre sobre a tal flor tantas vezes havia chegado aos meus ouvidos trazido pela brisa que eu já sabia de cor tanto a letra como a melodia. Eu cantarolava para minha avó os farrapos do salmo que conseguia costurar e ela cerzia as lacunas para mim. De vez em quando eu tinha a imensa sorte de achar um peixe-escorpião, que então batizava em homenagem a alguma pessoa renomada e depois o enterrava com pompa e circunstância na nossa horta em Brekkukot, desempenhando eu mesmo todas as funções — pastor, cortejo fúnebre e cavalo preto. Depois, cantava em alto e bom som o salmo *Allt eins og blómstrið eina* de cabo a rabo pela alma daquele peixe horroroso.

Num certo dia sereno de verão, eu estava no cemitério sentado brincando sobre o túmulo do finado arcanjo Gabriel, que tinha forma de banco e ficou conhecido assim porque tinha no topo a imagem de um anjo esculpida em mármore, quando divisei, não mais que de repente, um cortejo fúnebre a uma certa distância, se é que aquilo podia ser chamado de cortejo. Não havia cavalo algum. Tampouco havia alguém cantando salmos. Apenas quatro sujeitos que acompanhavam o caixão curto e largo que deixava a capela mortuária — certamente supus que o cadáver que estavam sepultando era o de uma criança. Quem carregava o caixão eram dois sujeitos que de vez em quando faziam algum trabalho para a prefeitura ali no cemitério, um terceiro, sujeito coxo, que normalmente conduzia os cavalos fúnebres, sendo o quarto o finado Jónas, o guarda, que vestia o seu cardigã com botões dourados. Logo atrás seguia o cortejo fúnebre propriamente dito, formado pelo velho reverendo Jóhann, o pastor da catedral nacional, trajando o seu talar, e o Eyvindur, o carpinteiro que fabricava caixões, e isso era tudo.

Naquele dia, soprava uma brisa excepcionalmente salutar no cemitério, deixando aqueles sujeitos com o melhor dos humores. E foi então que eles avistaram o petiz à distância, cuja cabeça mal aparecia sobre o túmulo, enquanto ele acompanhava com semblante severo o cortejo formado por aqueles sujeitos.

"Vem cá, miúdo, dar uma palavrinha com a gente. Está faltando o terceiro no cortejo", disse então o reverendo Jóhann.

Fui até eles dando passos curtos pelo corredor do cemitério e os cumprimentei com apertos de mãos. Então eles me posicionaram entre o pastor Jóhann e o carpinteiro Eyvindur, conduzindo-me atrás do caixão como terceiro participante daquele enterro: tudo que é três é perfeito.

"Já te vi por aqui no cemitério quando estamos oficiando, miúdo. Não és por acaso o enteado do Björn de Brekkukot? E será que não fui eu quem te batizou?", o reverendo Jóhann perguntou.

"Como posso me lembrar quem foi que me batizou? Mas o meu nome é Álfgrímur. Ahm... tem alguém no caixão?", perguntei.

"Pode acreditar que tem alguém sim, miúdo. Porém, não sabemos com certeza quem foi que o batizou, nem sequer que diacho de nome ele recebeu", respondeu o reverendo Jóhann.

"Eu sempre batizo os peixes-escorpião antes de enterrá-los", retruquei.

"Bem, não vamos enterrar este aqui por sabermos quem ele é, mas porque sabemos que deus o ama da mesma forma que ama a todos; ama tanto a mim quanto a ti e ao Eyvindur carpinteiro que está segurando a tua outra mão, assim como ama o homem que jaz ali no caixão", explicou o reverendo Jóhann.

"Será que é o mesmo homem que estava lá na capela mortuária outro dia, aquele sem rosto?", perguntei.

"É, ele mesmo. E falta nele exatamente o rosto, por isso não sabemos quem é. Desconfiamos que possa ser determinada pessoa. Mas também pode ser que seja outra pessoa. A única coisa que sabemos é isto: deus criou todos os homens iguais e o redentor salvou todos os homens na mesma medida", continuou o reverendo Jóhann.

O caixão foi colocado na cova e o reverendo Jóhann dirigiu-se à beira do túmulo e colheu um punhado de terra com uma pá, que creio que ele chamava de "pazinha", e disse algumas palavras. Depois, segurou outra vez minha mão, levou-me até a beira da sepultura e disse:

"Agora vamos cantarolar, meu caro Álfgrímur, para todas as pessoas que vivem e morrem na Islândia, o salmo que Hallgrímur Pétursson compôs quando perdeu a filha."

Então o reverendo Jóhann começou a cantar com a sua voz alquebrada, tênue e desarmoniosa: "Tudo como a flor tão só cresce na rasa terra...".

Continuei segurando na mão dele e comecei a entoar o salmo com minha voz infantil cristalina, e foi assim que comecei a cantar para o mundo. Não pude deixar de me sentir cheio de pompa pelo fato de ter sido instado a cantar tanto para os vivos como para os mortos. O guarda Jónas também cantarolava, da mesma forma que o carpinteiro Eyvindur. O sujeito coxo que era o dono dos cavalos fúnebres também não se conteve e começou a cantar. E os pássaros também cantarejavam.

Nos afastamos da sepultura tão logo terminamos a cantoria. O reverendo Jóhann ainda me levava pela mão. O talar dele era mais comprido na frente do que atrás de tão corcunda que ele já estava.

"No fim das contas, este foi um belo enterro, um excelente

enterro. Que deus nos permita termos um enterro excelente como este!", pontificou o reverendo Jóhann.

Eu não disse palavra enquanto caminhava por ali ao lado dele, que me levava pela mão. Não entendi muito bem como era possível que o reverendo Jóhann tivesse achado aquele enterro excelente, afinal, não havia nem mesmo cavalos.

Ao chegarmos ao pórtico do cemitério, o velho pastor da catedral se despediu de mim com estas palavras:

"Adeus, miúdo! Se vieres brincar aqui no cemitério outra vez quando estivermos oficiando as exéquias e perceberes que o cortejo fúnebre não é dos maiores, quero dizer, um cortejo pequeno mas de primeira, como o de hoje, então serás bem-vindo para cantar junto. Infelizmente, não sou lá muito bom em cantar. Porém, apesar de não saber cantar, sei que há uma única nota e que ela é pura. Toma aqui dez centavos. E as minhas saudações ao pessoal de Brekkukot. Entrega as minhas melhores saudações a teu avô e tua avó. E muito obrigado também por ter cantado hoje."

Seu porta-moedas era velho e surrado. Mas a moeda de dez centavos que ele me deu era bonita. Naquela época, as balas custavam apenas meio centavo cada.

13

Uma mulher de Landbrot

Aconteceu, num belo dia de verão, de uma senhora de idade vestindo um xale escuro estar sentada na pedra de amarrar cavalos junto à porta da nossa casa, reunindo forças para bater à porta. Até que meu avô chega e saúda a mulher levantando o chapéu.

"Imagino que devas ser Björn de Brekkukot. Que deus te conceda um bom dia", a mulher disse.

Ela tinha um semblante pálido, olhos esbugalhados e dentes salientes. Calçava sapatos islandeses de pele não curtida e vestia uma saia que lhe chegava aos tornozelos. Estava esquálida, a saia e o xale sublinhando sua aparência macilenta.

"De que gente descendes, cara mulher, e de onde vens?", meu avô perguntou.

"Sou de Landbrot, no leste", a mulher respondeu.

"Ah, então andaste um bom eito de léguas. Estás visitando alguém aqui na capital?", meu avô perguntou.

"Não, não, nada disso. Vim aqui para morrer", disse a mulher, sorrindo.

"Ah, então tá. Não queres fazer a gentileza de entrar e tomar algo quente?", meu avô retrucou.

"Ai, obrigada, precisa não. Na verdade, ouvi falar bem de vocês aqui de Brekkukot. E se quiserem ter um gesto de boa vontade para com uma pessoa desconhecida vinda do leste, eu gostaria de pedir o favor de me deixarem morrer aqui."

"Claro, isso não é pedir muito, embora aqui não seja tão confortável como o hospital", disse meu avô.

"Eu acabo de deixar o hospital. Vim até aqui à capital para me tratar no início da primavera, mas eles dizem que é tarde demais. Parece que só me restam algumas semanas", explicou a mulher.

"Bem, como eu disse, apesar de uma ou outra pessoa ter ficado satisfeita por passar desta para melhor estando aqui instalada, não podemos oferecer muito cuidado aos doentes. A única vaga que resta é uma cama no mezanino onde pernoitam o velho piloto Jón, que adotou o sobrenome Hogensen, e Rúnki, que é carregador de estrume", respondeu meu avô.

"Ah, mas eu não preciso de agrado algum. Porém, como sempre, nem tudo é perfeito nessa vida: prometi uma coisa à minha gente", continuou a mulher.

"Cabe apenas a ti determinar os teus assuntos, cara mulher", disse meu avô.

"Bem, o caso é o seguinte, meu caro Björn: é preciso me trasladar ao leste depois que eu morrer", disse a mulher.

"Ah então é essa a questão: não mais do que sete, oito dias de viagem! Não sabes que temos um cemitério logo aqui ao lado, por assim dizer debaixo do nosso nariz, mulher?", meu avô perguntou.

"Sim, mas esse é o cemitério de vocês", disse a mulher.

"Não ponhamos o carro na frente dos bois. E não fica aí sentada em cima de uma pedra!", meu avô exclamou.

"Eu preferiria só entrar depois de resolver essa questão. Ao partir para cá, prometi aos meus filhos que iria acertar com alguém que me trasladasse para o leste quando chegasse a hora. Eles moram sozinhos. E são tão moços. E a nossa Lykla está prenhe e vai parir no outono", a mulher disse.

"Não disponho de gente para mandar até o distrito de Skaftafell no leste", disse meu avô.

"Estive pensando em ser mandada para o leste como carga. Mas é preciso que alguém fique de olho para que eu chegue ao destino", explicou a mulher.

"Sempre imaginei que não era necessário ficar muito de olho nas pessoas depois de mortas", disse meu avô.

"É preciso impedir que me enterrem antes de chegar ao sul dos lagos. Nem me passa pela cabeça jazer antes deles. Foi em Landbrot que vivi. E lá hei de ficar depois de morrer", disse a mulher.

"Não preferes partir com o correio enquanto ainda consegues te manter em pé?", perguntou meu avô.

"Sempre quis morrer entre estranhos", disse a mulher.

Entretanto, não importa se meu avô e a hóspede seguiram discutindo o assunto por mais ou menos tempo, o desfecho foi que a mulher entrou na sala e meu avô disse a ela as mesmas palavras de boas-vindas que costumava dizer quando recebia algum hóspede:

"Toma assento e deixa de lamento, cara mulher!"

Aquela era de fato uma mulher previdente, mas com uma atitude um tanto fria e apenas medianamente amável. Seja como for, prepararam no mais profundo silêncio um lugar para ela no nosso quartinho no mezanino, apesar de meu avô não ter assumido com ela qualquer compromisso *post mortem*.

"Quem és tu, mulher?", indagou o capitão Hogensen.

"Me chamo Thórarna e venho de Landbrot."

"Estás a passeio aqui na capital?", voltou a indagar o capitão Hogensen.

"Pode-se dizer que sim, sem dúvida", respondeu a mulher.

"Ah é!", exclamou o capitão Hogensen.

Depois, apressou-se em acrescentar:

"Bem, eu sou o capitão Hogensen da linhagem dos Hogensen do oeste de Helgafell. Estive a serviço do rei da Dinamarca na minha época, atuando como piloto prático no fiorde de Breiðafjörður. É isso, cara mulher."

"Não é pouca coisa", retrucou a mulher.

"Mas, a propósito, quem são os intendentes e os notáveis mais importantes de Landbrot?", perguntou Hogensen.

Minha avó se meteu na conversa:

"Não canses a mulher, meu caro Hogensen, que ela está doente. Ela vai ficar de cama aqui até melhorar."

"Ora, eu não tenho pena nenhuma de quem ainda conserva a visão. E nem vale a pena fechar esse arremedo de porta que nos separa, cara mulher, pois, apesar de eu possivelmente já ter me tornado uma pessoa meio aborrecida, por vezes aparecem aqui em cima no mezanino pessoas divertidas para bater papo, como o Runólfur Jónsson. E de noite, depois que todos os demais já foram dormir, aparece o nosso filósofo, que é comandante na prefeitura. É isso. Mas me conta, quais são as terras mais importantes lá em Landbrot, cara mulher?", perguntou o capitão Hogensen.

"Acho que é a minha", respondeu a mulher.

Hogensen continuou:

"É isso, então tens uma terra, será que não é o suficiente, cara mulher? Os meus antepassados possuíam terras por todos os lados, e olha onde eu vim parar. É como consta na elegia que o poeta Sigurður Breiðfjörð compôs em homenagem ao finado Jón Hákonarson, meu avô:

Em Helgafell, onde estás, Jón
Hákonarson? Ai! Morto estás.

"Não seria o que a gente traz no próprio corpo a única coisa que há de perene, mulher? Queres que eu te mostre o meu quepe? Escuta aqui, menino querido, meu caro Álfgrímur! Acha o meu quepe para mostrar à mulher. E se houver alguma sujeirinha na viseira, por favor dá um assoprão para limpá-la", concluiu o capitão Hogensen.

Enquanto a mulher examinava o chapéu, Rúnki chegou ao mezanino. O capitão Hogensen conhecia o nosso copernoitante pela respiração, apesar de não enxergar nada.

"Cuidado, Runólfur, que chegou uma mulher proprietária

de terra aqui no quartinho. Ela é do leste", explicou o capitão Hogensen.

"A senhora provavelmente está em boas mãos aqui, na companhia de um comandante de corvetas. De onde a senhora é, se é que posso perguntar?", indagou Rúnki.

"Sou de Landbrot", respondeu a mulher.

"Que peixes vocês têm por lá?", perguntou Runólfur.

"Tiramos muito sustento do zarbo. E também pescávamos bastante maruca quando eu parti para cá", respondeu a mulher.

"Zarbo, que coisa boa! E ouvi bem, a senhora também disse maruca? E quanto ao bacalhau propriamente dito, mulher?", perguntou Rúnki.

"No campo, nem o cheiro do bacalhau sentimos", respondeu a mulher.

"Bem, aqui na capital, peixes como esses que a senhora mencionou nós usamos para adubar os pastos. Mas a propósito, assim que suas pernas estiverem mais fortes, cara mulher, a senhora tem que fazer um passeio até Seltjarnarnes para admirar o prodígio erigido pelo prefeito; e não despreze tampouco o portento de Grótta... É uma cisterna formidável! São coisas dignas de se escrever em uma carta para os parentes, mulher. Não se viam façanhas assim neste mundo desde que foram escavadas as magníficas turfeiras no banhado de Vatnsmýri, anos atrás", concluiu Rúnki.

14
Luz sobre Hríngjarabær

Num livro de autoria de um mestre extraordinário, conta-se em uma passagem que a atmosfera da dita cidade estava impregnada com o nome de certa mulher. Às vezes me pego pensando que o mesmo fenômeno se verifica na nossa atmosfera em torno do cemitério com o nome de Garðar Hólm. O retrato dele continuava pendurado tanto na nossa sala em Brekkukot como na sala de Hríngjarabær, da mesma forma que nas salas do conselheiro real; e apesar de geralmente não se falar dele na nossa casa, senti desde cedo que seu nome conservava-se bem juntinho do mecanismo do nosso antigo relógio. Se algum hóspede trazia o nome dele à baila, como que por acaso, os de casa recorriam a evasivas, sobretudo se fosse dito algo do tipo que o pequeno Gorgur era um menino bondoso quando crescia aqui ao lado do cemitério; e eram antes de mais nada essas artimanhas nas respostas que me deixavam cada vez mais curioso a respeito dele. Era tão estranho que aquele homem, que levava o seu canto ao mundo todo e preenchia a atmosfera de tal forma com sua presença, a ponto de mal ousarmos dizer o nome dele em voz alta, tenha em dado momento sido um menininho que vivia aqui ao lado do cemitério, assim como eu. Sempre tive certeza de que era sobre aquele sujeito invulgar que minha avó e Kristín de Hríngjarabær falavam quando conversavam a sós com um semblante solene.

Não sei se a consciência da existência daquele cantor mundialmente famoso, que foi um menino aqui neste lugar assim como eu, me estimulou, ainda criança, a prestar atenção na música e em tudo a ela relacionado e a cantar nos enterros minguados do reverendo Jóhann. Mas isso não porque eu visse Garðar Hólm como um exemplo, ao menos não de forma intencional, pois a imagem dele era demasiado distante de mim para tanto, apesar de pender na sala de muitas pessoas. Talvez simplesmente o mesmo som tenha nos despertado — um quarto de século antes, no caso dele. Mas uma coisa era certa: desde que me conheço por gente, lembro dele quase sempre presente como um murmúrio distante por detrás da montanha azul, para além do mar da minha própria vida.

Naquele tempo, minha avó já tinha me ensinado a ler. Os textos que utilizávamos ao terminar as genealogias do redentor em hebraico eram anúncios de jornais: recebíamos o *Ísafold* duas vezes por semana, cada número com quatro páginas em formato standard. Na época, era costumeiro fazer anúncios em versos para vender peixe seco espalmado e também para quem precisava de trabalhadoras na temporada de primavera. Aprendemos aqueles poemas de cor. Ainda hoje, nenhum outro gênero poético me é mais caro do que os anúncios que decantavam a qualidade do halibute e de outros peixes secos e que elogiavam aquele tipo de farinha de rosca importada conhecida como "pão ralado" e uma panaceia chinesa vinda da Dinamarca, invenção de um tal Valdimar Pedersen. Permito-me fazer constar aqui um poema sobre selas, rédeas e outros artigos de couro de autoria de um talabarteiro fanfarrão cuja selaria ficava na avenida Laugavegur:

Mancebos, donzelas e faceira meninada,
venham todos à minha selaria tão bela!
Aqui temos relhos, temos rédeas e selas,
temos ainda malas de garupa enceradas,
chinchas e correias que jamais se partem.
Estribos de cobre que são uma obra de arte,

bridões de prata que não param de brilhar:
aqui a tua pequena pode uma valise achar!
Temos os melhores freios das redondezas.
A esposa do bispo também é nossa freguesa:
suas abas de chapéu de primeira categoria
foram feitas aqui mesmo na minha selaria.

"É, a maioria das pessoas fica mais sabida lendo poesia", disse minha avó quando li arrastado aqueles anúncios para ela.

Além disso, também havia outro tipo de texto, desta vez em prosa, que começou a chamar minha atenção tão logo eu consegui ler, mesmo com dificuldades, a saber, artigos de jornais e revistas sobre a fama do cantor do nosso torrão, Garðar Hólm. Acho que provavelmente nenhum jornal foi impresso na Islândia naquele tempo sem incluir nem que fosse uma breve nota sobre a fama dele como cantor; de vez em quando até mais de um artigo em cada edição. As manchetes eram sempre mais ou menos assim: "Um cantor islandês no mundo", "O sucesso internacional do artista islandês", "A música islandesa ganha o mundo", "O mundo ouve a Islândia", "Concerto importantíssimo na capital X", ou ainda: "A Islândia celebrada no importante jornal *Le Temps*". O tema dos artigos era geralmente o mesmo: Garðar Hólm havia mais uma vez tornado o nome da Islândia conhecido no exterior. Em Küssnacht, na Suíça, ele cantou as seguintes árias: *Fagurt galaði fuglinn sá, Kindur jarma í kofanum* e *Austankaldinn á oss blés,*[*] e o jornal *Küssnachter Nachrichten* teria escrito isto ou aquilo. A seguir, Garðar Hólm apresentou-se em todas as principais cidades da França, todas elas com nomes, pelo que me lembro, que começavam mais ou menos com "Q" e acabavam com "q". Não mais que de repente, chegou a notícia de que ele partira para realizar uma série de

---

[*] *As ovelhas balem na cabana, Bonito crocitava a tal ave* e *A lestada fria soprou sobre nós* seriam os títulos dessas três composições do cancioneiro folclórico islandês.

concertos em Londres, Paris, Roma e Cairo, Nova York, Buenos Aires e assim por diante. Dentro em pouco, começaram a ser publicados também excertos dos jornais *La Stampa*, de Turim, e *The Times*, de Londres, bem como o elogio proferido por Mohammed ben Ali no Cairo: em todas essas cidades, as pessoas perdiam o fôlego com aquele virtuoso oriundo da Islândia. A finada Kristín de Hríngjarabær agora era vista de uma perspectiva especial. Desconhecidos me abordavam na rua, davam tapinhas no meu cocuruto e diziam saber que eu tinha algum parentesco com Garðar Hólm. E quando me mandavam ao armazém comprar azeite, o vendedor me dava um punhado de uvas-passas em sinal de respeito. Sim, ganhei muitos brindes no Empório Gudmunsen graças a Garðar Hólm.

Todos os verões desde que me conheço por gente, o cantor mundialmente famoso era aguardado com a devida reserva, mas com olhares cada vez mais veementes, nos dois extremos do cemitério, até que essa expectativa ansiosa se estendia a tal ponto que eu começava a achar a coisa mais normal do mundo o fato de Garðar Hólm não vir à Islândia naquele verão, e talvez não vir nunca, afinal, há tantas cidades neste mundão. E bem quando eu já estava absoluta e definitivamente conformado com a ideia de que Garðar Hólm representava um tipo de disparate ou rumor sem fundamento, como a maioria das notícias que aconteciam no estrangeiro, e de que ele nunca mais viria à Islândia por toda a eternidade, então ele chegou.

Numa manhã em pleno verão, enquanto as nuvens tênues se dispersavam sobre a montanha Esja, a nossa cara Kristín de Hríngjarabær acabava de se levantar. Ela sai para dar de comer às galinhas, como costuma fazer todas as manhãs bem cedo. E não é que então um homem de sobretudo estava parado no portão de Hríngjarabær, observando tudo à sua volta? Inicialmente, a velha Kristín imaginou que se tratasse de algum estrangeiro que viera fotografar o cotidiano peculiar das pessoas que vivem na Islândia, onde ainda se pode admirar, em meio às casas de madeira forradas de chapas de zinco, casas de turfa com dentes-de-leão e ranúnculos no teto, e onde o malmequer-das-areias cresce nas frinchas entre as pedras do calçamento, e onde os habitantes ainda usam o mesmo tipo de mocassim artesanal que os camponeses calçavam na Europa há milhares de anos, quando ainda não existiam cidades e, por conseguinte, tampouco sapateiros. E não era um dignitário de baixo escalão que se movia por ali, a julgar pelo sobretudo que vestia, que devia valer no mínimo o equivalente ao preço de uma vaca. Aquele tipo de chapéu devia se equiparar ao valor de um cordeiro.

"*God morgen!*", a nossa cara Kristín de Hríngjarabær cumprimenta-o em dinamarquês.

Nisso, aquele homem grandioso e imponente vira-se e a abraça. Era o filho dela.

Registre-se aqui que, apesar de eu saber essa história sobre a volta de Garðar Hólm, ela não foi contada na nossa casa. Como já repeti algumas vezes e reitero aqui novamente, seja lá o que eu mesmo pensasse desde o princípio, e seja lá como os demais moradores de Brekkukot pensassem, a verdade é que Garðar Hólm, suas viagens e sua fama, bem como tudo o mais que dizia respeito a ele, em geral não era considerado digno de nota na nossa casa. É possível que as duas velhas se visitassem e conversassem em particular naqueles dias, mas dificilmente com mais frequência do que o habitual. Entretanto, só posso pensar que era um problema complicado para aquelas duas mulheres, chego quase a dizer que era uma questão social insolúvel, o fato de terem na família alguém de dimensões e formas tão destoantes do seu ambiente como Garðar Hólm.

Eu estava tão habituado a ver desconhecidos que chegavam à capital pernoitarem na nossa casa que fiquei surpreso com o fato de Garðar Hólm não pedir para se hospedar em Brekkukot. Tanto que comentei isso com minha avó. Então ela me disse:

"Como pode passar pela tua cabeça que o filho de Kristín de Hríngjarabær viesse a se hospedar aqui conosco?"

Com isso, supus que obviamente Garðar Hólm iria ficar na casa da mãe. E num daqueles dias, quando me mandaram levar um pouco de leite para a finada Kristín, dei uma boa olhada à minha volta para ver se não havia algum indício de que houvesse um hóspede por lá.

"Mas o que é que estás procurando, menino querido?", Kristín perguntou.

"Achei que alguém estivesse por aqui", respondi.

"E quem achaste que estivesse por aqui?", ela perguntou.

"Achei que talvez o Garðar Hólm estivesse aqui", respondi.

"Quem foi que te ensinou a dizer o nome dele?", ela perguntou.

"Todo mundo só fala nisso", respondi.

"Nisso o quê? Quem são esses todos? Não creio que o Björn de Brekkukot seja um deles", ela retrucou.

"Estão falando dele no *Ísafold*", eu disse.

"No *Ísafold*! Que deus te proteja se já andas lendo jornais. Toma aqui uma bala de alfenim e vai para tua casa. E vê se não te demoras no túmulo do finado arcanjo Gabriel, pois a tua avó pode estar precisando de ti. Sobre o Garðar Hólm, nada mais nada menos, o menino se atreve a perguntar! Se ele não estivesse alojado na residência do governador-geral, meu bom menino, certamente iria se hospedar no Hotel Islândia, onde o pernoite custa o valor de um carneiro e a semana custa o valor de uma vaca", ela retrucou.

Aquela não foi exatamente a melhor resposta para fazer um ser pensante se apressar no trajeto pelo cemitério. Tratava-se na verdade de um problema de matemática. Se custava um carneiro pernoitar e uma vaca hospedar-se por uma semana, quantos incontáveis rebanhos de gado *ovelhum* e *vacum* não cabiam a nós, em Brekkukot. Por outro lado, se desse na veneta do Björn mudar-se com todos nós de Brekkukot para o Hotel

Islândia, que no papel se chamava na verdade Hôtel d'Islande, acompanhado também de Rúnki e do capitão Hogensen, até mesmo do inspetor, e se fôssemos dormir e dormíssemos lá talvez durante um mês, aí que a coisa ficaria mesmo complicada. Contudo, o Hôtel d'Islande não era um lugar suntuoso o bastante para Garðar Hólm: seria indigno dele hospedar-se na casa de alguém abaixo do principal conselheiro do rei da Dinamarca aqui na Islândia, a quem a velha Kristín chamava de governador-geral, aquele mesmo que carecia de crinas de cavalo.

15
Corvos brancos

"Corvos brancos são uma visão rara", disse Björn de Brekkukot certa manhã em que o sol refletia nas escamas no lamaçal e dois visitantes nababescos passavam lentamente pelo nosso portão de entrada.

"Salve, Gorgur querido, bem-vindo de volta à Islândia. Salve, meu pequeno Gudmunsen. Mas que baita surpresa! Queiram ir entrando, por favor."

O homem que meu avô chamou de pequeno Gudmunsen era, de fato, ninguém menos que o próprio senhor Gudmunsen, o dono do Empório Gudmunsen, onde ganhei todas aquelas uvas-passas graças ao meu vago parentesco com o cantor portentoso; e "Gorgur querido", aquele estrangeiro com chapéu de aba larga e de olhos, nariz e boca de feições aquilinas, era o próprio cantor renomado. Não à toa fiquei sem palavras ao tentar dar bom-dia.

"E qual o teu nome, mocinho?", perguntou-me o cantor universalmente afamado.

"Álfgrímur", respondi.

Ele ficou me olhando como que hipnotizado e repetiu meu nome para si:

"Álfgrímur, aquele que passou uma noite com os elfos. Álfgrímur, como todos nós devíamos nos chamar."

O comerciante Gudmunsen enfiou a mão no bolso para procurar uma moeda de dez centavos para mim.

"*Le petit garçon*", ele disse.

Ele vestia um sobretudo preto com colarinho de veludo em pleno verão, à maneira dos dignitários, e uma pesada corrente de ouro caía sobre o amplo ventre que é apanágio exclusivo dos aristocratas. Mas era jovial e risonho como uma jovem camponesa ou, melhor ainda, como consta a respeito do apóstolo Pedro numa das litanias da minha avó: rubicundo feito ameixa madura e, sendo eu mesmo menino, achava que aquele homem parecia mais um menino que começara a deixar crescer o bigode antes de ficar adulto.

"Faz muito tempo que queria vir te visitar, meu caro Björn, mas sempre faltava quem me acompanhasse. Agora, enfim, pude vir na melhor das companhias", disse o comerciante Gudmunsen, estalando um beijo em Björn de Brekkukot.

"Ah, pois bem-vindo sejas. Mas não vamos nos beijar muito assim de saída", retrucou meu avô.

Garðar Hólm cruzou o umbral do barracão de salga e beijou umas ramas de peixe-lapa fêmea semisseco que pendiam ali de uma viga, ao mesmo tempo que aspirava o aroma do pescado.

"Graças a deus! Viva a Islândia!", ele exclamou então.

"Não mudaste nada, Gorgur querido, que bom!", retrucou meu avô.

"Quantas vezes não imaginei lá em casa o cenário romântico aqui de Brekkukot: a forma como o peixe-lapa fêmea pende das vigas do barracão de salga, rama contra rama. *Madame la baronesse est chez elle.* Como o próprio Gorgur diz, estou convicto de que aqui reside a vera Islândia, o espírito nacional, o hino nacional: 'Ó deus da nossa nação'. É bom ter os nossos ideais secundados por homens de fama internacional. Nenhum peixe-lapa é tão bom quanto o semisseco. O meu pai sempre tem no quarto onde dorme. De vez em quando, me escondo no porão para comer um pouco disso. Na verdade, para mim a única comida de verdade é o peixe-lapa fêmea semisseco", disse o comerciante.

"É, meu caro Gvendur.* Ao menos, não é preciso pôr um lacinho de fita nessa comida antes de comê-la", disse Garðar Hólm.

"É, como bem sabes, Georg, minha esposa é descendente daqueles fidalgos mercantis dinamarqueses que se tornaram armadores de pesca ao se radicarem na Islândia. *Monsieur Gaston est sorti.*** Ela é o que se costuma chamar de uma dama de fina estampa, sabemos do que se trata, sabemos o quanto custa. Porém, nada de peixe-lapa, ao menos não na cozinha. E menos ainda na sala. E de forma alguma no quarto. Porém, a minha simpatia nesta vida pendeu perenemente para o romantismo verdadeiro, como bem sabes, meu bom homem, do contrário eu não teria te coberto de ouro e prata nesses dez anos", concluiu Gudmunsen.

"Sabemos que não há pão francês mais bem assado do que o da tua mulher", disse o mundialmente renomado Garðar Hólm.

"Sim, vocês são demais. Demais, mesmo. Vão entrando. Espero que a velha tenha algo no fogão. Em último caso, posso oferecer a vocês uma porção de peixe-lapa fêmea", disse meu avô.

Depois que os dois entraram na sala, meu avô disse:

"Vamos lá, tomem assento e deixem de lamento."

Depois que se sentaram, ele perguntou:

"Então, quais são as novas sobre a pesca, rapazes?"

Garðar Hólm se adiantou em responder:

"Uma fartura de arraia em Paris na primavera, Björn querido, comi arraia para enganar a fome todas as noites durante um mês inteiro no Hôtel Trianon. O cação também é excelente lá no sul. Ou seja *raie* e *requin*, para bravatear um pouco em francês à *la* Gvendur."

Meu avô Björn sentou-se sobre o dorso das próprias mãos,

---

* Apelido que corresponde ao nome masculino Guðmundur, prenome do comerciante Gudmunsen.
** "O senhor Gaston saiu", citação do drama-vaudeville *La Perle de Morlaix* (1843), de Hippolyte Hostein (pai).

ainda sem fazer qualquer careta nem se agitar, porém, como quando uma gargalhada ou outro comportamento inapropriado era iminente, começou a dizer "ai ai ai" e "mas gente...". E depois acrescentou:

"Bom saber que não te faltou peixe, meu minino. Sei que tua mãe ficaria contente com isso. Ter peixe é sempre bom."

Quem olhasse pela janela da nossa sala podia ver os malmequeres-das-areias florescendo nas frinchas entre as pedras do calçamento, os nabos e as batatas brotando na nossa horta, o cercadinho rasteiro e puído que separava o pasto da horta repleto de tasneiras, labaças e angélicas, a campina que descia até a extremidade do lago e onde abundavam os ranúnculos, e depois o banhado de Vatnsmýri, lar das andorinhas-do-ártico, cuja turfeira, segundo Runólfur Jónsson, era superior às demais do planeta, além ainda do Skerjafjörður, o manancial dos peixes-lapa, mais adiante o Bessastaðir e, por fim, as montanhas da lua.

"De resto, e se eu comprasse de ti toda essa turfaiada dos diachos e tudo mais, meu caro Björn?", perguntou o comerciante Gudmunsen.

"Como?", balbuciou Björn de Brekkukot.

"Todo o reumantismo, porteira fechada!", bravateou o comerciante.

"Reumantismo? Mas que raio é isso?", perguntou meu avô.

Garðar Hólm tinha uma resposta na ponta da língua:

"É o romantismo de quem sofre de inchaço nas juntas."

"Hahaha! De resto, as línguas são tão esquisitas. Andei aprendendo francês ultimamente. Vocês devem ter notado que eu disse antes *le petit garçon*. Não é deveras curioso que soe exatamente como Lubbi Tíkarson?",* perguntou Gudmunsen e depois deu uma tremenda gargalhada.

---

* A parte islandesa desse jogo de palavras é um nome de cachorro, Lubbi, designação comum dos cães na Islândia, equivalente a Totó no Brasil; por outro lado, Tíkarson é um patronímico que se traduz literalmente como "filho da cadela".

"Toma aqui dois centavos de coroa islandesa, Gvendur. Agora já podes ir andando", disse o cantor mundialmente famoso, fazendo careta.

No entanto, o semblante do comerciante voltou a ficar sério.

"Quero comprar esse casebre. Precisamos construir palácios na Islândia. O que achas, Björn? Te dou em troca um porão de primeira na avenida Laugavegur. E ouro para segurar apertado nas mãos feito merda pelo tempo que te resta de vida", ele disse.

"Ai ai ai. Mas gente. A primavera passada foi um tempo de vacas magras, rapazes", retrucou meu avô, ainda sentado sobre o dorso das próprias mãos.

"Como é que é?", redarguiu o comerciante.

Então meu avô se virou para mim e disse:

"Diz ao homem que eu e todos nós aqui em Brekkukot já não ouvimos lá muito bem."

"Ele quer te pagar com moedas de ouro, vovô", respondi.

"Diz que, se vieram aqui tratar de peixe, posso vender fiado ao pequeno Gudmunsen umas cinco ramas de peixe-lapa fêmea semisseco."

"Quero comprar esta terra de ti, meu caro Björn. Vou erguer um sobrado suntuoso aqui. Pago o preço que pedires", ele disse, erguendo a voz para meu avô.

"Vou te dar uma rama de peixe-lapa macho defumado, meu pequeno Gudmunsen, para que tenhas algo para mordiscar no caminho para casa", disse meu avô.

"Lembra do que eu te disse, Björn. A minha proposta segue de pé. No dia que preferires, transfiro para ti o valor que me disseres", disse Gudmunsen.

"Não é nada divertido ficar tão surdo a ponto de não conseguir mais bater boca com as pessoas porque não ouvimos o que os outros estão dizendo, para não falar de quando não entendemos o pouco que ouvimos."

Subitamente, o semblante de Gudmunsen foi tomado de

uma secura amarga. A ameixa madura perdeu a doçura. Ele tirou um trambolho de ouro do bolso e viu que, infelizmente, não podia demorar-se mais, problemas e afazeres o aguardavam:

"*Allons enfants de la patrie*, passar bem!", exclamou.

"Que pena! O visitante nem comeu nada, apesar de com certeza termos caldo de peixe, talvez até de bacalhau. Mas não há quem segure a pessoa quando está com bicho-carpinteiro. Vem com mais tempo da próxima vez. Vou levar-te até a porta para que voltes mais vezes", disse meu avô.

Fecharam a porta ao sair.

Ali na sala, continuou sentado o homem renomado que cantou para o mundo todo e também para Mohammed ben Ali. A futilidade desaparecera completamente do rosto do visitante no exato momento em que a porta se fechou às costas do acompanhante. Ele ficou meditabundo. E quando comparei o semblante dele com o quadro que pendia na parede, vi, para meu espanto, que na imagem o seu recolhimento onírico era límpido e angelical, mas agora, quando ele estava ali, em carne e osso, na diminuta sala do casebre de Brekkukot, seu ensimesmamento tornara-se obscuro e continha uma pitada de dor, como se tivesse perdido de vista a carruagem que antes percorria o firmamento. Irrequieto, ele cruzava as pernas de um lado para o outro. Vestia uma roupa de fazenda azul com listras vermelhas e limpava com os dedos um pedacinho de musgo de uma das pernas da calça. Ou será que era um fiapo de feno?

Então, ele olhou para mim e perguntou:

"Caro amigo, qual é o teu nome?"

"Álfgrímur", respondi.

"Ah, mas o que é que eu tenho na cabeça. É claro que o teu nome é Álfgrímur. A propósito, o que achas deste mundo, Álfgrímur?", ele perguntou.

"Não acho é nada. Simplesmente vivo aqui em Brekkukot", respondi.

Com essas singelas palavras, que eu supunha serem as mais diretas dentre todas, foi como se o visitante subitamente caísse em si; como se descobrisse a minha presença. Então, ele ficou me olhando por um bom tempo, e eu, lá acocorado num cantinho, quieto como se não existisse, mas na verdade só estava na expectativa.

"Interessante. Muito interessante", ele disse.

Então se levantou e olhou pela janela da nossa sala de pé-direito baixo, na qual havia quatro painéis de um vidro azulado e grosseiro com bolhas de ar e outros defeitos de fabricação, lembrando o vidro de que as garrafas eram feitas antigamente. Aquele cantor de carreira internacional observava o mundo pela nossa janela. E, salvo engano, ouvi quando ele murmurou com seus botões:

"Então a tal sala com uma janela existe mesmo!"

No mesmo instante, o nosso relógio bateu, acho que às duas, talvez às três, com aquela sonoridade límpida e aguda que geralmente caracteriza os sinos de prata.

"E ele ainda bate ali dentro", disse o homem.

Ele se virou para o carrilhão e ficou um bom tempo postado diante dele, ouvindo seu andamento com o velho tique-taque que sempre se ouvia tão nitidamente quando reinava o silêncio em volta. Observou os ponteiros se movendo, examinou o disco ornamentado e leu o nome James Cowan repetidas vezes, com a mesma reverência devida ao nome dos indivíduos que determinam o andar da história universal. Por fim, pôs-se a acariciar o relógio com os dedos para cima e para baixo, como quando um cego tateia um ser vivo para descobrir suas formas. E, salvo engano, vi quando as lágrimas escorreram pelas bochechas daquele homem tão afamado.

16

O inspetor e a visita

O dono dos dois saquitéis, como Runólfur Jónsson o chamava, comandante na prefeitura, como o capitão Hogensen dizia, isto é, quem eu acreditava ser o inspetor municipal, era o único dos nossos companheiros a nos agraciar com sua ausência. Eu era seu copernoitante desde que nasci, porém, foi só naquele verão que finalmente descobri sua existência por mera acaso: lá estava ele, aquele homem. Foi como bater os olhos no moledro de pedras empilhadas sobre um outeiro na parte sul do terreno. Ele estava lá o tempo todo, por isso a gente não o notava. Depois, passam anos a fio até que a gente entende que aquele monte de pedras que vimos por tantos anos era o chamado "moledro do meio-dia".

Acordei no meio da noite no início da colheita de feno, não digo que sobressaltado, pois seria um exagero, mas apenas um tanto surpreso de ouvir a voz do inspetor, e especialmente por perceber que ele estava falando de algo além de águias e camundongos. Estou certo de que, se ele estivesse contando para minha avó que uma rata tinha dado cria debaixo do patamar na prefeitura aquele dia, ou se estivesse gritando algo do gênero nos tímpanos do capitão Hogensen na calada da noite, eu teria continuado a dormir como se nada tivesse acontecido. Mas acordei porque aquele duende estava sussurrando um segredo a um confidente e porque os temas daquela confidência trocada entre eles eram o tempo e o mundo, os seres humanos e a razão de seus atos na terra; e ao fundo da conversa se ouvia o tilintar de um metal tido por muitos como superior tanto à prata como ao cobre, e por uns poucos considerado inferior ao esterco.

Entendi por puro instinto que se tratava de uma conversa sigilosa e cuidei para não abrir os olhos e assim não meter a colher. Fiquei deitado o mais estático possível que alguém que está dormindo consegue ficar. Minhas parentes de vez em quando conversavam em particular, como já contei, e ambas, mas especialmente a finada Kristín, me ensinaram que não havia desculpa para quem escutava as conversas privadas dos outros e que toda pessoa de bem que tivesse a infelicidade de presenciar uma conversa dessas tinha o dever de guardar segredo para si.

Naturalmente, eu ignorava o que aqueles dois confidentes haviam conversado até o momento em que despertei, como também desconhecia o que eles conversaram depois que o hóspede acompanhou o visitante até a porta e o silêncio voltou a reinar. Tampouco vi a pessoa que estava de visita e jamais me atreveria a me levantar de onde estava deitado, logo ali em cima do capitão Hogensen, apenas para espiar. A curiosidade pode ser uma virtude ou um pecado, conforme a moral que se professe: na nossa casa em Brekkukot, curiosidade e furto eram considerados equivalentes. Mas agora que todos os envolvidos nessa história já passaram dessa para melhor e aquele mundo já não existe mais, agora que sou o único que restou, os espíritos ascendem do poço do esquecimento. Pessoas e imagens de um mundo de antanho reencarnam e ganham um significado oculto até mesmo em sua época.

Isso vale para aquele farrapo de conversa que me despertou há tantos anos, aquela charla noturna que testemunhei involuntariamente. Por certo, não tenho a ilusão de que as palavras então ditas sejam exatamente as mesmas e estejam na mesma ordem em que aqui as transcrevo. Por outro lado, tenho a mais absoluta certeza de que a mesma lógica que permeia a conversa tal como ela se reconstituiu na minha mente determinou as conclusões a que se chegou naquela noite:

"Sim, tens razão, meu amigo: de fato somos aparentados. E, apesar de eu realmente não entender o que é parentesco tão bem como os paladinos da eugenia ou os químicos, sei ao menos o mais importante: somos muito mais aparentados do que as outras pessoas, na mesma medida em que és o mais renomado dentre os islandeses e eu o menos renomado."

"Caro parente. Sabes que não sou digno sequer de amarrar teus sapatos. Sei que é deveras ridículo que eu diga 'parente', por mais que eu te chame assim. 'Mestre' é a palavra mais apropriada para falar de ti. Se vivesses na Índia, já teriam te instalado num palácio de ouro no alto de uma montanha. Homens e mulheres de países distantes acorreriam até lá e subiriam de joelhos. E toda essa gente se prostraria com o rosto no pó da estrada em teu nome", retrucou o outro, sussurrando.

"O mais estranho de tudo é que eu sinceramente sempre acreditei que quem faz a peregrinação e sobe de joelhos até o topo da montanha e quem mora no palácio de ouro são a mesma pessoa", disse o inspetor.

"Nunca pensaste que estás desperdiçando a única vida que tens, caro parente?"

"Dizem que o gato tem sete vidas, até ser enforcado."

"Quero dizer, nunca achaste indecoroso que tu, um homem tão sábio, vivas a tua vida na infâmia, abaixo de todos?"

"Abaixo ou acima, meu amigo, não sei a diferença", disse o inspetor com um risinho.

"Eu me refiro à condição do homem no mundo, ao tamanho da influência que ele exerce; à força dos teus atos, perdoa que o diga."

"Estás coberto de razão: nas sagas antigas, distinguiam-se os homens dos acontecimentos. Nelas, havia heróis e borra-botas. Façanhas e ninharias. A bem da verdade, borra-botas e ninharias, em geral, não eram tema das sagas antigas. Entretanto, a vida me ensinou a não distinguir o herói do borra-botas, a façanha da ninharia. Da minha perspectiva, os homens e os acontecimentos são de certo modo idênticos", disse o inspetor.

"Mas e se tivesses agora outro emprego, parente, ou mesmo emprego nenhum, quero dizer, se estivesses numa posição a partir da qual enxergasses as coisas como elas são de verdade, *in re vera* como se dizia no liceu?", perguntou o visitante.

"Infelizmente o meu latim é péssimo. Por outro lado, por vezes fico matutando na aritmética, sobretudo e em particular num certo número: no número um, para ser exato. Mas reconheço que ele também é o número mais incompreensível neste mundo. Essa grandeza peculiar à parte, de resto, só conheço um único elemento sobrenatural, ainda que seja a realidade que toque os seres humanos da maneira mais profunda: estou falando do tempo. E quando pensamos nesse lugar peculiar de que falei, o mundo que é um só consigo mesmo, e na relação dele com o único elemento sobrenatural que conhecemos, a saber, o tempo, tudo deixa de estar acima ou abaixo, de ser maior ou menor que o resto", disse o inspetor.

"Sim, mas estás contente?", perguntou o visitante do inspetor, curto e grosso, quiçá com um quê de impaciência.

"Se posso fazer algo por aqueles que me procuram, então me dou por contente. Não quero com isso dizer que eu esteja sempre contentíssimo. Por exemplo, fico sinceramente consternado quando enforcam um ladrão. Mas também me senti absolutamente aliviado quando fiquei sabendo que o príncipe de Montenegro contraiu matrimônio outro dia. Seja como for, sei que sou um fulano qualquer. Porém, o pai de todos não é maior do que o mindinho quando comparados ao infinito como parâmetro ou se o medimos de punho cerrado. Muitas vezes, homens vêm me procurar a cavalo e desmontam em frente à minha casa, talvez estejam de partida numa longa jornada, quiçá dez dias ou mais de viagem. O que posso fazer é segurar as rédeas enquanto eles voltam a montar no cavalo. Entendo que o princípio da euforia consiste em não se importar com o que os outros pretendem fazer. Eu me sinto bem no sentido de que considero natural ajudar quem quer que seja a chegar ao destino que escolheu para si", concluiu o inspetor.

"A propósito, parente, voltando à questão da ajuda que eu estava te pedindo: como sabes que não estás me ajudando a me tornar um criminoso? Gostarias de me ajudar nisso?"

"A última coisa que eu gostaria seria ajudar-te a causar o mal a outrem, meu amigo, ou a causar o mal a ti mesmo, por mais que consideres esse mal o paraíso. Os ratos vivem num buraco; é extremamente difícil viver num buraco, ao menos as aves não achariam isso nada paradisíaco. Por sua vez, a águia se sente em casa no topo da montanha, considerando-se a rainha da antessala dos ventos. Pois é, que tremenda bobagem, meu amigo. E nossos pobres passarinhos de charco voam até a Islândia a cada primavera e partem outra vez no outono com suas asinhas ridículas atravessando o ingente oceano. Mas não penses que o fazem por acaso ou capricho. Não, eles têm sua filosofia, embora seja possível provar, citando vários autores, que é uma filosofia absurda. Eu nunca cito autores. Muitos consideram justo matar os pássaros a tiros por serem tão tolos. Eu mesmo não faria isso. Acredito que devemos ajudar todos a viverem da forma como desejam viver. Mesmo que um rato me procurasse afirmando que pretende sobrevoar o oceano e uma águia dissesse que estava pensando em cavar para si um buraco na terra, eu então diria: esteja à vontade! No mínimo, temos que permitir que cada um viva como bem desejar, desde que não impeça os outros de viver como bem desejarem. Sei que é possível provar que seria melhor se todos fôssemos minhocas da mesma horta. Mas a águia simplesmente não acredita na verdade, tampouco o rato. Estou tanto do lado da águia, que professa uma doutrina comprovadamente falsa, como do rato, cujo modo de pensar é tão medíocre que cava um buraco para si na terra. Sou amigo das aves de arribação, apesar de professarem uma filosofia de vida no mínimo duvidosa, talvez até equivocada. E, apesar de ser estúpido e perigosíssimo — e para ser honesto, até mesmo completamente criminoso — sobrevoar o oceano com aquelas asinhas ridículas, o chilrear da tarambola-dourada é tão belo na primavera que Jónas Hallgrímsson compôs um poema sobre ela", disse então o inspetor.

"E nunca te passa pela cabeça, parente, que é uma desonra para ti dedicar-te a um trabalho tão asqueroso?", perguntou o visitante.

"Sim, as coisas são o que são, simples assim. Agora permite-me contar uma anedota. Como bem sabes, os islandeses não se incomodam com nenhum tipo de escárnio, salvo quando são tomados por dinamarqueses. Quando eu era camponês no fiorde de Skagafjörður, participei certa vez de uma cavalgada ao sul. Parei em dois lugares. Ambos têm em comum o fato de os camponeses precisarem ir até lá para tratar da sua saúde. Um desses lugares é onde agora sou inspetor — ou comandante, como diz o meu caro Jón Hogensen, que dorme ali. Já estive em diversos lugares razoavelmente bons, mas a higiene nesse era pior do que na maioria dos outros lugares em que já estive. Infelizmente, ali os islandeses eram os mandatários. Enfim, eu também precisava passar na farmácia do Mikael Lund, que é, perdão, dinamarquês. Mas para encurtar a história, eu nunca havia estado num lugar onde era possível mirar-se no espelho não apenas no teto e nas paredes, mas também no piso. E lá reinava não apenas o cheiro de desinfetante, mas também de sabão e de perfume de vários tipos. Foi nesse dia que recebi o chamado", disse o inspetor, meditabundo.

"Chamado? De quem?", perguntou o visitante.

"De deus", respondeu o inspetor.

"Mas que deus? Pensei que não acreditasses em deus algum", disse o visitante.

"Ah, cuidado com o que dizes, meu bom homem! Quem sabe eu não creia em mais deuses do que tu. Seja como for, eu recebi o chamado. Foi de um deus bondoso que recebi esse chamado para deixar aquela instituição à beira-mar, guardadas as proporções, tão salutarmente limpa e cheirosa como a farmácia do dinamarquês Mikael Lund. Vendi tudo o que tinha para atender àquele chamado. Sei que vais entender, quando pensares melhor no assunto, que não tenho como achar asqueroso o trabalho de atender ao chamado de um deus bondoso. Só há um trabalho asqueroso, que é o trabalho malfeito. O mundo é um só, e o homem é um só; por isso, o trabalho também é um só. O que varia é apenas o esmero com que se faz um trabalho, e não o trabalho em si."

"Mas mudaria algo, parente, uma vez que, de certo modo, me prometeste a tua ajuda, se eu em troca te prestasse uma ajuda que poucos poderiam prestar tão facilmente? Convivo com a maioria dos poderosos aqui da cidade; eu e as autoridades máximas do país nos tratamos de igual para igual. Bastaria eu mover um dedo, a qualquer momento, para te arranjar um emprego que paga várias vezes mais do que ganhas agora, um trabalho que te permitiria prestar serviços muito mais nobres aos teus concidadãos do que o que tens agora, uma pessoa tão capaz como tu", disse o visitante.

"Sei que o meu trabalho não é considerado importante. Mas também não se tornará desimportante enquanto os homens forem concebidos e paridos", respondeu o inspetor.

Da mesma forma que um sujeito descobriu que o que ele havia visto por muitos anos era o moledro do meio-dia, foi somente muito tempo depois que eu, Álfgrímur, me dei conta de que ali, naquela noite da minha juventude, presenciei o momento em que um perfeito filantropo articulou as palavras dos patriarcas da igreja e dos santos, apenas com o sinal invertido, porém, pois aqueles se referiam à criação do homem com verdadeiro asco: *homo inter fæces et urinam conceptus est*.[*]

---

[*] "O homem é concebido entre fezes e urina." O adágio latino correto, que costuma ser erroneamente atribuído a Santo Agostinho de Hipona, seria *Inter fæces et urinam nascimur* ("Entre fezes e urina nascemos").

Não sei se o visitante perdeu os últimos fios de esperança de que seus argumentos na conversa com o inspetor dessem algum resultado, mas o fato é que ele não disse mais nada. Por sua vez, o inspetor retomou a conversa no ponto em que parara e, antes de ambos saírem, finalizou assim o trecho da conversa que se deu no mezanino:

"Não, meu amigo. Não tenho o menor interesse em outro emprego que não seja o que já tenho. Mesmo que eu fosse o governador-geral, não acho que poderia servir à humanidade, e muito menos a mim mesmo, melhor do que já faço. Seguro as rédeas para os homens que se preparam para montar no cavalo. Sei que o que posso fazer por ti são nonadas, e isso porque o mundo é apenas um e existe dentro do tempo, e porque o tempo é o senhor sobrenatural e inelutável de tudo que existe. De resto, estou disposto a fazer mais um pequeno esforço para te ajudar. Tenho dois saquitéis. Um deles contém rapé, o outro, ouro. Penso com frequência como seria grato à providência se tivesse um motivo para parar de cheirar rapé. Agora recebi esse motivo tão bem-vindo. E tu podes ficar com o meu salário todinho para ti. Porém, daquilo que recebi na venda da minha terra, não posso em sã consciência dar-te mais do que umas vinte ou trinta moedas de ouro nesse momento. Pois, quando menos se espera, outra pessoa pode vir até mim, e eu consideraria meu dever segurar as rédeas também para ela quando fosse montar no cavalo."

17

Três centavos de pimenta

Consultando jornais da época, por exemplo, o *Ísafold*, salta aos olhos que essa pequena colônia de pesca não era completamente pacata, apesar de alguns afirmarem que ela pairava fora do mundo. Exatamente nesses dias, correu por todo o país a notícia de que o nosso famoso cantor escrevera uma carta ao egrégio Althingi. Na tal carta, ele tomara a liberdade de penhorar aos legisladores que, em vista de sua fama ingente, que no entanto crescera no mundo todo mais graças à misericórdia de deus do que pelo seu próprio mérito, era desnecessário que os pobres-diabos islandeses, que já davam seu sangue e suor trabalhando, fossem ainda mais penalizados com o pagamento de impostos que revertiam em favor dele, e renunciava nesses termos à bolsa que lhe fora concedida pelo poder público, custeada pelo erário público. Era chegada a hora, lia-se na carta, de que os papéis se invertessem: era mais justo que, a partir daquela data, fosse ele a trabalhar com as mãos a áspera argila para os agricultores, pecuaristas e pescadores desses confins do mundo. Outrossim, ele agradecia a Althingi os montantes de verba pública que lhe eram dispensados para promover a cultura islandesa no exterior. A magnanimidade do governo-geral expressava por si mesma a determinação da nação islandesa em preservar os valores vigentes no país desde a antiguidade. A referida carta era encimada por uma fotografia de Garðar Hólm, um dos primeiros retratos impressos nos jornais islandeses e o maior publicado na imprensa nacional até a visita do rei da Dinamarca ao país alguns anos mais tarde.

Leem-se nos jornais da época os diversos louvores à genialidade daquele jovem, já então reconhecido como o queridinho da nação. Entre tantos elogios, afirmava-se com veemência que Garðar Hólm dava assim a todos os jovens estudantes um exemplo do grande respeito que devíamos ter para com o Tesouro Nacional. Era considerado um dos maiores intelectuais do país pela sua exaltação do trabalho dos agricultores, pecuaristas e pescadores. Num jornal, afirmava-se que só poderiam considerar-se bem-sucedidos na carreira os artistas que se recusassem a encher os bolsos com o ouro arrancado de baixo das unhas das classes menos favorecidas. Também se afirmava não restar dúvida de que os agricultores, pecuaristas e pescadores saberiam apreciar a força moral contida naquela carta do famoso cantor. Numa breve notícia estampada em outra seção do mesmo jornal, lia-se ainda que o cantor havia doado ao seu país dez mil postais com sua fotografia, e a renda obtida com essa venda reverteria em benefício dos tuberculosos. Na edição seguinte, podia-se ler outra missiva de Garðar Hólm, encimada com a mesma grande fotografia:

> *Respeitosamente e do fundo do coração, restituo aos meus compatriotas, o senhor Jón Guðmundsson, mercador de produtos coloniais, armador e cavaleiro da Ordem da Bandeira da Dinamarca, e ao seu filho, o comerciante* en gros[*] *e grão-cavaleiro G. Gudmunsen, os numerários que esses brilhantes progressistas, patriotas, dispensaram quando este jovem islandês iniciou, angustiado e suspirante, a escalada do íngreme caminho nunca dantes tentada por nenhum filho desta pátria, levando em seu farnel pouco além da intrepidez dos esperançosos. Pelo apoio dado aos esforços de um rapazinho que, desde*

[*] Em francês, "atacadista".

o princípio, acreditou na voz da Islândia no coro das nações, agradeço ao pai e ao filho, veros islandeses e cavaleiros da Ordem da Bandeira da Dinamarca: tenho a esperança de que os islandeses recebam o canto que sua nação merece.

Cordialmente,
Garðar Hólm.

Outro artigo era encimado pela seguinte manchete em letras garrafais: "O Rei dos Elfos na praça Austurvöllur".* Nele, anuncia-se que o cantor de ópera Garðar Hólm realizaria um concerto dedicado à nação do balcão do parlamento na noite do domingo seguinte, se não chovesse. O famoso cantor cantaria algumas das canções do repertório por ele apresentado em outros países, com destaque para as canções que causaram mais comoção no Teatro Colón, em Buenos Aires, e nos terraços do palácio do sultão em Argel, como *Kindur jarma í kofanum, Fagurt galaði fuglinn sá* e *Austankaldinn á oss blés*. A essas canções islandesas, milhares de pessoas de todos os quadrantes do mundo, tanto papistas como islamitas, baixavam a cabeça em reverência. Além dessas, ele entoaria para a nação islandesa algumas canções dentre muitas compostas sob os dourados céus do Mediterrâneo, nunca dantes ouvidas nos frios salões azuis das montanhas islandesas, as famosas árias, como são conhecidas. Ele encerraria o concerto cantando *Der Erlkönig* — O Rei dos Elfos.**

"Por que a senhora nunca lê o *Ísafold*, vovó?", perguntei.

"Sempre me acharam burra", ela respondeu.

"Os jornais dizem que o Garðar Hólm vai cantar na praça Austurvöllur no domingo."

---

* Um dos corações cívicos da capital da Islândia, abriga no lado sul o Alþingi, parlamento nacional islandês. A praça costuma ser palco de protestos, alguns dos quais entraram para a história, como em 1948, quando manifestantes contrários e favoráveis à incorporação da Islândia à Otan entraram em confronto.
** Canção (*Lied*) para voz e piano do compositor Franz Schubert (1797-1828), composta a partir do poema homônimo de Goethe, sobre uma criança que prevê a própria morte nas mãos de um "rei elfo". Em islandês, "Álfakonungurinn".

"Quem perguntou? 'Bonito canta o cisne enquanto dura o verão' ", ela disse.

"Não devíamos ir à praça Austurvöllur no domingo, vovó?", perguntei.

"Acho que não devemos ir até lá atrás de músicas que não ouvimos aqui em Brekkukot, meu bichinho", respondeu minha avó.

"Ah, então eu vou sozinho", retruquei.

"Faz isso. Seja como for, eu já escutei o que basta de canções. Podes crer que sim. Mas tu ainda tens que ouvir a tua. Então vai lá. E sê temente a deus, como costumava dizer minha avó", ela redarguiu.

De todo modo, eu suspeitava que poucas pessoas pensariam em outra coisa em ambos os lados do cemitério. Acho que não é exagero da minha parte afirmar que a cidade e o país, a terra e o ar aguardavam aquele concerto. O cemitério e toda a vida de conto de fadas em torno dele sumiu do meu horizonte naqueles dias, os dois sinos pararam de soar, o tique-taque do carrilhão emudeceu.

Num daqueles dias de expectativa que antecederam o concerto na praça Austurvöllur, fui despachado para fazer um mandado no centro da cidade para minha avó, e lá estava eu caminhando pela Langastétt, como a rua principal se chamava na época, onde ficava o Empório Gudmunsen e também o seminário de pastores luteranos e o Hôtel d'Islande. Era pouco depois do meio-dia. O tempo estava seco. Eu observava a partida de uma tropa de cavalos carregada de peixe seco, já que naquela época os pecuaristas compravam cabeças de bacalhau secas e as despachavam em fardos para as comarcas do leste, por vezes em trajetos que, se contados em dias de

---

* Primeiro par de versos da balada *Draumkvæði* [Poema dos sonhos], ou simplesmente *Fagurt syngur svanurinn* [Bonito canta o cisne], uma das únicas baladas islandesas medievais que conservou sua popularidade até bem entrado o século XX.

viagem, eram tão longos como o de Paris a Pequim, através de incontáveis distritos, passando por montanhas e mesetas, areais, terrenos pedregosos e cursos d'água. Era uma visão majestosa e imponente assistir à partida daquelas tropas, envoltas numa remota aura oriental. De repente, senti que me pegavam pelo queixo.

"Pensei que estava vendo a mim mesmo", disse Garðar Hólm. Ele estava passeando de bengala na mão, como outros homens de fina estampa. Primeiro o fitei boquiaberto, com a língua travada entre os dentes, mas por fim respondi:

"Não, sou eu."

"O que é que andas fazendo?", ele perguntou.

"Vim comprar três centavos de pimenta", respondi.

"Igualzinho a mim! Posso te oferecer alguma coisa?", ele perguntou.

"Não", respondi.

"Nem mesmo uma tortinha de cinco centavos?", ele perguntou.

"Realmente não tem por quê", respondi.

Uma tortinha de nata um pouquinho maior do que uma moeda de cinco centavos custava naquele tempo o equivalente a peixe para dez pessoas. Infelizmente, naquela etapa da vida em que eu era muito dado a confeitos, era raríssimo eu estar forrado nos cobres o bastante para poder investir em compras do gênero. Aquele manjar também apresentava uma desvantagem, a saber, não era possível mantê-lo na boca por mais de um segundo; a tortinha se desmanchava na língua feito neve debaixo do sol e escorria garganta abaixo por si só exatamente quando a gente começava a sentir aquele sabor delicioso. E aí a gente não tinha dinheiro para comprar mais uma. Não era pouca coisa ser convidado a uma festa onde eram servidas delícias como essa.

Ele me fez caminhar ao seu lado pela rua Langastétt. Todos que eram algo na vida levantavam o chapéu, e as mulheres distintas faziam um leve aceno com a cabeça. Algumas pessoas paravam e se viravam para olhar para ele.

"Bem, como é mesmo o teu nome, colega?", Garðar Hólm me perguntou.

"Me chamo Álfgrímur", respondi.

"Claro, que é que eu tenho na cabeça? É apenas tão difícil de acreditar. Mas o que é que eu queria mesmo dizer? Ah, tens algum passatempo preferido?", ele perguntou.

"Estou pensando em dar um pulo na praça Austurvöllur no domingo", respondi.

"O que vais fazer lá?", ele perguntou.

"Vou te ouvir cantar", respondi.

"Mas por quê?", ele perguntou.

Ponderei por um instante e então respondi:

"Porque quero ouvir algo."

"Algo? Como assim?", ele perguntou.

"Quero ouvir a tal nota pura."

Garðar Hólm despertou num repente, como que emergindo do sonambulismo no meio da rua, se deteve e olhou para mim, dizendo por fim:

"O que foi que disseste, menino? Do que é que estás falando?"

Então deixei subitamente a timidez de lado e o encarei. E fiz a ele, assim sem mais, lá no meio da rua Langastétt, aquela pergunta que eu carregava fazia três anos, desde aquela conversa que o reverendo Jóhann tivera comigo:

"É verdade que só existe uma única nota pura?

"Claro que é verdade. Infelizmente, chego quase a dizer", respondeu o cantor.

"Mas e se alguém conseguisse alcançar essa nota?", perguntei.

"E não era só eu mesmo quem encontrei comprando pimenta aqui na rua Langastétt! Vejo agora que também andas de conversa com o reverendo Jóhann!", ele exclamou.

Quando eu era criança, confiava-se apenas a belas damas e donzelas fidalgas o trato com as indescritíveis preciosidades da arte confeiteira à venda nas nossas padarias da capital, distribuídas em mesas, bancadas e prateleiras nas paredes. Padarias como, por exemplo, a do Friðriksen só podiam de fato ser comparadas com a própria Pérsia e de lambuja metade da Síria e parte de Constantinopla, tal como esses lugares são descritos nas *Rímur de Úlfar*. Mal havíamos cruzado a porta dos baixos onde ficava a padaria do Friðriksen, e o cantor de fama universal ergueu o chapéu e fez uma profunda mesura, eu diria que quase tocando a cara na poeira do piso, e exclamou com reverência uma única palavra:

"*Madonna!*"

Afinal um homem que sabia tratar como se deve uma balconista de confeitaria. A que estava em pé detrás do balcão, vestindo corselete com detalhes em prata sobre o busto, também sorriu discretamente e ficou levemente ruborizada como convém, mas não desmaiou — quiçá o cantor já houvesse estado por lá antes.

Em pé diante do balcão havia uma menina rechonchuda, talvez um ano mais velha que eu, ou pouco mais, que estava comprando duas bengalas. Quando o renomado cantor entrou na padaria e ergueu o chapéu, e a *madonna* corou, a menina rechonchuda também ficou totalmente empolgada e fez uma profunda mesura, com um olhar deslumbrado e assustado ao mesmo tempo. Então, ele olha para a menina e a reconhece. Vai até ela, dá um beijo em sua testa e acaricia sua bochecha ruborizada, perguntando-lhe quais eram as novidades.

"Nenhuma. Apenas que o papai e a mamãe estão sempre dizendo que nunca vens nos visitar", disse a menina, recompondo-se do deslumbramento.

"Então vou lhes fazer agora mesmo uma visita e comer torradas de baguete. Mas antes quero te apresentar este menino, que logo terá a tua idade: ele é de fato eu mesmo como sou de verdade. Aliás, como é mesmo o meu nome?", ele me perguntou.

Ele me olhava com cara de quem realmente esperava que eu respondesse, mas não me senti à vontade para declinar o meu nome naquelas circunstâncias tão estrambóticas. Como não respondi, ele disse então:

"Esta aqui é a pequena senhorita Gudmunsen. A mãe dela assa o pão francês melhor do que qualquer outra mulher na Islândia."

Então, foi como se o rosto da jovem menina se anuviasse, e ela disse, titubeando:

"Esse aí está contigo?"

"Estamos todos uns com os outros. Caras crianças, façam o favor de servir-se de tortinhas de cinco centavos."

"Não, obrigada. Tenho que voltar para casa", disse a menina.

Ela continuava me examinando de cima a baixo, desconcertada.

"Não há pressa alguma, pequena senhorita. *Madonna*, posso pedir-vos aquela bandeja branca e larga que está logo ali?", ele perguntou.

A *madonna* pôs à nossa frente, no balcão da padaria, a bandeja cheia de tortinhas de nata. Quase tivemos uma coisa no coração tamanho o deleite espiritual e físico só de contemplar aquelas obras de arte ambrosíacas.

"Sirvam-se, caras crianças", disse Garðar Hólm.

Peguei uma tortinha e pretendia comê-la com recato, conforme me ensinaram, efetivamente; tentei escolher a torta de cores e formas mais simples de todas, pois minha avó me instruíra com veemência, onde quer que eu estivesse de visita, a escolher apenas o que fosse menos atraente. Porém, se a gente pega uma tortinha assim e tenta comê-la de forma decorosa, resta muito pouco dela além de um diminuto lambisco nos dedos. Mas então olho para o lado e vejo que o cantor em pessoa também se interessou pelas tortinhas. Não é exagero dizer que ele se lambuzava com as tortinhas como quem está no seu direito. Eu nunca havia visto maneiras semelhantes, quer dizer, ele realmente não estava escolhendo as tortinhas menos bonitas. A pequena senhorita Gudmunsen também observava aquilo, e a *madonna* sorria a cada tortinha que sumia na boca do cantor. Pois elas sumiam ou, melhor dizendo, escorriam para dentro dele numa cadeia alucinada, uma após outra, por vezes duas ou três numa só bocada. Enquanto comia, ele não deixava de nos incentivar, repetindo aquele seu "Sirvam-se, caras crianças". Fiquei tão desconcertado que não lembro com clareza se em algum momento ousei pegar uma segunda tortinha; pelo que me lembro, me satisfiz em ficar lá parado feito um bobo com o lambisco da primeira tortinha escorrendo nos meus dedos.

"Jesus!", exclamou a pequena senhorita Gudmunsen.

Quando a bandeja já estava quase vazia, Garðar Hólm disse:

"É urgente devorá-las antes que azedem! Vamos pedir outra bandeja à *madonna*?"

"Sim. O papai tinha que ver isso, ele que está sempre dizendo que o peixe velho é a melhor comida que há. Ou então a mamãe, que diz que a baguete torrada é que é melhor", disse a pequena donzela Gudmunsen, num suspiro.

Garðar Hólm limpou a boca com o lenço e riu olhando para nós.

"Quanto custou, *madonna*?", ele perguntou em dinamarquês.

Ele enfiou a mão no bolso e fez algo tilintar, depois tirou o punho cheio de moedas de ouro. Então, jogou uma moeda na bandeja vazia, dizendo: "Ai está, *madonna*".

"Jesus! Mas se não é uma legítima moeda de ouro!", exclamou a pequena senhorita Gudmunsen.

"Não existe ouro legítimo, caras crianças. O ouro é por sua própria natureza ilegítimo", ele disse.

"Jesus!", exclamou a pequena senhorita Gudmunsen.

A *madonna* examinou ambas as faces da moeda e disse:

"Infelizmente não tenho troco. Nunca entrou tanto dinheiro

assim de uma só vez no meu caixa desde que comecei a trabalhar aqui. Tereis que falar diretamente com Friðriksen."

"Farei isso da próxima vez. *Adieu, madonna*", disse Garðar Hólm.

"Não, de maneira nenhuma. Eu mal me atrevo sequer a tocar nessa moeda. As minhas pernas não vão parar de tremer enquanto eu souber que tenho isso por perto", disse a *madonna*.

Garðar Hólm já havia galgado metade da escada que subia dos baixos da padaria, com uma mão pousada no meu ombro e a outra no ombro da senhorita Gudmunsen, como se fôssemos filho e filha dele. A *madonna* veio correndo atrás de nós com a moeda na mão.

"Eu vos imploro, Garðar Hólm, que leveis embora a vossa moeda de ouro", ela disse.

"Entregai-a a este jovem mancebo, *madonna*. Ele está mais próximo de ser eu mesmo do que esse tal Garðar Hólm", disse o cantor.

A *madonna* colocou a moeda de ouro na palma da minha mão e apertou os meus dedos em torno dela. Ao deixarmos a padaria, eu disse:

"Aqui está sua moeda. Agora preciso ir. Quase ia me esquecendo que minha avó me mandou comprar pimenta."

"Igualzinho a mim! Minha mãe um dia me mandou ir comprar pimenta, e eu ainda não voltei para casa", disse Garðar Hólm.

"Aqui está sua moeda de ouro", reiterei.

"Tchau, fica com essa merreca pra ti", ele disse.

"Jesus! Meu pai tinha que ver isso. E minha mãe!", exclamou a pequena senhorita Gudmunsen.

Ele então me deixou lá sozinho com a moeda de ouro na mão, no meio da rua bem em frente à escada que descia à padaria do Friðriksen. E se afastou na direção oposta, empunhando a bengala com uma das mãos e levando pela outra a pequena senhorita Gudmunsen com suas duas baguetes. Porém, depois de dar alguns passos, lembrou-se subitamente de alguma coisinha, girou sobre os calcanhares e me chamou, a mim, que continuava lá postado com aquela moeda de ouro, e disse:

"Ia me esquecendo de te pedir para mandar minhas saudações à tua avó. Também ao nosso caro reverendo Jóhann. Diz a ele que tinha razão: existe uma nota verdadeira, e ela é pura."

18

Quando a nossa Lykla der cria

Eu tinha me esquecido da mulher de Landbrot por causa do fabuloso concerto na praça Austurvöllur, que é claro que nunca aconteceu. O visitante que veio nos ver em Brekkukot naturalmente precisou embarcar num navio um dia antes do tão propalado concerto, pois fora contratado para alguma apresentação importante no estrangeiro que não podia esperar. Mas o visitante que viera encontrar a mulher de Landbrot, este continuava lá.

"Aprende a não criar expectativas. É um bom começo para aceitar tudo", disse a mulher.

"O que diriam teus filhos se soubessem que vives nessa pândega aqui no mezanino de Brekkukot?", perguntou minha avó.

"Eu me alegro de escutar essas vozes. A única coisa que me angustia é quando alguém se vai", respondeu a mulher.

"Bem, não temos nada para te oferecer além de papo furado", disse minha avó.

"Meu filho, que não conseguia ficar longe da mãe, e minha filha, que já é dona de doze ovelhas... sei que eles não imaginam que eu possa ser tão má a ponto de morrer diante dos olhos deles exatamente quando a nossa Lykla finalmente vai nos trazer algum proveito, lá na minha casa, onde, durante sete anos, de vaca não sentimos nem o cheiro!", retrucou a mulher.

"Vejo que já penduraste o teu casaco, comandante. Mas me conta uma lorota das tuas antes de ir dormir", pediu o capitão Hogensen.

"Pois perdi o bichano que fazia um mês vinha se enroscar nos meus pés lá no areal. Só posso achar que as autoridades o enforcaram. As coisas andam a todo vapor nos tempos que correm. Que eu mal lhe pergunte, de quem é aquela moeda de ouro ali na prateleira acima de ti, capitão Hogensen?", perguntou o inspetor.

"Essa moeda de ouro é do Álfgrímur. Agora começaram a dar moedas de ouro. Já não basta prodigar a uma criança menos do que o valor de meia vaca! Mas me conta alguma lorota importante", pediu o capitão Hogensen.

"Nada de importante para contar. Ainda não. É mais provável que algo aconteça aqui no mezanino. Alguma novidade aqui no cubículo?", perguntou o inspetor.

"Será que comigo acontece o mesmo que com o gato? Ele se perde de vez em quando, mas voltam a encontrá-lo tão logo o declaram morto...", gritou a mulher do fundo do quartinho.

"É isso mesmo. O gato tem sete vidas. Tempo de sobra até chorar quando o virmos pendurado. Por outro lado, seria uma novidade importante, Hogensen, se descobrissem que existe um tempo além das vidas do bichano. Porém, ainda não ouvi falar disso. Hoje não, amigo. Quem sabe amanhã", disse o inspetor, tirando as meias diante de Runólfur Jónsson.

"A mulher que come maruca devia dar um passeio até Seltjarnarnes para ver aquele portento", disse então Runólfur Jónsson, que todos achavam que estava dormindo, virando-se para o outro lado.

"Ah, eu estou me lixando para os gatos. Só a cachorrada me interessa, senhores, ou seja, a política. Hahahaha. Para mim, as únicas novidades que importam são as cachorradas da política", disse o capitão Hogensen.

"Eu te entendo, amigo. Nós te entendemos. Sabemos que o teu lugar era nas corvetas. E isso não é pouca coisa. Mas eu também tenho o meu lugar, meu caro Hogensen. A criação é insuperável em todas as suas dimensões", disse o inspetor.

"Nunca suportei os ranhetas, nem no meu tempo de marinha:

eles maldiziam tudo todos os dias, exceto aos domingos. Todo dia tinha sopa. *Den helvedes suppe,*[*] eles diziam. Porém, aos domingos, a sopa vinha com toucinho. Aí eles diziam: *Lovet være herren den almægtige",*[**] contou o capitão Hogensen.

"É isso mesmo, *lovet være herren den almægtige.* Mas eu, ao contrário, diria essas belas palavras todos os dias, exceto aos domingos, porque nunca pude com o toucinho. Só o cheiro já me embrulha o estômago. Mas agora sim vou me deitar. E que deus conceda a todos uma boa noite. E lembrem-se de avisar ao pequeno Álfgrímur, quando ele acordar amanhã de manhã, que eu peguei a tal moeda de ouro para evitar que se extravie", disse o inspetor.

E a mulher que comia maruca continuou vivendo. Por muito tempo, ela se espichava para fechar a porta quando tinha seus achaques. Isso porque não queria incomodar o homem que pilotava corvetas com seus urros e gemidos. Passados os achaques, ela voltava a deixar a porta entreaberta. Mas quando aparecia alguma visita para dar notícias sobre acontecimentos importantes, ou se alguém estivesse lendo um capítulo de *Biografias dos islandeses notáveis*, ou se algum bonachão começava a declamar quadrinhas de pescador ou de cavaleiro, a mulher escancarava a porta. Ela sempre falava comigo quando eu passava por ela; muitas vezes me perguntava sobre o tempo, que vento soprava naquele dia ou se eu achava que a estiagem iria continuar. Mas era complicado responder sobre essas coisas.

"O céu está desabando", eu lhe disse certa vez.

"Que horror ter que ouvir uma bobagem dessas. Até onde sei, o tempo continuava seco de manhã", disse a mulher.

"Olha pela janela", retruquei.

"Eu sei, agora está chovendo. Mas a gente só diz que o céu está desabando quando as pedras estão molhadas há pelo menos uma semana", disse a mulher.

---

[*] Em dinamarquês, "Maldita sopa".
[**] Em dinamarquês, "Louvado seja o Senhor onipotente".

Em outra ocasião, ela voltou a perguntar sobre o tempo no fim da tarde, e aí eu tentei caprichar na resposta:

"Caiu um aguaceiro de manhã."

"Que lamentável ter que ouvir isso, ainda mais que já passou a época de recolher os rebanhos! A gente só diz que caiu um aguaceiro quando chove sobre o feno recém-cortado", disse a mulher.

Não foi à toa que desconfiei que ali tinha algo quando essa mulher tão gramática me perguntou certo dia:

"Então como vão as coisas, caro menino? Sabes ler e escrever?"

Não tive coragem de negar, tampouco me atrevi a me gabar demais a respeito.

A propósito, ler e escrever nunca contou como escolaridade formal na Islândia, ao menos não mais do que saber arrancar uma cabeça de bacalhau seco, nem mesmo entre os pobres de marré. No meu tempo, as crianças em geral só eram matriculadas na escola depois de terem lido as sagas islandesas[*] em casa; estamos falando de cerca de quarenta livros. Apesar de ter ouvido visitantes lerem em voz alta muitos trechos das sagas, só li com meus próprios olhos as que se achavam na nossa casa por obra do acaso, porque alguém as esquecera lá.

Embora eu, por essa razão, tentasse reduzir a importância de saber ler e escrever, a mulher decidiu mesmo assim me pedir para ir até o centro e comprar uma caneta de no máximo meio centavo e dois centavos de papel de carta para ela. Eu mal havia chegado com esses objetos, e ela já começou a ditar para mim. Cabe ressaltar aqui que eu ainda não havia aprendido quase nada de ortografia, portanto, escrevia como os letrados

---

[*] *Íslendingasögur*, conjunto de quarenta narrativas anônimas de temática profana — ou seja, não religiosa nem mitológica — a respeito de islandeses notáveis na chamada era das sagas, que compreende o período de cem anos desde o início da colonização da ilha, tradicionalmente datada no ano 930, a maioria delas preservada em pergaminhos dos séculos XIV e XV.

islandeses que viveram por volta do ano 1100. A carta ditada por aquela mulher deve ter sido a primeira de todas as minhas tentativas de escrever com alguma genialidade. Dessa forma, fui como um dos inventores da ortografia islandesa. Não tentarei reproduzir a dita ortografia aqui, mas o conteúdo ditado pela mulher e anotado por mim devia ser mais ou menos assim:

Para o Nonni e a Gunna, ou seja, meus filhos. Então a nossa Lykla vai dar cria no outono, durante tanto tempo ansiamos por uma vaquinha. Quando ela der cria, vou pedir que vocês dois a tratem muito bem. Sei que ela está se preparando há muito tempo. Uma vez que a colheita de feno foi tão boa, acho que podemos nos permitir a ideia de alimentar mais uma boca. Se for uma bezerra, vamos batizá-la de Rosa. Porém, é difícil criar uma bezerra, minha querida Gunna. Quando a nossa Lykla der cria...

Pelo andar da carruagem, ia dar um trabalho insano compor aquela carta. A mulher era tão difícil de contentar quando o assunto era linguagem que me fazia apagar tudo imediatamente.

"Vamos rasgar esses malditos disparates!", ordenou a mulher.

Então, aquelas poucas linhas que a muito custo parimos durante a maior parte daquele dia acabaram indo para o beléléu. Assim continuamos por dias a fio. Nunca conseguimos formular na carta de maneira suficientemente escrupulosa que tipo de forragem devia ser dado ao bezerro. E ao chegar a noite, quase caíamos em coma de tão exaustos; e então rasgávamos os frutos do trabalho daquele dia. Seria aquela mulher descendente de Snorri Sturluson[*] por linha paterna? Mas uma coisa é certa: ela não arredava pé das tradições literárias mais rigorosas da Islândia. Por vezes, quando escrevo alguma

---

[*] Snorri Sturluson (1179-1241), escritor e caudilho islandês, orador da lei (equivalente ao cargo de presidente) no antigo parlamento islandês. É o autor mais conhecido da literatura medieval islandesa.

coisa, penso naquela mulher. Infelizmente, ela não percebia que, impondo-nos um modelo literário tão elevado, torna-se impossível escrever qualquer palavra ou balbuciar qualquer coisa além de um mero *a-a-a*. Muitas vezes, nossas tentativas de escrever uma carta terminavam com a mulher sofrendo uma convulsão. Com a caneta e o papel de carta nas mãos, eu deixava aquele cubículo desconcertado e encostava a porta. O capitão Hogensen cheirava rapé de um frasquinho de remédio que guardava embaixo do travesseiro e dizia:

"Acho que vou ter que escovar o meu uniforme em breve."

O tempo transcorreu até as noites de inverno sem quaisquer mudanças naquele cubículo, a não ser pelo fato de que a mulher foi ficando cada vez mais debilitada e pálida, até finalmente se tornar lívida, transfigurada e com a face translúcida que as pessoas que padecem por muito tempo de alguma doença costumam ganhar quando as últimas forças as abandonam.

Foi algum dia depois do início das geadas que aquela mulher de Landbrot mandou chamar Björn de Brekkukot e entregou a ele o dinheiro que tinha guardado no bolso do vestido para comprar a madeira do caixão que ela queria que meu avô construísse para ela.

"Ora, a única coisa que encaixotei até hoje foi peixe. Mas talvez eu consiga arrumar um quebra-galho", ele disse.

Para encurtar a história, o referido quebra-galho foi encontrado e o caixão começou a ser construído na despensa. Meu avô e o quebra-galho que ele arranjou tiraram as medidas da mulher usando um metro de carpinteiro. Participei dos seus trabalhos de diversas formas, por exemplo, entregando-lhes pregos e outras ninharias e mais tarde segurando a lata de negro de fumo com que pintaram o caixão em sinal de luto. A mulher não parava de perguntar como andavam os trabalhos, por alguma razão lhe deu na veneta que o caixão ficaria pequeno demais para ela, o que lhe causava preocupações constantes quando as dores não a distraíam. Ela me mandou tirar suas medidas com um barbante e disse para eu ir até a despensa para comparar o tamanho do caixão com a medida tirada com o barbante. A essa altura, o caixão já estava pronto, e o quebra-galho respondeu:

"Menino querido, diga àquela velhota choramingona da minha parte que, se ela ficar comprida demais para o caixão, cortamos uma ponta do corpo. Coisas assim aconteciam nas sagas antigas."

"Quando a nossa Lykla der cria", disse a mulher e continuou:

> *Quando a nossa Lykla der cria;*
> *sim, quando a nossa Lykla der cria:*
> *se for um bezerro*
> *se for um belo bezerrinho*
> *então o Nonni vai moer turfa para a caminha dele.*
> *À noite e pela manhã: turfa seca.*
> *Mas se for uma bezerra, como todos esperamos,*
> *o nome dela vai ser Rosa.*
> *Daremos a ela uma jarra de leite recém-tirado,*
> *não há por que ser mão-fechada.*
> *É um investimento que dará muito lucro, filhos queridos.*
> *Também é bom juntar uma colherada de mingau.*
> *Caldo de peixe não é nada mau.*
> *Alguns botam borra de café*
> *na ração da bezerra, dizem que é saudável,*
> *mas é mais para ruminar do que sustento.*
> *Já escrevi que ela deve se chamar Rosa?*
> *Ai que horror, está muito confuso,*
> *será que está ficando bom o que ditei?*
> *vamos rasgar e tentar de novo:*
> *Quando a nossa Lykla der cria.*
> *Quando a nossa Lykla der cria.*
> *Quando a nossa Lykla der cria:*
> *isso.*

Ao chegarmos nesse ponto, a saúde da mulher começou a se deteriorar rapidamente. Fiquei sentado no mochinho com uma carta pela metade sobre os joelhos. Nesse momento, Runólfur Jónsson chegou em casa e começou a tagarelar sobre portentos e grandes obras.

"Fala mais baixo, Runólfur. A mulher está nas últimas", disse o capitão Hogensen.

Runólfur deu uma espiada no cubículo e viu a situação.

"Ah! Então é isso, compadre. Pelo que vejo, temos que chamar o Björn de Brekkukot", disse Rúnki.

"Não vejo de que iria adiantar chamar quem quer que seja. Não entendes, bom homem, que a agonia está acabando?", perguntou o capitão Hogensen.

"Bem, então a única solução que vejo é falar com aquele que está acima do Björn de Brekkukot", disse Runólfur Jónsson.

Nesses dias, já havia começado a cair geada e neve. Levaram a mulher no dia seguinte. O velho guarda Jónas chegou com um trabalhador de Kolviðarhóll, do sul da Islândia, que foi convencido a levar o corpo com sua carga na primeira parte do trajeto; a ideia era guardar o cadáver em Kolviðarhóll até que fosse possível confiá-lo a algum homem de respeito que estivesse de partida para o leste da ilha. Naquela época, calculava-se sete dias de viagem para o trajeto a cavalo da capital da Islândia até Landbrot, no leste do país. Porém, as pessoas achavam que o mais provável era que o cadáver levasse pelo menos o inverno inteiro para viajar desacompanhado, nessa temporada de mau tempo, por todo aquele caminho intransitável através de comarcas enormes com suas mesetas, montanhas e areais que vão até Landbrot, no leste, isso sem mencionar certos cursos d'água caudalosos.

Numa única cerimônia, foi feito o fechamento do caixão e a despedida, tudo porém sem a presença de pastor e sem cânticos religiosos, descontando o fato de que me fizeram cantar o longo salmo de fechamento do caixão, uma vez que eu estava acostumado a cantar em enterros. Me mandaram começar mais ou menos no momento em que minha avó terminava de colocar a mortalha sobre o cadáver. Fiquei lá em pé cantando ao lado do alçapão como um passarinho no alto de uma árvore enquanto baixavam o caixão pela escada. Runólfur Jónsson estava sentado à beirada da cama com os olhos ardidos de sal e um dedo na boca como se fosse um menininho. Aquela cerimônia ganhou um aspecto particularmente distinto pelo fato de o capitão Hogensen ter se dignado a desentrevar-se para, engalanado com seu uniforme, participar como representante da marinha. Seu uniforme foi escovado com esmero, para não mencionar as abotoaduras de ouro e a viseira do quepe. Ele ficou ereto, em postura de almirante, ao lado da cabeceira de sua cama, e era possível ver como as veias azuladas serpenteavam sob a pele das suas têmporas, que parecia um pergaminho. Aquele oficial estrangeiro do Reino da Dinamarca, cujo rosto se parecia exatamente com o de sua alteza real, o rei Cristiano IX, ergueu sua encarquilhada mão de operário e a levou até a viseira do quepe quando o cadáver passou por ele, depois ficou parado naquela posição sem piscar o olho enquanto eu cantava o salmo completo até chegar ao amém.

19
Manhã eterna, fim

Chegado o fim do inverno, meu avô Björn me chamava entre três da madrugada e seis da manhã para ir com ele examinar as redes de pescar peixe-lapa em Skerjafjörður. Desde então, trago aquelas manhãs na memória.

O que acontecia? De fato, não acontecia nada além de o sol se preparar para nascer. As estrelas dificilmente ficam mais brilhantes do que pelas manhãs, seja porque a visão está mais aguçada logo que acordamos, seja porque a Virgem Maria passou a noite toda lustrando-as. Às vezes também havia lua. Uma luz fraca estava acesa num casebre em Álftanes; talvez alguém planejasse remar. Muitas vezes, havia geada e neve congelada, ouvindo-se o gelo ranger na madrugada. Em alguma parte na distância infinita estava a primavera, ao menos na mente de deus, como uma criança que ainda não foi concebida no ventre materno.

Meu avô tinha um barco maior e outro menor. O menor era usado para pescar peixe-lapa e ficava guardado na praia acima da linha da maré diante de uma cabana onde guardávamos os nossos instrumentos de pesca. Era fácil pôr o barco na água, ele praticamente corria por conta própria se os rolos estivessem bem posicionados. Remávamos por entre os escolhos e arrecifes para chegar ao local onde ficavam as redes. Às vezes, as gaivotas nos seguiam sob o luar. Não é costume recolher as redes de peixe-lapa no barco, mas sim remar ao largo delas e colher os peixes com um gancho ou simplesmente pegá-los com as mãos protegidas com luvas de pesca. Eu tirava o meu remo da água e mantinha o barco parado enquanto meu avô enganchava os peixes.

Ele estava sempre de bom humor e um pouquinho espevitado, mas nunca engraçado no sentido pleno da palavra. Podia ser brincalhão de um jeito inocente e se divertia remando mais rápido do que eu. Também ria se caía algum cisco de tabaco no meu olho quando ele cheirava rapé, talvez por achar que ser visto com os olhos marejados atentaria contra sua hombridade. Eu nunca sabia o que ele estava pensando, pois a maior parte do tempo falava com frases feitas, fosse a respeito do tempo ou da pesca. Porém, de certa forma, sempre achei que, na companhia daquele homem, nada podia sair diferente do que o previsto. Muitas vezes eu pensava em como o redentor tinha sido bondoso comigo por mandar aquele homem para ser meu arrimo e amparo, e eu estava determinado a continuar com ele enquanto ele vivesse e sempre recolher peixes-lapa com ele no fim do inverno. E esperava que deus concedesse que ele só me deixasse quando eu fosse quase tão velho como ele, então eu iria encontrar em algum lugar um menininho para remar comigo e ir ver as redes de manhã bem cedo enquanto as estrelas ainda estivessem brilhantes no fim do inverno. Ao luar, o peito das gaivotas parecia de ouro. Se a gente espreitasse da beirada do barco, via os peixes-lapa abrindo e fechando a boca e ziguezagueando entre as algas. Às vezes eles viravam o ventre rosado para cima e ficavam boiando no mar; às vezes, ambos lotávamos os nossos carrinhos de mão com aquele peixe gordo. Quando as estrelas já haviam começado a esmaecer, íamos para casa levando o fruto da pesca, atravessando todo o bairro de Melar. Em casa, tomávamos o café que minha avó preparava e depois seguíamos até o centro da cidade para vender o nosso peixe mais ou menos na hora em que as pessoas estavam acordando. Meu avô estacionava o carrinho de mão em alguma praça e muitos vinham até ele com suas moedas na mão para comprar peixe-lapa fêmea ou macho, enquanto alguns vinham apenas para saudá-lo e conversar sobre o tempo. Muitas vezes ele me mandava levar o peixe-lapa embrulhado para os fregueses fiéis. Em geral, vinha uma criada com as moedas na mão para recolher o peixe, raramente aparecia a própria matrona ou, por alguma razão insondável, a donzela da casa.

"Não és tu o parente de Garðar Hólm?", perguntou uma jovenzinha que apareceu quando eu menos esperava na porta dos fundos da casa para pegar o embrulho de peixe-lapa que eu trazia nas mãos.

"Não, não sou", respondi.

"Claro que és parente dele. Foi a ti que ele deu aquela moeda de ouro. Estou absolutamente perplexa! Estás vendendo peixe-lapa? Não sabes que o peixe-lapa é um peixe inferior?", perguntou a garota.

Não respondi.

"Então não pretendes ser alguém quando cresceres?", ela perguntou.

"Pretendo ser pescador, se é que isso é da tua conta!", respondi.

"Lapeiro! Não tens mesmo vergonha na cara. Nem parece que tens um parente como aquele! Deixa o peixe-lapa ali na escada, não quero nem chegar perto, é praticamente um peixe-escorpião! Nem parece que tens um parente famoso!", ela exclamou.

"Tens que me pagar pelo peixe", retruquei.

"Não tenho dinheiro nenhum. A empregada foi embora!", exclamou a donzela da casa.

"Tenho que receber pelo peixe", insisti.

"Pois podes te contentar com a moeda de ouro que ganhaste no ano passado, sua besta!", ela exclamou. Dito isso, ela entrou na casa e bateu a porta, mas em seguida voltou a abrir para cuspir mais um insulto: "Espero que aquela moeda seja falsa!".

Então, ela bateu a porta outra vez, dessa vez em definitivo.

O embrulho seguia ali nos degraus da entrada. Levei o peixe comigo e o pus de volta no carrinho de mão do meu avô, explicando a ele que não haviam me pagado. Para ser bem franco, senti certo desgosto por ver um peixe gordo daquele ser desdenhado daquela forma.

Todas aquelas manhãs em que íamos buscar peixe-lapa em Skerjafjörður eram, de fato, uma só manhã: não mais que de repente, elas acabavam. As estrelas daquelas manhãs começavam a esmaecer, o meu idílio chinês tinha fim.

Meu avô fez um sinal indicando que devíamos levantar os remos. A proa do barco se detém numa roca e fiapos vermelhos de alga se agitam para lá e para cá junto à popa sobre a superfície serena do mar, enquanto o sol continua subindo. Estamos no finzinho do inverno. Ele cheira rapé conscienciosamente do seu chifre de boi e então diz:

"Tua avó andou conversando comigo."

Fiquei calado, à espera.

"Sabes, meu minino, que eu e ela na verdade não somos teu avô e tua avó. Não somos avô nem avó de ninguém neste mundo, não somos nem mesmo um casal. Somos apenas dois velhos caquéticos. Mas eu conheci a irmã da tua avó em outros tempos", ele disse.

"Eu não sabia que minha avó tinha uma irmã", eu disse.

"A irmã da tua avó morreu já faz mais de cinquenta anos. Mas é por causa dela que, de certa forma, a tua avó vive aqui comigo. Eu gostava da finada irmã da tua avó", disse meu avô.

"Então minha avó veio morar contigo quando a irmã dela morreu?", perguntei.

"A irmã da tua avó nunca morou comigo. E tua avó era uma mulher casada lá nas bandas do sul", ele respondeu.

Então de repente me lembrei que minha avó disse certa vez que tinha vindo de lá das bandas do sul até aqui na capital.

"Ai ai ai. Mas gente! Ela perdeu o marido lá numa temporada

de pesca em alto-mar. Ele havia partido de Thorlákshöfn para pescar, numa páscoa. Então não restava mais ninguém", ele contou.

"Como assim, não restava mais ninguém? Por que é que não restava mais ninguém? Onde estavam... os outros?", perguntei.

"Não restava mais nada. Ela teve três filhos homens, mas quis o destino que ela perdesse todos. O terceiro estava sendo velado quando o pai faleceu. Ela batizou todos com o mesmo nome; sempre foi um pouco cabeça-dura. Os três se chamavam Grímur, como o avô dela. Naquele tempo, a maioria dos recém-nascidos aqui na Islândia acabava morrendo. Quando não por outra coisa, morriam de difteria. Mas depois que o terceiro filho morreu e quis o destino que ela perdesse também o pai dos seus filhos, e isso na mesma páscoa, bem, então é claro que a mulher não tinha o que fazer a não ser deixar aquela casa para trás. Como o marido também se fora, nada mais era possível. Foi aí que a convidei para vir aqui para a capital, se ela quisesse, já que eu conhecia um pouco a irmã dela. E assim ela fez, veio para cá", contou meu avô.

"E eu que achava que minha vó não conhecia perigo maior do que o riacho Sogalækur!", exclamei.

"Quando o teu arremedo de mãe quis te batizar Álfur anos atrás, meu minino, tua avó determinou que também devias te chamar Grímur. Ela é assim de cabeça-dura. E é por isso que ela não quer que te afogues no riacho Sogalækur quando vais até lá para buscar o Gráni."

"Vou tentar ter mais cuidado, vovô", afirmei.

Ele continuou:

"Como eu ia dizendo, tua avó andou conversando comigo. Ela diz que, segundo o mestre-escola Helgesen, tens jeito para aprender. Por isso queremos que comeces a estudar."

"Mas por quê?", perguntei.

"Os antepassados da tua avó foram pessoas estudadas", ele explicou.

"Mas o que vai ser de mim então? Não vou mais poder vir ver as redes contigo?", perguntei.

"Estávamos pensando em te matricular na escola, meu minino, para que aprendas o que chamam de latim. O plano seria começares no outono, se a escola te aceitar. Fui conversar com o reverendo Jóhann. Arranjaram um islandês que estudou em Copenhague para te preparar. Pelo que foi conversado, começas a estudar com ele amanhã."

"Então não vais me acordar amanhã cedinho para vir ver as redes?", perguntei.

"Tua avó só quer o teu bem, meu minino. E eu também, apesar de eu ser um ignorante", ele respondeu.

Dito isso, ele voltou a baixar o remo; nos afastamos da roca e remamos de volta à praia.

Lê-se na biografia de Stephan G. Stephansson[*] que, quando o poeta do povo vivia como filho adotivo em Skagafjörður, no norte do país, ele testemunhou num outono uns meninos que iam a cavalo rumo ao sul para frequentar a escola. E se sentiu tão miserável de não poder ele também frequentar a escola e tornar-se um letrado que se jogou no musgo entre as moitas e chorou o dia inteiro. Sempre tive dificuldade de entender essa história. Nunca me ocorreu a ideia de me tornar um latinista. Nunca me comovi vendo os estudantes andando pela cidade com uma pilha de livros debaixo do braço. Muito menos tinha a tentação de vestir o mesmo uniforme que eles. E agora, ao ser comunicado que devia aprender latim, senti um aperto no peito, como se meu avô tivesse me dito que eu iria ser um tocador de realejo ou um amolador de facas, profissões de velhacos

---

[*] Nome adotado pelo poeta Stefán Guðmundur Guðmundsson (1853-1927) ao emigrar para o Canadá na grande onda do êxodo islandês, ocorrida entre o final do século XIX e início do século XX. Mesmo radicado na América do Norte, escreveu sua obra na sua língua materna, exercendo importante influência sobre poetas islandeses.

cujos representantes, vindos da Dinamarca, nos visitavam de vez em quando durante o verão.

Em outras palavras, aquilo foi como um raio em céu azul. Todos os meus planos de vida eterna em Brekkukot viraram pó. A minha alegria de existir se espatifou. A muralha da China, onde eu era o próprio filho do céu, desabou, e não ao som de trombetas, mas de uma palavra. O mais doloroso de tudo é que coube a ele, meu avô, pronunciar a palavra capaz de destruir o portão que se abria para a nossa casa em Brekkukot. Minhas pernas bambearam. Eu não chorava desde criancinha, pois a gente não chorava em Brekkukot. Senti que mais nada nesta vida poderia me consolar. Remei, continuei a remar o máximo que podia para ter meu avô de volta, chorando. Quando chegamos à praia, ele disse:

"Força, meu minino, pois tens que ocupar o lugar do Álfur da tua mãe e dos três Grímur da tua avó."

20
Latim

Mas o que será que meu avô, Björn de Brekkukot, devia achar que era esse tal de latim? Será que ele pensava que o latim era um "abre-te, sésamo" que abria os penhascos da Islândia? Se era isso, não duvido que ele tivesse certa razão. Na Islândia, onde sai o peixe fresco, entra o latim.

Antigamente, havia aqui mais eruditos que sabiam latim do que na maioria dos países. O latim era um símbolo de fidalguia na Islândia. Um mendigo que arrotava latim sempre valia mais do que quem lhe dava uma esmola. Com efeito, uma pessoa só era considerada letrada na Islândia se dominasse o latim.

Até aquele dia, o mundo em que eu vivia fora tão generoso comigo que eu não desejava outro mundo algum. Eu tinha tudo. Aos meus olhos, tudo na nossa casa era à sua maneira perfeito. Jamais sequer me passava pela cabeça que faltasse algo à rematada grandeza do capitão Hogensen, ou de Runólfur Jónsson, ou do nosso inspetor. Até então, eu achava que minha avó nunca tivera outro Grímur além de mim, o seu Álfgrímur. E supunha que, da mesma forma que ela era tudo para mim, eu também bastava para ela, assim do jeitinho que vim ao mundo. Mas agora descobri de chofre que ela tinha tido três Grímur, e isso, até onde entendi, na esperança de que, na pior das hipóteses, pelo menos um deles vingasse e aprendesse latim como seus antepassados, porém, como aquilo não aconteceu, ela partiu e atravessou a passagem de montanha de Hellisheiði, me encontrou aqui na capital e me criou na esperança de que eu aprendesse latim no lugar dos seus três Grímur. Difícil não me sentir rebaixado.

No entanto, só chorei durante a manhã e, calado, comecei a estudar. E de alguma forma fiz as pazes com aqueles três Grímur que recebi de herança enquanto remava atrás dos peixes. E, já naquele mesmo dia, teve início outra regata, e também outra toada. Dei adeus ao peixe fresco e ao peixe-lapa fêmea, à vaca e ao cavalo, à mosca-varejeira e à galinha, e também àquele cercadinho baixo de ripas submerso entre as redes, e aos malmequeres-das-areias. O concerto harmônico de prata e cobre também se perdeu na distância.

Porém, no frigir dos ovos, não era apenas em latim que eu precisava de instrução e tive que adquirir vários outros manuais, alguns em línguas das quais eu não sabia nem o nome. Entre eles, um livro em dinamarquês que contava quantos ossos tem um cachorro. E também o famoso manual de inglês de Geir Zoëga que começa assim: *I have a book, you have a pen, there is no ink in the inkstand.* Entretanto, essas duas línguas mal eram consideradas erudição — mandaram-me aprendê-las por conta própria durante as refeições. A única questão que importava na escola era saber *declinare* e *coniugare*, ou seja, fazer passar as palavras latinas por todos os casos e expor em ordem as flexões de um verbo. Essas declinações e conjugações não são muito diferentes do "abre-te, sésamo" que mencionei há pouco. Além disso, também me fizeram aprender uma coisa conhecida como Tábua Pitagórica ou tabuada de multiplicação, que o poeta Benedikt Gröndal chamou de "litania bostífera" em sua autobiografia. Conforme nos aproximávamos da noite de são João, eu já começava a cuspir ambas aquelas litanias de forma automática diante do pálido islandês que estudou em Copenhague, ele que se tornara meu preceptor por intercessão do reverendo Jóhann. E quando o próprio reverendo Jóhann veio nos visitar, no início da colheita de feno, declinei para ele todos as classes de substantivos nos três gêneros, de *mensa* até *dies*, e de quebra ainda conjuguei quatro verbos diferentes no subjuntivo em todos os *temporibus*. O reverendo Jóhann ficou tão empolgado com aquilo tudo que afirmou que quem sabe declinar corretamente também sabe pensar corretamente, e que quem sabe pensar corretamente sabe viver corretamente, com a graça de deus. Eu iria tentar uma vaga no segundo ano do Liceu Latino[*] no outono.

Eu gostaria de consignar aqui que, apesar de estar conformado em fazer tudo aquilo para contentar minha avó, por muitos anos carreguei comigo o desgosto causado pelo gradual desarraigo que aqueles estudos implicaram. Por algum tempo, parte de mim continuou aninhada naquele seio materno, cheio de desconfiança e temor contra tudo o que era estranho: outros cheiros, outras pessoas, outros peixes. Nessa etapa da minha vida, permaneci num estado de torpor. Fui tomado por uma apatia que nem mesmo a alegria juvenil era capaz de curar. Desconhecidos passavam por mim como espectros que tentavam ganhar forma, mas acabavam como meros tufos de lã. As falas dos outros chegavam aos meus ouvidos como um rumor que adentra as janelas com uma brisa ao entardecer, do qual se distingue apenas uma ou outra palavra dispersa, quando muito. Eu só tinha vontade de me sentar junto ao fogão da minha avó quando ela estava cozinhando e conversar com ela sobre o tempo ou ouvi-la cantarolar alguma balada antiga ou recitar um salmo enquanto tricotava.

Contaram-me que nos meus tempos de escola fui daquele tipo de tolo que é contagiado pela febre dos oradores. Na Islândia, acredita-se que os alunos com as melhores notas só podem acabar alcoólatras, jornalistas ou escriturários de segunda classe. Pela parte que me toca, já que eu não podia mais me tornar lapeiro, pouco importava o que viria a ser; não me

---

[*] *Latínuskólinn*, o atual Liceu de Reykjavík, o mais antigo liceu clássico do país, fundado em 1846 como Liceu Latino.

interessava por nada em especial, não almejava nada. Pode ser que o vazio que reinava na minha mente naqueles anos tenha me ajudado nos estudos. Aprendi todo tipo de coisa sem qualquer motivação, como um autômato. Eu me achava nas dores da puberdade, tanto física como psiquicamente. As lições jorravam da minha boca como quando alguém fala nos sonhos. Provocado, era capaz de citar todos os ossos de um cachorro a qualquer momento, como se os tivesse no bolso, e se me acordassem às três da madrugada, podia enumerá-los um por um sem deixar nenhum para trás, como se estivesse deitado em cima deles. Na época, esse transtorno mental era considerado um sinal de inteligência. Por causa disso, conquistei a benevolência das pessoas que deviam me disciplinar e, sem sombra de dúvida, minha "inteligência" me poupou de apuros pelos quais acredito que, não fosse por isso, eu teria passado onde quer que mostrasse as minhas fuças naquele interregno entre o fim da infância e o começo da pré-adolescência. Minhas fotos daquele período escolar são como os retratos de um fugitivo do manicômio. Desde pequeno, cresci bastante graças ao fígado e às ovas de peixe que me davam para comer em Brekkukot; e o peixe-lapa bem gordo também teve sua parte nisso. Eu era um dos alunos mais altos da escola no segundo ano — também o ano da minha confirmação religiosa.* Por exemplo, meus pés eram tão grandes que eu sempre os trançava ao caminhar; os braços pendiam nos meus flancos feito uma bagagem desajeitada da qual eu não tinha como me desfazer. O meu rosto não apresentava nem resquício de um sorriso, como se a alma o tivesse abandonado e não restasse mais nada além do receio que sentia do próprio vazio: um prisioneiro perpétuo que olha entre as grades. Os duzentos fios de cabelo em torno do rede-

---

* *Ferming,* profissão pública de fé perante a comunidade religiosa, comparável à crisma católica, ao final dos estudos confirmatórios entre os adeptos do luteranismo, denominação protestante majoritária na Islândia.

moinho ficavam sempre em pé na minha cabeça como uma vassoura, e não havia força neste mundo que fosse capaz de domá-los, até que o próprio tempo tomou as rédeas, e eu comecei a ficar calvo. Mas tentarei não extenuar os leitores tagarelando a respeito da aparência daquele menino criado numa casa de turfa e que agora era obrigado a andar na ponta dos pés no piso encerado do Liceu Latino, em meio a filhos de comerciantes, dignitários e ricos proprietários rurais. No entanto, creio não poder omitir completamente as minhas botas, pois elas terão, mais tarde, uma pequena participação nesta história. Separaram para mim umas botas que um certo camponês esquecera na nossa casa em Brekkukot quando partiu rumo ao Canadá, vinte e cinco anos antes. Disseram-me para usá-las até gastar naquele inverno, pois minha avó e meu avô haviam finalmente perdido a esperança de que o tal homem voltasse para buscá-las. Porém, gastar aquelas botas era mais fácil de falar do que de fazer. Aqui me eximo de afirmar se elas eram feias ou bonitas, pois o gosto das pessoas para calçados varia: calçados de todos os tipos são considerados bonitos mundo afora, afinal, cada um tem o seu gosto; e outrora, quanto mais comprida a biqueira, mais bonito um sapato era considerado, até que a biqueira passou a ser curvada e suspensa no ar, alcançando até a altura do joelho, ao passo que, em outras épocas, o único tipo de sapato digno de menção era o que deixava os dedos de fora. Pode até ser que as botas que usei durante o ano da minha confirmação religiosa em algum momento estivessem na moda, pois eram boas botas, e poucas vezes uma pessoa ficou tão contente com um calçado como eu fiquei, ao menos de início. Francamente, senti um alívio em abandonar aqueles frágeis mocassins de pele não curtida que, na minha juventude, eram chamados de sapatos de couro de vaca aqui na nossa capital. Se eu tivesse que encontrar algum defeito nas minhas botas, talvez fosse o fato de ter demasiados pregos na sola, que, de fato, mais parecia uma cama de pregos: sempre que eu estava prestes a chegar ao centro usando as tais botas, algum prego apontava a cabeça, às vezes mais de um ao mesmo tempo, para cutucar meu pé. Portanto, na prática só era possível sair para passear com aquelas botas levando um alicate, pois, como na época eu ainda não me tornara um janota, não hesitava em me sentar no meio-fio para extrair alguns pregos da sola, quando necessário. Por outro lado, nunca houve nenhum camundongo vivo dentro dos tacões das minhas botas, como consta que seria o último grito da moda em Paris. Porém, uma das recordações mais fortes era o ruído imenso e o alvoroço que elas causavam na casa de pessoas de bem, sobretudo no Liceu Latino. A espessura e a rigidez das solas, bem como o ferro que reforçava aquelas botas, faziam com que a maioria das pessoas ficasse com uma pulga atrás da orelha quando me ouvia chegar ao longe.

21

Convertendo os chineses

Aprimorei um tipo de semblante que me tornava quase invisível aos olhos dos outros, como se um casulo se formasse ao meu redor, sem nunca ter um aspecto miserável que incentivasse as pessoas a caçoar de mim; eu só era um pouquinho esquisito, mas de uma maneira desenxabida. É bem provável que as pessoas debochassem de mim muito mais do que eu percebia, porém, na juventude eu era tão bocó que só me dava conta da zombaria quando esta já se tornara um escárnio maldoso, ou seja, uma zombaria explícita, e às vezes nem mesmo nesse ponto.

Dizem que neste mundo sempre há um chinelo velho para um pé torto. Conheci Jón Vovô no primeiro dia de aula do segundo ano, ou melhor, nos conhecemos. Ele tinha o dobro da minha idade e escanhoava o rosto todo dia para não ficar com uma barba comprida. Vinha de Dalir, no noroeste da Islândia. Mediante uma determinada congregação na Noruega que publicava panfletos cristãos, ele recebera o chamado dos céus para converter os chineses. Volta e meia, pegavam esse Jón Vovô para cristo, e muitos o provocavam dizendo uma obscenidade qualquer só para atormentá-lo. Aquele homem loiro e robusto estava convencido de que todos podiam se tornar pessoas melhores só de ler aqueles panfletos cristãos em norueguês e de que faria bem aos chineses estudar os calhamaços de histórias bíblicas ilustradas impressos em Cristiânia.* As pessoas não cansavam de caçoar dessas suas ideias, pois os islandeses tinham a opinião arraigada de que todos os crentes deviam ser dementes. Em razão de sua idade, Jón Vovô enfrentava certa dificuldade nos estudos, não apenas porque demorava mais do que os outros para entender as coisas, mas também porque tinha uma memória absolutamente péssima. Achava o latim uma invencionice esquisita e supérflua, em especial o subjuntivo. E acreditava que era obra do capeta o fato de haver dezenas de formas verbais em latim e centenas no grego. No entanto, ele não se importava de ter que decorar tais litanias, pois fazia tudo em nome do chamado. E como aquela desgraceira jorrava dos meus lábios com fluência e sem esforço algum já no primeiro dia de aula, o professor me pediu que eu desse uma mãozinha ao Jón Vovô nas lições de latim.

Muitas vezes eu ficava até altas horas da noite mastigando o latim para ele, depois dava uma escapada até Brekkukot para dormir e logo acordar com as galinhas para repassar com ele a lição. Jón Vovô tinha o velho hábito de se levantar no meio da madrugada para tratar das vacas, então já estava lépido e faceiro de manhã quando eu ia encontrá-lo, apenas com um porém: em geral, ele já tinha esquecido o latim que aprendera na noite anterior. Queria que rezássemos em neonoruguês** pela salvação dos chineses, e eu não tinha naturalmente nada contra isso, apesar de achar mais importante rezarmos para que o redentor o ajudasse a aprender latim. O neonoruguês era uma língua por demais conveniente para Jón Vovô, pois era tão podada que nem sequer tinha declinações, salvo um resquício de possessivo do alemão rústico: *o homem seu cachorro.*

---

* Assim era conhecida, por exatos três séculos (1624-1924), Oslo, atual capital da Noruega.
** Em islandês, *nýnorska* (noruguês, *nynorsk*), uma das duas variantes oficiais da língua noruguesa, utilizada por cerca de dez a vinte por cento da população do país, sobretudo na costa oeste, criada a partir de diversos dialetos e do nórdico antigo.

Nessa língua assaz ridícula, nós dois rezamos para que o redentor convertesse os chineses. Os nossos colegas de escola nos apelidaram de Besta Larga e Besta Comprida, e as pessoas ficavam olhando para nós onde quer que andássemos, e os bêbados nos paravam no meio da rua para papear com a gente.

Contudo, havia algo que nos aproximava mais do que todo o latim e o neonorueguês, além da salvação dos chineses: a música. Nenhum obstáculo era grande demais aos olhos do Jón Vovô se algo servisse para acercá-lo dos chineses, por isso também se dedicava a estudar música. Ele havia dado um jeito de arranjar um harmônio e tentava martelar o teclado, mas não estava se saindo muito bem, atribuindo a culpa às teclas demasiado estreitas. Não achava a música lá grande coisa, mas tinha ouvido falar que, quando se tentava ensinar as histórias bíblicas aos chineses, era preciso tocar harmônio simultaneamente. Por isso, resolveu buscar um professor que o ensinasse a tocar aquele instrumento.

Isso foi num período da minha vida no qual o canto havia fenecido completamente dentro de mim. Eu nunca sabia que som sairia da minha boca quando a abrisse. Já não ouvia mais o canto que antes preenchia o ar à minha volta. Eu me contentava em ler as notícias que chegavam com os jornais a respeito da fama crescente do cantor Garðar Hólm pelo mundo afora: os jornais contavam que no momento ele estava hospedado no palácio de um conde.

Uma menina vestindo trajes dinamarqueses se deteve do outro lado da rua e ficou olhando para nós dois. A poucas coisas eu e Jón nos devotávamos menos do que nos metermos com as mulheres. Sequer me dei ao trabalho de olhar para o outro lado da rua. Porém, creio que entrevi com o rabo do olho que a menina usava luvas vermelhas. Estávamos tão habituados a sermos avacalhados no meio da rua que nem ligávamos quando isso acontecia. Então, percebi quando ela se virou na nossa direção, atravessou a rua e veio ao nosso encontro. E ficou olhando para mim. Isso se deu pouco antes da primavera, e eu estava para fazer as provas de encerramento do segundo ano e também a confirmação religiosa com o reverendo Jóhann. Ela tinha a tez da cor da manteiga estival. Suas luvas eram vermelhas, como eu suspeitava, e tinha debruns rendados. Tive a impressão de que a conhecia. Será que eu estava vendo bem?

"Não estás me reconhecendo?", ela perguntou.

"Não", respondi.

"Por que não estás me reconhecendo?"

"Tira o chapéu", disse Jón Vovô.

"Por quê?", perguntei.

"És assim tão malcriado?", ela perguntou.

Quando a examinei melhor, vi que, apesar de estar usando aquelas luvas vermelhas, de mulher ela só tinha o nome, talvez fosse no máximo um ou dois anos mais velha que eu.

"Por que não recebemos nunca um cartão do Garðar Hólm?", ela perguntou.

"Que tipo de cartão?", perguntei.

"Que tipo de imbecil és? E quem é esse outro imbecil ao teu lado?", ela perguntou.

"Por que cargas-d'água vens te meter com a gente?", perguntei.

"Mas me conta aqui uma coisa...", ela disse.

Ela baixou o tom de voz e chegou perto de mim antes de continuar:

"Aquela moeda era mesmo de ouro?"

"Sim, claro que era uma moeda de ouro", respondi.

"Jesus! Que alívio saber disso. O meu pai disse que era de peltre", ela disse.

"Mas o que é que ele entende disso?", perguntei.

"Pois! É exatamente o que eu acho. Muito obrigada. Vejo que estás estudando. O que queres ser?", ela perguntou.

"Lapeiro", respondi.

"Quando vais deixar de te comportar como um imbecil?", ela perguntou.

Algum tempo depois, digo a Jón Vovô:

"Escuta aqui, Jón. Estou com uma vontade de começar a aprender a tocar harmônio."

"Eu não aconselharia ninguém a isso. Trata-se de um passatempo aborrecido e inútil. Eu jamais perderia tempo com isso se não fosse imprescindível na China", ele respondeu.

A música não era algo digno de ser ensinado na Islândia desde a Idade Média; pelo contrário, era tida como perversão ou vadiagem, especialmente pela elite intelectual, até que Garðar Hólm tornou a Islândia conhecida no mundo todo: muita gente então teve que repensar o assunto. Porém, por muito tempo, a fama angariada através do canto continuava sendo algo estranho para o populacho. Portanto, era praticamente impensável na minha juventude que alguém se desse ao trabalho de enfrentar o tédio que a música implica, salvo para fins de conforto espiritual: a música era excelente quando acontecia de se enterrar alguém.

Surpreendeu-me sobremaneira o fato de o chantre — o mestre do coro da catedral nacional — saber quem eu era quando fui aprender a tocar harmônio com ele na companhia de Jón Vovô:

"Não eras tu aquele garoto que o reverendo Jóhann levava às vezes pela mão ao cemitério para cantar?", ele perguntou.

Respondi me desculpando, ciente de que era ao chantre em pessoa que cabia cantar nos sepultamentos importantes:

"Apenas em sepultamentos menores."

"Seja como for, é por isso que eu te conheço. Sei também que tens algum parentesco com o nosso querido Garðar Hólm. Por acaso pretendes tocar para o sultão em Argel? Ou para os chineses, como o nosso amigo Jón aqui?", perguntou o chantre.

Foi a primeira vez que conheci uma casa do tipo que se chama residência, segundo o conceito que se aplicava em boa parte do mundo desde pelo menos o ano 1000: sala de jantar e sala de estar; não um mero canto para o fogão, mas sim uma cozinha; os móveis atendiam por nomes franceses: *chiffonnier*, *buffet*, *canapé*; e a matrona era dinamarquesa. Pela primeira vez me sentei numa poltrona com babados. O harmônio ficava no estúdio do chantre, num canto ao lado do vestíbulo. Porém, foi o piano envernizado na sala de estar que me pareceu a coroa daquele casarão. Primeiro, achei que um instrumento com um teclado tão amplo devia guardar todas as notas audíveis do universo, e fiquei surpreso quando me explicaram que sua nobreza reside sobretudo no fato de que naquele teclado cada nota tem um lugar fixo, salvo quando o piano não está afinado, e que até mesmo o violino produz mais notas, apesar de ter apenas quatro cordas.

"Ouviste música alguma vez?", perguntou o chantre.

"Só quando eu era criança", respondi.

"Bom, acho ótimo teres ouvido alguma música quando eras criança", ele disse.

Não entrei nos pormenores da minha resposta, porém, para ser honesto, eu estava pensando principalmente na mosca-varejeira, que ainda zumbia de vez em quando nas minhas cócleas durante meus cochilos de inverno.

"Blær! Senta ao piano!", ele ordenou.

Entrou pela porta uma visão que me deixou sem palavras por um bom tempo. Os raios do sol na atmosfera concentraram-se num único foco, e nele estava aquela transfiguração. O sol refulgia nos cabelos dela. Ela me olhou com olhos em que confluíam o verde e o azul. Depois se sentou ao piano.

Não me lembro mais exatamente o que foi que ela tocou, mas de algum modo tenho a impressão de que foi algo de Gade ou Lumbye; ou seria de Hartmann?* Talvez tenha sido simplesmente *Snödroppen*.** Ela tocou bem? Suas mãos eram longas e azuladas. As mãos mais belas que já vi. Os movimentos do seu

---

* Niels Wilhelm Gade (1817-1890), Hans Christian Lumbye (1810-1874) e Johan Peter Emilius Hartmann (1805-1900), respectivamente, três importantes compositores dinamarqueses do período romântico.
** Título em sueco da peça para piano *Vintergækken* [Campainhas-de-inverno], do compositor romântico alemão Hermann Wenzel (1863-1944).

corpo semelhavam os lentos meneios de cauda do peixe-lapa, e da alma que animava o seu rosto emanava um aroma de morangos. Poucas vezes se ouviu alguém tocar com tão desalmada devoção: quem dera aquilo fosse a própria vida e durasse tanto quanto a música, era isso que eu almejava e esperava.

Depois, a música terminou. Ela se levantou e sorriu. Seus olhos haviam ficado afogueados enquanto tocava, e o rubor tomara conta de suas bochechas. Minha vista escureceu um pouco, como se estivesse prestes a desmaiar. Entretanto, ela me observou, e então o sorriso nos seus lábios desapareceu. Então, saiu. Fiquei com a impressão de que ela achou não ter valido a pena tocar para alguém assim.

No sótão da casa de Hríngjarabær havia um harmônio de quatro oitavas e meia no qual soava apenas uma de cada duas notas: herança de Garðar Hólm.

"Teu harmônio está num estado lastimável, querida Kristín", eu disse.

"Como assim, meu menino? É impossível, pois eu sempre o lavo com água e sabão, tanto na primavera como no outono", disse a mulher.

"Só se ouve uma de cada duas notas", eu disse.

"Acho que soam muito bem. Eu teria medo se saíssem mais sons desse instrumento. Para mim basta que dele saia uma única nota para que eu veja tudo diante de mim: como era aqui no cemitério antigamente", a mulher disse.

Seja como for, ela me prometeu que deixaria Jón Vovô me ajudar a consertar o harmônio. Nem ele nem eu tínhamos consertado harmônio algum até então, mas rezamos ao redentor em neonorueguês antes de começar e no fim conseguimos fazer com que a maioria das teclas do instrumento emitisse sua nota. E à noite, quando eu começava a praticar as escalas, a velha vinha até mim e se sentava na sua poltrona para ouvir. A manhã da vida voltava a visitá-la, a manhã eterna, o cemitério como era antes. Não tardava até ela adormecer na sua poltrona.

22

Schubert

Uma vez por semana, ou mais, eu ia estudar na casa daquele homem de boa vontade, que tinha olhos castanhos, rosto largo e o pomo de adão saliente do qual vibrava aquele suave registro baixo que eu ouvira algumas vezes quando criança, trazido pela brisa que vinha do cemitério; seu colarinho tinha uma fenda na altura do pomo de adão, como nas fotografias dos compositores dinamarqueses, e sua caridosa mulher me dava café e pão com queijo. Eu estava tão fascinado pela música que, quando começava a fuçar o harmônio no sótão da casa da Kristín antes de dormir, costumava ficar lá sentado até de manhãzinha, quando já era hora de ir encontrar Jón Vovô. O chantre me ensinava de um jeito informal que não lembrava em nada o ensino de música: aquilo era como a continuação de uma conversa fiada a respeito de tudo e de nada, ou como se nos dedicássemos a um passatempo ingênuo porque não tínhamos nada melhor que fazer. Nunca tive razão para crer que aquele músico, o mais importante da época na Islândia, considerasse estar desperdiçando seu tempo em ensinar escalas musicais àquele ordinário. Uma coisa tínhamos em comum, ele, o mestre, e eu, o discípulo: nenhum dos dois mencionou qualquer pagamento pelas aulas. Só muitos anos mais tarde fui ter consciência de que o tempo daquele compositor, o único que na época dominava a gramática da notação musical, e que além disso era o organista da nossa catedral, podia ser calculado em moeda sonante, talvez porque seu valor era de fato inestimável.

152

Por mais que aquela casa luminosa estivesse fora do meu alcance, ela exercia tamanha atração sobre mim que o Liceu Latino desaparecia numa névoa crepuscular, embora eu o frequentasse diariamente. Comparado à música, quase tudo o mais simplesmente esmaecia. Se dependesse da minha vontade, eu iria àquela casa todos os dias. Às vezes, já tarde da noite, minhas reações eram tão estranhas que, não mais que de repente, eu me levantava, deixava minhas lições de lado sem motivo algum e saía porta afora. Quando dava por mim, estava parado em frente a uma casa de madeira forrada de chapas de zinco pintadas de vermelho e com janelas de moldura branca, ou sentado na mureta de pedra do casebre em frente, com o olhar fixo nas janelas. Por vezes, se ouvia o som de instrumentos musicais e de cantoria vindo de dentro da casa. Por vezes, uma sombra que eu achava ser de uma moça se projetava nas cortinas. Embora ninguém desejasse mais ardentemente do que eu não carregar nas tintas, também não tenho por que omitir que nenhuma outra visão teve efeito mais forte sobre mim do que aquela. Primeiro, achei que meu coração tinha parado, mas depois ele começou a palpitar disparado, e eu então saí correndo e fugi feito um ladrão. Os guardas noturnos me olharam de um jeito estranho, para dizer o mínimo. Não consigo imaginar que algum ladrão tenha recebido um castigo mais severo da própria consciência do que eu da minha, por ter roubado uma sombra com meus olhos. Às vezes, pensava que só uma coisa podia vir em meu socorro: que aquela fosse a sombra de um homem.

Eu sempre pressentia se ela estava ou não em casa. E sempre me sentia melhor ao ver que seu sobretudo não estava pendurado no vestíbulo. Se algum ruído abafado denunciava sua presença na casa, como rangidos na escadaria, uma porta batendo no andar de cima ou passos na cozinha que soavam familiares, eu me desconcentrava, perdia o fio do pensamento e pegava a me perguntar se as botas que eu usava não eram grandes demais.

"Qual é o problema? Madrugaste outra vez para rezar com o Jón pela salvação dos chineses?", perguntou o chantre.

Se eu tivesse a imensa sorte de ela não estar em casa durante uma aula inteira, o chantre dizia:

"Acho que realmente és capaz de aprender a tocar um instrumento. A propósito, o que pretendes fazer depois de terminar a escola?"

Respondi que por muito tempo eu pensei que gostaria de me dedicar à pesca, mas sem coragem de especificar que queria ser lapeiro; de resto concluí dizendo que ainda não tinha certeza de nada.

"Não estarás pensando em te tornar popular como o Garðar Hólm?", disse o chantre.

"Isso lá eu não sei", eu disse. Depois, matutei um pouquinho antes de continuar: "Mas seria divertido ouvir o Garðar cantar canções como *Der Erlkönig*".

"Sim, todos ansiamos por isso", disse o chantre.

"Ele é o maior cantor do mundo, não é?", perguntei.

"Não sei. Ele trabalhava no empório do velho Jón Guðmundsson quando o conheci. Pelo que me lembro, o velho comerciante já havia começado a custear seus estudos, que aliás duraram pouco. Pessoas que querem se tornar famosas no mundo todo raramente duram muito tempo nos bancos escolares", respondeu o chantre.

"Mas não é verdade que ele é famoso no mundo todo?", insisti.

"Ao menos ele é famoso o suficiente para que nós dois tenhamos ouvido falar dele, e isso não é pouca coisa", respondeu o chantre.

"O senhor ainda não o ouviu cantar?", perguntei.

"Não, não ouvi, e tampouco estive presente quando Cristo salvou o mundo", respondeu o chantre.

Fiquei de queixo caído, para dizer o mínimo, por ter enfim encontrado naquele chantre a única pessoa fora do portão de

Brekkukot que parecia pouco disposta a corroborar a fama e a excelência do cantor Garðar Hólm.

Não me lembro, até onde este livro alcança, de ter em algum momento mencionado o meu antigo vizinho de Hríngjarabær nas minhas conversas com outras pessoas, ele que muitos diziam ser meu primo; ele, que afirmou que também era despachado para comprar três centavos de pimenta, como eu.

Já contei que o chantre muitas vezes me emprestava partituras de exercícios? Certa vez, em meio a essas partituras, achei escondida uma música de verdade: tratava-se das canções de Schubert, e foi com essa partitura que aprendi *Der Erlkönig*.

Comecei a folhear a tal partitura em frente ao harmônio de Hríngjarabær, mas logo me dei conta de que se destinava a alunos mais avançados: eram canções com acompanhamento, que incluíam poemas em alemão. Não obstante, comecei a examiná-la melhor e, como eu estava rouco justo naqueles dias, tateava a melodia com a ponta dos dedos. Como, no meu caso, o latim tinha precedência sobre o alemão, tive que consultar uma de cada duas palavras para entender o poema. A peculiar agremiação de poetas que compôs aqueles versos para Schubert causou em mim, a um só tempo, um assombro e uma curiosidade tão radicais que mal consigo imaginar qualquer nação de pigmeus nas florestas tropicais da África que pudesse ficar igualmente perplexa. É claro que só consegui executar uns poucos trechos do acompanhamento, afinal, o instrumento não se prestava a isso. Mas ali se encontravam as harmonias que me arrebataram de uma maneira inesquecível. A cadência da água e do vento, muitas vezes acompanhada de uma espécie de tímpano, foi durante algum tempo o acompanhamento dos meus dias. Não era uma aventura ínfima tocar, em plena época de formação, o coração do romantismo alemão. De resto, a férrea disciplina que regia o falar de Brekkukot seguia prevalecendo em mim: a eloquência daquela agremiação de poetas alemães não valia uma pataca furada na nossa casa. Em Brekkukot, as palavras eram demasiado caras para serem usadas, pois significavam algo; nossa fala era como o dinheiro sem correção monetária: a vivência era profunda demais para que fosse possível enunciá-la; de graça, só a mosca-varejeira. De fato, a empolada poesia alemã me dizia muito pouco e por vezes nada — fiquei apenas perplexo. Por outro lado, uma nota musical bem colocada junto de outras me dizia muito, às vezes tudo:

Ja spanne nur den Bogen mich zu töten,
*Du himmlisch Weib.**

Se as pessoas partilham da teoria de que as palavras são ditas para dissimular o pensamento, de que as palavras querem dizer algo completamente diferente, às vezes até mesmo algo totalmente oposto ao que elas descrevem, então é possível, ao menos por vezes, reconciliar-se com elas e perdoar o poeta; e não estou falando de quando as palavras têm a missão, com todo o absurdo que isso comporta, de apontar a verdade contida na música: somos então forçados a reconhecê-las em alguma medida, em nome da música.

Certo dia, bem perto da primavera, como de costume, fui à casa do chantre para receber mais uma lição. Como já ocorrera tantas vezes, enquanto eu subia aos trancos as escadas na entrada da casa, devo ter começado a pensar se estava de fato usando as botas do tamanho certo. Seja como for, eu ainda nem havia começado a bater à porta quando esta já se abre, e lá estava a Blær postada no patamar.

Não tenho a intenção de descrever aqui aquela mulher, a aparência dela tampouco vem ao caso, além de tudo já faz

---

* Em alemão, "Sim, empunha o arco para matar-me/ tu, mulher celestial". Verso e meio inicial da canção *Der zürnenden Diana* [À encolerizada Diana], composto por Franz Schubert sobre poema do libretista austríaco Johann Mayrhofer (1787--1836).

tanto tempo que perdi essa lembrança. De fato, a aparência dela estava tão distante como as palavras estariam de poder exprimir a verdade a respeito dela. Aos meus olhos, ela era não apenas a bela moleira e pescadora, a garotinha triste no bosque, a bravia deusa da caça e a monja virgem; ela também era a truta e a tília, o cantar das águas e a litania. Em resumo: Schubert. Então ela olha para mim e diz:

"Meu pai não está em casa. Ele me pediu para lhe dar a aula de hoje."

Não respondi patavina. Fiquei parado feito um dois de paus lá no patamar. Ela continuou me olhando. Minha vista escureceu.

"Por gentileza, me acompanhe", ela disse.

Então, ela pegou minha mão, pois eu continuava parado feito um dois de paus. Levou-me até o estúdio e me sentou diante do harmônio. Eu tinha a impressão de estar desmaiando, e talvez de certa forma tenha morrido, ou melhor, começado a morrer, da mesma forma que a crisálida começa a se abrir ao final do inverno; mas infelizmente não morri por completo a ponto de atingir um estágio de vida novo, como o da borboleta.

"Que exercícios o senhor tinha para a aula de hoje?", ela perguntou.

"Não me lembro", respondi.

Ela abriu o livro de exercícios:

"Então poderia tocar algo que já ensaiou?"

"Esqueci completamente", retruquei.

"Então poderia tocar uma escala? Com certeza, o senhor não as esqueceu também", ela disse.

"Pois sim. Esqueci completamente", respondi.

"Não é possível. Ninguém consegue esquecer as escalas, pois são apenas sequências de notas", ela disse.

Porém, juro pelo que há de mais sagrado, eu não conseguia me lembrar nem mesmo de uma escala musical. Nisso, ela começou a rir. Levantei-me da banqueta e fui até a porta. Atravessei o piso da sala calçando as minhas botas, com o alicate no bolso, o penacho na minha cabeça eriçado no ar, e ela me observando o tempo todo.

Nunca mais voltei lá. Desisti de aprender a tocar harmônio. A primavera chegou. Suponho que fiz a confirmação religiosa e também as provas. Jón Vovô voltou para Dalir, no noroeste do país. Eu não ousava sequer passar perto daquela casa, para a qual mal me atrevia a olhar. Talvez devesse me esgueirar até lá numa noite qualquer quando voltasse a ficar escuro, eu pensava de vez em quando. Mas então me lembrava dos guardas noturnos.

23

O segundo retorno de Garðar Hólm

Eu estava no meu décimo oitavo verão quando Garðar Hólm voltou ao país pela segunda vez. Àquela altura, o rapé do inspetor tinha acabado fazia tempo e o saquitel onde ele o guardava jazia ressequido e empoeirado na prateleira. Mas ainda restava um pouquinho de ouro no outro saquitel.

Começaram a aparecer notícias nos jornais de que o retorno do cantor ao país era iminente, mas ninguém sabia quando ele chegaria. Por fim, afirmava-se que ele viria a bordo do navio postal *Estrela Polar* na primeira semana de agosto. Havia estado no outro lado do planeta, tendo realizado concertos na Austrália e no Japão. Nessa época, ele recebia o tempo todo convites para realizar temporadas na Europa e na Am'rica, mas ele preferia não se vincular a nenhuma ópera em particular enquanto o mundo inteirinho parecia-lhe do tamanho de meia casca de noz.

No início da colheita de feno, começaram a falar nos preparativos para recepcionar Garðar Hólm: a nação devia fazer algo especial quando o cantor internacional chegasse, na crista da fama, à sua modesta cidade natal que, como os turistas estrangeiros jogavam na nossa cara, era pegada ao polo Norte. Foi convocada uma reunião com diversas personalidades de proa do navio do Estado, como representantes da prefeitura, do corpo de bombeiros, da academia de letras, da fanfarra municipal e da associação de mulheres O Bracelete. Nessa reunião decidiu-se construir um arco do triunfo decorado com guirlandas atravessando o cais de parte a parte e engajar quatro homenzarrões para carregar o cantor sentado num trono de ouro através do arco, além do qual ele seria recebido por uma orquestra de metais tocando a *Marcha do Regimento de Pori,*[*] e então entrariam meninas vestidas de branco para oferecer buquês de flores ao cantor. Planejava-se também que o intendente municipal fizesse um breve discurso e ainda que algum dos grandes poetas do país, provavelmente o editor-chefe do *Ísafold,* declamasse uma ode. Havia a expectativa de que Garðar Hólm se dirigisse à sua cidade natal cantando alguma peça tão logo estivesse em terra firme, mas não se chegou a um acordo sobre o balcão em que ele haveria de cantar.

Nos dias que antecederam a chegada do *Estrela Polar*, assistimos a um corre-corre para pintar a fachada das casas. A de Gudmunsen, por exemplo, foi pintada de verde, a mesma cor com que também foi pintada a redação do jornal *Ísafold*, e até o seminário de pastores luteranos aproveitou o ensejo e também pintou sua sede com aquela mesma cor. Os comerciantes com lojas em vias secundárias, como os becos Veltusund e Fischersund, não querendo ficar para trás, exibiam ampliações de fotografias do renomado artista nas vitrinas, em meio a barras de sabão e os esfregões de cânhamo, caixas de fósforo e caçarolas. Ofereciam-se aos clientes broches com o retrato do famoso cantor, outra versão do homem que, com expressão sonhadora, olha o carro de ouro desfilando no ar.

Quando se passavam algumas semanas sem que os jornais fizessem qualquer menção a Garðar Hólm, vez por outra se ouvia alguém dizer algo mais ou menos assim na nossa casa:

"É, até que o pequeno Gorgur da Kristín foi um bom menino quando crescia aqui ao lado, brincando no cemitério."

Nem é preciso dizer que o silêncio em torno do seu nome

---

* Em islandês, *Bjarnaborgarmarsinn*, composição anônima do século XVIII sobre um poema do bardo nacional da Finlândia Johan L. Runeberg (1804-1877), adotada em 1918 como marcha militar do exército do país.

aumentava em Brekkukot na mesma proporção em que se falava dele lá fora. A maré da fama atrelada ao seu nome nunca esteve tão longe de derrubar o portão da nossa casa como quando investia contra ele com a máxima força vinda de fora.

De certo modo, a situação era tal que, para ser honesto, nunca acreditei que aquela recepção suntuosa fosse realmente acontecer algum dia, e não tenho por que criar qualquer tipo de suspense aqui: ela nunca aconteceu. Eu tinha a impressão de que as pessoas sempre acabavam sendo engambeladas por Garðar Hólm, estivesse ele de chegada ou de partida. Mas, por sua vez, ele jamais se deixava engambelar, nem mesmo com arcos do triunfo ou orquestras de metais, pois do contrário de nada lhe serviria ter se criado brincando no cemitério. Ele tampouco tinha a tendência de se deixar levar pelos planos de outrem.

Eu me lembro como se fosse ontem do dia em que o *Estrela Polar* atracou. Obviamente caiu um temporal; quem achava que poderia ser diferente? Aquelas oito ou dez menininhas rechonchudas tiritavam enregeladas na praça da Miséria, com os joelhos tremendo de frio e a chuva caindo nos buquês que haviam trazido. Alguns operários exaustos empunhando trombones e trompetes, entre eles um sapateiro aleijado, morador da casa Brunnhús, todos eles estavam lá morrendo de frio, com a chuva caindo sobre seus instrumentos. Decidiram tocar a *Marcha do Regimento de Pori* antes de o navio apontar no horizonte, apenas para evitar que seus lábios e suas mãos congelassem. Correu então o rumor de que o intendente municipal já tinha quase acabado de vestir o sobretudo e ia começar a calçar as galochas. Foi quando, bem no meio da execução da marcha, chegou um sujeito com o recado, enviado do convés do *Estrela Polar*, de que Garðar Hólm não se encontrava entre os passageiros e que tudo não passava de uma espécie de mal-entendido, pois naquele exato momento ele estava se apresentando na cidade de Paris. Os operários pararam de tocar, recolheram seus instrumentos e se dispersaram. Disseram ao intendente municipal para tirar as galochas. As menininhas correram para casa com suas flores debaixo da chuva. E o arco do triunfo decorado de flores foi desmontado.

Sempre suspeitei que seria assim.

Por outro lado, tive uma tremenda surpresa certo dia, mais ou menos uma semana depois, em plena rua Suðurgata. Eu devia estar a caminho do centro da cidade. Ao chegar à esquina onde a travessa do cemitério inicia sua subida, topo de repente com um cavalheiro que caminhava de bengala na mão. Naturalmente, eu não tinha o costume de encarar as pessoas que encontrava pelo caminho, mas a gente sempre acaba divisando a uma boa distância quem vem pela rua na nossa direção. Assim, ao olhar por acaso para o rosto daquele homem, vejo que se tratava, nem mais, nem menos, de Garðar Hólm.

A verdade é que, de início, eu estava um pouco inseguro se tratar de um engano da minha parte, pois, para ser bem franco, aquele homem se encontrava num estado deplorável. De fato, cinco anos são um tempo bastante prolongado na vida de qualquer pessoa, e ele realmente havia envelhecido, ao menos no que diz respeito à fisionomia: suas feições estavam enrijecidas, as rugas ficaram mais profundas. Ele estava não apenas curtido, mas também, mais propriamente dito, açoitado pelo tempo, e apresentava alguns sinais de estrabismo no olhar. Sem dúvida, ele continuava sendo um daqueles seres que viu a luz celestial, como se lê no manual de latim a respeito da águia: *adspicit lucem cælestem*, portanto, dificilmente se podia esperar que ele reconhecesse o tal Álfgrímur. Não obstante, enquanto caminhava por ali, ensimesmado, alheio à hora e ao lugar, ele relanceou na minha direção aquele olhar vesgo que adquirira nos últimos tempos. Não sei dizer como, porém, no mesmo átimo em que sorvi com meus olhos seu rosto e seu semblante, comparando-os com a imagem que eu guardava na minha memória infantil daquele homem que contemplava o céu, bem como com as imagens dele que as lojas ofereciam a seus clientes, tanto em cartões-postais como em broches, tive subitamente a vaga sensação de que ele havia se tornado uma pessoa bastante comum. Ou, pelo menos, que já não estava mais tão radiante como outrora. Se não me engano, ele não estava usando o mesmo chapéu de anos atrás. No entanto, calçava sapatos novos, coisa que na minha juventude era uma visão rara: com efeito, eu não me lembrava de ter visto alguém de sapatos novos até então; eles brilhavam à distância. Assim como cinco anos antes, sua roupa não tinha rugas nem manchas, mas eu não tive certeza absoluta de que ele havia comprado roupas novas desde o encontro anterior, já que elas eram feitas do mesmo tipo de tecido azul com listras vermelhas, como naquela ocasião.

Eu me detive assim que ele passou e não consegui me conter: me virei e fiquei observando enquanto ele se afastava. Não sei por que razão, ele também parou e girou sobre os calcanhares, então me perguntou:

"Eu te conheço?"

"Conhece, sim", respondo.

"Qual o teu nome?", ele pergunta.

"Álfgrímur", respondo.

Então, abandonando um pouco o seu recolhimento, ele sorriu para mim e disse:

"Ah, então não era mentira."

Eu continuava lá imóvel, como se estivesse plantado na calçada. Por fim, ele veio até mim com a maior naturalidade e me estendeu a mão, dizendo:

"Então tu existes. E eu que achei que tinha sonhado com isso. Não foste tu que comeste as tortinhas de cinco centavos?"

"Ahm... mais ou menos... sim, me ofereceram, m-mas eu só comi uma", respondi.

Garðar Hólm deixou de lado o peso da sua fama mundial e riu:

"Bem, em todo caso, foste tu a quem mandaram comprar pimenta. E a compraste, afinal? Entregaste a encomenda?"

Não me senti à vontade para responder àquela pergunta, portanto achei melhor mudar de assunto.

"Achamos que o senhor tinha desistido de voltar. O arco do triunfo foi desmontado", eu disse.

Ele riu com uma jovialidade fingida que não me caiu nada bem, dizendo:

"Isso é bem a cara deles. Vem me visitar um dia desses. Aí vamos à padaria comprar tortinhas de cinco centavos."

"Aham. Muito obrigado, senhor", eu disse.

"Não tens por que me chamar de senhor. Seria como chamar de senhor a ti mesmo. Se houver algo que eu possa fazer por ti, é só dizer. Lembra disso", ele disse.

Ele fez menção de se despedir apressado e ir embora, obviamente não imaginava que eu tinha um pedido na ponta da língua. E era exatamente isso, eu tinha algo a lhe pedir. Tinha guardado aquele pedido comigo por anos a fio. Mas agora era a hora de enfim fazê-lo:

"Eu gostaria de te pedir para cantar *O Rei dos Elfos* para mim."

"Rei dos elfos? Que rei dos elfos?", ele perguntou, atônito.

"*Wer reitet so spät durch Nacht und Wind*",* eu disse.

"Mas que coisa! Por que estás te metendo com isso?", ele perguntou.

"Andei dando uma folheada em Schubert", respondi.

"Schubert? Mas por quê?", ele perguntou.

"Foi só uma coincidência", respondi.

"Temos que conversar mais sobre isso. Vem me visitar um dia desses, estou no Hôtel d'Islande. Vou tentar te ajudar como puder", ele disse.

Depois, se despediu com um aperto de mão — e percebi que sua mão estava áspera e ferida.

---

* Em alemão, "Quem cavalga assim tão tarde em plena noite de vento?". Primeiro verso da já mencionada canção *Der Erlkönig*, de Franz Schubert.

24

Der Erlkönig — O Rei dos Elfos

Naquele verão, as coisas começaram a melhorar um pouquinho para o meu lado. Por anos a fio, não me atrevi a abrir a boca para cantar na presença dos outros por temer os sons que dela poderiam sair. Porém, quando me mandavam cumprir alguma tarefa, longe da vista dos outros, lá por Skerjafjörður ou Sogin, certas melodias começavam a fervilhar dentro de mim durante o caminho, e então eu me via obrigado a emitir uns sonzinhos de leve. Foi naquele verão que começaram outra vez a sair da minha traqueia sons de alguma maneira semelhantes à nota que eu pretendia alcançar. A partir daí passei a aproveitar todas as oportunidades que surgiam para trautear uma canção em lugares ermos. Até que, certo dia, vi o nosso reverendo Jóhann, já a essa altura octogenário, com a língua de fora, fazendo um esforço danado para subir o caminho até o cemitério com o cortejo de algum defunto de fora da capital. Então me juntei ao cortejo, como fazia nos meus tempos de criança. Sem que me pedissem, cantei o salmo *Allt eins og blómstrið eina* pela alma do homem, ao menos a parte principal desse salmo. Quando terminei de cantar e o reverendo Jóhann acabou de jogar os punhados de terra sobre o caixão, veio até mim e, comovido, pegou na minha mão e disse:

"Já estás tão grande, um homem de respeito, meu caro Álfgrímur, que eu ficaria corado de te dar uma moeda de dez centavos. Em vez disso, vou rezar a deus para que olhe por ti."

Apesar de realmente preferir que ele me desse a moeda de dez centavos, respondi:

"O senhor pode contar com a minha gratidão. De resto, não creio que esses ganidos me façam merecer que deus olhe por mim. Na verdade, eu estava começando a achar que nunca mais seria capaz de cantar sequer uma nota."

"Alguns meninos nunca se se recuperam da mudança de voz. Porém, a nota verdadeira mora dentro de todos os homens benévolos; não me atrevo a dizer como o rato na ratoeira, mas sim como o rato entre o tabique e as paredes da casa. Mas é uma graça extraordinária quando deus permite a alguém cantar a nota que lhe é dado escutar. Já estou velho e nunca me recuperei da mudança de voz; nunca tive a ventura de cantar a nota que ouvia. Porém, essa nota continua sendo excelente, a despeito disso", disse o reverendo Jóhann.

Uma vez que eu estava recuperando a minha voz, não chega a surpreender que minha mente se ocupasse do canto naquele verão, e não era difícil entender que estivesse totalmente alvoroçado por saber que o cantor em pessoa estava de volta à Islândia. E depois do simpático convite dele, sempre com a esperança de quem sabe ouvir *Der Erlkönig*, decidi não deixar passar muito tempo antes de ir visitá-lo. Untei as minhas botas com gordura de perna de carneiro, tentei domar o penacho do meu redemoinho passando água e fui até o centro da cidade. Só parei ao chegar à recepção do Hôtel d'Islande; me dirigi ao hoteleiro, que estava sentado detrás do balcão e lhe dei bom-dia.

Tardou até que ele erguesse os olhos e os dirigisse a mim por cima dos óculos, mas o homem a quem eu dera bom-dia continuou mexendo nos seus papéis e não tomou conhecimento de mim. Atrás dele, havia pássaros numa gaiola. Tudo aquilo tinha um ar muito dinamarquês. Então pigarreei.

"Quem és tu?", ouvi quando me foi perguntado, numa mescla de islandês e dinamarquês.

"O meu nome é Álfgrímur", respondi.

"Certo, mas qual é o teu problema?", o homem perguntou.

"Problema algum. Eu só queria falar com determinada pessoa", respondi.

"Determinada pessoa? Aqui não há determinada pessoa nenhuma!", exclamou o hoteleiro, me medindo de cima a baixo.

"Por gentileza, o Garðar não está hospedado aqui?", perguntei.

"Não estou entendendo", o homem respondeu.

"Tenho um assunto para tratar com Garðar Hólm."

O homem pulou do assento e tirou os óculos cerimoniosamente para me olhar melhor:

"O senhor se refere ao cantor de ópera?"

"Positivo."

"E o que é que o senhor deseja com ele?"

"Ele me pediu para encontrá-lo aqui."

O hoteleiro disse então, já encurvando-se sobre o balcão:

"Caríssimo jovem. O senhor deve ser do interior."

"Moro em Brekkukot, aqui na cidade mesmo", retruquei.

"Da casa do velho Björn de Brekkukot?", perguntou o hoteleiro em dinamarquês. "E por que cargas d'água o senhor crê poder falar com o cantor de ópera?"

"Eu s-sou meio que aparentado dele", respondi.

"Bem, aqui a gente nunca sabe. Mas o que posso fazer pelo senhor?", voltou a perguntar o hoteleiro.

Repeti então o que me trazia ali.

O hoteleiro disse, já falando apenas em dinamarquês:

"Se o senhor conhece Garðar Hólm, então deve saber que não está ao alcance de qualquer um falar com o cantor de ópera. Se uma pessoa tivesse acesso a ele, depois viria a cidade inteira. Acham que ele lhes pertence de certa forma. O senhor diz ter parentesco com ele e, como não tenho em mãos nenhum documento que desminta isso, devo aceitar a palavra do senhor. Porém, permito-me duvidar que exista uma grande amizade ou convívio familiar, caso o senhor ache que abordar esse parente é tão simples como comer uma fatia de pão com fiambre.

É verdade, o endereço postal dele é aqui no meu hotel toda vez que ele se encontra na Islândia. Tenho a honra de receber as cartas que lhe são enviadas e informar que ele não está em casa no momento; e de vez em quando ele me dá uma moeda de ouro legítimo. Porém, é claro que nunca chega carta nenhuma, pois ele não tem nenhum amigo que o subestime tanto a ponto de achar que ele more no Hôtel d'Islande. Ele nos qualifica como *pension de famille*. Quando ocorre de vir aqui tratar de algum assunto urgente, ele logo depois deixa o local, tão rápido quanto as pernas permitem, assim que escuta um canário cantar."

"O senhor não poderia ter a fineza de me informar onde ele se encontra hospedado?", perguntei.

"Hospedado!", o hoteleiro repetiu a última palavra que eu disse.

Depois, continuou:

"Garðar Hólm não está hospedado em lugar algum. Naturalmente, ele está na corveta francesa que o trouxe até o país anteontem à noite: ela está ancorada ao largo das ilhotas. Porém, durante o dia, quando ele está em terra firme, naturalmente encontra-se na residência do governador-geral."

Poucos dias depois, novamente realizava-se o sepultamento de algum defunto sem parente, ou de um mero peixe-escorpião. E não é que então recebo uma mensagem do reverendo Jóhann perguntando se não estaria disposto a cantar à beira da cova aberta por trinta centavos?

Rumei para o cemitério no horário marcado. Lá encontrei o reverendo Jóhann e o caixão, além do guarda e dos habituais carregadores de caixão da prefeitura apoiados nas suas pás. O luto se expressava, como anos atrás, sobretudo no negro de fumo. O reverendo Jóhann jogou o punhado de terra sobre o caixão e prometeu ao finado a forçosa ressurreição no dia do juízo final, tudo conforme o protocolo, e então fez um sinal para que eu começasse a cantar. Não sei se foi porque eu estava começando a cansar do salmo de Hallgrímur Péturs-son, *Allt eins og blómstrið eina,* e aspirava a algo diferente ali no cemitério, ou se pensei com meus botões que melhor do que esperar pelos outros era contar consigo mesmo, o fato é que criei coragem e cantei *Der Erlkönig,* de Schubert: "Quem cavalga assim tão tarde em plena noite de vento...".

Como é do conhecimento geral, *Der Erlkönig* nada mais é que "Ólafur cavalga ao largo das penhas",* com a diferença que, na versão alemã, as donzelas elfas entoam sua cantilena encantatória para Ólafur pela boca de uma terceira persona-gem — acreditem se quiser — masculina, a saber, o próprio rei dos elfos, enquanto na balada islandesa a morte aparece sob a forma da derradeira donzela elfa. E apesar de essa ser uma noção — o fato de um varão querer arrancar um mancebo dos braços de outro varão — muito pouco islandesa, incompatível com o modo de vida em Brekkukot, essa balada, não obstan-te, ressonava em alguma corda oculta dentro de mim. Seriam quiçá aquelas tercinas de uma pandeireta espavorida que che-gavam aos meus ouvidos desde as profundezas das noites em Álftanes, quando eu ia com meu avô pescar peixe-lapa fêmea?

Quando terminei de cantar *Der Erlkönig* em alemão pela alma daquele defunto forasteiro, o reverendo Jóhann disse:

"Nunca me opus a canções novas. E isso porque as velhas canções não se tornam piores só porque as novas sejam boas. Toma aqui vinte e cinco centavos, sei que não é muita coisa."

"Me deu vontade de tentar essa canção. Seja como for, eu sabia que não haveria muita gente ouvindo", retruquei.

"Estás coberto de razão. Aqui no cemitério, à exceção de deus, somos todos surdos. E deus aprecia as canções novas tanto quanto as antigas. Ah, só posso achar que o meu porta-

---

* Verso inicial da balada *Kvæði af Ólafi liljurós* [A balada de Ólafur Rosalírio], variante islandesa de uma tradição escandinava medieval que conta com pelo menos setenta versões diferentes. Segundo os especialistas, pode ter sido ins-pirada em temas das matérias de Bretanha e de França.

-moedas está furado. Bem, pelos menos achei mais dois centavos", disse o reverendo Jóhann.

"Sou grato ao senhor, reverendo Jóhann. O senhor não me deve mais nada. Sei que o senhor não recebe nada para sepultar essa gente miserável", eu disse.

"Claro que eu podia receber para sepultar essa gente o mesmo que recebo para sepultar os demais se instasse as autoridades. Porém, falando honestamente, sepultar os pobres sempre me deixa mais contente do que sepultar os ricos. E isso porque quanto mais desimportantes as pessoas são, maior o espaço que têm guardado no coração do redentor. Ah, mas eis que encontro aqui mais uma moeda de dois centavos. Eu realmente preciso arranjar um porta-moedas decente. Nem sequer consegui completar os trinta centavos que de certa forma te prometi. Posso ficar te devendo um centavo desta vez?", perguntou o reverendo Jóhann.

Depois que o reverendo Jóhann se foi, sentei-me sobre o túmulo do finado arcanjo Gabriel com os honorários que recebi pelo meu canto funerário na palma da mão. O silêncio voltou a reinar, a não ser pelos coveiros que jogavam pás e mais pás de terra na cova do defunto desconhecido ali perto. Quando me dei conta, havia um homem sentado ao meu lado. Ele tirou o chapéu que levava na cabeça, pois fazia calor, e ajeitou os cabelos do meio para os lados com a mão espalmada. Estava ficando bastante grisalho, e as rugas sulcavam sua testa de fora a fora. Então, ele olhou para mim.

"Como foi que alcançaste aquela nota?", Garðar Hólm perguntou.

"Que nota?", perguntei de volta.

"Conheces a nota", ele disse.

"Eu cantarolo de vez em quando para o reverendo Jóhann", retruquei.

"É melhor precaver-te", ele exclamou.

"Fui atrás de ti outro dia. Mas estavas na corveta francesa", eu disse.

"Por que estavas assim tão encurvado sobre a beira da sepultura enquanto cantavas? Achas que o cantor tem que ficar se pavoneando para a viúva?", ele perguntou.

"Não havia viúva alguma. Nunca me mandam cantar pela alma dos homens que deixam viúva", respondi.

"A gente não deve cantar para divertir a si mesmo", ele disse.

"Se tivesse te visto, eu teria te chamado para cantar", retruquei.

Ele se levantou, como se estivesse um pouco zangado. Era comigo que ele estava bravo? Ou seria aquela caturrice algo que a fama provocava nas pessoas?

Então ele disse, como numa espécie de continuação da fala do reverendo Jóhann:

"A nota verdadeira existe. Porém, quem a ouve, não a canta nunca mais."

Entrementes, enquanto eu observava a vestimenta e os calçados que ele usava, tudo absolutamente impecável como de costume, de súbito avisto uma palhinha de feno presa numa das pernas da sua calça, à altura do joelho. Bem, é verdade que ele foi pouco simpático comigo dessa vez, apesar de todos aqueles elogios dúbios; porém, independentemente de qualquer coisa, achei que seria praticamente uma tragédia lamentável se uma sujeirinha qualquer fosse vista na indumentária daquele homem. Então, me levantei e limpei a palhinha de feno com uma escova.

"Mas o que houve?", ele perguntou um pouquinho casmurro quando comecei a escovar a roupa dele.

"Era só uma palhinha de feno", respondi.

"Ah, eu me sentei no chão", ele disse, com um sorriso de gratidão.

Depois me estendeu a mão graciosamente, me desejou tudo de bom nessa vida e desapareceu entre as lápides.

25
O homem no cemitério?

Viam-se na rua Langastétt indícios de que algo estava sendo preparado, desta vez na redação do *Ísafold*. O editor-chefe não se contentou apenas com a pintura da fachada, então arranjou um marceneiro para reformar o balcão, mandando decorá-lo com uma balaustrada. Naquela época, o editor-chefe do jornal era considerado o candidato com mais chances de ser escolhido conselheiro real nas próximas eleições. Corria agora de boca em boca que aquele fidalgo pretendia realizar um banquete na noite do sábado seguinte, tendo sido convidados para tal festim todos os donos de armazéns de produtos coloniais mais importantes e os cônsules mais distintos dentre os que havia no país, bem como os oficiais dinamarqueses dos navios da capitania dos portos eventualmente ancorados nas águas territoriais islandesas. O convidado de honra seria o homem que chegara ao país a bordo da tal corveta francesa, ou seja, o cantor de ópera Garðar Hólm. Desta vez, nada foi anunciado nos jornais antecipadamente, pois a experiência lhes ensinara que era melhor precaver-se quando se tratava de personalidades tão ilustres. Porém, apesar de nada ter sido anunciado na imprensa ou nos volantes, o populacho da cidade tinha certeza de que aquele balcão estava recebendo balaústres para que Garðar Hólm pudesse nele subir e saudar a nação com seu canto depois do banquete.

Era uma certa manhã de final de verão na rua Suðurgata. A brisa marinha ainda não havia bafejado a península, o lago estava belo e calmo, a não ser por uma ou outra marolinha. Como de costume, eu havia acordado com as galinhas, precisava levar a vaca para mordiscar a grama que brota nas frinchas entre as pedras do calçamento. Eu a levava pelo cabresto para que ela não avançasse sobre o cercadinho caindo aos pedaços que camuflava a horta. Estou sentado na mangueira de pedra que dá para o lado da rua, ouvindo os mordiscos da vaca na relva; era mais ou menos a hora em que a chaminé da minha avó começava a soltar fumaça. Praticamente ainda não havia ninguém em pé, exceto por um ou outro turfeiro de barba ruiva sentado em sua carreta, solenes como numa ilustração bíblica, dando de relho no cavalo preguiçoso rumo ao sul do banhado de Vatnsmýri, onde outrora ficavam as maiores turfeiras do mundo. O cacarejo das galinhas estava prestes a chegar ao seu ápice, com toda a curiosíssima ausência de humor que é a principal característica de um galinheiro. Então ouço o portão de ferro que dá acesso ao cemitério sendo aberto, o rangido das dobradiças. Quando me viro naquela direção, vejo uma mulher deixando o cemitério e fechando o portão às suas costas, uma moça rechonchuda e lustrosa em trajes dinamarqueses; seu sobretudo esvoaçava na aragem e ela levava o chapéu por um elástico numa das mãos como se estivesse carregando um balde. Inicialmente, ensimesmada como estava, ela me olhou sem me ver, e eu fiquei imaginando que tivesse acordado mais cedo para vir ao cemitério rezar pela alma de algum finado amigo. Então ela tomou o rumo do centro. Parecia caminhar de um jeito um tanto desanimado: ao menos ela não parecia estar se esmerando para caminhar com alguma elegância, e tinha os cabelos desgrenhados pelo vento que, no entanto, não se via.

Depois de percorrer a distância de cerca de cem braças islandesas rumo ao centro da cidade, de repente ela para e vira a cabeça para trás. Então ela me viu e acenou com a cabeça, de longe. Quiçá ela tenha levado todo aquele tempo para cair em si quanto à presença daquele menino lá sentado na mureta de pedra vigiando uma vaca. E não é que ela se virou e começou a vir na minha direção? Era uma menina bem fornida em todos os sentidos, mais de frente do que de costas — talvez andasse comendo pão francês em excesso. Eu não estava gostando nada daquilo. Desacostumado a encarar pessoas do sexo oposto, a situação me parecia um tanto desagradável, e torci para que ao menos ela fechasse o sobretudo. Quando percebi que estava vindo mesmo na minha direção, fiz de conta que não era comigo e comecei a olhar algo completamente diferente quando ela se aproximou. A vaca continuava mordiscando a grama.

"Bom dia", disse a menina.

"Bom dia", respondi secamente, olhando para o nada.

"Está fazendo bom tempo hoje", disse a menina, tentando ser educada.

"É, mais ou menos", retruquei.

"Estou caminhando para me distrair. Meu médico diz que estou muito gorda", ela disse.

Quando se aproximou um pouco mais, tive a clara impressão de que ela tinha o rosto bastante pálido, o olhar um pouco como de peixe, a pele sob as pálpebras um tanto violácea e o cabelo cheio de palhinhas de feno.

"Não estás me reconhecendo? Pois sabes que eu te reconheço, pelo menos. Como é mesmo o teu nome?", ela perguntou.

"Besta Comprida", respondi.

"Besta o quê? Por que mentes assim para mim? Achas que sou tonta, é?"

"Tens uma sujeirinha nos cabelos", eu disse.

Ela levou as mãos à cabeça e tirou as palhinhas de feno do cabelo.

"Sobrou um pouquinho de musgo", eu disse.

"Ah, que bom que me avisaste, podes me fazer o favor de limpar, pois estou sem espelho?"

Quando terminei de tirar a sujeira que restava nos seus cabelos, ela disse:

"Posso te perguntar uma coisa?"

Então, ela tirou uma fotografia do bolso do sobretudo e me entregou. A foto mostrava uma mulher de meia-idade e duas crianças, um menino e uma menina. De início, achei que se tratasse de uma fotografia de imigrantes islandeses tirada na Am'rica, pois as fotografias que de vez em quando chegavam em Brekkukot vindas de lá eram de mulheres com cara de camponesa como aquela, as mãos deformadas por ferramentas de escavar ou de carregar pedras enormes e troncos de árvores, ou carcomidas de tanto lavar roupa, as roupas e o corte de cabelo seguindo uma moda estrangeira já caída em desuso. As roupas das crianças estavam justas demais, como se tivessem sido costuradas às pressas apenas para serem fotografadas. Os cabelos da menininha estavam arrumados num par de tranças que pareciam antenas, e seus olhos reluziam de medo e curiosidade; e o menino já começava a olhar em volta, prevenido. Porém, fiquei surpreso pelo fato de o fotógrafo ter um nome dinamarquês e de constar, sob o nome dele, o nome de uma cidade da Jutlândia.

"Quem são as pessoas nessa foto?", perguntou a pequena donzela Gudmunsen.

"Como é que eu vou saber? Onde foi que conseguiste isso?", perguntei de volta.

"Encontrei no cemitério", a menina respondeu.

"Curioso", retruquei, olhando pasmo para a menina.

"Estava em cima de um túmulo. Tens certeza que não a reconheces?", a menina perguntou.

Respondi que absolutamente não.

"Desculpa. E adeus. Ah, de resto, como vão as coisas na escola?"

Contei-lhe como as coisas andavam, mais ou menos.

"E o que pretendes fazer ao terminar?", ela perguntou.

"Pretendo pescar peixe-lapa", respondi.

"Ah, por que sempre tens que caçoar de mim? Bem, agora vou para casa dormir. Não te parece que já comecei a emagrecer? Mas mudando do saco para a mala, me diz, qual é o teu parentesco com Garðar?", ela perguntou.

"Não sei", respondi.

"Sim, sim, vocês são parentes. Vai lá em casa algum dia com ele, quando ele voltar, por favor", ela disse.

"Obrigado", retruquei.

Ela já tinha se afastado alguns passos quando girou sobre os calcanhares, ou melhor, sobre as biqueiras estreitas de seus sapatos da moda. Então perguntou:

"Ah, como é mesmo o nome da esposa do Garðar Hólm? E de que país ela é? E onde é que ela está?"

"A esposa do Garðar Hólm? Estás maluca?", perguntei de volta.

"Não, é claro que não estou maluca. Que vergonha, pensar que ele podia estar casado, aquele homem mundialmente famoso, sem contar a ninguém! De resto, não posso deixar essa fotografia aos teus cuidados?", ela perguntou.

"E o que é que eu vou fazer com ela?", perguntei de volta.

"Talvez possas fazer a caridade de devolvê-la por mim... no cemitério?"

"Eu não tenho nada que ver com essa fotografia", retruquei.

"Não queres ao menos me fazer um favorzinho? Quem sabe algum dia eu não possa retribuir o teu favor?", ela disse.

"Claro que posso jogar esse retrato lá no cemitério por ti", respondi.

"Não, jogar não, mas sim devolvê-la ao homem que está dormindo ali no cemitério. Sim, sim, tem um homem dormindo sobre um túmulo, um estrangeiro", ela explicou.

"Não estás querendo me dizer que meteste a mão no bolso de um estrangeiro adormecido, estás?", perguntei.

"Por que és tão besta? Mas apesar de achares que sou capaz de uma barbaridade dessas, peço de coração que não contes isso a mais ninguém. Então talvez eu retribua o teu favor algum dia. Adeus", ela disse.

Dito isso, a menina outra vez tomou o rumo de casa. Desta vez, ela não voltou. Fiquei sentado na mureta de pedra com a fotografia na mão, olhando a menina se afastar. A vaca continuava mordiscando a grama. O aroma maravilhoso de fumaça de turfa chegava da chaminé da minha avó. Depois que a menina saiu do meu campo de visão, fui até o cemitério para procurar o tal estrangeiro de cujo bolso a pequena donzela Gudmunsen havia roubado a fotografia enquanto ele dormia em cima de um túmulo. Porém, por mais que eu procurasse, não encontrei homem algum dormindo em cima de um túmulo ali no cemitério.

26

A nota

Os convidados vestidos de gala chegavam aos borbotões e eram recebidos pelo editor do *Ísafold* no lusco-fusco daquele anoitecer de fim de verão, quando a maior parte das lâmpadas da casa já tinha sido acesa. No decorrer da noite, o populacho da cidade foi se aglomerando em frente ao jornal; eram pessoas que não tinham que se preocupar com a preparação de um banquete nem estavam habituadas a ser convidadas para um, como estivadores e pescadores de casaco por cima do blusão de lã — na minha juventude, homens desse tipo, que tinham a casa cheia de filhos e não possuíam sequer uma vaca, eram chamados de "homens de casa oca" —, bem como os padeiros e artesãos que inventavam uma cultura burguesa na Islândia vestindo cartolas, colarinhos duros e bengalas de passeio — homens que correm o risco constante de serem confundidos com os outros — e as respectivas esposas. Estas incluíam as salgadoras de peixe mandadas embora do porto em razão da idade; nessa época, a Islândia tornara-se o primeiro país a promulgar uma lei sobre a aposentadoria remunerada, apesar de a pensão estabelecida só dar para comprar um saco de pão torrado. Beldades vestindo o traje típico islandês viam-se aqui e acolá, algumas nascidas nas comarcas do interior, outras vindas do Fjörður, ao sul da nossa capital. Uns fedelhos maçantes mais ou menos do meu naipe faziam farra por ali. E não podiam faltar aqueles gaiatos descarados, presença obrigatória em todas as praças desde o tempo das comédias gregas.

Já contei que estava chovendo?

O tempo passava, e estávamos lá fora sob a chuva do fim do verão. De quando em vez, alguém se espreitava por uma janela, ou aparecia uma sombra por trás da cortina, e então o rumor se espalhava como uma brisa ligeira em meio à turba que aguardava: "É ele!".

Mas, no fim das contas, nunca era ele.

O que esperávamos do cantor? Éramos talvez uma linhagem de cantores que haviam naufragado numa praia silente em tempos passados e desde então esperávamos por ele, uma geração após outra?

Bem, não vou retardar mais o desfecho do episódio. Apenas acrescento que, já avançada a noite, quando a maioria de nós estávamos molhados e alguns totalmente encharcados, a cidade jazendo na escuridão, então a porta do balcão do *Ísafold* foi escancarada, deixando escapar a luz lá de dentro, além da densa fumaça de convivas, de assados e de tabaco, e então um homem dá um passo adiante, vestido de gala; muitos começaram a bater palmas. Era o anfitrião. Ele gesticulou à turba pedindo silêncio, depois começou a falar. O propósito de seu discurso era pedir que as pessoas voltassem para casa, pois o convidado de honra daquele festim não havia aparecido; tinham esperado por ele a noite inteira, mas agora chegara uma carta na qual ele informava que a corveta francesa, a bordo da qual se encontrava, gozando de toda a hospitalidade do comandante, levantara âncora e se fazia ao mar naquele instante. Garðar Hólm havia partido mas mandava suas saudações, saudava os grandes e os pequenos da Islândia e desejava vida longa, próspera e florescente à nação islandesa.

Cabe então contar agora que aquelas pessoas, que com enorme expectativa haviam aguardado o concerto, padecendo em silêncio, dispersaram-se debaixo da chuva com uma lhaneza resignada que sugeria não ser aquela a primeira vez que sofriam uma decepção. Virei o meu gorro horroroso com a viseira para trás para que toda a chuva não chegasse diretamente às minhas costas pela gola e comecei a caminhar de volta para casa, deixando aquela patacoada para trás. Como já disse, estávamos tão no início do outono que ainda não haviam começado a acender as lanternas da iluminação pública, apesar de a luz chegar de algumas janelas que davam para a rua. Ao chegar à rua Suðurgata, não muito depois da casa Melsteðshús, vislumbro uma mulher que andava tentando me evitar, enrolada num xale escuro, quase da mesma cor da noite. A tal mulher andava aos trancos e barrancos, tanto que por pouco não desabou em plena rua como um bêbado. Por fim, vi quando ela cambaleou na beira da estrada, despencando com tudo na sarjeta. Me apressei para socorrê-la como eu podia e então vi que se tratava da nossa Kristín de Hríngjarabær.

"Te machucaste, querida Kristín?", pergunto.

Então eu a levanto e a coloco em pé ali na rua, mas claro que ela estava um pouco molhada e enlameada quando a tirei da sarjeta.

"Estou com uma tremenda cegueira noturna", ela disse, desculpando-se.

Como se todos nós não soubéssemos que a visão dela tinha se deteriorado bastante! Depois que a ajudei a ficar outra vez em pé, ela começou a se agachar e tatear pela rua. Por fim, encontramos o que ela estava procurando. Era um cesto.

"Dei uma passadinha lá no Friðriksen", ela explicou.

As palavras dela foram corroboradas pelo cheiro de cravo, canela e de várias delícias confeiteiras que subia do cesto dela. Me ofereci para acompanhá-la até sua casa, e ela aceitou, pegando na minha mão. Logo percebi que ela estava completamente encharcada, devia ter ficado na chuva pelo menos tanto tempo quanto eu.

"Mas que chuvarada foi essa! A gente fica toda encharcada só de dar um pulo ali na padaria do Friðriksen!", ela exclamou.

Levei Kristín pela mão encosta acima até chegarmos à casa

dela, Hríngjarabær. Naturalmente, as janelas estavam escuras e não havia qualquer sinal de vida na casa, pois fazia vinte e cinco anos que o sineiro morrera, e as vacas depois dele.

"Bendito sejas por me oferecer o braço, meu bom menino. Entra e toma alguma coisa", disse a mulher.

Ela não percebeu como eu agora era alto, embora não tenha me dado aqueles dez centavos obrigatórios como nos velhos tempos, infelizmente.

Hríngjarabær, o sítio do sineiro, ficava no canto mais afastado do cemitério, em sua parte mais elevada, consistindo em uma casa de madeira pintada de piche, cinzelada ou estriada, como se dizia então, com uma diminuta cozinha a carvão e a sala no andar de baixo e dois quartos de dormir sob o desvão no andar de cima. A família do velho sineiro morara lá por várias gerações, e Kristín, sua governanta, foi favorecida quando permitiram que ela continuasse morando lá após o passamento dele. Em anos recentes, o mato do quintal em torno da casa era cortado a mando da prefeitura para alimentar os cavalos fúnebres. Já o estábulo do finado sineiro seguia em pé nos fundos do casebre, era ali que a administração do cemitério guardava seus implementos; e o feno cortado em volta da casa, algo entre dez e vinte fardos, era içado pela portinhola e empilhado no sótão do estábulo, onde ficava guardado até o final do inverno, quando era buscado pelo funcionário encarregado de recolher os cavalos do município.

"Nem vou te oferecer leite. De qualquer forma, é o mesmo leite de vocês lá de Brekkukot. Mas eis aqui um pouquinho de café frio que levanta até defunto; vou te dar também algo para mastigar", a mulher disse.

Ela acendeu a lâmpada que ficava sobre o fogão de carvão e me serviu café numa xícara grande; depois mexeu no cesto, no qual as delícias da padaria pareciam em bom estado, a julgar pelo aroma, apesar da viagem ter sido um pouco abrupta. Ela não me ofereceu daneses, mas sim roscas. Eu com certeza teria escolhido daneses com glacê verde e geleia de framboesa, mas as roscas também estavam deliciosas, eram com uvas-passas, coisa que o danese não leva, e muitas vezes uma quantidade insana de canela ali no meio. Acontece que a mulher comprara apenas um, e não tive a menor dúvida de que ela tinha um propósito específico, pois, apesar da hospitalidade ser imensa em ambos os lados do cemitério, nunca desperdiçávamos o que quer que fosse nem comprávamos nada apenas por comprar. Então a mulher corta umas fatias de pão francês, passa manteiga e patê, ajeita-as numa das metades da bandeja de bolo decorada, depois parte o danese em três triângulos que ela coloca na outra metade da bandeja. Por fim, ela despeja leite da leiteira numa jarra e me diz:

"Como a minha cegueira noturna está tão forte, eu queria te pedir para colaborar com a minha preguiça: vai até a cabana lá fora e deixa essa bandeja e essa jarra no sótão do estábulo para o pobrezinho do rato."

"Que rato?", perguntei.

"Que rato? Esse tipo de pergunta nem sequer merece resposta, meu caro Álfgrímur. E cuidado com o fogo caso resolvas acender algum fósforo", ela respondeu.

"Temo que o rato não vá conseguir beber dessa jarra. E se chegasse à borda, acho que ele iria despencar dentro da jarra e morrer afogado. Quando dou de beber aos ratos, sempre coloco o leite num pires", respondi.

"Mas olha como o menino é sabichão: imagina se o rato não vai saber beber leite da jarra! Agora deixa de bobagens e vai até lá! E cuidado para não assustar o coitadinho. Todos estão sempre querendo dar cabo dele, não apenas os humanos, mas também os cães e os gatos", disse a mulher.

Risquei um fósforo e encontrei um candelabro com um toco de vela. Então, subi a escada com a máxima cautela para não derramar o leite da jarra e também para não assustar o rato. Porém, não me contive e iluminei o sótão do estábulo com a vela no afã de avistar aquele roedor peculiar que merecia não menos do que danese e pão francês com patê, de lambuja quase uma jarra cheia de leite. Ou talvez a mulher não se referisse a um rato específico mas sim aos ratos em geral, à ordem dos roedores do universo inteiro?

O sótão do estábulo era dividido em duas peças: depósito de feno e depósito geral, com um corredorzinho no meio. A maior parte do sótão que ficava mais próxima do alçapão estava vazia. O verão já estava tão avançado que os fardos de feno colhidos do quintal de Hríngjarabær já tinham sido levados havia muito tempo, e o sótão exalava um cheiro de feno azedo. Porém, quando dirijo a luz para lá, vejo que na parte anterior do sótão, ou seja, do lado de cá do corredorzinho, o chão fora forrado de feno formando um leito improvisado, no qual jazia um fardo enorme enrolado em jornais estrangeiros, mais especificamente algumas edições do *Times* de Londres, jornal que na minha juventude era considerado o mais importante do mundo e de vez em quando chegava à Islândia embrulhando mercadorias importadas da Inglaterra. Que objeto precioso era aquele que a velha Kristín de Hríngjarabær guardava aqui no sótão do estábulo, enrolado no mundialmente renomado jornal *Táims*? Talvez a minha curiosidade não fosse além disso se, no exato momento em que ia direcionar a luz da vela em outra direção, eu não tivesse avistado umas botas bem engraxadas ao lado daquele invólucro, além de um colarinho rígido e uma gravata-borboleta de bolinhas dispostos com esmero em cima do par de calçados. Então, joguei mais luz sobre o embrulho. Se eu não estava enxergando mal, vi que, em meio às páginas do mundialmente renomado jornal *Táims*, algo começou a se mexer. É bem verdade que aqueles movimentos eram cautelosos, como se levassem em conta o fato de aquelas folhas de jornal serem efetivamente feitas de papel. Enquanto eu observava aquilo, não é que os dedos de um pé surgiram da extremidade do embrulho que estava voltada para mim? Não vem ao caso descrever aqui em pormenores o baita susto que levei diante daquela visão no meio da noite lá no sótão do estábulo da finada Kristín, então vamos pular essa parte.

"Sobe aqui e traz a vela, meu bom menino, preciso ter um particular contigo", disse Garðar Hólm.

Enquanto eu me instalava no sótão com a vela na mão, o cantor se desembrulhou daquelas enormes páginas de jornal standard, e fez isso com tamanha habilidade que os jornais nem sequer ficaram amarrotados. Depois ele os dobrou com esmero e os pôs de lado com todo o cuidado, calçou as botas e vestiu o colarinho e a gravata-borboleta. A seguir, tirou um pente de dentro de um estojo que trazia num dos bolsos e penteou os cabelos com perícia; depois com a ponta dos dedos alisou os vincos das calças: ali estava sentado o homem que ninguém acreditaria que se hospedasse em outro lugar que não fosse algum hotel de luxo, ou então na residência do governador-geral. Poucas vezes me senti tão aliviado como naquele momento pelo fato de não ser considerado de bom-tom que um adolescente tomasse a iniciativa de se dirigir a um adulto. Sentei-me na beirada do alçapão, tirei o alicate do bolso e comecei tirar pregos das minhas botas.

Quando ficou pronto, Garðar Hólm disse:

"Amigo, como eu te disse outro dia, acho que ficaste perto demais da beira da cova aberta enquanto cantavas. Se posso te dar um bom conselho, afirmo que quem canta deve manter-se a uma distância apropriada da cova."

"Mas e se fosse apenas um peixe-escorpião?", perguntei.

"Ah, então perfeito. De qualquer forma, eu gostaria de te agradecer por ter cantado. Canta sempre como cantaste naquele dia. Canta como se estivesses cantando pela alma de um peixe-escorpião. Cantar de outra forma seria falso — deus ouve apenas aquela nota. Quem quer que cante para divertir os outros é um imbecil, mas mais imbecil ainda é quem canta para divertir a si mesmo. Quero que compreendas isso desde o princípio, meu bom rapaz, pois eu também fui criado aqui no cemitério, como tu", ele disse.

"Achas que eu seria capaz de aprender a cantar?", perguntei.

"Arre! Ninguém aprende a cantar. No entanto, vejo que estás calçando uns sapatos péssimos; eu gostaria de te dar os meus", ele respondeu.

"Re-realmente não é necessário", eu disse.

"Sim, claro que é necessário. Nós dois somos amigos. Tu cantas. E eu te dou esses sapatos. E, por gentileza, aqui está o patê. Ou preferes o danese?", ele perguntou.

Então, nós, os dois cantores, sentados ali na beira da pilha de feno, comemos a merenda que Kristín de Hríngjarabær havia comprado para o rato. E não houve escapatória: tive que calçar os sapatos dele e ele calçou as minhas botas de neve.

"Eu gostaria de te pedir uma coisinha. Podes trancar bem trancada essa porta por dentro e dormir aqui no estábulo comigo esta noite? E peço que tenhas cautela se alguém vier bater à porta: podes atender e dizer, a quem quer que pergunte, que Garðar Hólm, o cantor de ópera, não se encontra aqui?", ele perguntou.

Quando assenti ao pedido dele, tranquei a cabana por dentro e voltei ao sótão do estábulo. Ele continuou a conversa do mesmo ponto em que fora interrompida:

"Amigo querido. Me perguntaste se serias capaz de aprender a cantar. Isso eu não sei. Podes muito bem ter talento suficiente para te tornares cantor. O mundo pode muito bem te dar tudo de bom e do melhor que ele tem. A glória, o poder, o respeito, o que mais se pode pedir? Talvez até palácios e paraísos? Ou viúvas alegres? Mas e depois?", perguntou ele.

"Então eu gostaria de te pedir que me ensine a cantar um pouquinho, mesmo que seja apenas cantando *Der Erlkönig* para mim uma vez", eu disse.

"Existe apenas uma nota que é todas as notas: quem a escutou não precisa pedir nada. O meu canto não importa. Mas lembra de uma coisa que vou te dizer: quando o mundo te deu tudo, quando o jugo implacável da fama for colocado sobre teus ombros e sua marca a ferro quente for impressa na tua testa, indelével como se fosses condenado pelo pior crime do mundo, lembra então que não tens outro refúgio senão nesta prece: 'deus, priva-me de tudo, menos da *única* nota'", disse Garðar Hólm.

27
O conselheiro real

Alguém estava tentando entrar: desperto com os rangidos da porta rústica e das dobradiças retorcidas. Não lembrava exatamente onde eu estava, mas senti que não havia dormido por muito tempo. O cheiro de feno azedo pesava nas minhas narinas. Na parte mais alta do frontão, logo abaixo do ângulo, havia uma claraboia losangular aberta, pela qual raios avermelhados entravam prenunciando o alvorecer. Mas o que é que eu estava fazendo ali?

A porta continua rangendo lá embaixo. Olho à minha volta e vejo que estou sozinho ali no sótão. Como é mesmo que eu havia chegado até lá? Por fim, lembrei que tinha sido despachado para alimentar o rato. Porém, quando olhei em redor, não havia nem jarra nem prato, nem tampouco qualquer vestígio de que tivesse andado por ali mais alguém além de mim, nem mesmo um recorte do mundialmente renomado jornal *The Times* de Londres. Tudo tinha sido provavelmente um sonho, pensei. No entanto, se alguém me encontrasse lá, o que iria pensar? Por fim, a porta é aberta aos empurrões e alguém pergunta com uma voz feminina jovem:

"Onde estás?"

"Aqui", respondo. Então me levanto e começo a descer a escada.

E quem poderia estar ali no patamar, nimbada de raios rubescentes da alvorada, senão a pequena donzela Gudmunsen, aquela menina rechonchuda e lustrosa? Não deixei de reparar como ela ficou desapontada de me encontrar por lá.

"Jesus! O que é que estás fazendo aqui?", ela perguntou.

"Nada", respondi.

"Estás sozinho?", ela perguntou.

Respondi que sim e então perguntei de volta:

"O que é que tu estás fazendo aqui?"

"Devo estar ficando louca. Jesus! Tens certeza de que não há ninguém ali?", ela perguntou.

Ela se curvou para conseguir passar pelo batente superior da porta, subiu até metade da escada e espiou pelo alçapão. Depois voltou até o patamar com uma expressão de desalento.

"Me diz o que estavas fazendo aqui", ela insiste.

"N-n-nada, simplesmente peguei no sono", respondi.

"Sozinho? Tens certeza de que não há ninguém ali?", ela volta a perguntar.

"Ninguém a não ser os íncubos capazes de nos visitar durante o sono", respondi.

"É possível que tenhas sonhado com alguém?", ela perguntou.

"Aí já são outros quinhentos. Mas agora estou de pé", respondi.

"Não consegui pregar o olho a noite inteira", ela diz, como se estivesse a ponto de chorar.

"Mas por que isso?", perguntei.

"Mas por que isso? E o que é que isso te interessa? Evidentemente porque meu pai e minha mãe me trancaram no meu quarto, até que eu finalmente consegui escapar pela janela quando o dia começava a raiar", ela respondeu.

Então ela se deixou cair sentada na soleira de pedra, com os cabelos desgrenhados e rastros de lágrimas no rosto, completamente exausta. As roupas estavam em desalinho, e ela não fez qualquer menção de se recompor, era quase como uma massa disforme dentro do vestido, quando se deixou cair sobre o umbral da porta com os joelhos bem fornidos à mostra sob a barra, os ombros apoiados nos joelhos e o rosto enfiado entre as mãos, enquanto ela continuava invocando o nome do redentor. Por fim, libertou-se do seu desalento, tirou as mãos do rosto, olhou para mim com um súbito furor e disse com um tom de voz que rimava com o teor de suas palavras:

"Estás em conluio com ele! Onde é que ele está? Trá-lo agora mesmo!"

"Em conluio com quem?", perguntei.

"Com quem? Com quem achas? Achas que eu sou imbecil? Achas que vais escapar com esse tipo de dissimulação? O que foi que aconteceu essa noite?"

"Até onde eu saiba, nada. Tampouco sou obrigado a prestar contas a ti ou a quem quer que seja sobre o que eu sonho ou deixo de sonhar", respondi.

"Sempre foste uma grande besta. Ah, roubaste os calçados dele! Posso até acreditar que o mataste também", ela disse, olhando para os meus pés.

De fato, foi só quando vi com meus próprios olhos as botas que eu estava calçando, aquelas botas importadas bem engraxadas, que me convenci de que aquilo não devia ter sido sonho: aquelas botas eram mais extraordinárias do que qualquer sonho.

"Se estás perguntando a respeito de certo homem, a única coisa que sei é o seguinte: ele me deu suas botas novas e ficou com as minhas botas velhas", eu disse.

"Mas aonde ele foi?", ela perguntou.

"Acho que voltou para a corveta", respondi.

"Não há corveta alguma. Hahaha. Estás mentindo. Huhuhu. Vocês deviam se envergonhar. Hihihi", ela disse.

Eu não disse nada, apenas a deixei lamuriar-se à vontade. Falando francamente, achei que não valia a pena discutir com alguém que acusa a gente de uma barbaridade como aquela menina havia feito comigo: nós de Brekkukot não estávamos habituados a esse tipo de linguajar. Ela continuou extravasando a fúria desesperada nas suas mãos já encharcadas de lágrimas, lamuriando algo do tipo:

"Mas e meu pai que por anos a fio pagou para ele os hotéis mais finos e mais caros para que ele se tornasse famoso no mundo inteiro! Centenas em cima de centenas em cima de centenas. Milhares em cima de milhares. Milhões. O ouro que ele anda esbanjando por aí é o ouro do meu pai. É assim que ele nos paga. É assim que ele nos insulta nos momentos mais decisivos. E o *Ísafold,* que meu pai sustenta com o punhado de coroas islandesas que ganha com a pesca, é esse o jornal que o Garðar ridiculariza neste país. Meu bom jesus, filho de deus. E ele que prometeu me mostrar o mundo inteiro! Não duvido que seja casado com aquela salgadora de filhos piolhentos."

Paulatinamente, comecei a entender que, em momentos como aquele, é difícil conversar com as pessoas; as palavras deixam de fazer sentido quando se começa a gritar. Quando uma escala musical se transforma em sons da natureza, é o fim de toda a música. Não respondi nada, mas fiquei olhando calado aquela menina rechonchuda acocorada feito um trapo no patamar daquela edícula que rangia inteira, carcomida até as vigas e incontáveis vezes açoitada pelo clima e que havia muito já não fazia jus ao nome de casa.

Ela acabou de dizer tudo, não restando mais nada. E eu acabara de testemunhar aquela menina se desmanchando em lágrimas. Ela fez uma tentativa de voltar a ser matéria sólida, levantando a barra do vestido até os olhos e enxugando o rosto, ali e assim como se encontrava sentada. Ela não havia voltado a si a ponto de me considerar uma pessoa, muito menos um homem, quando ergueu a barra do vestido até o rosto. Depois que terminou de enxugar o rosto, ela se levantou e sacudiu do corpo o peso daquela tristeza. A claridade do sol matutino ainda recaía rubra sobre as montanhas azuis do lado de lá da baía e sobre a erva nova, toda verde e coberta de orvalho nas pastagens, bem como sobre as tasneiras nos túmulos, exauridas pelo verão. Ainda era tão cedo que nem sequer havia sinal de fumaça na chaminé da minha avó ao sul do cemitério. Então, eu dei por mim e vi que ali não havia nada o que esperar, era melhor correr para casa antes que todos acordassem.

"Adeus, já vou", eu disse.

Ela puxou as meias para cima, alisou o vestido para baixo e fungou fazendo um ruído de realidade, como se tivesse chegado à conclusão de que não adiantava nada continuar criando caso daquela maneira. Num desamparo e numa resignação quase absolutos, ela me pediu que não a abandonasse à própria sorte assim sem mais. Afastou a franja para um lado e perguntou:

"Não me deixes ir sozinha até o centro. Há cachorros bravos e bêbados pela rua. Não estou parecendo um trapo velho?"

"Está, sim", respondi.

"Não pareço uma laranja chupada?", ela perguntou.

"Parece, sim. Mas isso de nada importa", respondi.

"Claro que importa. Porém, como ter um aspecto melhor depois de ter que se esgueirar pela janela do próprio quarto? Mas, bem, vamos indo", ela disse.

Quando já havíamos descido boa parte da travessa do cemitério, ela volta à carga:

"Por que não gostas nada de mim?"

"Queres dizer por que simpatizo tanto contigo a ponto de te acompanhar pela cidade a essa hora em vez de ir para casa dormir?", redargui.

"Não gostas de mim porque és pobre e eu sou rica?"

Eu não sabia muito bem o que responder, só fiquei olhando para ela, um pouco atônito. Nunca tinha ouvido falar que eu era pobre, isso realmente jamais sequer me passara pela cabeça. Interpretei aquilo como uma provocação gratuita.

"Se não gosto de ti, é porque és pobre e eu sou rico", respondi.

Achei que ela iria voltar à mesma toada quando disse:

"Devias te envergonhar. Devias te envergonhar por levar as botas dele nos teus pés mas não querer me dizer o que foi feito dele propriamente dito."

"Mas o que é que tanto queres com ele?", perguntei.

"Responderei se fizeres a gentileza de me levar aonde ele se encontra", ela disse.

"Aí já são outros quinhentos", eu disse.

"Bem, então também não mereces saber o que quero com ele", ela retrucou.

"Então vou voltando para casa", eu disse.

Ela agarrou o meu braço, dizendo:

"Não, não vai. Não vou perguntar nada. Vou me calar. Eu sei que não tenho nada em mãos. Sou apenas uma menina sem juízo que fugiu pela janela. Porém, uma coisa podias me dizer: sabes onde ele está, apesar de não quereres contar?"

"Não sei nada de homem algum, muito menos dele", respondi.

Na rua Langastétt, em frente ao *Ísafold*, e até a sede do seminário de pastores luteranos, a festa continuava. Uma turba curiosa se formara para que o festim organizado na noite anterior não tivesse um fim precoce, e não se tratava de uma turma qualquer: até onde pude ver, era o próprio reino de mil anos que se apresentava por lá, conforme descrito nas sagradas escrituras.

No meio da rua, havia ainda uma tropa de cerca de cinquenta cavalos de carga que não conseguia nem avançar nem recuar, então muitos dos cavalos dormiam ali mesmo onde estavam, com as barbadas pendendo e a albarda sob o ventre, os fardos de cabeças de bacalhau secas haviam virado no calor do tumulto e jaziam como entulho no meio da lama. Alguns cavalos locais soltos, incluindo potros, haviam acudido até lá para fazer companhia aos colegas. Três camponeses praticamente roucos usando meiões de couro de carneiro estavam sentados no vão de umas portas e tentavam cantar *Yfir* *kaldan eyðisand** enquanto a garrafa passava de mão em mão. Um comitê de vira-latas abatidos estava deitado na calçada de língua de fora. Dois atléticos balconistas dinamarqueses, que pareciam preparados para escalar o vulcão Hekla, achavam--se ali perto, apoiando-se nas bicicletas e admirando aquela cena típica de um domínio da Dinamarca. No balcão de belas colunas do *Ísafold* havia alguns gatos inconscientes nos dois sentidos, pois pareciam não enxergar uns aos outros nem aos seus inimigos cães ali na rua. Dois pescadores artesanais franceses estavam deitados na sarjeta e dormiam um sono profundo usando seus sapatos de madeira como travesseiros, à luz daquele sol noturno quimérico à beira do Círculo Polar Ártico. Na escadaria do seminário de pastores luteranos, que dava quase de frente para o Empório Gudmunsen, um sujeito estava postado discursando ao nascer do sol, enquanto o mundo dormia: a julgar pelas aparências, podia-se supor que ali estava são Francisco de Assis em pessoa, ou algum outro santo célebre que predicou com o máximo brilhantismo para as bestas quadradas:

Ah caros irmãos, haha
cavalos e franceses
ciclistas e vira-latas
estivadores e gatos!
Quando o conselheiro real chegar —
é isso aí, minha gente!
Trinta temporadas de pesca no mar.
Quem rema para o Gudmunsen precisa de uma corveta.

A mulher que pariu filhos, haha
ela te deu o peixe

---

* *Pelas areias ermas* seria o título em português desta canção popular islandesa cuja letra é de autoria de Kristján Jónsson Fjallaskáld (1842-1869).

e vê-se um pequeno ramo e uma estrela
no pai-nosso de Brekkukot.

Mas quem rema para o Gudmunsen precisa de uma corveta.

Quando o conselheiro real chegar, haha!
Bom dia!
É isso aí, minha gente.
Trinta temporadas de pesca no mar.
Quem rema para o Gudmunsen precisa de uma corveta.

Depois de trinta temporadas de pesca, bom dia:
és mandado para casa,
casa, esse monte de esterco seco que chamam de país
e é isso aí, minha gente;
(a mulher foi sozinha até Landbrot no leste)
afinal eu tinha algo nos olhos;
este seco e resseco monte de esterco
que já me esqueci como se chama,
— mas quando o conselheiro real chegar, haha
quando o conselheiro real chegar, hahaha
quando o conselheiro real chegar, hahahaha
é, bom dia
— é isso aí pessoal!
Caros irmãos, cavalos e franceses,
Quem rema para o Gudmunsen precisa de uma corveta.

O homem que pilota corvetas não tem saquitéis.
Mas pela janela adentra uma estrela fragrante
quando tu chegas das esterqueiras.
Conhecê-lo é possuir uma corveta
que ele te daria
se ele tivesse uma.

O homem dos saquitéis,
é ele que dá às pessoas corvetas
para cabotar as maravilhosas fossas sépticas de Skildinganes
e o portento de Grótta,
e viver ao bel-prazer;
é isso aí, minha gente,
pois quem rema para o Gudmunsen precisa de uma corveta.

Agora há apenas um pequeno ramo.
Mas quando o conselheiro real chegar, haha,
caros irmãos
cavalos e franceses
ciclistas e vira-latas
estivadores e gatos,

quando o conselheiro real chegar, ha-ha-a-a, é
bom dia,
é isso aí, minha gente!

"Esse bebum está fazendo insinuações contra o meu pai. Vamos para o outro lado da rua", disse a menina.

Então ela agarrou o meu braço com mais força e apertou o passo.

Atravessamos apressados, passando bem debaixo do nariz do homem que fazia aquele discurso. Das duas, uma: ou ele não nos viu ou achou que fôssemos cavalos ou franceses.

28
A doutrina secreta de Brekkukot

Um homem entra, amparando uma mulher pelo braço, pelo portão de Brekkukot num dia de fim de inverno.

"Ela se chama Cloé", diz o homem.

"Gloéy? De onde saiu esse nome, se é que posso perguntar?", indagou meu avô, intrigado.

"Ela era uma pastorinha grega, sumamente amada por Dáfnis, e foi uma das musas do poeta Horácio", explicou o visitante.

Descobri então, graças aos meus estudos, que aquela mulher devia se chamar Chloë; no entanto, esse nome, evidentemente, é de difícil grafia em islandês, e ainda mais difícil de declinar. Conforme o tempo foi passando, não tivemos outro remédio senão chamá-la de Cló.

"Ai ai ai... mas gente!", exclamou meu avô.

"Porém, aqui nesta vida, ela é descendente de uma das linhagens mais antigas do norte da Islândia", continuou o visitante.

"Ah, bom saber. Só espero que ela não seja de uma linhagem mais antiga que a de Adão! Mas façam o favor de ir entrando e tomar um cafezinho. E quem és tu, meu bom homem, que mal lhe pergunte?", meu avô indagou.

"Sou o E. Draummann: Ebeneser Draummann, oriundo da comarca de Thingeyjarsýsla, agrônomo e ginasiano diplomado", o visitante respondeu.

"Mas que ventos do norte os trouxeram até aqui?", perguntou meu avô.

Tratou então de ajudar o homem a amparar a mulher, que

parecia mal conseguir se sustentar nas próprias pernas. A mulher tinha bastos cabelos loiros, olhos azuis e semblante de montanheira, como então estava em voga; seu rosto era formoso, com um desses narizes que nos romances dinamarqueses são chamados de nariz grego; porém, era bem mais gorda que o devido, talvez em razão das doenças de que padecia, que a deixavam acamada e inerte por longos períodos.

"Viemos ao sul em busca de tratamento, meu caro Björn. E eu gostaria de te pedir que permitas que ela se acomode em algum canto razoável na tua casa enquanto nos instalamos aqui no sul", explicou o esposo daquela fidalga mulher.

Prepararam uma acomodação para o casal no nosso mezanino, mais exatamente no cubículo onde o autor destas linhas teria nascido e onde a mulher de Landbrot morreu.

Ebeneser Draummann devia ter entre trinta e sessenta anos quando entrou pelo nosso portão aqui no sul da Islândia amparando a mulher pelo braço; era atarracado, tinha ombros largos e era corcunda. Sua cabeça oscilava levemente o tempo todo, e tinha tremores constantes nas mãos. O homem era extremamente pálido, apesar de apresentar uma leve coloração subcutânea a um só tempo avermelhada e azulada. Tinha pintas nas mãos e aquele tipo de calvície provocada nos homens por fungos no couro cabeludo, talvez acometido de uma infecção na juventude. No lugar de sobrancelhas, apresentava manchas vermelhas oblongas que pareciam sensíveis, como se os pelos tivessem acabado de ser arrancados pela raiz. Embora fosse indisfarçável que ele tinha no rosto uma barbicha ruiva, era evidente que ele a escanhoava às escondidas, creio que com outro instrumento que não uma navalha. Tinha olhos azul-claros, dos mais penetrantes que já se viram, de tal maneira que, se aqueles olhos fossem de algum animal, por exemplo, uma foca, seria difícil não soltar um grito de assombro e regozijo e exclamar: "Não pode ser, minha nossa, esse bicho tem olhos humanos!". Quando o casal chegou até nós, E. Draummann trajava um colete com listras horizontais. O casaco azul de cheviote ficava apertado nos ombros e as mangas eram um pouco curtas. Ele usava colarinho branco duro e peitilho solto da mesma fazenda em cuja parte dianteira o colarinho era preso. Jamais usava gola com gravata fixa, e o peitilho por sua vez era usado no lugar de camisa, pois ele gostava de dizer que era um homem "um tanto descamisado". Vestia calças de lã crua não tingida, um tanto curtas para ele, o que se tornava ainda mais patético pelo fato de o homem em geral não usar meias. Calçava sapatos de lona importados, um tipo de calçado que não era lá muito apropriado para os invernos islandeses. Não lembro quem de nós lhe perguntou, já no primeiro dia, por que ele não usava meias, ao que ele respondeu:

"Os mestres tampouco andavam de meias."

A voz dele não era muito forte e ele tinha o hábito, depois de responder às pessoas, de sorrir consigo mesmo, pestanejar e mexer os lábios como se continuasse conversando com seus botões, aos sussurros.

Depois de alguns instantes, ele fez o seguinte esclarecimento quanto à sua recusa de usar meias:

"O homem que anda sem meias pode alcançar coisas que os meiudos jamais alcançarão. Ao economizar em meias, sobra-lhe dinheiro para comprar selos e assim poder corresponder-se com sábios do mundo todo e obter deles a tradução correta de palavras sânscritas obscuras. A título de exemplo, o que significa a palavra *prana*? E a palavra *karma*? E a palavra *maya*?"

Obviamente ninguém ali em Brekkukot sabia responder tais perguntas.

"Nem tu, que frequentas o Liceu Latino, sabes responder, meu jovem?", ele me perguntou.

"Não", respondi.

"É disso que estou falando. Todo mundo usa meias, mas ninguém sabe o que é *prana*. Nem mesmo esse jovem estudante do Liceu Latino", disse Ebeneser Draummann.

"Onde foi que conseguiste uma mulher tão bonita assim, meu camarada?", perguntou o capitão Hogensen.

Ele era um sujeito tão galante que costumava falar das mulheres como se pudesse de fato enxergá-las.

"Todos naturalmente já ouviram falar da estirpe de Langahlíð", respondeu E. Draummann. Ele pronunciou a palavra "estirpe" do jeito alemão, como os nortistas costumam fazer. Depois, continuou: "Como vocês sabem, essa linhagem inclui dignitários, poetas e administradores das terras reais. Minha esposa é do ramo dessa estirpe ao qual foram prodigados a inteligência e a virtude, apesar de ser raro que venham acompanhadas de riqueza e respeito. Essa gente naturalmente sempre contou com preceptores para educar suas filhas e filhos em domicílio. Chloë tem catorze irmãs e irmãos. Não pretendo afirmar que a sorte que essa gente teve no tocante a seus rebentos foi sempre na mesma proporção que a excelência dos preceptores, se medirmos usando a vara deste mundo, que muitos já provaram e outros tantos ainda hão de provar que é um tanto curta numa de suas pontas. No entanto, sei que não havia lá nenhum preceptor antes de mim que entendesse a Chloë. Pois, no mesmo instante em que vi aquela jovem donzela pela primeira vez, eu soube que a linhagem de Langahlíð havia sido agraciada com um ser altamente evoluído. E então pensei comigo: 'Ah, ela é uma dessas do Egito'."

"É, precisamente, uma dessas do fiorde de Eyjafjörður... Porém, o que mais importa é que o senhor gostou dela desde o princípio", disse o capitão Hogensen.

"Gostei dela... Não, de fato foi o contrário, não gostei nada dela. Em geral, eu não gosto de nada. Sei muito bem que a vida como um todo é *maya*. Porém, eu havia tirado a sorte grande no verão anterior quando aprendi as primícias de *A doutrina secreta** de um

---

* *The Secret Doctrine: The Synthesis of Science, Religion, and Philosophy*, de Helena Blavatsky (1831-1891), síntese das ideias do movimento teosófico, que a autora ajudou a fundar.

sujeito de Akureyri recém-chegado da cidade de Londres. Ou seja, essa encarnação, esse ser altamente evoluído, se assim posso dizer, essa mulher a quem chamo de esposa, pertence a uma esfera distante, de uma outra era", disse E. Draummann.

"É, precisamente, talvez com a mentalidade da era das sagas, como tantos dos descendentes da linhagem de Langahlíð", disse o capitão Hogensen.

E. Draummann sorriu consigo mesmo, pestanejou e mexeu os lábios como se estivesse lendo com seus botões um texto que trazia dentro de si, mas não respondeu. E Runólfur Jónsson também não disse palavra, simplesmente tirou o corpo fora porque o tema da conversa se tornara sinistramente arredado da vida de pescador, bem como dos portentos e das maravilhas da modernidade instaladas em Seltjarnarnes.

A porta do cubículo da mulher se fechou, ainda assim pôde-se ouvir quando ela se deitou com enorme padecimento. Ebeneser Draummann entrou para cuidar da esposa. Ele tinha o hábito, sempre que se levantava do assento, de menear os ombros como se estivesse se preparando para erguer um tonel.

"Vou te cobrir com cuidado agora, minha querida", ouviu-se o esposo dizer detrás do arremedo de porta.

Entretanto, as dores não abandonaram a mulher, que continuava gemendo.

"Vou te fazer um carinho agora, minha querida", disse o esposo.

Aquilo de nada adiantou, a mulher continuava gemendo como se alguém a estivesse esquartejando.

"Vou impor as minhas mãos nas tuas têmporas agora, minha querida", disse então o esposo.

Era como se a mulher sentisse algum alívio com aquele carinho e com a imposição de mãos, mas não muito.

"Vamos rezar a prece indiana agora", disse o esposo.

E assim foi feito.

Então a mulher adormeceu.

E. Draummann voltou até nós, seus copernoitantes.

"Como é mesmo que disseste que tua mulher se chama, meu camarada?", o capitão Hogensen perguntou.

"O nome dela é Chloë", respondeu o E. Draummann.

"Ah, sim, Cloé, como uma vira-lata. E ainda por cima adoentada. Seria talvez por causa desse nome?", exclamou o capitão Hogensen.

"É um papel muito difícil ser enfermeiro dela. Sua alma evoluída está muito além do que a matéria mundana aguenta. Ela está no limiar da própria reencarnação", explicou Draummann.

"Pois é, amiúde sucede de o vigor de uma linhagem decair. Porém, a estirpe de Langahlíð até que se saiu muito bem. Ela sempre prodigou excelentes pastores ao norte do país: mulherengos de marca maior, manguaceiros de primeira e valorosos valentões quando a situação assim o exigia, além de renomados marinheiros, afamados cavaleiros e eloquentes poetas", disse o capitão Hogensen.

Diante de tanta sabedoria, Ebeneser Draummann meneou a cabeça com um gesto discreto de veneração.

"Então devemos agradecer que o onisciente não permita qualquer parentesco espiritual entre familiares. Tua irmã pode ser a rainha de Atlantis, apesar de seres um abigeatário no Vale dos Cabeças-Ocas", ele disse.

"Bem, agora começo a ouvir um pouco mal", disse o capitão Hogensen.

De fato, a distância entre os homens havia aumentado ali na escuridão do mezanino. E Runólfur Jónsson já começara a roncar.

29

Um sólido matrimônio

Fazia muito tempo que E. Draummann suspeitava, segundo ele mesmo afirmou, e finalmente conseguira comprovar tal suspeita no ano anterior, que, apesar de a esposa pertencer àquela estirpe famosa, a saber, a linhagem de Langahlíð, ela não tinha qualquer parentesco com o próprio pai ou a própria mãe, nem com qualquer outra pessoa da Islândia ou desta parte do mundo neste século e neste milênio.

"Quando eu conversava com ela, muitas vezes ela não ouvia por horas a fio o que eu estava dizendo, em vez disso fitava o nada. Então comecei a fazê-la adormecer. E quando ela pegava no sono, eu segurava o mindinho dela e começava a fazer-lhe perguntas. Então, veio à tona que ela, em outra vida, pastoreava cabras e tocava pífano, ou seja, como Chloë. Depois, ela voltou a nascer para tornar-se uma notória cortesã em Roma. E isso foi apenas o começo. Tudo o que circundava essa mulher era um mundo intacto e estranho. Ela voltara ao mundo possivelmente devido a algum erro ínfimo cometido numa vida passada, ou quem sabe alguma boa ação intempestiva, como ocorreu com o mestre Santayama, que teve de nascer e voltar a nascer durante oito mil anos, por vezes na forma de boi ou de outro quadrúpede, por ter se apiedado de uma mulher que padecia de ninfomania", ele disse.

Ou seja, o chamado e a missão de vida daquele homem de Thingeyjarsýsla, tão sequioso de aprender, tornara-se amparar aquela mulher que só conseguia parar em pé em raras ocasiões porque ela era espiritualmente perfeita demais para viver aqui neste mundo. Ele se casara com a mulher quando ela tinha dezesseis anos, e desde então se dedicara ao seu cuidado.

A mente dele estava total e exclusivamente voltada a saber como ele podia servir àquele ser misterioso de uma maneira condigna; a origem dela no tempo e no espaço interessavam-lhe tanto que ele dava pouca atenção a quaisquer outros temas. Adorava a esposa à maneira dos idólatras, avantajando-se em sua adoração à maioria dos homens de fé e dos demais crentes que encontram seu deus na matéria da criação, e não num livro ou numa crença qualquer. No entanto, ele recorria a todo e qualquer conhecimento rebuscado na tentativa de compreender aquele ser altamente evoluído, ou aquela encarnação, como ele a chamava, e ter o poder capaz de tornar suportável para ela viver neste mundo vulgar no qual fora condenada a padecer mais um ciclo. Como já mencionado, *A doutrina secreta*, livro que havia chegado ao norte da Islândia não fazia muito tempo, tornara-se para ele uma espécie de guia nesses assuntos. Ao mesmo tempo em que ele não se furtava a experimentar qualquer coisa no afã de encontrar a cura adequada para a esposa, o casal considerava a ciência médica propriamente dita algo sobrenatural e mágico, até mesmo os preparados mais corriqueiros, e o esposo não se cansava de experimentar com a esposa novas orações e fórmulas mágicas de todo o tipo, exercícios respiratórios prescritos pela ioga, lavagens nasais com soro fisiológico bem como a imposição de mãos e muitas outras coisas que logo serão descritas.

Da mesma forma que a esposa representava para o marido um tipo de prodígio que nunca tem fim e ninguém é capaz de compreender por completo, ela também admirava o esposo como o único homem capaz de guiar sua vida frente à violenta doença e a perfeita desarmonia verificada entre a grosseira matéria mundana e a formidável evolução que sua alma havia alcançado depois de tantas reencarnações. O esposo era o esteio e refúgio absoluto da esposa, apesar de não ter uma casa ou um lar para lhe oferecer, nem mesmo um leito conjugal, mal e mal algum pano para cobrir sua nudez, tendo acabado de se instalar com ela no nosso mezanino em Brekkukot, aqui no sul do país. Independentemente do que a mulher pudesse ser para seu esposo na condição de pastora grega, amante do poeta Horácio e uma incontável série de outras coisas, ela talvez fosse para ele sobretudo alma, ou melhor, a alma por excelência: creio poder afirmar que, se alguém tinha uma alma aqui na Islândia na minha juventude, esse alguém se chamava Ebeneser Draummann. Conhecer aquele casal devia pelo menos despertar em qualquer pessoa sensata uma dúvida quanto à alma ser monopólio dos peixes, como alguns pensadores contemporâneos sustentam. Apesar disso, estou ciente de que é dizer pouco chamar a mulher de alma desse homem, pois ela também era para ele flor, era para ele ave, era para ele peixe, a pedra mais preciosa dentre as pedras preciosas, santa, anja, arcanja. O esposo possuía um tapetinho oriental, um tapete de oração, que ele geralmente trazia debaixo do braço e dizia ser aquilo todo o seu patrimônio; ele desenrolava o tapete no chão à beira da cama da esposa e sentava-se na posição de Buda. Com frequência, ficava sentado por horas a fio no tapetinho à beira da cama dela e fazia exercícios respiratórios prescritos pela ioga, tentando concentrar a mente o suficiente para conseguir mover objetos inanimados que se achavam numa prateleira específica no norte do país; enviava mensagens telepáticas aos mestres do Oriente e fazia exercícios para abandonar o próprio corpo, e também enxaguava o nariz com uma boa quantidade de solução fisiológica. Ao anoitecer, ele se deitava sobre aquele tapete e nele dormia à beira da cama da esposa.

Eu ouvia furtivamente a arrastada palestra de Draummann sobre a reencarnação e a transmigração da alma daquela mulher, eu, um adolescente pouco desenvolvido ali sentado com meus manuais escolares sobre os joelhos; e, uma vez que o capitão

Hogensen já não estava mais escutando e Runólfur Jónsson tinha ido dormir, a audiência ficaria abaixo da média se o nosso inspetor não chegasse, por vezes tarde da noite, para escutar, pois era o tipo de pessoa que não interpretava mal nenhuma doutrina e assentia à maioria das pessoas como se acreditasse nelas, apesar de sempre agir de acordo com o que a pulga que tinha atrás da orelha lhe sugerisse.

E Ebeneser Draummann continuou falando a respeito da esposa:

"Sempre que eu tentava ensinar a ela alguma lição de aritmética ou dinamarquês, via no olhar dela que estava com a cabeça em outro lugar. Quando eu dava por mim, ela começava a rabiscar algum desenho esquisito num papel que tinha à sua frente ou diretamente no tampo da mesa. Se eu a deixasse assim em paz, ela era capaz de continuar com aquelas garatujas peculiares por horas e horas a fio. A mãe dela me contou que, se lhe caíssem nas mãos agulha e linha, ela começava a bordar símbolos freneticamente nos seus próprios lenços e até mesmo nas próprias roupas se não tivesse nada mais à disposição. Com isso, passei a estudar todos os tipos de alfabeto, dos mais comuns aos mais exóticos, na esperança de conseguir decifrar aqueles símbolos, mas todos esses esforços foram em vão. Enviei amostras daqueles gatafunhos a vários eruditos, tanto nacionais quando estrangeiros, para tentar encontrar uma resposta quanto ao que seria aquilo. Poucos daqueles destinatários me responderam, com certeza os demais acharam que eu próprio não era erudito o suficiente, até que por fim um preboste esclareceu que aqueles riscos não eram letras segundo a nossa definição, e sim uma espécie de escrita ideogramática não muito diferente da escrita chinesa impressa num jogo de chá importado de Hong Kong. Outro afirmou que, segundo seu parecer, aquelas eram imagens de insetos, enquanto um pastor luterano do leste do país sustentava serem aqueles riscos uma imitação do líquen-das-renas. Àquela altura, eu já começara a folhear *A doutrina secreta* e cheguei à conclusão de que há mais coisas entre o céu e a terra do que sonha nossa filosofia, como disse o poeta, então, a partir daí, comecei a juntar selos para poder me corresponder com profetas de países distantes. Nisso, os exíguos conhecimentos de inglês que adquiri no ginásio mostraram-se bastante úteis, pois atualmente me correspondo tanto com espíritas como ocultistas da cidade de Londres, a quem envio amostras dos desenhos da minha esposa Chloë. Porém, nenhum sábio da Inglaterra resultou ser erudito o bastante para resolver esse mistério. Até que me ocorreu recorrer diretamente aos sábios do Oriente. Então, afinal, recebi uma resposta de ninguém menos que o doutor Leadbeater, da Oceânia, renomado bispo, discípulo e um ser altamente evoluído. Ele achou aqueles rabiscos tão interessantes que foi procurar um dos mestres semitranscendentais de *A doutrina secreta* a quem é permitido ler as *Crônicas de Acásia*, que condensa mais sabedoria do que qualquer outro livro, já que nele se descreve tudo o que aconteceu no universo, do grande e do pequeno, desde sua criação, e todo aquele que pretende consultar o referido livro deve antes comprovar que possui o mais elevado grau de erudição. Fui então informado de que, do alto de sua sagacidade, aquele indiano altamente evoluído havia estabelecido a verdade com relação àquela escrita. Tratava-se do alfabeto lépisco, língua falada no sopé da cordilheira do Himalaia numa nação que floresceu naquela região quarenta mil anos antes. Os mencionados eruditos disseram ter conseguido estabelecer, a partir do que minha Chloë escrevera, que ela teria sido filha de um rei daquela vetusta nação."

E. Draummann considerava ser o único e exclusivo papel da sua existência neste mundo curar a esposa das enfermidades sobrenaturais que a molestavam, e não apenas se convertera em seu médico de tanto experimentar isso ou aquilo, como antes contei, mas tampouco deixava restar pedra sobre pedra no seu afã de obter o apoio de outros medicastros nos cuidados dela, pois quem sabe se alguém não tinha guardado na manga algum tratamento eficaz. Ainda não haviam se mudado para o sul, aqui à capital, quando ele começou a procurar todo tipo de terapeuta. Ele era tão excepcional quando se tratava de falar sobre a esposa, tanto para sábios como para leigos, que as pessoas não conseguiam evitar tê-la sempre em seus pensamentos: ele falava dela com aqueles ásperos *cás* e *pês* característicos do falar do norte da Islândia e que sempre causam grande admiração nos moradores do sul do país, cujas consoantes são mais brandas. Ele começou convocando ao nosso mezanino os médicos da capital considerados mais acessíveis, a saber, alveitares, barbeiros-sangradores e fazedores de enemas. Também conseguiu arrastar ao mezanino doutores de papel passado que tinham curiosidade de ver que aspecto tinha aquela mulher que fora pastora na Grécia, filha de um rei na cordilheira do Himalaia e amante do poeta Horácio na Roma antiga, além de integrar a linhagem de Langahlíð: estes administravam à mulher xaropes de odor intenso, causando espirros tanto no capitão Hogensen como em Runólfur Jónsson. Uma vez apareceu até mesmo o ministro da saúde do país em pessoa, usando colarinho alto, bengala e pincenê. Também veio uma herborista que caminhava apoiada num cajado, coberta com capuz e fumando cachimbo. Por fim, Ebeneser Draummann conjurou praticantes da obsoleta arte médica conhecida como turfeopatia, não se esquecendo também dos estercolistas, cujo número, infelizmente, segue diminuindo, mas merecedores de volumes inteiros a eles dedicados. Alguns autores alegam que o fulcro da medicina seja sobretudo confortar os próprios médicos, e é verdade que os médicos em geral estão sempre bastante sequiosos de curar uns aos outros. Com efeito, E. Draummann não dispunha de outros meios para remunerar os diagnósticos e tratamentos recebidos por sua esposa além de, em troca, se oferecer para curar os próprios médicos ou sua família, fosse com imposição de mãos, com telepatia, ou mediante o estabelecimento de ligações espirituais entre seus pacientes e os mestres que, segundo *A doutrina secreta*, se encontram no Himalaia. A mulher estava sempre disposta a submeter-se a quaisquer terapias experimentais, na esperança de conseguir aliviar os tormentos dos quais padecia, em especial os da cabeça. Dificilmente uma mulher esteve mais convencida do que aquela quanto ao poder e à inteligência do próprio marido, tanto em termos naturais quanto sobrenaturais. Era impensável que ela questionasse as decisões dele no tocante a qualquer coisa. E, assim, a mulher achava muito normal permitir que tiras de turfa fossem amarradas em suas pernas para incrementar o seu vigor terreno, ou que tentassem ocluir suas narinas com estrume morno de vaca, conforme a prescrição de um estercolista de palato partido do litoral sul, pois quem sabe isso não teria o condão de aliviar suas supliciantes cefaleias. Não creio que muitos matrimônios na Islândia fossem tão sólidos como o daquele casal, e muito menos melhores. No entanto, infelizmente, mal os médicos terminavam de descer a escada, e aquela pastora e princesa sobrenatural voltava a urrar lá no cubículo por causa de suas dores miseráveis.

Nosso mezanino nunca ficava propriamente iluminado, pois a janelinha acima da cama que eu dividia com o capitão Hogensen era pequena demais para alguém que não fosse cego, filósofo ou com queimaduras de sal nos olhos, sendo, portanto, quase impossível estudar latim ali. Porém, era ainda mais escuro no cubiculozinho, onde as pessoas não dispunham de claridade para outras atividades que não fossem nascer e dar o derradeiro suspiro: a única e débil luz que havia ali serpenteava até a mulher, vinda do lugar onde eu e o capitão Hogensen nos achávamos através da fresta que havia sobre a porta do cubículo. Mesmo assim, a mulher aproveitava como podia aquela ínfima claridade que nunca devia prestar-se a ser compartilhada: sempre que tinha alguma melhora, ela se ocupava de seus bordados. Certa vez, eu a ouvi contar para minha avó, como se fosse a coisa mais normal do mundo, que as figuras que ela bordava eram suas lembranças da cordilheira do Himalaia; depois acrescentou que aquelas lembranças a inquietavam de tal maneira que ela não conseguia deixar de cortar cada peça de roupa que tinha para bordá-la, e também que seu marido nunca mais usou meias desde que se casaram porque ela as desmanchava para ter linha com que bordar.

Primeiro, ela bordava aqueles insetos aberrantes e plantas insólitas da cordilheira do Himalaia um ao lado do outro formando um centão; depois, quando não havia mais espaço para emendar outros, ela bordava novos insetos em cima dos anteriores e rosa em cima de rosa, até formar figuras em relevo que ela decorava com mechas de seus cabelos louros e com penas que arrancava do travesseiro, até que por fim o pano se tornava rígido como uma tábua e podia ser posto em pé. As figuras compactas feitas pela mulher eram tão expressivas que provavelmente quem as visse uma vez jamais as esquecia.

A mulher parecia apenas reconhecer a existência das pessoas se elas fossem de alguma forma seus médicos ou enfermeiros. Depois que os médicos iam embora, ela pouco falava. Não dirigia a palavra a nós que vivíamos no mezanino e fazia questão de que a porta do cubículo permanecesse fechada. Vários dias se passavam sem que eu tivesse mais que um vislumbre dela deitada na cama quando alguém entrava ou saía do seu cubículo: o semblante leitoso e soalheiro de montanheira, os olhos azuis emoldurados pelos cabelos radiantes e a coberta até o queixo, pois, mesmo quando estava bordando, ela se cobria inteira, deixando descobertos apenas as mãos e os braços e segurando assim a coberta sobre o colo.

Porém, quis o destino que, na cidade, pairasse no ar exatamente o espírito que tinha na figura de Ebeneser Draummann seu paladino. *A doutrina secreta* estava botando as garrinhas de fora por toda a parte. Até mesmo no Liceu Latino começaram a ser ouvidas frases peculiares como, por exemplo, toda a vida é *yoga*, ou toda a vida é *maya*. Um sábio como Ebeneser Draummann tornou-se convidado de honra para muitas pessoas, não apenas médicos e outros curandeiros que ele visitava por causa de sua esposa, mas também os amigos deles e os amigos dos amigos. Era por todos considerado um homem extremamente dotado. Com o tempo, ele não conseguia mais se dedicar a cuidar da esposa, salvo em raras ocasiões, pois estava ocupado pregando a respeito dela de cidade em cidade. Tendo em vista o estado de saúde em que ela se encontrava, não é de estranhar que ansiasse pela presença do marido quando lhe parecia que se demorava demais nas suas missões espirituais, e as únicas palavras dela que ouvíamos além das paredes do cubículo eram de apelo ao capitão Hogensen para que ele espiasse pela janela para ver se o esposo já estava voltando para casa.

30
A alma vestida de ar

Na Langastétt, rua onde as moças passeiam, uma moça vem na minha direção. Como estou habituado a fazer quando vejo uma, tomo a precaução de olhar para outro lado. Essas criaturas causam em mim certo temor e, da mesma forma que aos dignitários, eu não as considero exatamente pessoas. A moça que vem na minha direção é alta e airosa. Noto que ela está olhando para mim. Quando percebe que eu faço menção de acelerar o passo para passar ao largo, ela põe a mão em mim. E fica me olhando com aquele sorriso peculiar que parece residir no próprio ar, mas que em seu rosto recai como uma centelha de luz desconhecida: o ar vestido de alma ou a alma vestida de ar, e de luz — numa palavra: Blær. Sua voz soa um pouco arfante quando ela dá bom-dia. Como da outra vez, fico completamente rígido e não enxergo mais nada, o mundo recua numa névoa branca. Chegara o momento que no meu âmago eu tanto temia o tempo todo desde que fugi dela, o momento de reencontrá-la.

Do ar onde morava, ela olhou para mim e disse:

"Nossa, que botas bonitas o senhor está calçando!"

Eu não disse nada.

"Por que o senhor fugiu da nossa casa? O que foi que lhe fizemos?", ela perguntou.

"Nada", murmurei de um jeito quase inaudível.

"O senhor não entendeu que nós todos lhe tínhamos muita estima? Meu pai diz que eu devo tê-lo ofendido. Mas o que foi que fiz?"

Eu até queria responder e olhei bem no rosto dela. Mas então vi como a carnação do seu rosto tremeu detrás daquele sorriso quando ela olhou. E foi como se alguém de repente apertasse minha garganta.

"Por quê?", ela perguntou e continuou me olhando.

Por fim, consegui cuspir isso:

"Quando a senhora se aproximou de mim, eu... eu... achei que iria morrer."

"Mas ora, as coisas que eu tenho que ouvir. Sou assim tão aborrecida?", ela exclamou.

"Passar bem!", eu disse.

"O senhor não pretende nem ao menos me cumprimentar?", ela perguntou.

Estendi a mão para ela.

"Passar bem. E lembre-se de que, apesar de eu ser tão aborrecida assim, meu pai o espera. Ele diz que o senhor devorou tudo o que tem a ver com música. Também ouvi de outra fonte que o senhor consegue aprender o que quer que seja. O que o senhor pretende ser?", ela perguntou.

"Pretendo seguir tranquilamente na minha casa em Brekkukot", respondi.

"Posso convidá-lo para fazer a gentileza de me acompanhar até minha casa? Sei o quanto isso deixaria meu pai contente. Ele está convencido de que eu lhe fiz algo de ruim", disse a moça.

"Tenho a linha lançada", retruquei.

"Tem a linha o quê?", ela perguntou, sem entender o jargão dos pescadores.

"Minha avó me mandou ir à padaria do Friðriksen", desconversei.

"E o senhor não pretende nunca mais vir à nossa casa para esclarecer essas coisas que eu não entendo?", perguntou a moça.

Ela não entendia que era por culpa dela própria que eu não conseguia falar.

Foi no anoitecer daquele mesmo dia, ou talvez do dia seguinte, que fui ao encontro de uma certa mulher no centro da cidade? Ela era dinamarquesa. A tal mulher tinha um buço escuro escarrapachado sob o nariz, um dos mais compridos e afiados que se erguia na nossa futura capital, cavalgado por um pincenê enorme com cordão preto de seda. A tal mulher chamava-se madame Strubenhols, mas não poucos islandeses a denominavam Machada Ogresa da Batalha. Era parente da esposa dinamarquesa de uma autoridade aqui na capital, e algum infortúnio particular que desconheço a impediu de deixar a Islândia uns vinte ou trinta anos antes. Ela garantia seu sustento ensinando três ou quatro acordes de violão ou bandolim às filhas de cavalheiros, gozando de grande respeito nas casas das famílias de bem. A mulher também era chamada para tocar rapsódias de Liszt ao piano em todas as tômbolas públicas desde que me conheço por gente. Mais tarde, fiquei sabendo que artesãos e vendedores, até mesmo um ou outro pescador, procuravam madame Strubenhols com a finalidade de aprender música, em mais uma demonstração de que, como costuma acontecer, as classes consideradas pouco cultas e pouco refinadas, ou na melhor das hipóteses semirrefinadas, eram as que normalmente mais apreciavam música, enquanto a absoluta falta de pendor e perfeito desprezo continuaram sendo uma das características mais marcantes da elite cultural, econômica e política da Islândia.

Portanto, certa noite, fui procurar a tal mulher. Madame Strubenhols me examinou revirando os olhos por sobre o pincenê e perguntou quem eu era e o que queria. Respondi que gostaria de aprender a cantar e a tocar um instrumento.

"Eu não teria de jamais adivinhado", disse a mulher.

Ela continuou me examinando da cabeça aos pés, baixando e levantando a cabeça alternadamente, pois precisava me examinar por debaixo das lentes, através delas e por sobre elas, o que levou um tempo considerável, tendo em vista toda a minha altura.

"É de carpinteiro aprendiz o senhor?", ela perguntou.

"Não", respondi.

"De pescador aprendiz?", ela perguntou.

"Pesco peixe-lapa", respondi.

"Mas possível para viver disso?", a mulher perguntou.

Entendi que ela estava preocupada com o pagamento, o que me deixou um tanto desconcertado, pois até então não havia me ocorrido que a música custa dinheiro.

"É, tem também eu que viver. Espero um honrado homem ao menos que seja o senhor", disse a mulher.

No fim das contas, ela me convidou para entrar numa sala decorada com luxuosos móveis vermelhos com franjas: fotografias de família em molduras dispostas sobre um tipo de móvel chamado *chiffonnier*: cavalheiros vestindo fraque e cartola, fidalgas usando vestidos franzidos com um laço gigantesco no traseiro e de sombrinha na mão. O piano ficava no centro de uma das paredes e o harmônio num canto.

"O senhor me mostra tocar o que já sabe?", a mulher perguntou.

Naquela sala dinamarquesa, na casa de uma mulher de nariz de fancaria, com um falar tão pouco islandês que quase não tenho coragem de reproduzir aqui, de repente me vi num lugar onde ninguém me conhecia. Não me senti mais tímido na presença daquela mulher estrangeira do que me sentiria se ela fosse uma escultura em madeira. Fui diretamente até o harmônio no canto da sala, sentei-me, puxei o diapasão e a *vox celeste* e toquei *Der Erlkönig* de cor, cantando junto. A madame Strubenhols ficou me olhando atônita.

"Minha nossa senhora!", ela exclamou quando terminei de cantar.

Porém, não estava tão irritada. Fora isso, ela não me fez qualquer outra crítica dessa vez, mas por fim disse:

"Bem, o senhor voltar a semana duas vezes e veremos possível se ser consertar essa barbaridade."

Aquele era meu último semestre de inverno na escola, e eu de fato não tinha mais nenhum companheiro desde que meu amigo Jón Vovô se mudara para a Noruega, país onde as histórias bíblicas são maiores e melhores do que aqui na Islândia e onde o cristianismo ocupa uma posição de maior destaque do que entre nós, como narrei no capítulo sobre Thórður Batista, e onde o interesse pela salvação das almas dos chineses é maior do que aqui. Chego em casa com os meus manuais escolares numa mala de garupa entre meio-dia e três da tarde, e minha avó me dá de comer. Olho suas mãos azuis e encarquilhadas com uma alegria tácita quando ela me passa morcelas e peixe, e tento espichar o máximo possível a refeição, discorrendo em pormenores sobre como o tempo esteve desde a manhãzinha, como se aquilo fosse a coisa mais importante, e não o fato de ela ainda estar lá e eu com ela; depois subo até meu quarto e tento me ocupar com algo, resolver meus problemas de matemática ou pensar na composição que tenho de escrever sobre o tema da casa; ou então pego minhas botas belíssimas só para ficar olhando para elas, as botas de Garðar Hólm, sendo difícil para mim acreditar que aquelas preciosidades que causavam admiração tanto de homens como de mulheres agora pertenciam a mim, inclusive nem as usava, salvo em ocasiões especiais. Os dias pareciam levar às costas uma carga pesada demais quando era chegada a época já próxima do fim do inverno. O capitão Hogensen já está tão alquebrado pela idade que tem dificuldade de se manter sobre as próprias pernas justamente nessa alongada parte do dia; então ele costuma subir até o mezanino para tirar uma pestana. Essa época do ano é quando menos recebemos hóspedes em Brekkukot, a vida da nação como um todo fica em casa recolhida enquanto o território nacional encontra-se enregelado: de fato, não acontece nada digno de nota além dos ramos que golpeiam constantemente o vidro da janelinha naquele frio de doer e da estrela que surge no céu noturno quando não há nuvens. E daquela mulher do norte do país que geme ali no cubículo.

Para ser bem franco, de início eu esperava que a tal mulher morresse logo, como aquela outra que morreu lá uns anos antes, a de Landbrot. Na verdade, nós, donos da casa, estávamos menos obrigados a prestar atos caritativos àquela mulher do que à anterior, já que a mulher de Landbrot era viúva e a de agora estava acompanhada do esposo. Por outro lado, parecia-me desnecessário que seu esposo estivesse todo o tempo em correria milagreira para cima e para baixo, atendendo quem quer que fosse, enquanto devia estar aplicando na própria esposa os milagres de que ela necessitava ou, no mínimo, trocando os panos úmidos na testa dela, depois que ficou demonstrado que o estrume morno de pouco adiantava. Tentei fingir que a saúde daquela mulher absolutamente não me dizia respeito e nunca olhava para ela de forma intencional, mesmo quando ocorria de a porta de seu cubículo estar aberta; portanto, sentia-me aliviado que ela tampouco desse qualquer mostra de notar minha presença. Eu achava que devia se considerar abençoado todo aquele que estivesse tão intimamente imbricado com o *tamas*, o terceiro e último degrau inferior da existência segundo a filosofia professada pelo casal, a ponto de nem sequer contar como ser humano em comparação com a altamente evoluída reencarnação que aquela mulher representava, apesar de eu, por outro lado, não ter nenhum motivo particular para rogar que ela fosse açoitada, como fez Horácio ao compor estes versos:

Regina, sublimi flagello
*tange Chloën semel arrogantem.**

---

* "Toca, ó rainha, pelo menos uma vez,/ com teu chicote, a arrogante Cloé", versos finais da "Ode 26" (livro 3), de Horácio, na tradução de Francisco de Assis Florencio.

Numa de tantas outras vezes, na indolência arrastada de um dia de fim de inverno, subo até o nosso mezanino com minha mala de garupa cheia dc livros. O capitão Hogensen recolhera as pernas da beirada da cama e estava tirando um cochilo, conforme costumava fazer àquela hora do dia; seus roncos com certeza deviam ter abafado meus passos e o rangido da escada. No entanto, quando eu estava quase no topo da escada, com a cabeça já passando do alçapão, tive uma visão que me fez parar onde estava, pois nunca tinha visto nada parecido, a saber, uma mulher nua. Apesar de todas aquelas lições de latim, eu era tão ignorante que, inicialmente, achei que se tratava de algum animal que haviam esquecido de registrar nos manuais de história natural, ou então alguma criatura élfica. Fiquei ali parado, rígido e de olhos arregalados como se fosse finar ali mesmo na metade daquela escadaria. Ela estava em pé em cima da cama com o velho ali dormindo, encurvada espiando pela janelinha em cujo vidro o raminho batia. Seus cabelos louros estavam presos, amarrados atrás das orelhas com um cordão, formando um rabo de cavalo comprido que descia por suas costas. Contemplando-a assim meio de lado, pude observar, admirado, que suas faces eram belas e encovadas, o nariz reto e o queixo bem desenhado, bem como a boca, que à sua maneira era perfeita, e aqueles cabelos bastos e radiantes. De resto, aquele corpo humano estava tão próximo de ser um arremedo de si mesmo devido às suas formas hiperbólicas que era difícil imaginar que a pessoa que possuía um corpo assim pudesse padecer de outra coisa que não hiperssanidade, se essa enfermidade existisse. Talvez não tenha me ocorrido naquele momento, mas tenho pensado nisso com frequência desde então, que, se alguma vez reencarnou na Islândia a deusa que outrora era a portadora da Cornucópia, símbolo da abundância que nasceu como o chifre de um cabrito, essa deusa seria ela. Além disso, ela era a princesa que falava o idioma lepcha na cordilheira do Himalaia há quarenta mil anos, a pastorinha que tangia cabras com o mancebo Dáfnis, e era ainda a Cloé que Horácio, o poeta do povo, rogou, com a máxima eloquência, que fosse açoitada pela deusa do amor. Não obstante, ela era a mulher mais despossuída de que já tive notícia em toda a Islândia, nua e sem roca, tão nua e tão sem roca que nem sequer um dito popular foi dedicado a ela em islandês, e, se ganhasse um pano para cobrir seu corpo, ela o cortaria em pedaços para bordar nesses retalhos obras de arte com a linha das meias do esposo que ela desmanchava.

Ao perceber que alguém estava parado às suas costas e olhava para ela, a mulher disse:

"Que o meu bom deus me perdoe e me ajude! Eu só estava espiando pela janela para ver se o meu marido já estava voltando..."

Dito isso, ela saiu correndo de onde ficava a cama que eu dividia com o capitão Hogensen e sumiu cubículo adentro, enfiou-se na cama e se cobriu. E não demorou muito até que ela fosse outra vez tomada de padecimentos, dando gemidos doloridos que demonstravam pouca ou nenhuma centelha de esperança.

A horta do chantre jazia pisoteada e abandonada em pleno fim de inverno, mas a casa dele continuava vermelha. Reconheci os degraus onde um dia pensei que ia morrer de morte súbita calçando aquelas botas enormes, e o patamar da entrada onde em várias ocasiões fiquei parado esperando que alguém viesse abrir, angustiado com a possibilidade de que um som de apito saísse da minha garganta quando eu tentasse dar bom-dia.

Estava chovendo. Lá dentro, as luzes já estavam acesas. Porém, não tive coragem de me sentar no muro da casa do chantre com medo de que alguém saísse lá de dentro e me visse. Então, me sentei na mureta de pedra que cercava a pequena horta de um casebre do outro lado da rua, quase em frente à casa. Fiquei por um bom tempo olhando as janelas da casa do chantre na esperança de que uma sombra aparecesse detrás da cortina. Por sorte, minha avó não sabia onde eu estava e o que eu tinha em mente: estava determinado a roubar uma sombra e, se minha avó ficasse sabendo, com certeza iria me mandar amanhã mesmo levar um enorme bolo de panela à esposa do chantre.

Fiquei lá sentado a noite inteira debaixo de chuva. Até que saiu do casebre um velho um tanto macilento pela idade, apoiado em bastão e muleta, e foi até a horta para averiguar o tempo. Ele perguntou como eu me chamava.

"Meu nome é Álfgrímur", respondi.

Porém, como todas as pessoas com a audição prejudicada, ele entendeu que eu me chamava Ásgrímur.

"Bendita molhaceira", disse o homem.

Ele estava sendo irônico, pois as pessoas nunca dizem "molhaceira" a não ser quando se referem à colheita do feno, querendo dizer que a erva está molhada e fácil de cortar.

Quando o velho voltou a entrar no casebre, notei que eu estava ensopado; me levantei e atravessei sua horta. Umas chapas de ferro, talvez produto de algum encalhe, haviam sido espalhadas por toda a horta; não entendi exatamente para quê, pois nunca vira nada semelhante. Voltei a me sentar na mureta de pedra, só que agora em outra parte, e continuei com os olhos pregados nas janelas do outro lado da rua. Porém, não apareceu sombra alguma. A certa altura, a porta do casebre abriu-se outra vez, e o velho saiu para averiguar melhor o tempo.

"És de fora da cidade?", ele perguntou.

"Sou", respondi.

"E quais são as novidades?", ele perguntou.

"Nenhuma. Mas para que servem essas chapas de ferro aqui na horta?", perguntei de volta.

"Eu as instalo no verão para melhorar os canteiros, elas conduzem o calor do sol à terra, com isso as batatas crescem mais", ele respondeu.

O tempo continuou passando, e eu lá sentado na mureta de pedra debaixo de chuva. Porém, por mais que esperasse, não apareceu sombra alguma. Por fim, notei que não estava apenas molhado, mas batendo os dentes de frio. Então o velho saiu pela terceira vez para averiguar o tempo. Deu uma volta em torno de seu casebre, olhou em todas as direções e descobriu que eu ainda estava sentado na mureta de pedra.

"Ah, como é mesmo o teu nome?", o homem perguntou.

"Ásgrímur", respondi.

"Mas o que é que estás esperando?", ele perguntou.

"Estou esperando uma sombra", respondi.

31
Quiçá o deus

"Álfgrímur", disse a mulher.

Eu havia subido outra vez ao mezanino mais tarde naquele mesmo dia; pelo que me lembro havia começado a fazer minha lição de matemática e já estava aprendendo a resolver equações de segundo grau com mais de uma variável, enquanto o capitão Hogensen estava tirando um cochilo como de costume. Só pude achar que eu estava ouvindo mal: era possível que aquela mulher tivesse dito meu nome? Até aquele momento, eu achava estar numa posição demasiado baixa na escala do renascimento para que aquele ser altamente evoluído sequer notasse a minha existência, que dirá saber meu nome.

"Álfgrímur", a mulher repetiu.

Não, eu não estava ouvindo mal: ela só podia estar se referindo a mim, pois não existia no país nenhuma outra pessoa com o mesmo nome com quem ela pudesse me confundir. Deixei de lado o caderno de exercícios de matemática, levantei e afastei o tabique do cubículo. A mulher havia puxado a coberta até a altura do seu nariz grego, com os cabelos se espraiando sobre o travesseiro.

"Podes fazer o favor de ir até o tonel de água encher esta vasilha de água bem fria para mim?", pergunta a mulher.

Naturalmente, desci com a vasilha na mão até a porta da casa, sem dizer nenhuma palavra, e voltei trazendo a água fria. A mulher continuava gemendo de dores.

"Podes umedecer a compressa para aliviar o meu suplí-
cio?", a mulher pergunta.

"A senhora está se sentindo pior?", pergunto de volta.

"Não há palavras para descrever isso. Queria saber o que
fiz de errado em alguma vida passada para merecer isso. Minha cabeça parece o próprio inferno. Sinta a minha testa",
diz a mulher.

Coloquei a mão na testa da mulher como ela pediu. Pode
até ser que houvesse ali um inferno como ela afirmara; porém, devia ser sobretudo por dentro, pois, por fora, achei a
sua testa mais para fria.

"Não achas isso terrível?", perguntou a mulher.

"Sim, acho que sim", respondi.

"E o meu coração como está! Me dá a tua mão! Sente!", ela
exclamou.

Ela pegou minha mão e a levou até o seu seio debaixo da
coberta.

"Estás sentindo?", ela perguntou.

"Não", respondi.

Respondi assim porque de fato a única coisa que sentia era
que o peito feminino era mais macio ao toque do que meu próprio tórax masculino. De resto, eu não sabia a diferença entre
a pulsação certa e a errada no corpo humano.

"Põe a tua mão um pouquinho mais para cima e espera até
conseguires sentir", ela disse.

Fiz como ela me pediu, mas não senti nada além do mami-
lo da mulher cutucando a palma da minha mão.

"Estou ardendo. Põe a compressa de volta na minha testa,
rápido!", a mulher exclamou.

À noite, todos os pernoitantes do mezanino estavam em
casa e o tabique do cubículo foi deixado entreaberto para que
Chloë pudesse ouvir a conversa dos homens, para assim se
entreter. Não é que então a mulher diz para todos ouvirem lá
de dentro do cubículo:

"Sem dúvida as mãos do Álfgrímur contêm uma imensa espiritualidade. Ele trocou a compressa na minha testa hoje mais cedo, e saibam vocês: ele mal havia tocado minha testa e já comecei a sentir uma corrente poderosa e, em poucos momentos, tive um estremecimento benfazejo e adormeci. Quando acordei, me sentia tão bem como há muito tempo não me sentia. Estou certa de que ele tem mais vocação para a imposição de mãos do que a maioria dos médicos espíritas que tentaram me curar até hoje."

O esposo dela se levantou, veio até mim e começou a examinar minhas mãos. Ele as apalpava com perícia; deixou-se entrar num transe por alguns instantes e em seguida afirmou solenemente:

"Essas mãos são espirituais. Obviamente, é natural que a Chloë perceba instintivamente tudo de espiritual que existe à sua volta. Essas mãos, apesar de serem um tanto grandes e de fato também um pouco desajeitadas, contêm menos *tamas* e mais *sattva* do que seria de suspeitar. Sabe lá se o moçoilo não será um *bodisatva*? Há algo nessas mãos que lembram mãos de foca. O que me vem primeiro à mente é um faraó."

"Ah, mãos de foca no vinagre, é possível imaginar algo mais delicioso? Isso é, se alguém se atrevesse a comê-las em nome do espírito...", disse a mulher.

"Queres dizer em nome da salvação, Chloë?", E. Draummann corrigiu.

" 'Mãos de foca' é como chamamos as nadadeiras do bicho no fiorde de Breiðafjörður", o capitão Hogensen esclareceu.

"Bem, como sabemos, as focas são da estirpe dos faraós, por isso elas têm as mãos e os olhos como dos humanos; até aí não devia ser novidade para ninguém. Creio que elas se afogaram no mar Vermelho. Eram a estirpe mais evoluída do seu tempo, mas infelizmente tiveram que arcar com um *karma* muito pesado", disse Draummann.

"E que *karma* era esse?", perguntou algum dos presentes.

Com efeito: *karma, prana, sattva* e coisas assim haviam se tornado linguagem corrente no mezanino àquela altura.

"Bem, isso nem é coisa que se pergunte, a gente precisa saber o básico. Mas enfim: elas escravizaram as pessoas e as forçaram a erguer as pirâmides, carregando todas aquelas pedras em suas costas", explicou E. Draummann.

Alguns pernoitantes do sul do país, de Njarðvík, decerto estavam dispostos a acreditar no poder curativo da imposição de mãos e outras terapias espirituais e sobrenaturais, além do já referido estercolismo, ainda em voga no litoral sul da Islândia, mas tinham mais dificuldade de acreditar no restante, ou seja, que aquele pau de virar tripa, já vesgo de tanto folhear os manuais de latim, pudesse ser um faraó reencarnado.

"Não será uma excentricidade desse sujeito do norte?", perguntaram.

Já era tarde da noite e, surpreendentemente, o inspetor também se achava no mezanino; o tempo não estava lá dos melhores, desestimulando as pessoas a se aventurarem fora de casa, de modo que não havia o que inspecionar. Como nas demais ocasiões em que estava presente, ele dava seu pitaco sobretudo quando a situação exigia uma resposta sagaz. Por fim, ele tratou de responder:

"Pelo contrário. Desde que o casal Draummann se instalou aqui no mezanino, creio, pela primeira vez na vida, não estar convivendo com pessoas excêntricas."

Então perguntaram a ele se não seria uma comadrice como outra qualquer afirmar que as focas eram faraós e sua estirpe reencarnada.

"Isso eu não posso responder, só sei que a crença no *karma*, que é a lei das causas e consequências, e as doutrinas da reencarnação e da metempsicose são no mínimo mais difundidas em nosso planeta do que, por exemplo, o cristianismo. Acredito que a maioria dos habitantes da Ásia compartilha mais ou menos a mesma visão que esse respeitável e honrado casal. Nós aqui na Europa somos uma mera península medíocre, para não falar desses escolhos que somos, nós, islandeses. Nossas crenças são simplesmente uma mentalidade de península. E eu me sinto como se estivesse de volta em casa ao finalmente encontrar pessoas que têm as mesmas crenças que a maior parte dos habitantes do planeta", disse o inspetor.

"Devemos então acreditar incondicionalmente na maioria, em vez de escutar os sábios?", os outros retrucaram.

"Não estou querendo dizer que o corvo não é ave; muitas vezes é um refrigério ouvi-lo crocitar no inverno quando as demais aves já se escafederam, e pode muito bem acontecer que ele tenha razão quando começa a botar ovos nove noites antes do verão. Porém, a andorinha-do-ártico em certo sentido é, portanto, cem vezes mais pássaro que o corvo", respondeu o inspetor.

"Bem, quero crer que a maior parte dos habitantes do planeta é aquela que nada sabe, não apenas sobre a reencarnação dos faraós, mas sobre todo o resto. Sempre me ensinaram que só as pessoas desonestas ou os tolos têm resposta para todas as perguntas na ponta da língua", retrucou um dos pernoitantes da costa sul.

"Mas aí se trata de algo totalmente diferente. Porém, o que acredito estar mais próximo da verdade é que existem, sim, respostas para a maioria das perguntas, desde que se façam as perguntas certas. Por outro lado, acho que há poucas respostas às perguntas feitas por tolos, e muito menos respostas às perguntas feitas por pessoas desleais", retrucou o inspetor.

"Certo, então quero te fazer duas perguntas que uma pessoa comum, sem nenhum registro criminal e não mais tola do que a média das pessoas, poderia fazer: o homem pertence mais ao céu ou à terra? E qual a tua opinião sobre o projeto de lei dos barbeiros?",* perguntou o homem de Njarðvík.

---

* Projeto de lei que regulava o horário de funcionamento das barbearias e outros estabelecimentos que atendiam o público na Islândia. Foi apresentado no Parlamento em 1924 e aprovado em 1928, depois de quatro tentativas fracassadas, gerando debates acalorados na sociedade islandesa e polêmica nos jornais da época.

"Ahm... 'À águia não convém enfiar a cabeça na terra. Sua morada é no saguão dos ventos', como diz o poeta.* Seria assim tão fácil voar? Bem, depende: o rato deve discordar disso, e decerto também o gato. Não é assim tão fácil dar uma resposta que se aplique a tudo e a todos. Por outro lado, gostaria de mencionar um sujeito que responde a todas as perguntas pela parte que lhe toca, sem jamais se importar se sua resposta se aplica à águia ou ao rato: o nosso caro Björn de Brekkukot, onde estamos hospedados esta noite. Porém, no tocante ao projeto de lei dos barbeiros, eu gostaria de dizer: vai fazer a barba onde bem quiseres e como bem quiseres, desde que não atrapalhes os outros", disse o inspetor.

"Dou-me a licença de agradecer ao nosso inspetor. São poucas as pessoas aqui na península de Suðurnes que tomam partido das pessoas do norte do país. Com efeito, não foi uma pretensão da minha parte dizer que esse rapazote que hoje impôs suas mãos à minha esposa seja a reencarnação de um faraó. Naturalmente, ninguém poderia afirmar semelhante coisa, salvo que tivesse lido isso nas *Crônicas de Acásia*. O que importa é que o rapazote tem mãos que curam e que a minha esposa sentiu alívio. Quiçá ele seja o deus Vishnu", concluiu E. Draummann.

* Páll Ólafsson (1827-1905), poeta islandês autor da quadrinha aqui citada.

32

Reunião política na Loja dos Bons Templários: O projeto de lei dos barbeiros

"Impõe a tua mão em mim, Álfgrímur."

Era sempre a mesma história, todos os dias, tão logo eu chegava do colégio: ia até o cubículo na calmaria do final de tarde, fazia a imposição de mãos naquela mulher e lhe enviava uma corrente. Ela reagia sempre com um estremecimento benfazejo. Como já foi mencionado, a melhoria que a mulher experimentava em sua saúde em decorrência dessas correntes era tanto espiritual como sobrenatural, segundo a avaliação dela própria, mas também do esposo e dos médicos e outros terapeutas mais próximos do casal. Porém, os cientistas, que enumeram com exemplar precisão todos os ossos de um cachorro mas duvidam da existência da alma pelo fato de que o direito de propriedade sobre ela não é atribuído às pessoas, seja por meio de certidão registrada em cartório ou de exame de urina, esses quiçá tivessem uma opinião divergente. Seja como for, devo acrescentar aqui, enquanto ainda me lembro, que, num belo dia de primavera, aquele honrado casal foi embora de Brekkukot, a mulher caminhando com as próprias pernas, sem nenhuma necessidade de amparo, com toda a saúde do mundo, e o esposo como reconhecida figura de proa em assuntos espirituais na futura capital da nossa nação, um homem clarividente e sagaz, profeta, curandeiro, aprendiz dos mestres e com não sei mais que títulos então em voga, autor de crônicas nos jornais nas quais refletia sobre temas espirituais e, de quebra, vestindo roupas novas, na última moda, e até mesmo meias.

Da primeira vez que impus minhas mãos naquela mulher, me senti por dentro meio como alguém que tem a casa arrombada. Quando aquilo se repetiu no dia seguinte, talvez eu tenha ficado ainda mais atônito diante daquela mulher e ainda mais longe de entender o que se passava comigo. Depois disso, não saía de mim a pergunta sobre quem estava sendo trouxa naquela situação, eu ou a mulher. E não via mais aquilo com indiferença.

Faltava pouco para as eleições municipais e haveria uma audiência pública aberta a todos os munícipes na Loja dos Bons Templários.* O projeto de lei dos barbeiros estava na ordem do dia, mais uma vez. Eu não tinha o costume de me meter em política, porém, por algum motivo, compareci à audiência para ouvir o que os debatedores tinham a dizer.

O projeto de lei dos barbeiros tornara-se havia um bom tempo um assunto melindroso no município. Debatia-se se o funcionamento das barbearias devia ser permitido e, em caso positivo, quais os limites que esses estabelecimentos deveriam observar. Seria tolerável no nosso município que as barbearias abrissem às seis ou sete da manhã e continuassem barbeando os clientes até por volta da meia-noite? Ou era necessário determinar um horário de abertura razoável, por volta das nove da manhã, por exemplo, e determinar a posteriori, mediante um decreto complementar, um horário de fechamento sensato à noite?

Já fazia um bom tempo que o debate tinha se iniciado quando cheguei à assembleia, mas ainda havia vários debatedores inscritos. A sala estava apinhada de gente, então tive que ficar em pé perto da porta. Um carpinteiro estava discursando: tinha postura respeitosa, bigode grosso e fala um tanto arrastada, como tantas pessoas inteligentes. Afirmou ser da opinião de que era imoral

---

* Organização Internacional dos Bons Templários (IOGT, na sigla em inglês), associação fraternal integrante do "movimento de temperança", que promove a sobriedade mediante a abstinência do uso de álcool e de outras drogas, com estrutura inspirada nos rituais e nos paramentos da franco-maçonaria.

fazer a barba pela manhã e, portanto, não achava correto expor o público a isso. Julgava que o barbear era daquele tipo de luxo que os homens se permitem quando vão a uma reunião ou a uma festa, da mesma forma que os rapazes quando vão encontrar outros jovens para se divertir de forma respeitosa e apropriada, sobretudo e em particular os moços de boa educação que já noivaram e vão se encontrar com a noiva, digamos, uma vez por semana. Afirmou que tal luxo não se aplica cotidianamente quando os homens estão ocupados em seu trabalho. Assim, ele era da opinião que, uma vez que os estabelecimentos públicos onde fazer a barba já estavam autorizados a funcionar — infelizmente, a propósito —, então seria o caso de nos restringirmos ao barbear noturno; por exemplo, entre as sete e as oito da noite, limitando-se, sobretudo e em particular, aos homens que fossem frequentar divertimentos públicos reconhecidos e realizados com autorização do prefeito. Nesses casos, não seria injusto exigir que tais homens apresentassem alguma comprovação de que não têm condições de se barbear em casa.

A seguir, subiu à tribuna um homem de barba, um ex-agricultor da região de Flói, que conseguira um alvará para abrir um armazém de produtos coloniais na avenida Laugavegur e era influente nos assuntos da comunidade. Tal debatedor sustentou tratar-se de uma demonstração da preguiça e da torpeza da era contemporânea o fato de os homens entrarem nas barbearias em pleno dia e ficarem lá por horas a fio esperando a vez um após outro, passando o tempo de uma forma censurável, muitas vezes com conversa-fiada despropositada e maledicência irresponsável sobre seus concidadãos, além de lenga-lenga e nhe-nhe-nhem sobre a prefeitura, para no final entregar seu dinheiro a folgazões que se autointitulam barbeiros. Disse que Gunnar de Hlíðarendi nunca se preocupou em fazer a barba, tampouco quaisquer outros homens da era das sagas, sem falar naqueles nascidos com o lamentável fado de não lhes nascer nem crescer barba no rosto, como foi o caso de Njáll Thorgeirsson de Bergþórshvoll.* Disse que os homens que desejassem estar na moda nesse quesito deviam contentar-se em fazer a barba uma vez por mês, e não seria nenhum sacrifício para eles fazê-lo discretamente na própria casa, sem a necessidade de apelar para concidadãos que nada têm a ver com isso — o barbear é um assunto particular que cada um deve resolver por conta própria e em segredo —, ou, na pior das hipóteses, pedir ajuda à esposa, no caso daqueles que padecem de tremores nas mãos, em vez de gastar tempo e dinheiro em firmas que nem sequer deviam existir.

O próximo a dirigir-se à tribuna foi um homem de cabelos pretos e boca encovada que mascava tabaco sem parar e cuspia por todos os lados em volta do púlpito. O homem era eloquente, mas um tanto acalorado. Afirmou que não desejaria mais morar aqui na cidade se não fosse livre para procurar, fosse dia ou noite, um prestador de serviço e pedir que lhe fizesse, mediante pagamento, o trabalho que desejasse adquirir. Disse que seria possível proibir os médicos de manterem seus estabelecimentos abertos à noite se os barbeiros fossem proibidos de abrir os seus. Disse depois ser uma mentira barata que Gunnar de Hlíðarendi deixara a barba crescer e desafiou o orador anterior a provar sua afirmação apresentando uma certidão autenticada em cartório. Nenhum homem cordato e saudável deixou crescer a barba alguma vez. Não existia um trabalho em que a barba não atrapalhasse. Só se deixa crescer quem tem a pele do rosto muito sensível, e a única cura que existe para esse mal é puxar a pessoa pela barba e arrastá-la

---

* Gunnar de Hlíðarendi e Njáll Thorgeirsson são dois personagens centrais da *Brennu-Njálssaga* ("Saga de Njáll, o Queimado"), a mais extensa e, segundo muitos, a melhor de todas as sagas islandesas. Seu manuscrito mais antigo data por volta do ano 1300, com um enredo que transcorre em sua maior parte no sul da Islândia no final do século X e início do XI e descreve o fim do paganismo na Islândia com a ascensão do cristianismo.

para trás e para frente por toda a cidade. Poucos homens são tão indispensáveis numa sociedade como que aqueles que raspam a barba dos outros. Na antiguidade, ser barbeiro e médico era uma única profissão. Eles não apenas raspavam a barba dos homens, mas também lancetavam furúnculos e extirpavam tumores, pois tinham ótimas lâminas. Todos os homens decentes barbeiam-se diariamente. É um bom hábito ir ao barbeiro conversar com seus concidadãos sobre o interesse comum e as carências da nação enquanto cada um aguarda que chegue sua vez na fila, e o dinheiro investido num barbeiro é dinheiro bem investido, seja de noite ou de dia.

O próximo a tomar a palavra foi um sujeito esquálido, de rosto com aspecto de pergaminho e vestindo uma sobrecasaca "príncipe Alberto", pincenê e colarinho bem alto. Defendeu que, apesar de a medicina e a barbearia terem sido aparentadas durante algum tempo, sendo possível afirmar que, em certo sentido, o barbear seria a cura da barba, era, por definição, antiético, anticristão e incompatível com o socialismo permitir que outrem faça esse tipo de mimo no rosto da gente. De fato, isso seria tornar outro homem nosso escravo ou, no mínimo, nosso lacaio. Um serviço assim tão abjeto é inapropriado para ambas as partes, a saber, tanto para quem o executa quanto para quem o recebe. Um serviço dessa natureza só tem lugar no seio da própria família. É bem verdade: os homens devem andar barbeados. Mas também é verdade que os homens devem fazer a barba por conta própria. Só existe uma desculpa para que um homem procure um terceiro para aparar seu cabelo e sua barba, qual seja, que sofram de tinha ou padeçam de pelo encravado no rosto e, neste caso, tais homens deveriam se consultar com um médico. O sujeito concluiu dizendo que gostaria de enfatizar que as opiniões por ele expressas ali sobre tal conduta antiética e antissocial nessa noite estavam absolutamente de acordo com o *Manifesto comunista* que os camaradas Marx e Engels publicaram no ano de 1848, bem como com outras teorias difundidas na cidade de Londres e, por fim, com o revisionismo de Bebel.*

Depois deste, subiu à tribuna outro orador a seu jeito não menos letrado e expressou uma opinião tremendamente contrária a respeito do tema. Era um sujeito ruivo e um pouco calvo, de bigode desgrenhado, colarinho amarrotado, meio desdentado, com uma pança de respeito; cheirava rapé e os cantos de seu colete dobravam-se parecendo orelhas de porco. Ele contou que, como era de conhecimento público, foi *studiosus perpetuus* em Copenhague por trinta e cinco anos e nunca tinha ouvido antes opiniões como aquelas. Afirmou que certamente não pretendia entrar em debate com ninguém sobre as premissas do comunismo e de outras ideologias oriundas de Londres, do revisionismo de Bebel e do cristianismo; quanto a se o barbear seria ou não uma cura da barba, mas admitindo que isso fosse correto, para efeitos de debate, tratar-se-ia então de uma cura nada sobrenatural, que consistia meramente em espalhar sabão no rosto de um homem para que fosse mais fácil extrair-lhe a barba, método terapêutico muito menos ingrato do que untar o rosto de alguém que padece de dor de cabeça com estrume morno de vaca, prática há muito tempo estabelecida aqui na Islândia, apesar de o respeitável orador que o antecedeu, gerente de banco, socialista e teólogo, jamais ter manifestado qualquer reserva quanto ao estercolismo.

"Considero da maior importância contarmos aqui na Islândia com estabelecimentos públicos com cheiro bom onde os homens dão bom-dia uns aos outros de maneira amigável, vestem jalecos brancos e empenham-se da melhor forma possível ao empunhar suas lâminas afiadas de forma a não degolar vários sujeitos a cada dia, o que é inegavelmente uma enorme tentação aqui no nosso município. Porém, voltando ao cerne

---

* August Ferdinand Bebel (1840-1913), socialista alemão e um dos fundadores do Partido Social-Democrata da Alemanha.

da questão, ou seja, se é uma má ação deixar-se barbear por outrem, obviamente a resposta a isso depende do significado que atribuímos ao termo "ética" e ao valor que damos a ela. Vou contar a vocês uma parábola a propósito de como os seres humanos valorizam a ética de maneira distinta de um país para o outro. Como é obviamente do vosso conhecimento, o autor alemão Goethe escreveu certa vez um opúsculo a que deu o título *Fausto*, o qual conta a história de um homem que serviu de combustível às chamas do inferno em razão de dormir com uma mulher. Esse é o ápice da história, ainda que muito mais coisas aconteçam no livro. Perto do final, Goethe na verdade desiste de despachar o homem ao inferno, apesar de ele mais do que merecer, e permite que ele se salve graças à misericórdia de deus em razão de seu interesse pela drenagem dos banhados, inventando uma legião de anjos para resgatá-lo e elevá-lo à morada dos bem-aventurados. Mas agora vou lhes contar uma história que vai numa direção totalmente oposta. No tempo em que morei em Copenhague, havia lá um sujeito excelente chamado Pedersen. Ele era ruivo e calvo, tinha os dentes pretos e não era muito amigo do sabonete, de resto não muito diferente de mim em termos de aspecto e figura, salvo pelo fato de ser noivo de quarenta e cinco moças. Por alguma razão peculiar, os dinamarqueses levaram aquele homem estupendo a julgamento e o interrogaram, e assim também suas noivas. As coitadinhas estavam chorosas lá no tribunal, enfileiradas, e, embora de quando em quando se dessem uns arranhõezinhos e puxassem os cabelos umas das outras um pouquinho, e até mesmo não conseguissem evitar cuspir um pouquinho umas nas outras, elas foram unânimes em pedir clemência para o noivo, pois cada uma delas estava convencida de ser a própria Gretchen — ou deveríamos dizer Greta? — que ele deveras amava, cada uma lhe entregara o coração sinceramente, cada uma por sua parte estava disposta a lhe dar até seu último centavo a qualquer momento para que ele saísse para comprar cerveja. Todas elas tinham, cada qual do seu modo, descoberto na conduta de Pedersen algo de bom que nunca havia sido devidamente apreciado, e ele continuava sendo um homem excelente na visão de cada uma delas da mesma forma que antes, apesar de agora estar provado que ele havia passado a perna em outras quarenta e quatro mulheres ao mesmo tempo. Elas não apenas o perdoavam perante deus e perante os homens, mas também declaravam, uma após outra, estarem dispostas a tudo por ele, várias até se ofereceram para ir para a cadeia em seu lugar, se é que realmente alguém tinha que ir para a cadeia. Algumas delas afirmaram: 'Se alguém é culpado neste caso, sou eu e não ele!'. E os juízes passaram boa parte do dia debatendo qual seria o crime mais grave: um homem namorar quarenta e cinco mulheres ou quarenta e cinco mulheres namorarem um homem? A conclusão disso tudo foi que Pedersen foi condenado a pagar uma multa de cinquenta coroas dinamarquesas. Uma vez que Pedersen não tinha um puto centavo bolso, a exemplo, aliás, de todos os mulherengos, as noivas tiveram que quitar o valor da multa: segundo fiquei sabendo, elas tiveram que arcar com uma coroa dinamarquesa e onze centavos cada. Ou seja, foi assim que os dinamarqueses viram a questão: enquanto o autor alemão queria punir um homem ao preço de nada mais nada menos que o inferno, o mesmo custou às dinamarquesas uma coroa e onze centavos *per Stück*.* O projeto de lei dos barbeiros não seria um caso parecido?"

Má ação ou boa ação? A mente deste que vos fala, Álfgrímur, estava cheia dessa dialética em torno do projeto de lei dos barbeiros quando saí de novo ao ar livre depois de deixar aquele vigoroso debate.

Por algum tempo, senti certo aperto no coração, como alguém que tem culpa; achava que havia feito algo que ia de encontro à minha boa consciência, algo que não combinava com

---

* Em alemão, "por cabeça".

a minha noção de respeito. Mas de que vale a Boa Consciência que não nos deixa levar refrigério e satisfação a outrem? E qual era o Respeito de um fedelho atoleimado e sem serventia? Como se deus e os homens se importassem com a parte da garupa em que ele montava ou se usava sela. É possível que uma boa ação fosse uma má ação? O mestre Santayama aguardou oito mil anos para romper o ciclo da reencarnação, mas preferiu arriscar-se a voltar a nascer e renascer como cabeça de gado do que negar-se a fazer uma boa ação a uma mulher que provavelmente gostava dele, para não imaginarmos algo pior. Que diferença oito mil anos fazem para a alma? Qual é a urgência? Não há tempo suficiente para andar em círculos, de nirvana em nirvana? Ou quiçá existam outras coisas na terra mais perfeitas do que uma bela cabeça de gado? Quiçá eu também fosse o deus Vishnu, como ocorreu imediatamente ao esposo quando a esposa revelou a ele o que havia ocorrido.

No entanto, uma coisa ficou clara para mim: eu nunca mais encontraria Blær. De fato, essa era minha única tristeza. Eu havia traído a mulher não encarnada, a mulher no céu — "a eternidade em forma de mulher", como se lê na conclusão do livro mais escarnecido pelo Homem Ruivo na reunião a respeito do projeto de lei dos barbeiros. Com as minhas imposições de mão, arranquei aquela imagem de seu firmamento e a condenei aos grilhões da reencarnação, criando um lugar para ela no calabouço da matéria. Agora, nunca mais haveria uma sombra a esperar que aparecesse detrás da cortina, a aérea visão havia desaparecido.

33

Fama

Minha avó ofereceu chocolate quente a todos no mezanino no dia em que me formei. Foi um desses chocolates quentes abundantes, grossos, gordos e doces que nunca mais hão de ser preparados, até mesmo com canela em pau boiando, e panquecas frias polvilhadas de açúcar para acompanhar. Foi um momento e tanto tomar chocolate quente na companhia daqueles homens que simbolizavam a paz mundial, e eu, afortunado por ter sido copernoitante deles. Porém, assim como havia alguns anos, quando meu avô me comunicara sua intenção de me matricular no colégio, eu me achava outra vez desanimado e um tanto aflito. Antes, eu me afligia com a ideia de perder a segurança que só chegava até o portão de Brekkukot, agora eu me afligia com os novos caminhos que ainda ignorava e que deviam ter início tão logo eu deixasse de fazer o trajeto conhecido até o colégio pelas manhãs, contornando o lago Tjörnin, e de volta para casa à tarde. Terminado isso, para onde eu iria caminhar ao acordar todas as manhãs?

"E o que estás pensando em te tornar, amigo?", perguntou o inspetor.

Excepcionalmente, ele se permitira escapar dos seus trabalhos de inspeção por meia hora para poder participar daquela tomação de chocolate quente. Devo ter demorado para responder.

"Nunca imaginei nada menos do que um cargo de intendente municipal para o nosso Álfgrímur", disse o capitão Hogensen.

"O bendito rapaz não sabe o que quer se tornar? Nunca pensei que isso seria um problema", disse Runólfur Jónsson.

Entretanto, ele não disse o que eu deveria me tornar, ao menos não dessa vez, talvez não conseguisse atinar naquele momento como se chamava o cargo que imaginara para mim. Mas eu sabia muito bem que, tão logo ele conseguisse uma corveta, iria se lembrar do que eu deveria me tornar; eu sabia que, no fundo, ele não se contentaria com menos para mim do que preparar-me para ser um conselheiro real.

"Imagino que vou mesmo me dedicar ao peixe-lapa", eu disse, um pouco de brincadeira e um pouco a sério.

Por mais que aprendesse as declinações latinas, eu nunca conseguia deixar de considerar esse peixe superior aos demais da península de Suðurnes.

"Ai ai ai... Mas, gente!", exclamou meu avô, fazendo uma ligeira careta.

Ou seja, ele não gostou da minha resposta.

"Talvez o Björn desejasse para ti mais o bacalhau", disse o inspetor.

"O peixe-lapa não passa de uma passageira alegria primaveril", disse meu avô. "É verdade que muita gente fica animada quando ele é abundante, mas também tem anos em que ele simplesmente não aparece. E agora com o Empório Gudmunsen, há grandes navios que num único lanço de rede pescam vinte vezes o que cabe no meu barco, de modo que eu e os outros lapeiros estamos acabados aqui na baía. Além disso, o nosso Runólfur Jónsson ali pode contar como é pescar bacalhau para o Gudmunsen. Por isso eu sugiro, meu minino, que estudes para ser pastor luterano: é a única profissão proveitosa na Islândia. O que os pastores não recebem em peixe, recebem em manteiga", disse meu avô.

Fiquei de cabelo em pé, pois não tinha nenhuma razão para achar que meu avô estivesse de brincadeira. Seria possível que os homens se tornassem pastores luteranos na Islândia por seguir o conselho frio e calculista de um avô que, por um capricho da história da religião, lia a cartilha do lar do bispo Jón Vídalín aos domingos em vez de adorar o pássaro Colibri, o touro Ápis ou o deus de fancaria Rá?

Mas eu ainda não havia percebido então que, apesar de ser ele, Björn, quem estivesse falando, não era de todo apenas ele, Björn, quem estava falando: pois havia uma pessoa ainda mais próxima dele, de Björn de Brekkukot, do que o próprio Björn de Brekkukot, a saber, minha avó. Então ela disse:

"O nosso Björn sempre desejou que Grímur, o nosso coitadinho, ficasse com algo da gente que ninguém pudesse vir e tirar dele a qualquer momento."

"Ah, eles vêm e tiram tudo mesmo, bondosa mulher. 'O cavalo só passa arreado uma vez', então aproveita", disse Runólfur Jónsson.

Minha avó respondeu:

"Quem não faz mal ao próximo não teme o que os outros fazem. 'O sábio é sempre contente, louvado é por toda a gente.' Riqueza é aquilo que ninguém nos tira."

"Na minha prateleira tem dois saquitéis. O tempo passa para eles como passa para tudo. De fato, ambos estão vazios, mas num deles há uma moeda de ouro, e ela é tua, amigo. Queres tê-la de volta hoje ou mais tarde?", perguntou o inspetor.

"Mais tarde", respondi.

À noite, quando fui até Kristín de Hríngjarabær, percebi que ela não estava sozinha em casa, mas que havia alguém com ela. Senti isso no ar tão logo entrei. Quando abri a porta da sala, vi que estava sentada ali uma jovem mulher, bem-vestida e perfumada, usando um chapéu de aba larga e luvas vermelhas com debruns: era a pequena donzela Gudmunsen. Ela estava lendo um artigo de jornal para a velha Kristín. Sobre a mesinha de centro entre as duas havia frutas e flores.

"Meus parabéns, Álfgrímur", disse a moça ao me ver no vão da porta.

Ela estendeu a mão para mim sem se levantar.

"Ahm?", perguntei.

"O teu nome aparece em primeiro lugar aqui no jornal: Álfgrímur Hansson de Brekkukot. Pensei que te veria de quepe", ela disse.

"Acho ainda mais interessante que vocês duas se conheçam", retruquei.

"A bendita menina não me conhece coisa alguma, mas mesmo assim veio me trazer laranjas. Ai, como elas cheiram bem, bem demais para gente como eu, que já está com o pé na cova", disse a velha Kristín.

"Como é possível que a mãe do Garðar Hólm fale assim?", perguntou a visitante.

Então, ela me entregou, sem dizer nenhuma palavra, a última edição do *Ísafold* que ela estava lendo em voz alta justo no momento em que entrei.

Recorreram mais uma vez àquela enorme fotografia de Garðar Hólm, estampando-a na capa, acompanhada de um artigo escrito naquele peculiar estilo arcaico que, na minha juventude, era usual nas notícias cerimoniais publicadas nos jornais, por exemplo, temas que diziam respeito ao rei da Dinamarca, ou no caso de grandes naufrágios, ou quando morriam autoridades importantes:

Chegou-nos de ultramar a boa-nova de que Garðar Hólm, o cantor de fama mundial, em breve virá à Islândia. O celebrado cidadão do mundo retornará ao seu país proveniente de Gália, onde, no último inverno, encantou assazmente o público com o seu bel canto nas cidades mais avultadas do sul do continente. O filarmônico cidadão foi muito bem recebido pelo povo de todos aqueles locais, bem como pelos maiores fidalgos descendentes de linhagens de príncipes e dignitários, e até mesmo pelo senhor papa em pessoa, nos palácios divinais e noutros templos sagrados da música habitados pela rainha virgem Talia naqueles países.

Corre na Europa Meridional que, quando o senhor papa convidou Garðar para cantar na sua presença na basílica de São Pedro, sua santidade teria declarado que ali soava a voz que mais perto chegava das vozes das esferas superiores e refletia a misericordiosa luz. O papa então chamou o cantor à sua presença para dar-lhe sua bênção particular e pedir a ele que transmitisse a todos os islandeses as melhores saudações papais.

A notícia ainda ocupava outras duas ou três colunas, mas achei desnecessário mais do que isso, e então devolvi o jornal à moça.

"Jesus! Ele acha que está abaixo da sua importância ler o que está nos jornais!", exclamou a moça.

"Mas o que está no jornal continua sendo verdade independente do fato de eu ler ou deixar de ler, não? Não é mesmo?", perguntei.

"Ainda bem! Faz-me um favor, meu caro Álfgrímur, não sejas assim tão presunçoso, com licença, pois sou de fato mais velha que tu. Creio que seria algo honroso para ti andar com o quepe de formatura como os demais formandos; e também ler o jornal, sobretudo porque se trata do teu primo. A propósito, é verdade que também queres ser cantor?", ela perguntou.

"Quem foi que disse isso?", perguntei.

"A madame Strubenhols, nossa amiga em comum, com quem estou aprendendo a tocar violão."

"Preciso ir andando, peço desculpas por ter incomodado. Não sabia que havia alguém com a Kristín", eu disse.

Então a moça se levantou, beijou a velha senhora e disse:

"Também preciso ir andando, jesus esteja contigo, querida Kristín, venho ver-te outra vez, se me permitires. Álfgrímur, acompanha-me até o centro, preciso conversar contigo."

Para encurtar a história, segui com a moça e, ao chegarmos no calçamento, não consegui me conter e lembrei a ela que não era a primeira vez que a acompanhava naquela ladeira.

"É, jesus! Aí está a cabana", ela disse. Ela apontou para a velha edícula em cuja porta topamos um com o outro certa manhã no ano anterior e então acrescentou: "Eu não estava totalmente insana?".

"Estava, sim", respondi.

"É, mas tu também estavas biruta. Tinhas os sapatos dele nos pés", ela disse. Depois, ela ficou um tempinho sem dizer nada enquanto descíamos a travessa. Por fim, ela voltou a conversar, exclamando: "Como aquela mulher é tremendamente esquisita!".

"Que mulher?", perguntei.

"A mãe dele. É a terceira vez que vou visitá-la levando flores, mas continuo no ponto de partida: estou certa de que nenhum vivente sabe o que essa mulher pensa. Ela nem mesmo ouviu o próprio filho cantar."

"Mas por que é que estás te metendo com ela?", perguntei.

"Já o ouviste cantar?", a moça perguntou de volta.

"Não", respondi.

"Tenta ao menos uma vez usar de sinceridade e me dizer a verdade, tu que entendes um pouco de canto. Diga logo!"

"Ouvi o canto que há na Islândia: a mosca-varejeira por todo o verão e um tiquinho de gorjeio de aves de permeio. Por vezes no outono o grasnido do cisne, chamado 'canto do cisne' nos romances dinamarqueses. E também, é claro, o grito dos bêbados quando os veleiros estão no porto. E o salmo *Allt eins og blómstrið eina* aqui no cemitério."

"Achas que é mentira que ele cantou para o papa?", perguntou a moça.

"Não sei. Quem estava presente quando jesus salvou o mundo?", perguntei de volta.

"A mulher poderia pelo menos confirmar ou negar se seu filho é casado. Mas nem isso consegui arrancar dela", disse a moça.

"Por que isso te interessa?", perguntei.

"Por que isso me interessa? Sempre foste mesmo uma besta!", exclamou a moça.

"Podes me dizer honestamente o que querias da Kristín de Hríngjarabær?", perguntei.

"Não faço segredo de que nunca pensei em outro homem além dele desde que eu era criancinha. Sei que ele é melhor do que todos os outros homens. Mesmo que ele fosse casado, eu estaria disposta a ser sua amante pelos séculos dos séculos. Mas agora mandei averiguar o caso e, louvado seja deus, se um dia ele foi casado, agora já deixou para trás sua vida pregressa."

"Despejaste sobre a Kristín essa histeria toda?", perguntei.

"Chama isso como quiseres. Não converso contigo porque sejas uma pessoa amável, mas porque és aparentado dele e, agora, um liceano formado. E também porque queria contar isso a alguém. Tu sabes muito bem como eu estava aflita no ano passado. Mais eis aqui a tal carta."

Então ela tirou uma carta de sua bolsa e a entregou a mim: era uma carta postada na Dinamarca. Fiquei com a vaga sensação de que me lembrava do nome do lugar até me dar conta de que eu havia lido aquele nome num carimbo de fotógrafo no verão passado. A fotografia tinha sido encontrada com o homem que dormia no cemitério: uma trabalhadora mais para gorda do que para magra, mãe de dois filhos.

Dei uma olhada naquela carta dinamarquesa. Lá estava escrito mais ou menos assim, em resposta a uma consulta: lá naquelas plagas o nome Garðar Hólm era desconhecido de todos; naquele município não havia nenhum cidadão islandês, até onde se sabia, ninguém relacionado à Islândia de alguma forma, a não ser um certo Hansen, originário de Reidgotlândia, casado com uma mulher que tinha um pequeno açougue no local, um sujeito discreto e que não se misturava muito com os nativos, afinal ficava longe de casa por longos períodos: algumas vezes viajava a trabalho num navio que ia buscar bacalhau em portos islandeses e o levava à Espanha. No rodapé da carta, havia um tipo de carimbo de repartição e um nome ilegível.

"Por que estás me mostrando isso?", perguntei.

"Para que vejas que não foi apenas imaginação, ou um mal-entendido. Não sabes que em breve ele vai voltar? Não sabes que meu pai o convidou para voltar à Islândia para cantar no jubileu do Empório Gudmunsen? Talvez tenha sido infantil da minha parte escrever e perguntar. Mas não consegui deixar por isso mesmo, queria esclarecer o assunto. Pois sou eu quem o aguarda. E ele me escreveu outra carta. Agora sei que, quando ele chegar, é por mim que ele estará voltando: ele volta porque mudou de vida."

34

O terceiro retorno de Garðar Hólm

Nós, islandeses, sempre fomos gratos ao papa desde que um deles escreveu a Jón Arason uma carta de exortação um pouco antes que os emissários de um tal Cristiano III,* malfeitor alemão na Dinamarca, dessem cabo daquele que era então o nosso grande bispo. Há muito nutrimos a ideia de que os papas estão acima dos imperadores. Porém, no tocante a um aspecto, consideramos até hoje as palavras deles distante da verdade, por vezes até mesmo um tanto ridículas, a saber: quando eles abrem a boca para se manifestar em questões de fé. Antes, porém, críamos na infalibilidade dos papas acerca de eventos que eram a seu modo questões de fé que não presenciamos quando ocorreram, da mesma forma que estávamos ausentes no momento em que o mundo foi salvo. Com isso, vimo-nos na situação absurda de crer numa das mais improváveis doutrinas atribuídas, com ou sem razão, aos papas.

Creio ser possível afirmar que, naquele verão, após o concerto realizado na basílica de São Pedro, a estrela de Garðar Hólm ascendeu ao seu auge aqui na Islândia. Portanto, não é de estranhar que o liceano de Brekkukot custasse a acreditar que tivesse participado, no ano anterior, daquele escambo de botas com tal homem no sótão do estábulo de Kristín de Hríngjarabær.

---

* Cristiano III (1503-1559), serviu como rei da Eslésvico-Holsácia, da Dinamarca e da Noruega. Fervoroso protestante, foi responsável pela reforma na Dinamarca (1536) e em suas colônias — Noruega (1537-1538) e Islândia (1541-1551) — que estabeleceu o luteranismo como religião oficial e de Estado nos países nórdicos, situação que perdura até hoje.

"Eu os dei a um pescador dinamarquês a bordo de um pesqueiro com destino à baía de Trékyllisvíkur", respondeu Garðar Hólm quando lhe perguntei que fim tinham levado meus calçados.

Eu fora escalado, por iniciativa do Empório Gudmunsen, creio, para ficar à disposição do cantor de fama mundial naqueles dias de fim de verão em que ele esteve no país com a missão de divertir o populacho da cidade durante o cinquentenário do estabelecimento. Desta feita, o cantor achava-se no país integralmente sob os auspícios do Empório, e claro que nem se cogitou alojá-lo de forma menos suntuosa do que em três quartos contíguos no Hôtel d'Islande.

Garðar Hólm me mandou imediatamente à padaria de Friðriksen para comprar uma dúzia de tortinhas de cinco centavos e à farmácia de Mikael Lund para comprar *sodium bicarbonatum*. Suas roupas eram diferentes das que usava na vinda anterior; na verdade, não eram mais alinhadas que aquelas, porém mais novas, e o cantor não se encontrava tão combalido fisicamente como me parecera da última vez. Mas o clarão celestial que fulgia na minha lembrança do seu retrato de juventude se apagara quase que por completo, substituído pelo sorriso da fama universal que nunca abandonava seu rosto quando ele conversava com as pessoas, mas que infelizmente se convertia numa careta exausta assim que ele ficava a sós. Muitas vezes, preponderavam no semblante de Garðar Hólm aqueles traços enigmáticos que o tornavam pouco tratável para a maioria das pessoas, não muito diferente dos que observamos no rosto dos lunáticos no nosso século, e parecia ser uma característica constante no semblante da maioria dos gênios e homens de renome internacional no século anterior, particularmente no poeta Baudelaire, a julgar pelo retrato litográfico do autor estampado na portada de *Les Fleurs du Mal*.

Ele se colocava repetidas vezes diante do espelho e fazia uma cara mais dissimulada que a outra enquanto se arrumava, passando brilhantina nos cabelos e esfregando glicerina nas mãos. Pegava seu sobretudo e o examinava conscienciosamente tanto por dentro como por fora, arrancando escrupulosamente quaisquer fiapos eventualmente deixados pelo alfaiate. Ele me mandava empilhar seus pesadíssimos baús de viagem de várias formas diferentes, e depois de me fazer colocar cada um deles uma vez no topo e uma vez embaixo de todos os demais na pilha, de súbito se lembrava de que havia camareiros no hotel e começava a tocar campainhas. Ele os mandava buscar uma faca para desfrutar das tortas de nata, porém, tão logo a tal faca chegava, entendia que o garfo seria um talher mais apropriado, e quando o tal garfo chegava, mandava os camareiros irem atrás de uma colher. Por fim, comia as tortas com a mão e depois mandava os camareiros providenciarem toalhetes, mas acabava limpando as mãos com o próprio lenço que trazia no bolso quando os tais toalhetes chegavam.

Falava muitas vezes em frases insondáveis que de certa forma vinham de encontro umas às outras, e se calava no meio do que estava dizendo, pois a frase poderia muito bem acabar tanto dessa forma como de outra e, talvez melhor ainda, de forma alguma. Com frequência, era como se ele estivesse pensando em algo completamente diferente daquilo de que estava falando e nem sempre escutava o que as pessoas lhe diziam, ao menos não o tempo todo, mas às vezes podia ter um sobressalto, como o sonâmbulo que é acordado de chofre, diante de um comentário corriqueiro feito pelo interlocutor, levantando-se do assento com um brilho no olhar como se aquele comentário comezinho houvesse descortinado alguma verdade fundamental. Um momento mais tarde ele estava de novo perdido em si. Se lhe perguntavam algo importante, sempre dava uma resposta sem pé nem cabeça. Estaria ele caçoando das pessoas? E era quase impossível imaginar uma tarefa mais ingrata do que questioná-lo a respeito de assuntos pessoais, como, por exemplo, suas impressões sobre o papa.

Nessa ocasião, percebi certas coisas na conduta dele que antes não percebera, por ter estado na sua companhia apenas por breves períodos. Uma delas era o fato de ele, quando menos se esperava, tirar lápis e papel do bolso, na maioria das vezes irrisórios pedacinhos avulsos de papel nos quais começava a rabiscar cifras enormes e a fazer cálculos seguindo um sistema do qual eu não fazia a menor ideia, não me atrevendo a lhe perguntar o que ele anotava nem tampouco a me empenhar em ler aqueles números. Depois de ficar imerso naqueles cálculos por um bom tempo, franzindo o cenho bastante e de vez em quando suspirando fundo, ele voltava a si, olhava em redor um pouco desconcertado e depois sorria para quem estivesse por perto, quando havia alguém, em parte como se estivesse pedindo desculpas por aqueles momentos de ruminação, mas também com um semblante um tanto maroto, como se quisesse dizer: eu sei o resultado mas não vou contar a ninguém. Talvez aqueles fossem valores monetários apenas nominais que ele podia continuar calculando aparentemente até o infinito a seu bel-prazer?

Uma coisa era certa: ele sempre tinha nos bolsos uma inesgotável quantidade de cédulas, amarfanhadas numa mixórdia desmazelada, e sequer se dava o trabalho de se abaixar para recolher o dinheiro que deixasse cair no chão sem querer, mesmo que fosse o equivalente ao valor de uma ovelha. E me entregava um punhado de cédulas quando me mandava comprar tortinhas de nata. Eu então dizia:

"Isso é muito dinheiro: uma coroa islandesa já basta."

Ou então eu fazia troça, perguntando:

"Mas então existe um lugar especial aonde é possível ir e recolher tanto dinheiro quando a gente deseja?"

"Uma noite descobres, para o teu máximo espanto, que não gastaste todos os teus vinténs do dia. Na manhã seguinte, acordas cedo e sais para comprar um chapéu e, quando já tens o chapéu na cabeça, percebes que o dinheiro nos teus bolsos aumentou. Convidas uns amigos, quem sabe uns dois ou três, para jantar num restaurante, e vocês provam todos os deliciosos comes e bebes servidos pela casa. Quando deixas o local, pois está fora de questão conseguir devorar mais qualquer coisa, notas que os teus ganhos aumentaram ainda mais enquanto tu e teus amigos estavam sentados lá dentro. Ficas perplexo, então pegas e vais comprar uma casa com jardim para tentar livrar-te dessa imundícia, mas mal terminaste de pagar o imóvel à vista e em dinheiro vivo, e percebes que teu dinheiro se multiplicou durante a compra. Então és tomado por uma espécie de frenesi que Björn de Brekkukot jamais conseguirá entender, muito menos tua avó: partes numa corrida de volta ao mundo, despejando dinheiro às mãos-cheias para outros frenéticos corredores aonde quer que chegues, não te atrevendo nem a abrir as cartas recebidas, pois sabes que o assunto de todas elas é o mesmo: o saldo nas tuas contas em sei lá quantos bancos no mundo continua aumentando numa velocidade cada vez maior", ele disse.

"O que foi que aconteceu?", perguntei.

"Não aconteceu nada. É apenas o antigo conto de fadas: querias dominar o mundo e te tornaste um aprendiz de feiticeiro. Ele te ensinou dois ou três encantamentos. Uma manhã, ele te manda buscar água e encher os tonéis de casa enquanto ele vai à rua pedir esmolas. Buscar água é um trabalho abjeto, e achas melhor recorrer aos encantamentos. Dizes o Encantamento Primeiro, e o balde vai por conta própria até o poço. Porém, quando vês que o balde pretende continuar trazendo mais água, apesar de o tonel estar cheio, dizes o encantamento segundo para fazê-lo parar, porém, a única coisa que acontece é que o balde acelera ainda mais e alaga a casa. Apavorado, pronuncias o encantamento terceiro, e aí que começa o verdadeiro pandemônio. Logo a terra afunda. E o balde continua trazendo água", ele disse.

"Mas o que foi feito do feiticeiro?", perguntei.

"Ele está sentado todo encolhido nos degraus de uma escada em alguma parte no centro da cidade, estendendo a mão, com o vento entrando pelos buracos dos seus andrajos. Ou seja, o feiticeiro é aquele que não está nem aí para os ganhos."

35

Os laços

Ao final do dia em que chegou à Islândia, ele me disse assim: "Vai para casa te arrumar, pois pretendo levar-te a um banquete no Hotel de la Gvendur esta noite."

Era um armazém oblongo à moda antiga, desses que as pessoas mais velhas associavam amiúde com um comerciante de sobrenome judaico vindo do Eslésvico ou da Holsácia no século anterior. O armazém dividia-se em três seções: a primeira era a de alimentos, que então começaram a chamar de produtos coloniais em razão dos olorosos ingredientes importados de continentes longínquos, tais como pimenta, canela e cravo; em seguida vinha a seção de armarinho e mercearia, onde se lia a razão social "Empório Gudmundsen" pintada de preto numa tábua carcomida acima da porta; por fim, vinha a seção *Schnapps*, denominada assim mesmo, com uma palavra do baixo-alemão que os dinamarqueses trouxeram à Islândia e que quer dizer "aguardente". Alimentos e *Schnapps* formavam anteriormente uma só seção, até que os homens passaram a ter mais dinheiro por conta do incremento na pesca, e valentões e bêbados cantantes se sentavam à porta do estabelecimento e impediam a entrada de clientes do sexo feminino; então a seção de bebidas foi transferida ao extremo oposto, para garantir a paz na seção de alimentos.

O apartamento do comerciante ficava no andar de cima, quatro ou cinco salões enfileirados no lado que dava para a rua. Porém, o piso era tão precariamente isolado que o tumulto e a cantoria dos valentões e bêbados lá de baixo chegavam até ali em cima.

Como era habitual nessas antigas casas de comerciantes, o pé-direito era relativamente baixo nesses salões. Nos parapeitos pintados de branco das janelas havia vasos de barro com plantas dos trópicos tais como gerânios e fúcsias; os vasos ficavam dentro de cubas de cobre polido e em torno delas haviam sido atadas fitas verdes num laço que em baixo-alemão se chama *Schleife*.

Ou seja, naquela casa amarravam-se laços em toda e qualquer bendita coisa. As cortinas eram amarradas por cima num laço gigante e presas por baixo com lacinhos de seda. O encosto do sofá era atravessado por uma fita larga de seda com um laço do tamanho de uma anca de touro, sendo preciso ter cautela ao recostar-se no sofá com aquele laço gigantesco às costas. Até os cachorrinhos de porcelana tinham um lacinho. Havia laços nas travessas de pão e na cesta de carvão. A gaiola do canário tinha um laço de seda azul. O gato entrou com o rabo erguido no ar e pisou com patas cautelosas como se houvesse partes do piso com chamas ocultas onde o bichano pudesse queimar seus coxins. Pois não é que até o gato tinha um laço azul amarrado com esmero em volta do pescoço? Ou seja, naquela casa, o gato trajava o mesmo uniforme que o canário. Seja lá de onde foi que saíram, o fato é que, naquele tempo, os laços estavam na moda entre as famílias abastadas em todas as partes do Reino da Dinamarca.

Agora que eu já tinha visto todos os laços daquela casa, o que mais haveria ali?

Acho que o que depois me chamou a atenção foram as pessoas de idade avançada daquela família, especialmente as velhas senhoras, algumas muitíssimo velhas. Eram a representação viva da mistura de grandes proprietários rurais e pequenos comerciantes que constituiriam a nobreza mais elevada da futura capital do país na minha juventude. Não faz tanto tempo que cronistas estrangeiros escreveram nos jornais que nossa capital é um lugar de grandes comerciantes com gosto de pequenos comerciantes, e talvez não estivesse muito longe da verdade afirmar que, nos meus anos de criação, os grandes proprietários rurais achavam bonito aquilo que os pequenos comerciantes costumam apreciar, e os pequenos comerciantes achavam bonito aquilo de que os grandes proprietários rurais gostavam. Uma coisa notável era o fato de aquelas mulheres, todas elas islandesas tal e qual, vestindo suas domingueiras, ou seja, seus trajes islandeses femininos tradicionais, tinham um falar carregado de empréstimos do dinamarquês, e eu por momentos tinha a impressão de ouvir algumas delas simplesmente conversando naquele jargão baixo-alemão de mercadores, que se diferencia do islandês mais do que as demais línguas a que estamos habituados. Além disso, quando conversavam em islandês, arrastavam os *erres* o máximo que podiam, como é usual nos falares do norte da Alemanha e na Dinamarca, guturalizando o som com veemência e, quase chego a afirmar, com gozo. Talvez uma das diferenças fundamentais entre a cultura islandesa de agora e a daquela época resida em boa medida no fato de as crianças da atualidade que, por acidente, desenvolvem o costume de "falarrr" assim com os *erres* arrastados serem mandadas ao médico para aprenderem a fazer esse som com a ponta da língua. Por outro lado, não havia na conduta daquelas provectas fidalgas nenhum indício da indulgência, desenvoltura e senso de humor dinamarquês.

Aquelas senhoras e seus maridos — contadores, funcionários públicos e outros burocratas hoje totalmente obliterados da minha memória — pertenciam à linhagem feminina do jovem Gudmunsen, pois da linhagem masculina não restava ninguém além do pai dele, o velho Jón Guðmundsson em pessoa, fundador do Empório. Na verdade, o velho Jón estava a ponto de não conseguir mais nem passar manteiga no pão, encarquilhado, corcunda e debilitado como estava, restringindo-se a caminhar dentro de casa apoiando-se na bengala, com um rosto que mais se parecia com formações rochosas no alto de montanhas, embora talvez fosse mais correto comparar velhos assim com os horrorosos deuses de fancaria, pois, assim como estes, também costumam ser cultuados, especialmente aqueles que possuem uma frota pesqueira maior que a dos outros. Entretanto, não tenho qualquer motivo para duvidar que o velho Jón Guðmundsson fosse tão engenhoso quanto as pessoas afirmavam que ele era; no mínimo fora, sem sombra de dúvida, engenhoso da maneira que os bodegueiros costumam ser quando comparados com sua freguesia.

Ele era oriundo de Miðnes, uma das comunidades pesqueiras mais pobres do distrito de Suðurnes. No seu tempo, um pobre de marré numa colônia pesqueira na Islândia que quisesse enriquecer só tinha uma alternativa: apertar o cinto até quase o ponto de inanição e investir o que poupava em comida para comprar aguardente e vender dez vezes mais caro aos seus colegas quando o mar não estava para peixe. Até hoje pendia, acima da porta do pavilhão central daquela vetusta casa de comércio dinamarquesa, como antes descrito, uma pequena tabuleta carcomida, a mesma que o então jovem Jón Guðmundsson mandara fazer para colocar acima da porta do casebre de turfa numa colônia pesqueira na costa sul do país, quando teve início o capítulo da sua carreira mercantil que se seguiu àquele em que ele servia aguardente a seus camaradas pescadores direto de sua merendeira: foi emblemático da sua ambição que ele, desde o princípio, tenha optado por pintar "Empório Gudmundsen" acima da porta da sua bodega. Apesar disso, Gudmunsen, grafia à dinamarquesa do patronímico Guðmundsson, nunca pegou como sobrenome no caso dele.

Depois de fazer um comentário irônico a título de saudação ao seu ex-funcionário Garðar Hólm, o velho roçou a bengala em mim e perguntou à neta:

"Mas quem é esse fedelho aí?"

"Vovô querido, esse é Álfgrímur, liceano formado", respondeu a pequena donzela Gudmunsen.

Ela tinha uma mancha vermelha no pescoço e gotículas de suor na ponta do nariz, parecendo um pouco sufocada.

"Ásgrímur? De que família ele é?", perguntou o velho.

"É filho de criação de Björn de Brekkukot", a neta respondeu.

"De Björn de Brekkukot! Ora, se conheço o Björn! Nós dois remávamos no barco do finado Magnús em Miðnes. Tínhamos uma coisa em comum: nenhum dos dois tomava aguardente. Mas isso era tudo o que tínhamos em comum: o Björn nunca enxergou além do próprio nariz, por isso viveu sempre na pior miséria que se conhece aqui no distrito de Suðurnes. Pelo que me contaram, nunca passou pela porta do seu casebre nada melhor que indigentes, vagabundos e imigrantes a caminho da Am'rica. Mas sempre foi um homem parcimonioso. E são poucos os que conseguem fazer um peixe-lapa semisseco melhor do que o dele aqui na baía de Faxaflói. Eu nem pensaria duas vezes em contratar um jovem mandado pelo Björn para trabalhar ali embaixo na nossa loja", disse o comerciante Jón Guðmundsson.

Tampouco devo esquecer de mencionar três convidados difíceis de ignorar. Primeiramente madame Strubenhols, que alguns islandeses cognominavam de Machada Ogresa da Batalha, minha madrinha no canto lírico, que já foi positivamente mencionada nestas páginas, se bem me lembro. A seguir, cabe mencionar o professor doutor Faustulus, que mandaram vir de Copenhague trazendo pombos numa cartola para exibir suas artes à nação islandesa no festival de cinquentenário do Empório, formando elenco com Garðar Hólm. Esse doutor Faustulus me fez pensar no ridículo alemão Fausto cujo nome viera à baila na audiência sobre o projeto de lei dos barbeiros, apesar de este pertencer a uma linhagem da ilha de Falster e ter ganhado fama apresentando-se em todos os tipos de feira, especialmente na Jutlândia. O doutor Faustulus deu enorme contribuição para animar aquele encontro de família um tanto penoso com seus modos risonhos tipicamente dinamarqueses e suas engenhosas bravatas.

Não se pode deixar de mencionar o distinto e galhardo senhor que costumava ser visto nas ruas vestindo sobrecasaca, de bengala de ébano com engastes de prata, pincenê de ouro, com semblante imperial e visão de águia que às vezes enxergava até acima do telhado das casas, punhos rígidos feito pedra e as dobras do colete cheias de rapé: o editor-chefe do *Ísafold*, parlamentar e poeta nacional — um exagero de minha parte, pois naquela época um de cada dois senhores distintos na Islândia o era —, ou simplesmente poeta, como logo será demonstrado nestas páginas. Porém, no seio da família Gudmunsen, ele reinava soberano, fazendo mesuras quase até o chão para os demais convidados ao cumprimentá-los; fez uma mesura um tanto atabalhoada até mesmo para mim, mostrou os dentes verdes de tártaro e me felicitou pela minha formatura no Liceu Latino, chamando-me mestre dos mares, futuro da Islândia, liceano Hansen, esperança da pátria e outros bordões afins, considerados em Brekkukot pura manifestação de histeria.

Não foi menos efusiva a saudação que recebi do dono da casa em pessoa:

"*Bonjour*, caro compatriota e *Herr* lice-*ano*!"

Ao me fazer essa saudação, o comerciante Gudmunsen colocou a tônica em -*ano*, como era costume das pessoas de fino trato naquela época.

"Que honra inesperada! *Italia terra est. Sardinia insula est.* Posso ter a satisfação de apresentar o recém-formado liceano para o mundialmente famoso professor e doutor que veio até nós trazendo galinhas no chapéu? E igualmente para a nossa excelentíssima deidade dinamarquesa da cultura, Machada Ogresa da Batalha, a quem eu porém me permito chamar de Madame Pincenê, que prometeu tocar para nós as *Rapsódias húngaras* de Liszt depois do jantar."

Creio que Gudmunsen há de ter sido o único dessa parentela que tinha no sangue algum resquício do caráter dinamarquês, combinado com uma leveza em sua atitude e um senso de humor que muitas vezes ocultava parcial ou totalmente sua pessoa interior, ou no mínimo era capaz de despistar seus interlocutores, sendo também possível que ele tenha adquirido essa postura, ao menos em parte, na própria Dinamarca, onde frequentou a escola de comércio em sua juventude.

Ele me pegou pelo braço e me levou até uma parede onde me mostrou uma gigantesca oleografia de um leão.

"Caro liceano Hansen. Isso com certeza nunca viste em Brekkukot! É um leão", ele disse.

"É, isso mesmo. Não, infelizmente eu nunca vi um leão antes", respondi.

"Exatamente assim, sem tirar nem pôr, são os leões nos jardins zoológicos, exceto pelo fato de que esse aqui é duas vezes maior do que um de verdade. Não é nada divertido se um bicho desses vem na nossa direção com a intenção de dar uma mordida", disse o comerciante.

"Os leões mordem? Eu achava que eles devoravam uma pessoa inteirinha", retruquei.

"*Yes, yes*, sim, sim, *yes*, claro que o leão devora uma pessoa inteirinha. Portanto, é melhor se precaver. *You have a map and a ruler*, hahaha!", disse o comerciante dando uma gargalhada.

A natureza havia, por algum descuido, se esquecido de pôr naquele avançado quinquagenário as compulsórias marcas da idade. Ele tinha um diminuto bigode escovinha sobre o lábio superior e os cabelos também estavam cortados conscienciosamente no mesmo estilo, e, como em outros tempos, quando eu olhava para suas bochechas, eu me lembrava do "rubicundo feito ameixa madura" das litanias da minha avó. Porém, apesar de ser aquele menino sempre vivaz e corado, ou exatamente por isso, ele também podia ser tomado de uma tremenda gravidade e começava a dizer algo perspicaz no meio da sua risada jovial, e como nem sempre estava certo de que a sabedoria que ostentava era correta, ou se as palavras escolhidas eram adequadas, ele espreitava à sua volta para ver se seus comentários surtiam efeito; mas se não visse nenhum sinal disso, então soltava uma gargalhada enorme para que as pessoas não achassem que ele realmente quisera dizer aquilo, ou que estava apenas provocando as pessoas por diversão com alguma afirmação questionável, eventualmente até mesmo para testar sua credulidade, estando porém preparado para retirar tudo o que dissera. Suponho que, no fundo, o comerciante Gudmunsen sofria de timidez e medo do ridículo, que era como no meu tempo eram chamados esses sentimentos atualmente interpretados com citações de Freud. Mas havia um rosto em particular que ele lia como um instrumento capaz de indicar se tinha falado a coisa certa ou não, e era exatamente o rosto da pessoa que amarrava laços de seda no gato e nos passarinhos que o gato mais sonhava em devorar. O que não chega propriamente a surpreender, pois a senhora Gudmunsen era mais velha e, além disso, vinha de uma família mais eminente que a dele, e apesar de a linhagem da senhora Gudmunsen talvez não ser considerada por nós em Brekkukot acima da linhagem de Adão em termos de idade e virtudes, devo no entanto registrar, em favor da linhagem dela, o fato de a Islândia haver triunfado em sua pessoa no tocante à postura e aparência, e provavelmente também no que diz respeito à alma por inteiro, posto que ela nunca vestiu um traje típico dinamarquês e nunca se deixou arrastar até a Dinamarca. O traje típico islandês apresenta, como se sabe, três diferentes graus, e mesmo o seu grau mais baixo ostenta mais ouro e prata do que qualquer traje, salvo a indumentária dos imperadores e o uniforme dos generais. Portanto, o traje típico usado pelas mulheres islandesas seria o mais improvável candidato a indumentária oficial de moradoras de vales provincianos e paupérrimos habitantes das montanhas, como os trajes típicos de outros países. A mulher estava ataviada segundo o grau apropriado para aquela festa, a saber, corselete tradicional islandês, e não vou nem tentar adivinhar aqui o valor de quantas terras ela levava sobre o tórax na forma de ouro, prata e pedras preciosas, mas qualquer pessoa concordaria que não muitos generais ou imperadores ostentam seu ouro com mais nobreza do que a senhora Gudmunsen, islandesa tal e qual, que se movia ali pelos salões, apesar de arrastar intensamente os *erres* ao modo dinamarquês, cuidando para que nada perdesse seu laço.

Seguindo o método peculiar adotado na Islândia antigamente quando era o caso de demonstrar prodigalidade, começaram a oferecer aos convidados café e doces antes da comida. Pode ser que esse hábito seja um resquício do tempo em que o único combustível disponível era a turfa, que era pouco inflamável, então os convidados precisavam aguardar um bom tempo pelo assado e pelo mingau, sendo portanto inevitável ter que servir comidas e bebidas leves para aplacar a fome mais grave das pessoas durante a espera. Porém, agora, não era a lentidão em cozinhar a culpada, e sim o apego a uma antiga tradição fidalga surgida no pequeno município de Vogar, e, depois que as pessoas já haviam se deliciado comendo panquecas, roscas, bolos de frutas, tortas, daneses e mais de vinte outros tipos de doces acompanhados de café com leite, então finalmente pensava-se em pôr a mesa para a comida propriamente dita.

Eu já disse antes que achei a festa um tanto penosa. Não era esquisito que um pilar da sociedade como Gudmunsen se contentasse em jantar com a família para homenagear seu protegido, um famoso cosmopolita islandês em seu retorno ao país, homem que, segundo o jornal que era porta-voz do Empório, havia realizado um concerto para o papa, em vez de recepcioná-lo com um banquete reunindo como convidados outros pilares da sociedade? Um convidado de honra desses não merecia uma recepção mais magnânima do que essa, por parte do seu protetor e mecenas? Qual o sentido daquela reunião familiar? Destinava-se aquela festa a dar as boas-vindas a Garðar em sua entrada na família, sem quaisquer rodeios? Apesar dos laços do gato e do canário, das tias cobertas de ouro, das *Rapsódias húngaras* de Liszt, de uma festa com tudo de bom e do melhor que pode haver na Islândia, desde amoras até mingau de aveia, eu ainda não conseguia entender aquele evento. A conduta daquela família com o afamado cantor era no mínimo desrespeitosa. Sim, há que se levar em conta que o apreço por um cantor famoso fosse minguado entre pessoas que desconheciam o canto lírico, no entanto, quem era aquele homem aos olhos deles? Ou teria sido o atendente de loja Georg Hansson de Hríngjarabær simplesmente tirado da manga com um laço no pescoço nessa noite porque era preciso erguer uma cortina de fumaça para ocultar algo? O que seria? O que havia acontecido para trancarem a pequena donzela Gudmunsen no seu quarto no verão anterior? Apenas algumas semanas antes, ela me confidenciara que era ela quem aguardava Garðar Hólm, mas não notei a noite toda qualquer indício de que houvesse alguma intimidade entre o cantor e a filha do comerciante. As regras da casa claramente determinavam que a filha não devia dar mais atenção a um convidado qualquer em detrimento dos outros, e eles mal pareciam notar a presença um do outro. Mas que tipo de encenação era aquela e para quem a estavam representando era algo que não estava claro para mim. Estaria dirigida a mim e a madame Strubenhols? Ou então ao professor doutor Faustulus? Dificilmente estaria destinada àquele amigo de confiança do Empório, que cotidianamente ostentava uma máscara de imperador na rua Langastétt mas que, uma vez convidado para uma festa do lado de cá do balcão, revelava sua face de mandalete. Havia algo, porém, que não se encaixava na encenação: as manchas vermelhas que iam e vinham no pescoço e nas bochechas da donzela da família, feito nuvens passageiras.

As batatas carameladas foram o primeiro prato servido na ampla mesa do salão central, guarnecidas de vários tipos de purês de frutas e molhos tão grossos que praticamente nem escorriam; depois foram chegando pouco a pouco iguarias tão variadas como pão francês e pernil de cordeiro defumado, carne de baleia no vinagre e sardinhas, e de repente, do nada, ainda apareceu morcela fervida. Na sequência, vieram cabeças de carneiro sapecadas e mirtilos mesclados com belas amoras vermelhas, depois outros quitutes que levaria demasiado tempo enumerar. Parecia até que havíamos arrombado um entreposto de alimentos. Aqui todos podiam comer à tripa forra, de acordo com a dieta que seguissem: de fato, cada qual fez como melhor lhe aprazia, começando alguns pelo pão francês e terminando com a carne de baleia no vinagre, outros começando pelas amoras e terminando com as cabeças de carneiro ou o soro de leite fermentado, pois também eram servidas bebidas, como leite de vaca e vinho tinto francês, além daquela mencionada anteriormente. O último prato a chegar foi uma sopeira com um mingau de aveia bem grosso que foi servido ao velho patriarca Jón Guðmundsson, alimento que, na época, era considerado especialmente saudável para o estômago, conforme uma dieta escocesa.

Quando aquela catadupa de comida vinda da cozinha começou a minguar, o comerciante Gudmunsen pediu aos convidados que se achegassem à mesa, o que eles fizeram, sentando-se cada qual onde melhor lhe aprazia, à exceção da dona da casa que, segundo o costume islandês, ficou em pé no meio do salão, ordenando o serviço. O comerciante Gudmunsen chamou madame Strubenhols, que estava sentada ao lado do professor doutor Faustulus, e lhe pediu para empunhar o bandolim. O editor-chefe do *Ísafold* enfiou a mão no bolso e distribuiu os exemplares com alguns versos de sua autoria que ele mandara imprimir, intitulado "Estrambote para a família e os amigos cantarem à mesa com uma melodia de *Don Giovanni* de Mozart". Por mais estranho que possa parecer, o título não informava qual era o motivo daquele "encontro de família e amigos", então cada pessoa teve que decidir no seu íntimo se havia comparecido ali para comemorar o cinquentenário do Empório Gudmunsen ou para celebrar um compatriota e amigo que havia tornado a Islândia famosa no mundo inteiro cantando tanto para o papa como para Mohammed ben Ali. Porém, independentemente do banquete ao qual cada um havia comparecido, e para qual das duas finalidades, ou se se tratava apenas de um jantar corriqueiro naquele lar, as pessoas começaram a cantar o poema lendo a letra impressa no folheto. A adesão à cantoria infelizmente não foi das melhores, pois vários convivas estavam sem seus óculos. Entretanto, o próprio poeta parecia fruir razoavelmente de seu estrambote, tendo não apenas que puxar o coro mas também cantar uma estrofe e meia desacompanhado; o comerciante Gudmunsen volta e meia também abria a gorja, cobrindo o restante do coro com sua voz potente quando conseguia achar os versos certos no folheto. Garðar Hólm ficou sentado fazendo gestos e caretas imperscrutáveis durante a cantoria. Por sua vez, o patriarca Jón Guðmundsson não ligava a menor importância àquela algazarra e começou a comer seu mingau de aveia, murmurando algo com seus botões entre as estrofes. Madame Strubenhols mal havia posto o bandolim de lado ao final dos versos e o professor doutor Faustulus já foi tirando sete ovos e uma rama de peixe seco pela gola da talentosa mulher. Mas eis aqui o início do estrambote segundo um exemplar impresso que se encontra na coleção de folhetos da Biblioteca Nacional da Islândia:

Dos deuses o maior prazer
é, sem parar, fermento comer.
Carne defumada, soro de leite
e sarça, são esses o meu deleite.
Soro de leite, sarça e carne defumada
são mais saudáveis que a coalhada.
Mas dos deuses o maior prazer
é, sem parar, fermento comer.

Uma das vetustas senhoras ataviadas com o traje nacional islandês dirigiu a palavra ao cantor de renome internacional Garðar Hólm, que ela de alguma forma confundiu com o professor doutor Faustulus, perguntando educadamente:

"Não há uma enorme carência de carne na Dinamarca, senhor doutor? Ouvi dizer que as pobres pessoas de lá sobrevivem comendo sobretudo repolho e ervilhas."

A cantoria mal havia silenciado e ainda ressoava no ouvido das pessoas. Repentinamente, foi como se, do ricto sombrio insondável do cantor, emergisse uma solteirona afetada e começasse a arrulhar num falsete patético um disparate qualquer com a mesma melodia de *Don Giovanni*. Não ficou claro para mim de que forma os convivas interpretaram aquela reação peculiar: talvez alguns tenham pensado que estivesse sendo cantada a estrofe final do estrambote, pois o semblante do poeta visivelmente se iluminou. Todos voltaram o olhar para o cantor, à exceção do patriarca Jón Guðmundsson, que continuava comendo o seu mingau de aveia. Quem sabe se as pessoas não estavam pensando que exatamente assim, igual àquele arrulho de velha, soasse a voz do famoso cantor de categoria internacional que havia deixado até mesmo o papa comovido. Uma coisa era certa: ninguém esboçou um sorriso. Apenas madame Strubenhols levantava e baixava a cabeça alternadamente para examinar o cantor tanto por baixo das lentes, como através e por sobre delas. O professor Faustulus parou por um instante de tirar alimentos pela gola da madame e também ficou olhando pasmo: era como se nunca antes um pombo saindo da cartola de alguém tivesse pegado aquele bufão assim de surpresa. Aquela deve ter sido a primeira vez que o cantor internacional deixou sua voz ser ouvida na Islândia:

Nação sem carne couve come,
te saúdo, dama de bom nome,
o petiz na rua morre de fome,

e chora da dor que o consome,
o petiz na rua chora de fome,
e morre da dor que o consome,
nação sem carne e sem nome,
dama, couve, tra lá lá lá lá...

Fez-se um silêncio pétreo um instante depois que Garðar Hólm concluiu aquele número peculiar. O comerciante espreitou em torno da mesa para sondar a reação dos convivas e logo percebeu que ninguém havia esboçado um sorriso. Como que para abafar aquele espetáculo inesperado, ele soltou uma gargalhada histriônica, gritou hurras e bravos e bateu palmas. Então, espreitou novamente à sua volta e fechou a matraca no meio da gargalhada. Ninguém mais havia aplaudido. As pessoas ficaram comendo e bebendo caladas durante alguns instantes. Mas não demorou até que o comerciante se levantasse do assento, levasse dois dedos à boca e começasse a pigarrear de leve, preparando a pose com o gestual característico das pessoas exercitadas na arte retórica, porém não muito diferente de um garotinho que finge fazer um discurso. Então, ele empurrou com cuidado a cadeira para trás, ergueu a cabeça com uma compostura afetada e piscou os olhos algumas vezes enquanto procurava as melhores palavras para abrir sua fala; então veio o discurso:

"Gostaria que me permitissem dizer umas poucas palavras para saudar o nosso amigo mundialmente famoso, de fato tão famoso que, se pudéssemos visualizar o quão ingente sua fama realmente é, nenhum de nós ousaria falar com ele, mas falaríamos apenas a respeito dele, sim, e talvez nem isso."

O orador olhou para a esposa para ver se ela não estava nem um pouquinho orgulhosa de ter um marido que sabia levantar-se e fazer um discurso.

Seguindo o hábito de certos oradores astutos que muito prezava, ele encontrou um texto breve para lhe servir de inspiração — era um trecho do *Manual da língua alemã*:

"Como se lê numa obra famosa: *Ein Engländer, der kein Wort Französisch sprechen konnte, reiste nach Paris*",* disse o comerciante Gudmunsen.

Nesse ponto, o comerciante olhou para a esposa com veemência. Então se fez um longo e dramático silêncio, durante o qual gotículas de suor surgiram na ponta do nariz do orador.

"Eu disse 'famoso'? Eu disse 'fama ingente'? Ahm... isso mesmo. E reitero as minhas palavras. E não gostaria de estar na pele de quem quer que disso duvide. Não é mesmo, senhor editor-chefe? Contudo, Garðar Hólm, por mais que a fama o tenha bafejado, é também, em maior ou menor grau, uma pessoa da família, com lugar reservado aqui nesta mesa há mais de uma década, apesar de a fama estar agora no seu sangue, especialmente depois que ele apresentou seu trabalho ao Mohammed e ao papa. Em resumo: *Italia terra est*. Hahaha. Um brinde, caros compatriotas, permitam-me beber à vossa saúde!

"Mas voltando à vaca fria. Ahm... onde é que eu estava mesmo?

"Durante todos estes anos, desde que ele era um balconista na seção de bebidas aqui embaixo, Garðar Hólm, também conhecido como o pequeno Gorgur de Hríngjarabær, ou seja, Georg Hansson, foi para mim um irmão e um filho, e não apenas um irmão e um filho para mim, para minha esposa e para meu pai, mas também um irmão e um filho para minha esposa e para minha filha. Ou seja: *Sardinia insula est*.

"Vivemos uma nova era. Em tempos passados, enquanto meu querido pai estava no seu auge, as pessoas se contentavam com aguardente, que afinal não custava mais do que vinte e cinco centavos o litro. Naquela época, pescadores moderados conseguiam, quando muito, guardar umas poucas patacas para os herdeiros em seus bornais. Agora, a única alternativa é ser dono de um banco ou, ao menos, ter boas relações com

---

* Em alemão, "Um inglês que não sabia uma palavra de francês foi a Paris".

as instituições de crédito, e não apenas instalamos motores nos nossos antigos veleiros e adquirimos traineiras num ritmo frenético como também fundamos um banco em que o público pode guardar o seu dinheiro. E contratamos um renomado contador, teólogo e socialista para dirigir esse banco.

"Ou seja, não se consegue tudo apenas vendendo bacalhau salgado aos países meridionais. Um dia desembarcas em Copenhague vestindo a última moda, mas o que acontece então? És xingado de barão do bacalhau nos jornais. Isso porque, apesar de o bacalhau salgado ser uma das cargas mais caras exportadas a outros países, pois, ao prensá-lo, ele se torna extremamente pesado, trata-se de um produto essencialmente patético, e é por isso que eu digo, queridos filhos e filhas, queridos primos e primas, tios e tias, excelentíssimos compatriotas: o bacalhau seco e salgado deve levar um laço. Mas não basta ao peixe islandês ter um laço dinamarquês: ele também deve contar com o laço da fama mundial. Em síntese, temos que ser capazes de provar ao mundo que peixes também cantam. Por isso, nós que exportamos esse peixe demos início a um robusto projeto cultural em nosso país para provar e comprovar, seja aqui na ilha como no continente, que somos uma nação que não apenas pesca o bacalhau prateado do fundo do mar, mas também amarramos um laço nesse peixito e assim o oferecemos ao mundo inteiro, como está escrito: *Er ging in ein Wirtshaus hinein um zu Mittag zu essen.*[*]

"Sei que é uma surpresa para ti, minha amada, que eu seja culto, pois o meu pai me fez andar de lá para cá no Empório em vez de me mandar ao Liceu Latino quando eu era menino. Tive que estudar línguas estrangeiras de madrugada, depois que já tinhas ido dormir, meu tesouro, para poder circular na sociedade mundo afora. Porém, uma coisa eu aprendi no departamento de bebidas aqui embaixo, a saber: nunca beber até

---

[*] Em alemão, "Ele entrou numa hospedaria para almoçar".

me embriagar. O meu lema sempre foi, como o meu pai bem sabe: 'Equipado sempre, manguaçado jamais'."

"É, meu caro Gvendur. É verdade o que dizes. Eu sempre fui um abstêmio convicto. Sempre afirmei que o povo não devia ter acesso à aguardente, e sim economizar e poupar. O povo deve se casar e ter filhos e ficar sossegado em casa quando o mar não está para peixe; esse é o passatempo mais adequado ao povo. Assim, eles se sentem aliviados de sair de casa e voltar ao mar. Já aqueles que bebem não passam de uns mandriões desgraçados que chegam sempre atrasados para o embarque. Tive mais prejuízo causado por bebedeira e indolência do que qualquer outro armador aqui no distrito de Suðurnes", disse o velho Jón Guðmundsson, entre uma colherada de mingau e outra.

"É isso mesmo, pai. Mas assim são as coisas. Agora entramos numa era de progresso. Agora estamos bem equipados e mecanizados. E já não nos servem mais aqueles pastores de província como o meu antepassado, o reverendo Snorri de Húsafell, ainda que, no seu tempo, eles soubessem exorcizar fantasmas. Agora precisamos contar com a cultura. As moças mais bonitas querem poder se casar com homens famosos, todas menos minha esposa, que se apaixonou por mim. Saúde, minha querida, podes me conceder a honra de beber em tua homenagem? *Er setzte sich an einen Tisch und nahm die Speisekarte*,* disse o comerciante Gudmunsen. "Nós aqui do Empório te mandamos ao exterior, meu caro Garðar Hólm, cantor de ópera, para disseminar a cultura islandesa pelo mundo."

"Como é que é? Agora começaste a mentir. Até onde sei, simplesmente o demitimos porque ele não era nada confiável nem pontual, era insolente e criava confusão aqui no Empório", disse o patriarca.

O comerciante Gudmunsen continuou como se nada houvesse acontecido.

---

* Em alemão, "Sentou-se a uma mesa e pegou o cardápio".

"Ah, reconheço que por um bom tempo não fomos capazes de compreender o cantor de ópera que havia nele. Quem tinha coragem de reconhecer um cantor aqui na Islândia? Se me permitem dizê-lo nestes termos, ninguém entendia patavinas de música aqui no país. Por outro lado, fui o primeiro a me curvar tão logo ele foi reconhecido na Dinamarca.

"Acho que nunca vou me esquecer do quão estupefato fiquei um ano depois que o Gorgur foi demitido; eu me encontrava então de passagem por Copenhague e fora convidado à casa do meu velho amigo do peito, o mestre açougueiro Jensen, acompanhado do gerente de uma fábrica de bolacha quebra-queixo em Aalborg. Como bem te lembras, senhor cantor de ópera, havíamos te encaminhado para um matadouro em Copenhague quando perdemos a esperança de contar com teus serviços na nossa seção de bebidas, afinal, apesar de tudo, só queríamos o melhor para ti, caro compatriota. Então Jensen me disse: 'A história de Herold se repetiu: o islandês que me mandaste canta mais alto do que todo mundo no matadouro. Mandei o homem vir à minha presença; eu estava acompanhado do diretor Sørensen, meu cunhado, que toca tuba em Aalborg. Como é de conhecimento geral, um matadouro é um lugar muito barulhento, especialmente quando ali são abatidos mil e cem suínos por dia. Quantas vezes comentei com meu cunhado Sørensen: '*Du Søren*,* apenas um matadouro de porcos na Dinamarca consegue abafar a orquestra de Aalborg, e esse matadouro é o meu'. E quando terminamos de ouvir o islandês bramir todos os poemas sobre tróis, desterrados e fantasmas existentes na Islândia, ficamos totalmente estupefatos — e mandamos o homem diretamente a um professor. No dia seguinte, ele voltou trazendo um atestado, me contou o mestre açougueiro Jensen.

"'Tragam o homem até mim. Pois eu me chamo Gvendur de la Gudmunsen!', exclamei.

---

* Em dinamarquês, "Ei, você, Søren".

"E quem vocês acham que aqueles meus virtuosos amigos da Dinamarca tiraram da cartola? Ele mesmo, o nosso caro Georg Hansson de Hríngjarabær, que o meu pai havia demitido da seção de bebidas no ano anterior. E o tal atestado era genuíno como qualquer outra certidão régia emitida na Dinamarca, assinado e carimbado que era pelo Conservolavatório: 'Esse cidadão é um prodígio mundial, precisando apenas aprender alemão e italiano para se tornar mundialmente famoso'.

"Ou era assinado e carimbado pela Loteriobservatório? Não vou aumentar o conto, digo apenas que enfiei a mão no bolso em silêncio, peguei minha carteira e perguntei àquele diretor na Dinamarca: 'Pois não, quanto devo pagar?'.

"Permito-me acrescentar a essa história que antes eu ficara sabendo que os meus amigos da Dinamarca haviam decidido entre eles enviar aquele islandês à Alemanha e à Itália. Aquilo me parecia uma barbaridade, como também parecia ao meu querido e excelentíssimo pai, que nunca foi considerado um esbanjador numa miséria mais miserável que qualquer outro islandês da sua época, e nunca comeu nada além de mingau de aveia em sua vida adulta e usou roupas que os nossos próprios funcionários haviam descartado. Eu e ele achávamos que a nação islandesa morreria de vergonha se um jovem sem talento, que nem o Empório Gudmunsen conseguira aproveitar como balconista na sua seção de bebidas, fosse patrocinado por açougueiros dinamarqueses para se tornar uma figura internacional, talvez até mesmo um gênio, como já haviam feito com Albert Thorvaldsen[*] e o Niels Finsen.[**] Eu e meu pai somos independentistas, bem como o jornal que abonamos, o *Ísafold*. Então eu perguntei, o papai perguntou e todo o Empório perguntou: não seria chegada a hora de nós, islandeses, que

---

[*] (Albert) Bertel Thorvaldsen (1770-1844), escultor islando-dinamarquês.
[**] Niels (Ryberg) Finsen (1860-1904), cientista e médico feroês de origem islandesa e dinamarquesa, residente na Dinamarca a partir de 1882. Ganhou o prêmio Nobel de medicina e fisiologia em 1903.

estamos abolindo o barco a remo e adotando a pesca mecanizada, termos algo só nosso para provar que aqui não vivem mais as mesmas focas que aqui viviam no ano de 874, quando o mercador Ingólfur Arnarson montou acampamento aqui onde agora estamos? Tendo em vista que diretores de empresas dinamarquesas fidedignas acreditam nisso, existindo um atestado emitido por professores dinamarqueses de primeira categoria dando conta de que ali havia um islandês capaz de abafar um matadouro inteiro onde mil e cem suínos são estoqueados por dia, para não falar do tocador de tuba de Aalborg, não é evidente que nós aqui na nossa ilha, que até aqui extraímos do mar peixes mudos, criemos vergonha na cara, cuspamos uma risca no chão e deixemos de ser apenas uns malditos barões do bacalhau salgado, como os dinamarcães nos chamam e, em vez disso, façamos os peixes abrirem bem a matraca? Então, ordenei que lhe comprassem sobretudo e chapéu de artista para convertê-lo num gênio em tamanho real, tudo por conta do Empório, e para que o despachassem para todos os cantos do mundo para divulgar o país. Pois já é tempo de pararem de falar de Egil Skallagrímsson,[*] que vomitava na cara das pessoas. Já é tempo de realizar a grandiosa contradição islandesa, à qual antes me referi:

O peixe de tão belo canto,
amiúde na serra ele anda,
já a ovelha sequer desanda
nesse mar que se move tanto.

"Digo, disse e direi: peixe que não canta no mundo inteiro é peixe morto. Não podemos demorar-nos mais em formar

---

[*] Egill Skallagrímsson (c. 910-990), um dos mais notáveis poetas escáldicos islandeses, personagem central da *Egils saga Skallagrímssonar* ("A saga de Egill Skallagrímsson").

aqui na Islândia peixes cantores; e com laço. Bem-vindo sejas, caro compatriota, ao teu velho e novo lugar à mesa aqui na rua Langastétt! Acreditamos em ti. És o peixe deste país que canta, sou eu, Gvendur, quem o afirma! Saúde."

O comerciante Gudmunsen mal havia concluído seu discurso, nem sequer havia recebido a devida salva de palmas, nem sequer tinha tido tempo de espiar o rosto da esposa para saber se ela tinha gostado, quando o cantor Garðar Hólm se levantou e começou o seu discurso de agradecimento.

"Tenho a honra de estar presente numa das festas mais magníficas, com uma portentosa provisão de comes e bebes, oferecida a pessoas cobertas de ouro na Europa em nosso tempo, neste novo século iniciado no calendário, apesar de não termos prova alguma, antes pelo contrário, de que o tempo avance. Mas isso nada importa, pois é chegado esse dia, independentemente de o tempo andar para trás ou para a frente, em que é preciso pronunciar as palavras que devo a esta casa, esta casa refinada que não apenas amarrou laços no gato e no canário mas também granjeou uma reputação para o peixe e desmentiu a antiga toada: 'morre o gado' ",* disse o cantor de ópera.

"Era uma vez um rei e uma rainha no seu reino e um homem e uma mulher no seu casebre: tentarei fazer o conto retroagir o máximo possível. Nessa casa, exatamente aqui embaixo, onde o nosso amantíssimo patriarca Jón Guðmundsson foi o imperador de mais peixes amelódicos do que qualquer outro islandês, um garotinho começou sua trajetória como cantor; ou melhor, aqui ele se tornou odioso por seus berros e choro. Foi naqueles anos que nosso anfitrião de la Gvendur, assim chamado porque então era hábito falar francês aqui na

---

* Citação do início das estrofes 76 e 77 do poema édico *Völuspá* ("A profecia da sibila"): "Morre o gado, morre a parentela,/ a gente morre também,/ mas morre jamais o bom nome/ de quem o conquistou.// Morre o gado, morre a parentela/ a gente morre também/ mas d'algo sei que morre jamais:/ o bom juízo de cada finado".

rua Langastétt, estava se aprimorando em Copenhague, na companhia dos aficionados por toucinho, assadores de bolacha quebra-queixo e contrabaixos locais, como ele mesmo nos contou naquela noite. Na época, costumavam frequentar o Empório islandeses já entediados com a diversão de gerar filhos estando sóbrios, alguns até com certa razão, pois na Islândia a terra firme sempre foi tão perigosa para os filhos como o mar para seus pais. Depois de devolverem metade dos filhos à terra, até mais da metade em alguns casos, muitos adotaram a prática de investir o que lhes sobrava de salário em corvetas, se me permitem mencionar aqui o velho Runólfur Jónsson, um dos maiores mandriões e reais conselheiros que já existiram na Islândia. Depois de adquirir suas corvetas, eles urravam a canção *Yfir kaldan eyðisand* até começarem a chorar. Depois, choramingavam *Þú sæla heimsins svalalind** até perder a voz e jazer de costas nos corredores e patamares, o que chamamos de "estar morto" na Islândia, e mulheres honestas que se dirigiam ao Empório para comprar pimenta para o seu peixe eterno eram forçadas a pisar em cima deles."

O velho Jón Guðmundsson, enquanto seguia trabalhando no seu mingau de aveia, levou a mão em forma de concha à orelha para escutar o discurso e interrompeu o cantor, dizendo:

"Sempre fui um proibicionista. Mas não posso fazer nada se a estupidez é tão arraigada na humanidade. Na minha juventude, eu achava o óleo de fígado de bacalhau bom, mas o diluía em alcatrão para economizar. Tenho oitenta e cinco anos e quase nunca bebi nada além de soro de leite fermentado, além de leite desnatado com mingau. E havia sim aqueles que nunca cantavam, graças a deus."

Então, o cantor de ópera Garðar Hólm continuou:

---

* "Tu, saciante fonte ditosa do mundo", seria a tradução em português desta canção popular islandesa cuja letra é de autoria de Kristján Jónsson fjallaskáld (1842-1869).

"Depois que enterravam de quarenta a cinquenta por cento das crianças, como era habitual aqui na Islândia naquela época, com são e genuíno pesar, os homens costumavam vir até o Empório para fazer uma batalha de cantores, e desfilavam carruagens bélicas do calibre das *rímur* de Andri nas quais homens atravessavam uns aos outros com espetos como se fossem sebo ou passados na faca feito patê de ovelha. Minhas senhoras e meus senhores, era preciso ser valente. Nessa altura eu acabava de deixar para trás a voz desafinada da puberdade. Não pretendo descrever aqui as vitórias que conquistei, quiçá as maiores vitórias, quando descobri, nas batalhas de cantores, que eu era capaz de deixar os maiores brutamontes e valentões do município tão roucos que não se ouvia deles sequer um gemido, de modo que o concerto no fim era decidido no tapa. Sim, foram incontáveis guerras de cantores que travei para salvar a honra do Empório. E não é para me gabar, mas apenas para que fique registrado, que eu conto que ainda não tinha dezoito invernos completos quando dificilmente aparecia um faroleiro no Empório que eu, cantando, não mandasse rápido e rasteiro para o quinto dos infernos. Velho marujo e taberneiro, Jón Guðmundsson, tu, que nunca viste o distrito de Suðurnes afundar no horizonte nem nunca molhaste a língua com outra coisa além de soro de leite, e tu, meu caro de la Gvendur, cavaleiro da Ordem da Bandeira da Dinamarca e poliglota e tantos outros etcéteras que não consigo acabar de contar, aqui vos agradece enfim este balconista da seção de bebidas que pretendíeis converter em aprendiz de açougueiro na Dinamarca."

36
Uma noite no túmulo do arcanjo Gabriel

"Quem sabe estás pensando em aceitar a proposta e trabalhar lá?", perguntou Garðar Hólm depois que deixamos a festa e saímos à rua.

Ele não ficou muito tempo depois de fazer seu discurso de agradecimento: deu a desculpa de que havia prometido passar na residência do régio ministro, levantou-se e se despediu. Porém, ao sairmos de lá, ele não fez qualquer menção de tomar o rumo da residência do governador-geral; em vez disso rumou direto para o cemitério.

"Quem sabe. Na verdade, meu avô quer que eu estude teologia para ser pastor luterano. Porém, tive a infelicidade de tirar as notas mais altas no liceu: dizem que quem tira as melhores notas nunca vai vingar na vida", respondi.

"Não duvido que eles te mandem a um conservatório para aprender canto lírico e patrocinem o que seja necessário se descobrirem que consegues abafar as vozes dos bebuns no seu empório, mas especialmente se algum dinamarquês lhes garantir que és capaz de berrar mais alto que um suíno. Mas eu já vou me adiantando e te dizendo que ninguém ganha muita coisa ao se tornar conviva espiritual deles. Perto do natal, as pessoas vão te ver entrando num beco numa cidade estrangeira recolhendo as moedas de cobre que talvez estejam escondidas nos teus bolsos e calculando se tens o suficiente para uma xícara de café em algum lugar onde quiçá haja um fogo aceso. O cheque que esperavas receber da Islândia não chegou nesse natal, como tampouco chegara no natal anterior. Não tens nenhum amigo nessa cidade. Voltas para casa. Te enrolas no trapo farrapento que acompanha esse quarto de aluguel e colocas o teu sobretudo puído por cima, na esperança de espantar o calafrio natalino. Sei que é preciso ser homem para alcançar a nota pura, muitos deram tudo o que tinham, a saúde do corpo e da alma, e perderam a vida sem nunca a ter alcançado. No entanto, eram dignos de inveja quando comparados com outros que se tornaram cantores famosos sem nunca saber que a nota pura existia, e ditosos quando comparados com os poucos que chegaram perto dela por um instante, ou que até mesmo a alcançaram", disse o cantor.

Estávamos sentados sobre o túmulo raso do finado arcanjo Gabriel, que tem forma de banco.

"Então o cheque nunca chega?", perguntei.

"O teu coração palpita a cada vez que o carteiro toca a campainha, eventualmente até três vezes num dia, eventualmente até seis vezes no mesmo dia. Tinhas esperanças de que um milagre acontecesse agora, quinze minutos antes de a palavra se tornar sagrada. Um natal após outro, esperarás em cidades estrangeiras pela última jornada do carteiro na véspera de natal, mas o decantado cheque da Islândia nunca chega. De toda a obra da criação, nenhuma criatura é mais inamovível que o cheque da Islândia. E não é porque o Empório Gudmunsen seja um mau armazém. Mas também não é exatamente um empório da música. Depois de garantir a provisão de bolachas marinheiras para uns vinte navios e colocar um laço na cesta de carvão e um cordão novo para o pincenê do editor-chefe e fornecer alfinetes para a quadragésima nona tia, pode muito bem de repente ocorrer a Gvendur: 'Ai, minha nossa! Eu estava esquecendo justamente a cultura... Onde é mesmo que está o manual de inglês de Geir Zoëga que eu pretendia estudar esta noite quando minha esposa já estiver dormindo? A propósito, não tínhamos, nós aqui do Empório, algum cantor extraviado em algum raio de lugar no estrangeiro?'. Mas então pode ser que já estejamos quase no mês *góa*, talvez já no *einmánuður*.* Quem sabe não irás ver na tua frente algumas libras esterlinas perto da primavera?"

"Acho que eu tentaria encontrar para mim um trabalho de pesca no estrangeiro em vez de esperar até estar completamente morto de fome", retruquei.

"E desistir de cantar?", ele perguntou.

"E por que não? Ao menos meu avô acredita que o peixe fresco é a primeira coisa na vida de qualquer cidadão", respondi.

"Se não estás disposto a morrer de fome neste natal como no natal passado, e também no natal seguinte e no natal que vier depois desse, a acordar transido de frio, sentindo calafrios no peito na noite de natal e sentir o peso de toda a tristeza de todas as criaturas sobre os teus ombros, é porque te falta aquela corda."

"Temo ser estúpido demais. Que corda?", perguntei.

"Aquela que não confere nenhum poder sobre o céu e a terra", ele respondeu.

"Confere o que então?", perguntei.

"Uma lágrima diante da criação do universo", o cantor respondeu.

Permanecemos sentados por alguns instantes, calados debaixo da imagem em mármore do arcanjo naquele crepúsculo de fim de verão; a brisa nas tasneiras já era praticamente uma bonança. Então Garðar Hólm continuou:

"Depois vêm os outros dias. *Im wunderschönen Monat Mai, als alle Knospen sprangen.*** Schumann. Heine. E o rio Reno.

---

* Quinto e sexto (os últimos) meses do inverno, respectivamente, segundo o calendário lunar tradicional islandês. O mês de *góa* se inicia no domingo da décima oitava semana de inverno, podendo cair entre os dias 18 e 25 de fevereiro, e o mês de *einmánuður* em uma terça-feira da vigésima segunda semana de inverno, podendo cair entre os dias 20 e 26 de março no calendário gregoriano.
** Em alemão, "No pulcro mês de maio, quando todos os botões brotavam". Versos iniciais do poema curto de Heinrich Heine, musicado por Robert Schuman em seu ciclo de canções *Dichterliebe*.

Numa manhã, um grupo de jovens faz um passeio de barco rio acima e vocês ficam fora o dia inteiro. Chegam num antigo pomar e começam a dançar uma dança de roda, entram numa taberna medieval fresca e bebem de canecos antiquíssimos. As moças do grupo vestem o traje típico nacional, como é tradicional nas famílias de agricultores. À noitinha, já no barco de volta para casa, com a lua no firmamento, quando percebes, uma das moças do grupo se aconchega em teu ombro no azul do anoitecer, vocês estão ali sentados no fundo da balsa e observam a quilha. É a mesma moça que colou nos teus braços durante a dança. Agora ela está cansada e acomoda o rosto na tua bochecha. E finge dormir. Quando vocês se despedem, ela pergunta: 'Vens me ver amanhã também?'.

"No entanto, no dia seguinte, ela naturalmente não é mais a moça que dançou uma dança de roda vestindo seu traje típico. É uma mulher culta e de boas maneiras, vestida segundo a moda das grandes cidades; tem um porte fidalgo. O restaurante onde ela marcou o encontro recomenda especialmente o caviar da casa. Ela te pergunta quando foi que aprendeste a cantar. Depois, reformula dizendo 'a cantar assim'. Por fim, diz 'a cantar assim benditamente'. Em outras palavras: quando pretendes desistir desses malditos grasnidos.

"Como respondes então? Se responderes: jamais, então, ela te achará particularmente engraçado e não vai parar de rir, num riso até genuíno. Ela te pergunta o que pretendes fazer pela eternidade depois de aprender a cantar, e se respondes 'nada', então ela volta a rir. É raro encontrar um homem assim excepcionalmente engraçado. És mais original que todos os outros homens. Deves ser um milionário, se podes te permitir ser assim tão engraçado. 'Trabalho para o Empório Gudmunsen da Islândia', tu dizes. É de estranhar que ela queira encontrar um homem tão engraçado assim? Mais tarde, ela te leva à casa dos pais: um almoço de domingo, acompanhado de vinho branco, depois um garboso passeio no parque. Então ela pergunta: 'Não queres desistir de cantar, a não ser para mim, talvez, e ir trabalhar no escritório do meu pai? Ele manda fabricar cem toneladas de biscoitos e estoquear mil e cem suínos por dia' — ou seriam mil e oitocentos porcos? — 'e toca contrabaixo aos domingos. Talvez nos casemos, dali a um ano tu já serás seu gerente-geral. Dali a mais um ano, talvez vice--diretor. Mais tarde, tu e eu teremos uma padaria' — se é que é uma padaria, ou um matadouro, se é que é um matadouro. 'E tocarás contrabaixo com os aficionados por toucinho e os fabricantes de bolacha marinheira aos domingos'."

Depois de terminar de me contar aquela parte da minha biografia, Garðar Hólm me fez a pergunta mais difícil jamais feita sobre o túmulo do arcanjo Gabriel.

"O que pretendes fazer?", ele me perguntou.

Muitos engasgariam ao tentar responder àquela pergunta.

"Minha avó diria: tu és aquilo que és e nada mais", respondi.

"Mas aí é que a velhota se engana. Aquilo que somos é, de fato, a única coisa que não somos. O que os outros pensam que somos, isso é o que somos. Ou te passa mesmo pela cabeça que o imperador do Japão seja de fato imperador, é isso? Não, ele é como qualquer outro mortal desgraçado. Por isso deves responder à moça: 'Não, obrigado, vou me tornar um cantor internacional'. Sei que esse é um momento difícil da vida. Observas a moça dos pés à cabeça, vês que ela tem uma cútis sadia, como ela arruma os cabelos com esmero, ou digamos, aquele jeito de andar de peito erguido, como se diz na Islândia, benza deus! Passa pela tua cabeça que existe no mundo outra mulher que seja melhor partido do que ela? Então chegamos à parte do conto em que o filho do homem e da mulher conhece a filha do rei: possuirás tanto ela como o reino no dia em que desistires de cantar. O que é que fazes então?", perguntou Garðar Hólm.

"És tomado de silêncio. Ela olha para ti e aguarda uma resposta. Mas continuas calado, pois está para nascer uma mulher que te entenda. Caso não tenhas desconfiado disso antes, descobres nesse instante que não existe nada neste mundo mais perfeito do que uma mulher, à sua maneira, e até onde ela pode alcançar. E te despedes dela calado e te afastas, para todo o sempre", disse Garðar Hólm.

"Hoje à noite, quando voltares para casa, recolhe o pouco que tens: um par de meias e uma camisa, e os sapatos velhos que calças quando chove, e duas gravatas, pois és um homem fino, e sete lenços, pois Franz Schubert não possuía nada além de sete lenços quando morreu; de resto, és um tanto propenso a pegar um resfriado, como todos os cantores. E lembra-te do teu livro de exercícios de vocalização. E dos *Salmos da Paixão* da tua mãe na Islândia, não os esqueças, caro amigo, pois devem colocá-los sobre teu peito quando morreres. Deixa a cidade no trem noturno. E nunca mais voltes a ela."

Agora havíamos chegado a tal ponto da minha biografia que não importava mais o que eu respondesse, e então não respondi nada.

"Escuta, não fiques assim tão macambúzio, meu amigo. Assim são todos os poemas de Heine, os matutos são os únicos que não riem deles, ou melhor, talvez os calvinistas sejam os únicos. É algo habitual no mundo todo que, quando alguém se mostra em público com um semblante deveras triste, então homens gordos chegam correndo com um talão de cheques na mão e o contratam para trabalhar num circo, ensinam pessoas assim a andar numa bicicleta que se desmancha inteirinha quando se tenta montá-la ou as fazem tocar um violino sem cordas com um cabo de vassoura.

"Ah, não gostarias de viajar à América do Norte com um coro, meu amigo? Com tudo pago e mais cem dólares por mês? Eis aí o fado batendo à tua porta, um golpe de sorte, ouro de tolo, o único fado que um bom islandês reconhece, a fortuna.

"Logo, mais uma dessas associações teuto-escandinavas solenes e presunçosas chega à América do Norte com a suposta missão de difundir a cultura europeia e aprimorar o entendimento entre ambos os continentes. Obviamente, a tal agremiação pomposa anda toda ataviada com o traje de gala que os dinamarqueses chamam de fraque escuro e gravata branca e que os am'ricanos usam principalmente como roupa para vestir mortos. Porém, na América do Norte, o canto coral só é usual como parte dos espetáculos de bufões, despertando risadas em dobro quando os palhaços aparecem com roupa para vestir mortos. Os poucos lenhadores que compraram ingresso por lealdade de sangue com os cantores logo pegam no sono ou dão um jeito de escapulir, e não resta ninguém além de jornalistas impertinentes, mulherzinhas caçando noivo ou diretores de circo em busca de novos talentos. Digamos então que te pediram para cantar como solista numa peça para coro, imaginemos que seja uma composição de Händel. Entras no palco quando chega a tua deixa. E a luz é projetada num rosto mais sério do que um abeto congelado naquele grupo de guerreiros *berserkers* vestidos de morto. Abres os olhos, e é como se as pessoas acordassem. E quando abres a boca e as primeiras notas vão se formando na tua gorja, impelidas pelas artérias mais profundas do coração, ah, não, vamos cortar isso: ninguém compreende o coração. De qualquer forma, fazia muito tempo que haviam visto um rosto sério como aquele num país onde o sorriso de revista semanal é um dever cívico. Além disso, no canto lírico, a seguinte lei é soberana: 'jamais sem sorrir', *sempre sorridente*. O teu canto principia com um tom de voz que oscila entre um poema pastoral e um chamado à guerra. O poema pastoral cantado por um tenor heroico é a própria comédia encarnada. E as risadas chegam a ti como uma onda."

Não é de estranhar que eu, Álfgrímur, começasse a ficar incomodado; então perguntei de chofre:

"Então é assim que eu canto?"

"É, é assim que cantas. Mas foi assim que o maldito islandês conseguiu arruinar a turnê triunfal teuto-escandinava tão logo ela se iniciava, e agora é o regente em pessoa quem fala: 'É bem possível que todos morramos sufocados de rir aqui na América do Norte se mostrares outra vez a tua fuça neste coro'.

"Tu te trancas no teu quarto de hotel à noite e começas a tentar raciocinar um pouco, embora isso não faça muito sentido no pé em que as coisas estão. Talvez também digas com os teus botões: 'Tudo isso é culpa do Garðar Hólm, que se sentou no túmulo do finado arcanjo Gabriel e me ouviu cantar o salmo *Allt eins og blómstrið eina* pela alma de um homem desfigurado, foi ele que meteu na minha cabeça que eu tinha a tal corda divina, a nota que tocava o coração e era capaz de provocar a inútil água salgada que chamamos lágrima'.

"Exatamente na mesma noite em que te exoneraram da carreira de cantor, de repente a tua porta se escancara e um conhecido produtor de concertos aparece no recinto e começa a te abraçar e beijar. Ele chacoalha o talão de cheque e diz: 'Prezado e querido talento, só não és melhor que o sujeito que toca um violino sem cordas com um cabo de vassoura. Tens na tua cabeça esses olhos cansados e desesperados de sabujo, quase iguais aos de Grock* em pessoa. Vou te colocar numa roupa encerada e te mandar correr os Estados Unidos da América de costa a costa com uma trupe de comediantes. Só exijo de ti que cantes aquele ridículo solo de Händel, e que o cantes para ti, como fizeste nessa noite, sem ligar a mínima para os espectadores que vieram te ouvir, desde que prometas erguer várias vezes esses olhos islandeses incomparáveis'."

Ao chegar a esse ponto da minha biografia, Garðar Hólm interrompe outra vez a história para perguntar:

"E o que farias então?"

"Não quero me tornar um idiota famoso", respondi.

---

* Karl Adrien Wettach (1880-1959), que adotou o nome artístico Grock, foi um artista circense suíço que ganhou fama internacional como palhaço, sendo ainda acrobata, músico e escritor.

"A fama continua sendo boa, independentemente de como foi obtida, meu bom amigo. A fama é como o diamante Kūh--e-Nūr que malfeitores no Punjab roubaram e deram ao rei da Inglaterra, que ordenou que fosse engastado em sua coroa. Aquela agremiação cultural teuto-escandinava à qual estavas vinculado te botou no olho da rua com uma mão na frente e a outra atrás. No mesmo instante, chega uma companhia de bufões am'ricana e te oferece todo o dinheiro e toda a fama que um bufão pode ter neste mundo. O que fazes então? A escolha que se coloca é entre te tornares um cantor dramático ridículo que dá com o nariz em todas as portas ou um melancólico bufão para o qual todas as portas estão abertas. O que cabe considerar é o que cada um busca na sua arte. Preferes o anonimato? Ou estás em busca da fama?", ele perguntou.

"Acho que a fama imerecida não é fama alguma; isso seria, quando muito, uma fama de segunda mão", respondi.

"O rei da Inglaterra merece ostentar o diamante Kūh-e--Nūr?", perguntou o Garðar Hólm.

"Acho que só faz jus a ostentar um diamante quem possui o valor equivalente dentro de si próprio", respondi.

"Mas isso é um equívoco, meu bom amigo. As pessoas que valem alguma coisa jamais possuem diamantes. O que pretendes fazer?", perguntou o Garðar Hólm.

"Acho que iria para casa, simplesmente", respondi.

"Não podes ir para casa. Não tens dinheiro algum. E tua avó morreu. Decerto, podes ir lavar carruagens de madrugada ou lavar pratos num hotel na esperança de juntar dinheiro para a passagem em três ou quatro anos, e então finalmente voltar para casa como um fracassado para pedir emprego outra vez na seção de bebidas do Gudmunsen, de onde afinal partiste. Porém, o teu dilema continua sem solução. Por que não queres fazer fortuna e conquistar a fama em vez de continuar em pé na seção de bebidas do Gudmunsen?", perguntou o Garðar Hólm.

"Se não conseguir alcançar a nota pura, então que me importa ser famoso?", perguntei de volta.

"É, apenas com essa nota já terias a fama assegurada. Porém, infelizmente, ela está muito mais propensa a ser o caminho para o perfeito anonimato. Ao folhearmos as enciclopédias, vemos que ladrões contumazes, para não falar dos assassinos, em especial os genocidas, ganharam muito mais colunas do que os gênios e os grandes homens de espírito. Partes em busca da fama e da fortuna como aprendiz de cantor, mas então te convidam para conquistar o mundo como idiota, talvez até como criminoso. Escolhe! Escolhe aqui e agora!", insistiu Garðar Hólm.

Respondi mais ou menos assim:

"Ah... A maior parte do que as pessoas me dizem a respeito da fama e coisas assim entra por um ouvido e sai pelo outro, apesar de eu me divertir um pouco cantando. De alguma maneira, estou muito ligado à Brekkukot. Por muito tempo, minha esperança foi poder me tornar um lapeiro e sei que, quando for um nonagenário e já tiver perdido a visão, a audição, o olfato, o paladar e o tato, vou estar sentado num canto pensando naquele tempo em que ia ver o peixe-lapa com meu avô em Skerjafjörður numa manhã do final do inverno, em pé antes de todo mundo, sem nenhuma luz fraca em lugar algum, a não ser num casebre em Álftanes."

Garðar Hólm olhou para mim na penumbra do fim de verão e disse:

"És um jovem estranho: não acreditas em nada, em nadica de nada, nem ao menos no barbeiro de Sevilha!"

"Quem é ele?", perguntei.

"*O barbeiro de Sevilha*! Não sabes quem é o maior barbeiro do mundo? O que ensinam no Liceu Latino se não ensinam nada a respeito do barbeiro diante do qual todos os demais barbeiros empalidecem?", perguntou Garðar Hólm.

"Ainda não avançamos muito no quesito barbeiros. Desculpa

a minha estupidez. Se é que posso perguntar, onde barbeia o barbeiro que mencionaste? E como ele barbeia?"

"Isso é outro assunto. Com efeito, é mais do que duvidoso que o barbeiro de Sevilha soubesse fazer a barba. Ao menos, foi um enorme fiasco quando ele pretendeu começar a barbear Don Bartolo no terceiro ato, quando Don Bartolo de repente se levantou ainda com espuma no rosto e começou a brigar com o conde Almaviva. Tudo o que sabemos a respeito daquele barbeiro é que ele tentou, com a ajuda de um violão, fazer com que pessoas que não se conheciam se apaixonassem uma pela outra. Mas se hoje alguém provasse que Figaro não sabia barbear, negarias então o barbeiro de Sevilha completamente, além do próprio Rossini e a orquestra inteira?", perguntou Garðar Hólm.

"Testemunhei um imenso debate de ideias a respeito do projeto de lei dos barbeiros, um dos casos mais controversos aqui na Islândia. Porém, nunca ouvi dizer que a gente deveria acreditar num barbeiro que na verdade não sabe barbear", eu disse.

"Mas acreditas em histórias de fantasmas, espero. Não é mesmo?", perguntou Garðar Hólm.

"Ai... Danem-se as histórias de fantasma!", exclamei.

"Francamente... Pelo que vejo, és um adolescente arrogante, um tantinho acima da humanidade, se posso dizê-lo dessa forma. Mas a humanidade tem a tendência de acreditar em histórias de fantasmas. Essa é a sua força. Se estás te lixando para essa verdade fundamental sobre a humanidade, então temo que possas vir a sofrer por isso, caro amigo", ele disse.

"Acho que não existe fantasma algum", retruquei.

"Os valores espirituais da humanidade formaram-se a partir da fé naquilo que os sábios negam. Já te perguntei: o que escolhes nas encruzilhadas da tua vida? Mas não me respondeste. Então agora eu te pergunto: como pretendes viver se negas não apenas o barbeiro de Sevilha, mas também o valor cultural das histórias de fantasma?", ele perguntou.

"Pretendo tentar viver como se não existisse fantasma algum. E me meter o menos possível com esse barbeiro mundialmente famoso que nunca barbeou ninguém", respondi.

"Se as ciências naturais ou a história provarem, ou se for demonstrado em juízo, que a ressureição é apenas parcamente demonstrada pelas evidências, irias negar a *Missa em si menor*? Interditarias a basílica de São Pedro porque veio à tona que ela é o símbolo de uma filosofia de vida errônea e seria mais útil à humanidade como supremo tribunal? Que acidente tremendo que Giotto e Fra Angelico, como pintores, tenham se envolvido com uma ideologia falsa, em vez de se aterem ao realismo! A história da virgem Maria naturalmente é como qualquer outro exagero de homens indecentes, e qualquer um que se permita suspirar '*Pietà, Signor*' é um impostor", disse Garðar Hólm.

37
Uma noite no Hôtel d'Islande

Minha biografia se encerrou no momento em que Garðar Hólm se levantou do túmulo do arcanjo Gabriel.

"Vai até o hotel e dorme uma noite lá por mim. Se alguém perguntar aonde eu fui, diz que estou num banquete na sede da governadoria-geral", ele disse.

Então ele se levantou e saiu. Ouvi as tasneiras roçando nele quando se afastava e desaparecia na escuridão entre as sepulturas. Fui até o lugar aonde ele me pediu para ir.

As luzes estavam acesas no seu apartamento, que tinha vários cômodos, um pegado ao outro. Lá estava sentada a pequena donzela Gudmunsen, esperando. E então eu entrei. Ela olhou para mim com um olhar aborrecido e perguntou sem maiores delongas:

"Onde é que está o Garðar Hólm?"

"Está num banquete na sede da governadoria-geral", respondi.

"Também deste para mentir agora?", a menina perguntou.

"Também? Como quem?", perguntei de volta.

"Todos. Não ouves como todos mentem? Se não mentem de propósito, mentem sem querer. Se não mentem expressamente, mentem tacitamente. Mas não me importa que ele minta. Só que ele não tem nenhuma razão para me desprezar, apesar de desprezar toda a minha família. Eu não lhe fiz nada de mau", ela disse.

"Como pode te passar pela cabeça que ele despreze a ti e a toda a tua família?", perguntei.

"Tu vês como ele se porta. E ouves como ele fala. Ele me cumprimenta como se não me conhecesse. Ele nem sequer olha para mim, apesar de ter escrito uma carta contando que tinha mudado de vida e que, quando voltasse, seria por minha causa. Mas nem por isso ele precisa mentir para mim, pouco me importa se ele não mora num palácio em algum país estrangeiro que nem sei dizer o nome. E ele também não precisa ter vergonha de mim, mesmo sabendo que eu sei a verdade. Quando a gente gosta de alguém, não liga que ele não more num palácio e que todos os bancos onde ele tem conta e que todas as cidades do mundo onde ele é famoso nem sequer existam", ela disse.

Eu não falei palavra. A menina tentava enxugar as lágrimas dos olhos, mas elas continuavam escorrendo aos borbotões nas suas bochechas.

"Queres me levar até onde ele está? Só vou continuar vivendo depois desta noite se falar com ele", ela disse por fim.

"Ele está pernoitando na residência do governador-geral. Não acabei de dizer?", perguntei.

"Sim, imaginei que ele estaria naquele velho quarto de estábulo asqueroso. Mas podes me acompanhar até lá da mesma forma. Afinal, já sabes de tudo mesmo", ela disse.

"Sei de tudo o quê? Eu não sei de coisa nenhuma. Mas tens que entender algo: se ele não marcou um encontro contigo, então ele não espera que vocês se vejam esta noite", retruquei.

A moça havia parado de soluçar momentaneamente, seu semblante havia se tornado até mesmo um pouco severo. Então ela disse:

"Continuas sendo a mesma besta quadrada de sempre, disso eu não tenho a menor dúvida. Como se eu não soubesse que ele está zombando de mim. Está zombando de todos nós. Na verdade, não sei se ele inventou por conta própria todas essas histórias, mas ao menos ele foi bom em encontrar apóstolos e outros mandaletes para espalhá-las mundo afora. E não tem vergonha nenhuma em pedir que a gente pague."

"Mas não achas que teu pai só põe dinheiro em coisas que ele acredita que irão lhe trazer algum proveito?", perguntei.

"Só tu para dizer semelhante coisa. Na verdade, não ligo a mínima para o canto lírico. Nem sei muito bem o que é isso. Não me importa se ele canta bem ou mal. Eu era uma garotinha impressionada com suas histórias, que sorvia as descrições de palácios onde todos perdiam o fôlego quando ele abria a boca, e de hotéis monumentais onde tudo e todos se curvavam aos pés dele, e de saldos bancários que não paravam de crescer. Ele mal havia chegado de volta à Islândia, e eu já me sentia flutuando no ar; e o nosso pequeno país, conhecido apenas por ser uma dependência de outro país ainda mais obscuro, meu deus, a gente também estava se tornando parte do mundo propriamente dito. E quando andava ao lado dele pela rua Langastétt, eu estava vivendo uma vida muito superior à que vivemos aqui; ele tirava moedas de ouro do bolso para dá-las a quem quisesse. Mas agora nada disso me importa, nem me importaria que as moedas de ouro dele fossem falsificadas", ela disse.

"Mas o que foi que aconteceu?", perguntei.

"O que foi que aconteceu? Não aconteceu nada. Eu o amo, só isso. Escrevi uma carta para ele dizendo que, mesmo que ele fosse um biscateiro num país que ninguém conhece chamado Jutlândia, que nem mesmo é um país, sim, mesmo que ele tivesse mulher e filhos, eu estaria disposta a lhe dar tudo o que ele desejasse quando quisesse. Ele é o único homem por quem me apaixonei até hoje e jamais serei de outro homem que não seja ele. Isso tudo podes dizer a ele da minha parte, já que não pretendes me levar aonde ele se encontra. Eu precisava dizer isso a alguém!", ela disse.

"Dizem que não é uma boa ideia sussurrar nossos segredos ao vento", eu disse.

Ela me olhou depois de alguns momentos matutando e perguntou com um tom de voz sombrio:

"Por acaso és o vento?"

"Sou parte dele", respondi.

O relógio da catedral deu à uma, ou talvez às duas. Não era possível dizer mais nada naquele momento. Ao menos eu não podia dizer nada: eu, o homem que ficou sentado numa mureta de pedra debaixo de chuva numa certa noite de inverno e cansou de esperar uma sombra aparecer atrás de uma cortina, perdendo-a para sempre.

"Está ficando um pouco tarde", eu disse.

"Um pouco tarde... Como assim?", ela retrucou.

"Já são altas horas da noite", eu disse.

"Não chamo isso de um pouco tarde", ela disse.

Ficou fitando o ar, entorpecida como as pessoas costumam ficar quando estão se recuperando depois de um choque.

"É só mais um dia raiando", acrescentou.

Suas luvas vermelhas com debruns jaziam em cima da mesa.

Ela estava sentada encolhida no sofá, deixando as mãos penduradas joelho abaixo, parecendo mais corpulenta no assento do que em pé com seu vestido comprido. Ela se distinguia da maioria das mulheres da sua classe e do seu nível social por não ser afetada em seus movimentos e desconhecer poses artificiais. Suas luvas vermelhas eram a única coisa a denunciar que ela não era a reencarnação de Gretchen, que pusera a alma de Fausto totalmente a perder, de maneira que, se os anjos não tivessem aparecido e testemunhado seu interesse na canalização e drenagem dos banhados, as coisas teriam terminado mal.

Por alguma razão, o choro das mulheres corpulentas vem sendo considerado pouco verdadeiro neste mundo, e mártires gordos são tidos como uma contradição em termos, sendo impensáveis nas pinturas. A única água salgada que é culturalmente valorizada é a que seres humanos esquálidos e inanes vertem na cristandade. No entanto, histórias como a que a garota me contou soam mais naturais quando contadas envoltas no fluido salino. Mas entendi que agora a história estava acabando, e com ela, as lágrimas.

"Não achas que já está na hora de ir?", perguntei.

Ela despertou do transe em que se encontrava e disse brusca e raivosamente:

"Vai tu, se quiseres. Eu fico onde bem entender. Esta é minha casa. Fui eu quem mandou preparar este apartamento e sou eu quem paga por ele."

"Minhas sinceras escusas. Mais um motivo para eu dar no pé", retruquei.

Então comecei a procurar meu quepe ordinário.

"Por que essa pressa toda? Seria uma novidade e tanto se fores a parte do vento que sopra rápido como um relâmpago", ela disse.

Continuei procurando meu chapéu, até que o encontrei.

"Não queres sentar aqui comigo para me distrair enquanto espero?", ela perguntou.

"Se vais mesmo esperar, temo que ficarás esperando até amanhã", respondi.

"Que tal acordarmos os camareiros e mandar trazer um lanche?", ela perguntou.

"Lanche? Depois da comilança de ontem à noite?!", exclamei.

"Eu não comi nem bebi nada o dia inteiro. E achas mesmo que a festa de ontem foi organizada para que alguém comesse e bebesse?", ela perguntou.

"Eu comi até dizer chega", respondi.

"Porque és um desalmado", ela disse.

"Se estás com fome, acho que tem umas tortinhas de nata na despensa", falei.

Ela limpou o nariz dos últimos resquícios de choro com o lenço e então disse:

"Pega as tortinhas para mim. É como se elas fossem minhas mesmo."

Trouxe para ela, calado, o que sobrara das tortinhas de nata da véspera.

"Parece que estás jogando comida para um cachorro, sem nem te dares ao trabalho de me desejar bom apetite", ela disse.

"Até onde sei, eu te entreguei faca, garfo e colher", retruquei.

"Não pretenderás deixar-me aqui sozinha como se eu fosse uma ratazana roendo as tortinhas de nata dele. Mostra ao menos um mínimo de cavalheirismo e come um pouquinho comigo. Toma assento, por gentileza."

"Não, agradeço. Entrei na casa errada. E o meu cavalheirismo só chega até aqui. Adeus!", exclamei.

Ela reagiu a essa minha despedida como um recipiente sem vedação que alguém enche de água até a borda, chorando por todo canto, dizendo em meio àquela torrente de lágrimas:

"Jesus bendito! És mesmo a maior besta quadrada que já conheci em toda a minha vida. Nunca pensei que pudesse existir uma pessoa tão perversa assim. Ainda por cima, fedes a fuligem e a penas de pardelão."

Eu jamais pensara que podia ser uma pessoa assim tão ruim, por isso me sentei e comecei a tentar consolar a moça. E como costuma acontecer quando se trata de fazer uma criança dormir ou perdoar um erro, toda a racionalidade soçobra e outras leis preponderam, talvez a própria vida como ela é.

E as poucas e breves horas noturnas se passaram no Hôtel d'Islande.

No primeiro clarão da manhã, mais ou menos quando os estivadores se levantavam, Garðar Hólm encontrou a pequena donzela Gudmunsen e eu lá no seu apartamento. Ele nos cumprimentou com um aperto de mão e sorriu para nós com aquele seu sorriso sombrio e calculista. A devassidão da noite não fizera nele nenhum estrago, não se via nenhuma nódoa nem vinco, talvez apenas alguma palhinha de feno nas costas, além de ele estar um pouquinho pálido. Tirou do bolso alguns exemplares do *The London Times* e os colocou sobre a mesa. Depois de nos cumprimentar, foi até o espelho, examinou o rosto alisando a barba por fazer.

"Mas que simpático da parte de vocês me esperarem aqui", ele disse, enquanto se olhava no espelho.

Depois abriu a boca arreganhando os dentes e os examinou com esmero antes de continuar:

"Espero que vocês tenham dormido bem, queridas crianças. A festa em que estive só terminou ao amanhecer. Ah, preciso fazer a barba. Depois podemos tomar um café."

"Temo que tenhamos acabado com as tuas tortinhas de nata", eu disse.

A menina não tinha dito nada até então, estava terminando de ajeitar os cabelos, depois finalmente perguntou, como se estivesse num lugar longínquo:

"Onde está o outro pé do meu sapato, Álfgrímur?"

Revirei o quarto por uns instantes até achar o sapato embaixo do sofá no qual a encontrei sentada na noite anterior. Garðar Hólm havia tirado o sobretudo e estava espalhando sabão no rosto diante do espelho.

"Passei na Morada dos Bem-Aventurados depois de deixar a festa", disse Garðar Hólm.

"Ah, exatamente, o lugar aonde os anjos levaram o doutor Fausto", eu disse, sem conseguir parar de pensar no tal projeto de lei dos barbeiros.

"É um lugar agradável, o único aqui na cidade com mais cheiro de farmácia do que a própria farmácia. Um grande amigo fica lá pelas manhãs com a escotilha aberta, observando o mar. E todas as gaivotas dos mares do Norte revoam diante dos seus olhos", contou Garðar Hólm.

"Só pessoas famosas falam assim, não é mesmo?", perguntou a pequena donzela Gudmunsen.

"Não precisas arrumar a minha cama, querida, há camareiros de sobra neste hotel", ele disse.

"Preciso falar contigo, Garðar, em particular, e o quanto antes", ela disse.

"Bem, já vou indo", eu disse.

Garðar, que continuava passando sabão no rosto, disse então: "Não, sei que não vais fazer isso, caro amigo, não vais abandonar a mim e à pequena donzela Gudmunsen justo quando íamos tomar o café da manhã. Não creio que nós três tenhamos qualquer segredo um para o outro. A propósito, não há tortinhas de nata suficientes?"

A pequena donzela Gudmunsen se sentou numa cadeira.

"Eu e o Álfgrímur estamos noivos. Ficamos noivos esta noite", ela disse.

"Hurra! Bravo! Mas que bacana! Meus sinceros parabéns aos dois. Agora vou fazer a barba. Depois comemoramos esse noivado. Vamos mandar trazer champanhe", disse Garðar Hólm.

Eu, Álfgrímur, fiquei postado junto à janela olhando para a rua lá embaixo, onde um peão tangia umas vacas, e agora, passada aquela noite, não consegui me conter e tive que entrar um pouco na conversa.

"Não é um pouco apressado pôr as coisas nesses termos, pequena? Será que é o caso de falarmos sobre isso com Garðar Hólm?", perguntei.

"O que estás querendo dizer?", ela devolveu.

"Quero dizer, ahm... talvez não tenha acontecido tanta coisa assim na verdade, salvo o fato de nós dois sermos iguais a todos os outros cordeiros de deus", respondi.

"Não aconteceu nada? Cordeiros de deus? Então é isso? Fala como gente, por favor. Mostra que tipo de homem tu és", ela disse.

"Quero dizer, não aconteceu nada além do que acontece em situações parecidas: um homem é homem e uma mulher é mulher, qualquer coisa fora disso são circunstâncias fortuitas."

"Quer dizer, então, que nada aconteceu. Nada além do costumeiro! Ahm? Trocando em miúdos, não passo de uma vadia barata, não é isso que estás querendo dizer?", ela perguntou.

Garðar Hólm, que já havia ensaboado bastante a barba, aproximou-se da janela junto à qual eu estava, tirou uma nota do bolso e a estendeu a mim, dizendo:

"Meu caro Álfgrímur, acho que estamos precisando de tortinhas de nata. Dá um pulinho na padaria do Friðriksen para nós."

Ele pegou a navalha e começou a testar o fio num dos cantos da mão, enquanto eu escapei daqueles problemas não resolvidos para ir comprar mais tortinhas de nata.

Tive que esperar um bom tempo na padaria, pois ainda não eram nem sete da manhã.

"Friðriksen está montando as tortinhas de nata", disse a balconista.

Comecei a ficar um pouco cansado de esperar, pois, mesmo sem ter lido muitos romances dinamarqueses, de repente fiquei receoso de ter deixado a noiva do cantor sozinha na casa dele, com uma navalha, numa manhã como aquela.

"Creio que não tenho tempo para esperar mais tortinhas de nata no momento. É melhor eu levar as tortinhas que o Friðriksen já montou e voltar mais tarde para pegar mais", eu disse afinal.

38

Canto lírico na catedral

Quando voltei com as tortinhas de nata, Garðar Hólm havia terminado de fazer a barba. A pequena donzela Gudmunsen tinha ido embora. O cantor estava sentado à escrivaninha, ensimesmado, somando cifras em pequenas folhas. Só percebeu minha presença depois de um bom tempo, já que não podia deixar os cálculos de lado. Por fim, enfiou no bolso os pedaços de papel cobertos de contas e se virou na cadeira para olhar na minha direção: o sorriso chegou e desapareceu. Ele disse:

"Decidi uma coisa aqui com os meus botões durante esses minutos em que foste à padaria. Estou pensando em realizar um concerto especial amanhã."

"Sim, já foi anunciado nos jornais: o jubileu do Empório Gudmunsen na loja dos Bons Templários", devolvi.

"Não me referia a esse. Pretendo realizar outro concerto na parte da manhã, um concerto na igreja. Será apenas para convidados, para os meus convidados especiais, a quem jamais sequer ocorreria comparecer ao jubileu do Gudmunsen. E queria te pedir que me desses uma mãozinha nesse concerto", ele disse.

"Então é preciso fazer os convites o mais rápido possível", eu disse.

"Avisamos os convidados hoje mesmo. E eu acerto o empréstimo da igreja com o reverendo Jóhann", ele disse.

"Madame Strubenhols também participará, não é mesmo?", perguntei.

294

"Estava pensando em pedir a ti que me acompanhes", disse Garðar Hólm.

Não posso afirmar que tal absurdo chegasse a me surpreender, mas é claro que comecei a tirar o corpo fora, alegando todo tipo de objeção, que não eram propriamente desculpas esfarrapadas, pois ninguém sabia melhor do que eu mesmo que aquilo estava fora de questão.

"Mal cheguei perto de algum instrumento até hoje, à exceção do teu velho arremedo de harmônio lá em Hríngjarabær. Até pouco tempo atrás, algumas das notas daquele harmônio nem sequer estavam tocando. E o que há na catedral é um órgão de tubos que requer uma pessoa apenas para pisar nos pedais, que por si só já é uma tarefa complicada", eu disse.

"Na sacristia fica guardado um instrumento conveniente para nós dois. Nele, uma de cada duas notas estava muda quando eu era menino. Esperemos que a outra metade também esteja muda agora", disse o cantor.

Um humor tão lúgubre a respeito do concerto por parte do próprio maestro me deixou sem fala. Porém, era a melhor demonstração da minha ingenuidade o fato de eu não rir da piada em vez de tentar me desculpar racionalmente. O cantor de fama universal olhou para mim e sorriu mais uma vez com aquele sorriso peculiar, que talvez fosse o reverso da sua negação.

"Passa na casa da minha mãe quando fores para tua casa e fala que ela está convidada para um concerto na catedral amanhã de manhã. Diz que eu mesmo vou buscá-la", ele disse.

Quando voltava para casa no meio da manhã, caminhava à minha frente um velho de barba comprida fumando cachimbo; carregava cartazes do tamanho de uma folha de jornal numa das mãos e um balde de grude no outro, e ia colando aqueles cartazes enormes no muro das casas. Era um anúncio sobre a festa do jubileu na loja dos Bons Templários na noite seguinte, em que se viam três fotografias: uma grande do Gudmunsen em pessoa, de charuto e comenda, abaixo da qual havia duas menores, uma de Garðar Hólm na juventude, aquela na qual ele admira o carro celestial, e a outra do professor doutor Faustulus com um pombo na cartola. As fotografias eram emolduradas por um texto bastante longo, naquele clássico estilo narrativo das sagas, que consistia no elogio obrigatório daqueles homens excelentes, mas sobretudo e principalmente do Empório.

Quando passei em frente à loja dos Bons Templários, vi que haviam pintado o prédio de rosa-pastel, ou, como se diz hoje: rosa-quartzo. Mais tarde, ao tentar rememorar aquela cor, era sempre acometido da dúvida: ela realmente existia? Minha memória deve estar equivocada quanto a isso, eu pensava, até que meus olhos deram com aquela cor peculiar no interior de um quarto de hotel e em outros prédios em Paris muitos anos mais tarde; tive até mesmo a duvidosa felicidade de ser hospedado num quarto rosa-quartzo naquela capital da cultura. O papa a denomina "cor da penitência", e os católicos a usam na quinta-feira santa. Estavam colocando guirlandas de flores de pano e ramos em várias partes da loja dos Bons Templários, tanto no interior como na fachada, e um néscio qualquer que não conhecesse nada além das ilustrações bíblicas não teria como não pensar no domingo de ramos.

Como já foi dito, era minha obrigação visitar nossa querida Kristín em Hríngjarabær de noitinha e pela manhã, sobretudo depois que ela ficou debilitada e com a visão e a audição prejudicadas pela idade. Porém, desta vez, eu tinha assuntos mais importantes para tratar com ela além de lhe entregar peixe e leite.

"Não deves estar batendo lá muito bem da bola, menino. Meu filho saiu daqui agora há pouco e não falou nada de concerto nenhum na igreja", disse a mulher.

"Bom, mas é isso mesmo. Vai ser um recital para os convidados especiais dele próprio, pessoas que não se enquadram entre os convidados do Empório", expliquei.

"Ah, então está bem. É natural que ele queira demonstrar cortesia às autoridades, pois eles custearam seus estudos de canto com até cem coroas islandesas por ano", disse a mulher, meditabunda.

"Não será, talvez, que ele também queira cantar para a própria mãe?", perguntei.

"Sim, afinal ele sabe muito bem, o meu pequeno Gorgur, que há muito é o maior sonho da minha vida poder ouvir ele cantar. Eu já tive tantos sonhos na vida, e poucos se realizaram, mas em compensação tenho o meu menino. Até que fico satisfeita de ele não cantar apenas para o velho bodegueiro Jón Guðmundsson e a gente dele, mas também para quem faz jus, como o ministro e o bispo, e naturalmente os dinamarqueses. Ah, sim, sem esquecer dos católicos lá na basílica de Landakot.* Mas diga ao meu querido Gorgur que não é necessário convidar uma velha como eu, que só iria envergonhá-lo em público", ela respondeu.

Passei um bom tempo caminhando em volta de Hríngjarabær, no cemitério e nas campinas, tomado que estava de um certo torpor, e começava a sentir inveja de alguns cavalos que vi, pois eles não teriam que fazer o acompanhamento musical num concerto na manhã seguinte, portanto podiam simplesmente continuar mordiscando a erva. Então pensei: será que ele não está apenas de brincadeira? Ou será que ele queria, de alguma maneira, se vingar por eu ter, totalmente sem querer, me envolvido com sua noiva, que ele tinha voltado à Islândia para buscar? Talvez ele se encontrasse ancorado em águas perigosas? Será que a maré estava subindo? E talvez tenha sido eu quem o colocara nessa enrascada. Se esse fosse o caso, como eu poderia escapar do perigo em que havia me

---

* Refere-se à basílica do Cristo-Rei, igreja de Landakot ou igreja de Cristo, sé episcopal da Igreja Católica Romana na Islândia, localizada entre o centro e o bairro de Vesturbær, em Reykjavík.

metido? Agora eu finalmente entendia as pessoas que decidem dar cabo de si mesmas para se antecipar à morte.

Passei outra vez para ver a velha Kristín de noitinha; ela estava sentada num mochinho de três pernas, com aqueles seus olhos cegos arregalados, grata pelo filho que a vida lhe dera. Ao sentir minha presença, ela disse:

"Deus seja louvado por teres vindo, menino! Eu precisava tanto te encontrar. Quais são as novidades?"

"Ah, nada de muito importante", respondi.

"A cidade não está um burburinho?", a velha perguntou.

"Creio que sim", respondi.

"Minha cabeça anda tão lenta. Só me lembrei depois que já tinhas saído daqui hoje cedo que eu precisava te pedir uma coisinha. Parece que é de bom-tom dar flores aos cantores. Bem, apesar de eu ser uma pessoa miserável, como todos sabem, quero mesmo assim te pedir para colher umas flores para mim e entregá-las a ele, fazendo o favor de colocá-las perto do meu filho amanhã, quando ele for cantar. E nada de lhe dizer de onde elas vieram. Talvez ele pense que foram dadas por uma mulher bonita e elegante", ela disse.

Não posso afirmar que o suposto acompanhante do cantor naquele concerto tivesse uma ideia mais precisa dos recitais de música do que a velha Kristín de Hríngjarabær; por exemplo, eu não tinha a menor ideia de que precisaríamos de flores. Naquele momento, as flores andavam bem longe da minha mente.

"Já estamos quase no final da colheita de feno, já é o comecinho do outono e as flores há muito já desabrocharam e caíram, exceto talvez pelos malmequeres-das-areias e outras desse tipo, que são consideradas ervas daninhas", expliquei.

"Ah, vá, vá! Existem plantas em pé com flores bonitas ainda depois de terminada a colheita do feno. As rainhas-dos-prados estão que são puro pólen perfumado a esta altura, ou então as cravolas, doces como mel e tão vermelhas, que se curvam tão bonitas já bem entrado o verão, e a sarça com suas amoras-

-bravas, do vermelho mais vivo em toda a Islândia no início do outono. E também não acho o queiró nada mal no final da colheita de feno", disse a velha.

"É preciso ir até os campos bem longe para encontrar essas flores; o tempo é curto para isso", retruquei.

"Tenho certeza de que tua avó lá em Brekkukot vai te emprestar o Gráni para cavalgar e dares essa voltinha por mim. Há uma encosta bonita num recanto de Mosfellssveit, à beira de uma lagoa com um par de cisnes. Naquela encosta crescem flores. Fui lá uma vez quando era mocinha", a mulher disse.

"Não seria menos trabalhoso, querida Kristín, colher algumas flores aqui mesmo no cemitério, por exemplo, junto ao túmulo do finado arcanjo Gabriel ou de outros estrangeiros que morreram faz cinquenta anos e não têm descendentes vivos aqui no país?"

"Que horror ouvir-te dizer isso, menino. Não quero sequer um talo do cemitério, nem mesmo um único malmequer-das-areias, do contrário isso será pesado contra nós no dia do juízo final. O cemitério somente ao redentor pertence", disse a mulher.

"Não tem umas florzinhas no túmulo do finado sineiro?", perguntei.

"Bem, essas são as flores do sineiro. O bendito sineiro, que nunca quis ver nem ouvir o meu pequeno Gorgur... Então não vamos nem tocar nessas flores", a mulher respondeu.

Não tive como não lhe negar a promessa de colher as flores apropriadas; então ela disse:

"Bendito sejas por me prometer isso. Quero te pedir também que encontres a minha saia domingueira, ela está pendurada ali no canto, atrás do cortinado. Nunca fui afortunada o bastante de ter um blusão, muito menos ainda um corselete tradicional islandês, pois nunca fui mais do que a governanta do sineiro e, portanto, nunca tive que me sentar na igreja no banco em que a esposa dele se sentaria, se ele tivesse uma.

Mas tenho um corselete ordinário dos velhos tempos, azul estampado com rosas pretas."

Já estava quase anoitecendo, e eu não tinha a menor vontade de fazer uma jornada até a comarca de Mosfellssveit para colher flores, então me contentei em arrancar umas violetas e margaridas no cemitério; de repente senti que tinha aquelas flores de crédito junto aos residentes do campo-santo pelas tantas vezes que cantara lá quando era mais novo.

Voltei ao hotel várias vezes ao longo do dia para tentar falar com Garðar Hólm, pois achava que tinha muita coisa a conversar com ele antes do concerto. Porém, Garðar Hólm esteve fora o dia inteiro, e portanto não consegui topar com ele. À noite, recebi um bilhete no qual ele me pedia para pernoitar outra vez no seu apartamento no hotel, pois participaria de outra festa e ficaria acordado até bem tarde.

"E peço que amanhã estejas na igreja na primeira hora da manhã. Entra pelo lado da sacristia", concluía o bilhete.

Quando chegou a manhã do tão esperado dia, acordei antes das galinhas e cheguei muito cedo na igreja com aqueles arremedos de flor, como alguém que em meio a um sonho tem que fazer tudo o que o seu íncubo ordena, apesar de estar se borrando de medo. Lá ia eu àquele concerto que era a coisa que eu mais temia. Estou atrás da igreja perscrutando em todas as direções, como alguém que não sabe muito bem se está de posse de todas as suas faculdades mentais e pretende tirar isso a limpo. Examino as flores que trago nas mãos, pasmo. Eu tinha a esperança de que aquilo fosse algum tipo de travessura e que a sacristia estivesse fechada. Uma coisa era certa: tudo era só calmaria na praça, em parte alguma se via alguém ali por perto que parecesse estar se dirigindo a um recital de música. Dois carpinteiros estavam chegando para trabalhar na construção de uma casa um pouco mais adiante na mesma rua. Um camponês vestindo meiões de couro de carneiro estava partindo com algumas cavalgaduras carregando cabeças de bacalhau secas que ele claramente pretendia transportar até a sua propriedade no leste do país, certamente a alguns dias de viagem de distância, e não seria exagero dizer que eu tinha inveja dele. Ao girar a maçaneta da porta, descobri que a sacristia estava aberta. O pesadelo continuou. Será que os convidados já haviam chegado e estavam todos me esperando lá sentados na igreja?

A sacristia estava na penumbra, e tive que tatear ali dentro até encontrar a porta que levava ao coro da igreja, que estava entreaberta. Dei uma espiada lá dentro. A igreja estava vazia. Fui entrando no coro. Os raios do sol nascente não chegavam até lá por não ser habitual instalar janelas na empena leste dessas edificações. Havia ali dentro uma claridade incolor, translúcida e melancólica, com reflexos que chegavam do teto esmaltado, das paredes e dos bancos, lembrando o brilho na superfície da água doce sob o céu nublado. Aquela claridade desolada recaía sobre a pintura amarelecida do altar, que mostrava a ressureição do redentor.

Estou postado com as flores nas mãos no coro mudo da catedral, em frente ao genuflexório, e olho à minha volta. Que deus me valha! Não é que lá estava o velho harmônio empoeirado? Até aquele momento eu nutria a esperança de que a existência daquele instrumento fosse produto de um sonho. Porém, por mais estupefato que estivesse com aquele traste de harmônio que me era totalmente alheio, quão mais fantástico não era, porém, o fato de que eu próprio estivesse ali diante dele. Se apenas alguém me visse agora! Me apressei em largar as flores no chão, como se não tivesse nada que ver com elas. Mas então me ocorreu que o piso não era o lugar apropriado. Não seria melhor se eu as deixasse no genuflexório? Ou então no altar? Porém, o que é que o reverendo Jóhann diria se desse de cara com aquelas flores no seu altar, pois ele sem dúvida as reconheceria e saberia que tinham sido roubadas. Me abaixei para recolhê-las do chão. Sinto como se ainda as tivesse nas mãos ao escrever estas linhas décadas mais tarde. Não me lembro de ter conseguido me livrar daquelas flores em algum momento. Onde foi que eu deixei aquelas flores? O que será daquelas flores?

Então o portão da igreja se abre, e dois convidados entram: um elegante cavalheiro na flor da idade, todo ataviado e, ao lado dele, uma velha pobre. Ele a leva pela mão até a nave da igreja. Ela se arrasta adiante sobre suas pernas cambaleantes e entorpecidas, apoiando-se completamente no filho para tirar dele a força necessária para aquela caminhada. Ela veste sua saia plissada e seu corselete ordinário, com a cabeça envolta no seu xale domingueiro preto. Voltou a ser pequena devido à atrofia característica dos idosos, parecendo à distância uma menina que tivesse sofrido poliomielite. No seu rosto, via-se aquela expressão vazia e letárgica que busca outra luz.

Garðar Hólm desfilava com todos os trejeitos dos famosos, um imperador das artes que se apresenta nos templos de Tália sob os olhares de milhares de espectadores distintos e refinados, tornando-se, além disso, objeto de especial admiração por parte dos convidados, comovidos ao vê-lo chegar ladeado da mãe, aquela pobre mulher do povo: nos píncaros da fama, ele recorda sua origem. Ele meneia a cabeça com um sorriso humilde na direção de vários bancos da igreja, como se neles divisasse um rosto importante ao qual não queria deixar de manifestar seu apreço naquele momento festivo. Entre eles, havia convidados que não mereciam deferência menor de sua parte do que parar no meio da nave da igreja para bater os tacões e curvar-se. E a velha continua apoiada no filho quando ele se detém para reverenciar os convidados mais importantes.

Depois, ele acompanha a mãe até o fundo da nave da igreja, até chegar ao coro, onde havia uma cadeira colocada junto ao genuflexório. Ali, ele a ajuda a se sentar e a ajeita no assento com um esmero bem sincero, com devoção e solicitude em seu semblante e em seu modo de proceder, como se estivesse dizendo a ela que, apesar de ali estarem presentes muitas pessoas mais nobres, ela não devia se envergonhar, pois aquele era o seu lugar perante deus e os homens. E a mulher ficou lá sentada diante do altar, transfigurada e exaltada envolta na saia plissada e no xale preto domingueiros, as mãos repousando sobre o regaço, cruzadas e um tantinho inchadas, com veias pretas e juntas brancas.

Garðar Hólm vira-se para mim.

"Agora senta ao harmônio", ele sussurra.

Eu me sento.

"Começa a tocar", ele diz.

"Mas... mas...", eu hesito.

"Vai dar tudo certo", ele diz.

"Mas eu... eu... eu..."

"Não importa o que tocares. Eu canto qualquer coisa. Pisa na pedaleira!"

Eu mal havia calcado a planta dos pés, e o harmônio começou a soar como que por si, reverberando na igreja vazia de tal forma que era como se tudo fosse vir abaixo: as palhetas do instrumento estavam completamente frouxas, e as notas rugiam por conta própria com intensos estridores mal a gente pisava na pedaleira.

E então Garðar Hólm começou a abrir as comportas de sua voz. O recital havia começado.

Eu gostaria de reiterar mais uma vez aqui o que já em várias ocasiões deixei subentendido nestas páginas, a saber, o fato de eu não ser a pessoa mais adequada para descrever da melhor maneira a obra de Garðar Hólm. Nós dois nascemos e nos criamos cada qual a um lado do mesmo cemitério e sempre fomos considerados parentes próximos, a ponto de muitas pessoas nos confundirem um com o outro, chegando algumas delas até mesmo a tomar um pelo outro. Mas mesmo que não fosse esse o caso, tocaria a mim manter, na minha abordagem a respeito desse nume tutelar da minha juventude, a cortesia que cada um deve a si mesmo, a exemplo do mestre inglês, que diz no seu soneto trigésimo nono:

Ó, como poderei com modos exultar teu valor,
Se de mim és a melhor parte?[*]

As pessoas me perguntavam na época, e mais tarde também, se ele cantou bem, ao que eu respondia:

"O mundo é canto, mas não sabemos se este canto é bom porque não temos nada com que compará-lo. Há quem sustente que a arte de cantar tenha origem no som do sistema solar, com os planetas movendo-se no espaço a toda velocidade; outros afirmam que ela se origina do murmúrio do freixo de nome Yggdrasill, que foi cantado e decantado em versos antigos: 'Murmura a árvore vetusta'.[**] Quiçá Garðar Hólm tenha chegado mais perto do oceano sem fundo do canto inconcebido do que a maior parte dos cantores. Não pretendo avaliar como cantava Garðar Hólm em comparação com outros homens que eventualmente cantaram nos templos de Tália pelo mundo afora, seja no Teatro Colón, em Küssnacht, na basílica de São Pedro (ou na cidade de São Petersburgo) nem no palácio do Mohammed ben Ali. Porém, ninguém ouviu nada igual ao canto que eu tive a bênção de ouvir na igreja mais anônima dentre todas as igrejas matrizes, e creio que poucas pessoas seriam as mesmas se o ouvissem, pois eram surdos os ouvidos aos quais ele se destinava."

Pode ser que aquela tenha sido a única vez na vida que realmente ouvi o canto. Pois tão verdadeiro foi que transformava os demais cantos em farsa e mentira, transformava os demais

---

[*] Versos iniciais de um dos 154 sonetos compostos por William Shakespeare. Na tradução de Thereza Christina Rocque da Motta.

[**] Trecho de um verso inicial do poema *Yggdrasill*, do poeta islandês Jóhannes úr Kötlum (1899-1972): "Nas chamas do sol *murmura a árvore vetusta*". Yggdrasill é a árvore do mundo, segundo a religião nórdica antiga.

cantores em impostores, e não apenas os cantores, mas também a mim e a todos nós: à mulher de Landbrot não menos do que a Chloë, a Ebeneser Draummann e ao capitão Hogensen, além de Runólfur Jónsson e o inspetor. E aquela sonoridade estava tão próxima de mim que não me restava qualquer alternativa senão pisar na pedaleira daquele harmônio com todas as forças do meu corpo e da minha alma no afã de abafar aquele canto ou, ao menos, refreá-lo um pouco na esperança de conseguir aguentar.

"Quais canções ele cantou?", as pessoas perguntam.

"Faz diferença?", devolvo a pergunta.

Não, o repertório não foi impresso. Quais canções? Talvez tenham sido canções do novo estilo que granjeará reconhecimento se os tempos continuarem voltando às suas origens e a expressão se torne mais despojada do que agora, de forma que baste às pessoas gritarem apenas a vogal *a* cada vez que quiserem manifestar seu pensamento, em vez de conjugar verbos e flexionar substantivos; pode ser que então fosse cantada aquela canção que o asno e o boi cantaram aos anjos na noite de natal. Não obstante, creio que, no meio dessa canção de um tempo vindouro, imiscuíram-se fragmentos desconexos de antigos textos notáveis: *exultate, jubilate — si tu ne m'aimes pas, je t'aime — se i miei sospiri.*

Primeiramente, ele cantou com trejeitos veementes que eu diria mais próprios a uma peça teatral. No entanto, talvez essa mescla furiosa de risos e soluços fosse mais adequada do que qualquer outra forma de cantar e mais natural às criaturas viventes do que a disciplina implacável das personagens do nosso palco em Brekkukot. Até que, depois de alguns ins-

---

* Respectivamente, em latim, francês e italiano: "Exultar, alegrar-se — se não me amas, eu te amo — se os meus suspiros". A primeira parte é o título de um moteto de Mozart; a segunda, um verso da ópera *Carmen* de Georges Bizet; a terceira refere-se à canção homônima atribuída atualmente ao músico belga François-Joseph Fétis (1784-1871).

tantes, o cantor teve um acesso de tosse e ficou diante do altar com espasmos no rosto e sufocado, e mais nenhum som saiu de sua garganta: ele caiu de joelhos aos pés da mãe e afundou o rosto no regaço dela.

Assim terminou aquele recital.

39
O jubileu do Empório

Anoitecer. O outono nos faz lembrar a sua presença, ouvimos o vento golpear os túmulos, chove sobre as tasneiras. Caminho sem parar pelas terras de Brekkukot e me detenho junto ao portão debaixo da chuva, espichando o ouvido de quando em quando, tentando escutar algum passo, como se estivesse esperando alguém, pois essas foram as palavras que ele me disse quando nos despedimos pela manhã: "Fica na tua casa, pronto para quando te chamarem". Mas não há vivalma por lá, quando muito uma ou outra pessoa passava zunindo rumo a Grímstaðaholt, até que, afinal, a moça chega correndo. Ela se detém junto ao portão, debaixo da chuva, e diz o meu nome. Eu tinha a forte suspeita de que as coisas se dariam assim, de alguma forma.

"Ele não está cantando", ela disse.

"Aham", balbuciei.

"Ele deixou o hotel. E já procurei também lá no outro local. Será que ele partiu para o exterior como de costume?"

"Vocês esperavam outra coisa?", perguntei.

"Vim aqui te pedir ajuda para salvar a situação. O salão está lotado, o editor-chefe já fez o seu discurso, a orquestra de metais já tocou três vezes. Madame Strubenhols já terminou de tocar as rapsódias de Liszt e o mágico já fez o mesmo número duas vezes e estava começando a terceira. Agora tens que ir lá e cantar", ela disse.

"Mas se eu não sei cantar", retruquei.

"Todo mundo sabe que tu cantas, vem logo!", ela exclamou.

"Não", retruquei.

"Queres fazer do meu pai motivo de chacota da cidade inteira?", ela perguntou.

"E por que eu teria que me preocupar com teu pai?", devolvi a pergunta.

"Só vendo com meus próprios olhos posso acreditar que és uma pessoa tão má, Álfgrímur", disse a moça, abrindo o berreiro.

"Não consigo ver como teu pai ficaria numa situação melhor só porque me tornei motivo de chacota da plateia", eu disse.

"Madame Strubenhols jurou várias vezes que tu sabes cantar", disse a menina.

"Acho que nem mesmo um cantor experiente se atreveria a cantar sem ensaiar e sem aviso prévio, assim, do nada", retruquei.

"Sei que tu e madame Strubenhols ensaiaram algumas peças de um livro de partituras alemão; também poderias vestir o figurino do mágico", ela disse.

"Isso está totalmente fora de questão", redargui.

"Não farias isso nem mesmo pelo teu primo Garðar Hólm?", ela perguntou.

"Não achas que ele iria cantar pessoalmente se achasse que isso era necessário?", devolvi.

"Não queres então que meu pai fique com uma dívida de gratidão contigo? Uma dívida de gratidão que ele jamais vai esquecer a partir dessa noite?", ela perguntou.

"Ah, achas mesmo que teu pai é inocente a ponto de não saber como é que sua banda toca? Custo muito a acreditar que ele tenha motivo para se desapontar com Garðar", respondi.

"Então isso é tudo o que sentes por mim? Nem falo da tua recusa em ajudar o meu pai neste momento. Mas agora vejo também que estás pronto para me expulsar da tua vida. Então esse é o tipo de homem que és: me seduzes numa noite em que me encontras tremendo aos prantos, me afastas do homem que amo, fazendo que ele vá embora para não voltar nunca mais, e fazes de mim a maior vadia da cidade? Hahahaha, huhuhuhu, hihihihi!", exclamou a menina.

A orquestra de metais acabara de tocar três vezes a *Marcha do regimento de Pori* até a última nota. E, de fato, quando entramos na loja dos Bons Templários pelos fundos, o professor doutor Faustulus estava terminando de tirar o pombo da cartola pela terceira vez. Ele foi imediatamente depenado de suas roupas para eu entrar nelas ato contínuo. Seria até supérfluo descrever como a sobrecasaca dele caiu em mim, uma vez que tínhamos físicos bem diferentes; ou seu colarinho, amolecido de suor depois de todo o esforço com os números de ilusionismo. Porém, sem maiores delongas quanto a isso, o fato é que me empurraram até o palco, ficando o professor detrás do pano de boca, só com a cueca no corpo e o pombo e a cartola nas mãos. E eis então que ocorreu o ilusionismo que deixou comendo poeira todos os demais números da noite: a Besta Quadrada de Bekkukot subiu ao palco como substituto do cantor de fama mundial. Madame Strubenhols está sentada ao seu instrumento.

Espero que os leitores não me peçam para descrever o recital que assim se iniciou. Não obstante, creio poder afirmar que o canto ali praticado não foi movido pela vaidade; era isso que preponderava na minha mente quando fiz minha entrada no palco: que eu não estava ali em meu nome. Apesar de minha voz mal haver nascido, e de eu também mal haver nascido como homem, e apesar de ninguém saber que aspecto a larva terá se não conseguir em algum momento voar, deixando a própria crisálida para trás, a lealdade a Garðar Hólm não era nenhuma novidade para mim, mas sim uma parte secreta e fundamental da minha própria infância recente. Então cantei a minha inteira gratidão àquele tenor de renome internacional que suplantou, graças à misericórdia de deus, os nossos tons graves em Brekkukot; cantei porque sabia que o canto é testemunho da gratidão que devemos a deus, e não porque eu soubesse cantar. Nesse papel, eu estava tão obstinado desde a primeira nota que as risadas de escárnio que ressoavam em volta não me afetavam mais do que o murmúrio da brisa que sopra do Leste, tão empedernida era a minha certeza de que, uma vez que eu estava ali, e no fundo sempre soube que seria eu quem estaria ali, eu estava ali em virtude de coisas que estavam tão acima de mim que eu mesmo nem contava.

Ruhn in Frieden alle Seelen...[*]

Qualquer que seja a razão, aquelas pequenas grandes pessoas, havia muito enrijecidas e entrevadas de tanto encarnarem tudo o que se tem por correto e verdadeiro numa pequena grande cidade perdida no oceano, aquela aristocracia islandesa desafinada e aqueles eruditos dos anos antes de entrarmos no concerto das nações, aquele que era o grupo de pessoas mais amelódicas que já se viu onde quer que seja na face da terra começou a escutar. É bem verdade que, terminada a primeira canção, a maioria dos presentes olhou para o governador-geral e depois para o bispo; porém, um ou outro espectador se entregou espontaneamente ao poder de alguma aceitação primitiva daquilo que havia acontecido. As pessoas começaram a erguer as mãos de leve para em seguida uni-las batendo palmas. Nem me passa pela cabeça que aqueles aplausos fossem para mim. Seja como for, as pessoas apreciaram o canto, e isso é sempre um bom começo. Depois da segunda ou terceira canção, ambos aplaudiram, tanto o bispo como o governador-geral, o que teve o efeito semelhante ao de um pronunciamento oficial: "Na impossibilidade de ratificar que o canto que aqui escutamos é ruim, e tendo em vista que convidaram-nos para o recital e que viemos e até já tomamos assento, por conseguinte, o concerto

---

* Em alemão, "Descansem em paz todas as almas". Verso inicial do poema *Litanei auf das Fest Aller Seelen* [Ladainha do Dia de Finados], do poeta alemão Johann Georg Jacobi (1740-1814), musicado por Franz Schubert em sua canção *Am Tage Aller Seelen* [No Dia de Finados].

tornou-se bom conforme a lei". Depois, todos aplaudiram. E continuaram aplaudindo depois que o magro repertório que eu sabia se esgotou. Fiquei parado em cima do palco embasbacado olhando as pessoas aplaudindo, até que alguém fez um sinal para eu sumir dali, e só fui dar por mim outra vez atrás do pano de boca, quando o professor doutor Faustulus começou a tirar as suas calças das minhas pernas.

A noite ainda não havia acabado. Estava eu lá, apoiado numa parede, exausto, quando me dei conta que um dos empregados do Empório Gudmunsen se aproximou trazendo um recado: que eu fizesse o favor de comparecer ao escritório do Empório ao sair dali.

O Empório Gudmunsen estava iluminado de cima a baixo. Dois auxiliares estavam no térreo e me olharam com cara de marechais da corte ao me franquearem acesso à seção central: ergueram a cancela do balcão e me acompanharam pelos corredores desertos dos contadores até uma porta na qual se lia a misteriosa palavra "COMPTOIR". O comerciante Gudmunsen estava no seu escritório ataviado de sobrecasaca, cartola e comenda, com os punhos duros feito pedra chegando-lhe até as falanges; o sobretudo pendurado de través nas costas da cadeira. Estava acendendo um charuto. Era uma pessoa completamente diferente da noite do banquete: retraía as comissuras dos lábios enquanto fumava e tinha o cenho franzido, as bochechas rubicundas apresentavam uma secura como a que se nota por vezes no rosto das solteironas rechonchudas.

"Bom dia, queira sentar-se, por gentileza, liceano Hansen", ele diz em dinamarquês.

Ou seja, desta vez nem se deu ao trabalho de ostentar erudição em línguas mais importantes. E tampouco tomou assento.

"Eu podia esperar de tudo, menos isso. Que mal lhe pergunte, a pele de quem o senhor estava tentando salvar?", ele perguntou depois que tomei assento.

"De ninguém. Sua filha veio me procurar", respondi.

"Ora, faça-me o favor! O senhor acha que sou idiota ou o quê? Acha que eu não sabia que Georg Hansson iria faltar hoje à noite?"

Balbuciei que Garðar devia ter ficado retido com algo urgente e por isso não apareceu.

"Retido com algo urgente?", o comerciante Gudmunsen repetiu. Depois, continuou: "Faça-me favor, por que o senhor está debochando de mim, liceano Hansen? Qual a razão desses rodeios?".

"Senhor comerciante, o senhor que conhece Garðar Hólm tão bem, passou pela sua cabeça em algum momento que ele iria subir ao palco hoje à noite contra a própria vontade?", devolvi a pergunta.

"Claro que não. No entanto, eu disse a ele que poria todas as autoridades da região em torno da baía de Faxaflói de campana e que, se ele tentasse embarcar em qualquer navio, seria preso por estelionato", disse o comerciante Gudmunsen.

"O senhor deve saber melhor que qualquer pessoa por que o convocou de volta ao país", eu disse.

O comerciante Gudmunsen chegou ainda mais perto de mim ali onde eu estava sentado e disse:

"Por que o convocamos de volta ao país? Vou lhe dizer com toda a sinceridade, senhor liceano, uma vez que o senhor se envolveu nesse assunto. Nós o convocamos de volta ao país porque já não era mais possível continuar com isso. Estávamos cansados de toda essa história. Ele abandonou a dinamarquesa que o havia sustentado por uma década inteira, e a mesada que recebia mensalmente pelo correio do velho excêntrico Jón de Skagi, que cuida das latrinas dos molhes, obviamente não era suficiente para garantir o seu sustento. Para esfregar ainda mais sal na ferida, minha filha botou na cabeça que era noiva dele. Em resumo, era preciso desmascará-lo. Foi por isso que o chamamos de volta, caro compatriota."

"Peço vênia para negar que eu tenha feito qualquer tentativa de me envolver nesse assunto. É verdade que eu estava um pouco à disposição dele durante os dias em que permaneceu aqui, mas fiz isso a pedido do Empório. E nem de longe me passava pela cabeça me enfiar nesse concerto. Eu não era convidado. Tampouco comprei ingresso. Eu estava em casa, onde foram me buscar. E me imploraram, em seu nome. Pelo amor de deus. Fui arrastado até o centro da cidade e me empurraram até o palco. Agora entendo que deixei que me fizessem de palhaço, desmerecendo com isso a minha família e causando um incômodo ao senhor. Não tenho como remediar esse ato impensado e essa asneira e sei que não tem cabimento pedir desculpa quando não temos qualquer atenuante no caso. Só me resta agora meter o rabo entre as pernas e sair à francesa, de bico calado", eu disse.

Dito isso, fiz menção de me levantar.

Nesse instante, porém, entrou em ação o velho cacoete de vendedor de Gudmunsen, como costumava acontecer quando ele não conseguia vender uma mercadoria e o cliente começava a fechar a cara, e ele então incorporava o dinamarquês bonachão que fala de forma descontraída e espirituosa, coisa rara aqui na Islândia. Mesmo quando se tratava de um assunto sério, ele não perdia o costume. Deslizou as costas da mão pela minha bochecha, como se estivesse acarinhado uma criança, e soltou uma gargalhada, dizendo:

Poëta cum agricola pugnavit.*

Claramente ele tinha avançado uma lição inteira do manual de latim desde a última vez que o ouvi citar aquele livro.

Em seguida, acrescentou:

"Posso oferecer-lhe um charuto?"

Respondi dizendo que não sabia fumar direito.

"Está bem, meu caro liceano. Não aceitas nem mesmo um martelinho de aguardente? Mas nada de pressa. Precisamos

---

* Em latim, "O poeta brigou com o agricultor".

conversar um minutinho. Bem, então já sabes, meu caro, em que situação me encontro, em que situação todos nós nos encontramos. És filho do velho Björn de Brekkukot, ou seu neto? O velho é um homem honrado, apesar de os barcos a remo já serem obsoletos e os pescadores artesanais estarem com os dias contados. E apesar de a minha filha dizer que tu fedes a fuligem e penas de pardelão, como seria de esperar de alguém que saiu do casebre mais miserável que há em toda a Islândia, vou pôr umas palavras no papel para ti, por ocasião da tua viagem ao exterior", ele disse.

Sentou-se, escreveu algo numa folha de papel, dobrou-a, colocou-a num envelope e o entregou a mim.

"Tome, por gentileza. Agora preciso ir fazer sala para os meus convidados, o ministro etcétera e tal. Passar bem", encerrou.

Minha avó estava sentada junto ao fogão com suas agulhas de tricô, tarde da noite, enquanto seu delicioso pão estava assando. Não tive coragem de contar sobre os acontecimentos daquela noite, então me limitei a falar sobre o tempo.

"Ah, esses temporais de verão, assim como chegam, passam", ela disse.

Então tirei do bolso a carta de Gudmunsen e lhe falei do seu conteúdo, isto é, que o Empório Gudmunsen se comprometia a bancar meus estudos de canto num conservatório no exterior pelo período de cinco anos.

"Por essa eu não esperava. Esse homem é então uma pessoa excelente. Agora me faz esse mimo, Grímur querido, pega ali o porta-feno e busca para mim umas lascas de turfa para colocar no fogão", disse a minha avó, sem parar de tricotar.

Quando entrei de volta trazendo a turfa, ela cobriu as brasas diligentemente com os flocos. Em seguida, voltou a tricotar. Depois de um bom tempo, ela disse:

"Não sei como o Björn vai encarar isso. Pois o dinheiro de Gudmunsen, pode-se dizer, nunca teve valor nenhum aqui em casa até agora. Além disso, achei que se aplicava ao canto o mesmo que se dizia da poesia aqui na Islândia: 'escrevo poemas para aliviar o meu padecer, não para colher louvor nem fama'. Mas olha como terminou o pequeno Gorgur da nossa pobre Kristín, que poderia ter se tornado sineiro no lugar do seu padrasto: ganhou o mundo. E o sino foi parar nas mãos de outras pessoas."

40

Um centavo

O outono, que mal havia expirado seu hálito por aqui ontem à noite, hoje já voltou a inspirá-lo. As gotas de chuva reluziam nas touceiras de relva que saíam das frinchas do calçamento, e nos otimistas dentes-de-leão do final do verão, e nas escamas de peixe no lamaçal, além de conferir um matiz vermelho às tasneiras debaixo dos raios de sol.

Foi naquela manhã que o nosso inspetor empurrou um carrinho de mão à sua frente saindo dos molhes, escoltado pelo velho guarda Jónas, indo ambos rumo ao cemitério. No carrinho de mão jazia algo oblongo do tamanho de uma pessoa coberta com uma lona. Colocaram aquela coisa sobre uma tábua atravessada sobre os bancos da capela mortuária, mas não tiraram a lona que a cobria. O inspetor não tinha aparecido em casa na noite anterior, mas agora foi até lá acompanhado da sua escolta para tomar o café da manhã. Meu avô estava sentado no patamar da cabana de pesca consertando suas redes e deu bom-dia à dupla. A fumaça da minha avó ascendia numa perfeita vertical naquela traiçoeira manhã sem nuvens de um fim de verão da eternidade.

Não perguntei o que havia acontecido nem como havia acontecido, pois não queria saber. Mas ouvi várias pessoas recriminarem o nosso inspetor por seu envolvimento no caso. Muitos anos mais tarde, permitiram que eu consultasse os antigos livros de ocorrências policiais, nos quais topei com o boletim de um breve depoimento colhido do nosso inspetor exatamente naquele dia. Ali ele declara que na véspera, por volta da meia-noite, fora procurado por um visitante na sua cabine nos molhes, como o embarcadouro sempre era chamado naquele tempo. O intendente lhe pergunta o que aquele visitante pretendia.

"Ah, uma coisinha à toa. Ele só me pediu para morrer na minha cabina", disse o inspetor.

"E o que foi que o senhor lhe respondeu?", pergunta o intendente.

"Eu disse: fica à vontade, amigo", respondeu o depoente.

"E depois?", pergunta o intendente.

"Ele tirou uma pequena cápsula do bolso e me pediu para deixá-lo a sós", diz o depoente.

Não pretendo reproduzir aqui mais nada daquele livro de ocorrências policiais. Depois que o corpo foi preparado, o caixão foi levado à casa da mãe, a finada Kristín. Porém, tendo em vista que eu havia estado à disposição dele nos dias em que permanecera na Islândia, coube a mim estar presente no hotel quando a bagagem dele foi revistada e os bolsos de suas roupas esvaziados. Na bagagem, composta de baús razoavelmente novos, havia tijolos envoltos em palha, e mais nada. Em seus bolsos foram encontradas algumas notas de dinheiro da Dinamarca, cinquenta e cinco coroas dinamarquesas, ou seja, menos de cem coroas islandesas no total, e muitos pedacinhos de papel totalmente preenchidos com cifras elevadas, a maior parte jogos numéricos corriqueiros que consistem em obter resultados bizarros e inesperados.

Eu não vi o cadáver do cantor Garðar Hólm, mas cantei à beira de sua cova aberta. E fui eu quem buscou a mãe dele, Kristín, e a levou pela mão até o sepultamento.

O cortejo saiu da capela mortuária do cemitério, e não da catedral. Nós, parentes e amigos mais chegados do falecido, nos sentamos no banco da frente: ele, Björn de Brekkukot; ela, minha avó; ela, Kristín, e eu. O reverendo Jóhann pronunciou a homilia. A essa altura, ele já estava bem velho, posso afirmar que era então considerado um dos mais antigos pastores em atividade na Islândia, atribuindo-se à sua demência senil seu esquecimento de mencionar na homilia o nome da pessoa a sepultar. Ele falava de homens sem rosto, homens que o redentor ama mais do que a outros. Será que se lembrou de que estava ali sepultando um deles? Ocorria amiúde de eu não saber muito bem o que o reverendo Jóhann estava pensando. Eu tampouco sabia o que a finada Kristín de Hríngjarabær estava pensando. E também não sei o que meu avô e minha avó estavam pensando. Pela parte que me toca, poucas vezes estive tão convencido de que a pessoa que estava sendo sepultada não estava no caixão.

Oh, hora bendita quando se dissipa a neblina.

Depois o caixão foi carregado até o cemitério. O sino de cobre tocou. Fizeram um sinal para que eu fosse até a beira da cova e cantasse.

Era um daqueles dias com os alvos raios de sol do outono e apenas um tiquinho de brisa. Espero que a brisa tenha carregado o meu canto até algum menininho sentado numa horta em meio às tasneiras e às labaças em algum lugar na vizinhança, que via a morte como outro divertimento inocente qualquer.

Quando começaram a enterrar o caixão, o reverendo Jóhann caminhou com dificuldade até nós e nos cumprimentou, primeiro a ele, Björn, depois às primas, por último a mim. Cumprimentou a todos pelo nome, também a mim. Sim, ele lembrava exatamente todos os nossos nomes, e o mais surpreendente para mim foi ver que ele ainda me reconhecia, velho como já estava, e eu tão mudado. Pensei que era por causa do meu nome esquisito. Mas não era o caso. Ele disse que tinha um assunto para tratar comigo.

"Fiquei esse tempo todo te devendo um dinheirinho, querido Álfgrímur, e estou começando a sentir certa vergonha por isso", ele disse.

"O senhor não está se lembrando mal, reverendo Jóhann?", perguntei.

Ele então enfiou a mão no bolso por baixo do talar e disse:

"Não, não estou. Sempre me lembro quando devo algo a alguém. Lembro-me claramente que te pedi para cantarolar pela alma de um homem anos atrás. Eu te prometi trinta centavos pela cantoria. Porém, o meu porta-moedas já estava tão velho que achei que estava furado; não sei se estava mesmo, mas o fato é que só achei nele vinte e nove centavos. Mas agora a minha filha, que vive em Copenhague, me mandou um porta-moedas novo."

Ele puxou aquele novo e bonito porta-moedas de baixo do talar e se esforçou para abrir o fecho com seus dedos azuis dormentes. E, para não ficar completamente mudo enquanto pelejava com o fecho, ele disse:

"Nunca levei jeito para cantar. Mas nunca passou um só dia sem que eu soubesse que existe uma nota e que ela é pura."

Por fim, o reverendo Jóhann conseguiu abrir seu novo porta-moedas, encontrou o centavo que ficara me devendo anos antes e o entregou a mim.

"Cantar é bom e belo. Especialmente quando não se aspira a nada além de cantar à beira da sepultura de pessoas sem rosto", ele disse ao me entregar a moeda.

Foi provavelmente ao anoitecer daquele mesmo dia que, ao olhar em redor, vi meu avô voltando do centro da cidade, com o cordão do chapéu na garganta, como se tivesse atravessado uma ventania. Nem sequer me perguntei que assunto ele teria para resolver por lá, pois já tinha muita coisa na cabeça. Porém, à noite, quando eu ia saindo para caminhar para passar o tempo, minha avó me chamou, estando eu já na porta, e me fez entrar na cozinha.

"Posso te oferecer uma balinha de alfenim, das que às vezes comias quando criança, querido Grímur?", ela pergunta.

Dito isso, ela me entrega um belo pedaço de alfenim escuro.

"Vovó querida, não será num outro Grímur que estás pensando? Pois, se eu bem me lembro, a senhora sempre me dizia, quando eu era pequeno, que o açúcar faz mal para os dentes", eu disse.

"Não, é sempre o mesmo Grímur. Se bem que o açúcar é mesmo ruim para os dentes, a não ser nos dias de festa. Mas ainda bem que nunca tivemos muitas festas nesta casa", ela disse.

"A senhora disse 'ainda bem', vovó querida?", perguntei.

"Devagar e sempre se vai ao longe", ela respondeu.

"Esse alfenim está uma delícia, vovó", eu disse.

"Escuta, querido Grímur. Não estou me lembrando direito ou será que sonhei que tinhas nas mãos um papel assinado pelo atacadista Gudmunsen?", ela perguntou.

"É verdade. O Empório pretende bancar os meus estudos no estrangeiro por cinco anos", eu disse.

"Ah, acho isso um pouco estranho. Na verdade, sempre ouvi falar que eles eram pessoas da melhor qualidade. Mas temo um pouquinho, querido Grímur, que o teu avô não vá gostar nada nada de saber que tens esse papel", ela disse.

"Alguma coisa eu tenho que fazer na vida, já que ele não quer que eu seja lapeiro", respondi.

"Uma vez consegui que o nome Grímur fosse acrescentado ao teu nome. Pode ser que tenha me ocorrido naquele momento, e talvez também outras vezes desde então, que alguém chamado Grímur pudesse pronunciar o meu nome na hora da necessidade, e não o nome daquela gente lá do Empório Gudmunsen", ela retrucou.

"Com prazer jogo este papel ali no fogo e vou estudar teologia para ser pastor luterano. Talvez um dia eu chegue tão longe a ponto de ouvir aquela nota pura que o reverendo Jóhann ouve", eu disse.

Eu brandia o papel no ar e estava pensando em jogá-lo no fogão da minha avó.

"Não devias jogar o papel no fogo, pois seria falta de educação. Devias sim levá-lo de volta ao Empório e dizer que não vais mais precisar dele. O que quer que queiras estudar, teu avô quer que estudes com o dinheiro dele", ela disse então.

"Eu não sabia que meu avô tinha dinheiro", eu disse.

"Brekkukot foi propriedade do Björn e da gente dele desde tempos imemoriais; mas ele a vendeu hoje. Nós não estamos mais em condições de tocar a hospedaria. Mesmo assim, estamos pensando em ficar por aqui neste inverno. Na primavera, planejamos nos mudar para um apartamentinho de subsolo na avenida Laugavegur. Mas esperemos que a nossa hora já esteja chegando. Teu avô quer que embarques no primeiro navio e estudes o que o teu instinto mandar", ela disse.

41
Fim da história

Há algum tempo não se ouvia o nosso relógio, era como se ele não existisse. Porém, nos últimos dias reinava o silêncio na sala, e então ouvi que ele ainda batia. Era imperturbável. Pouco a pouco, os segundos avançavam no mecanismo do carrilhão do meu avô e diziam como antigamente: eter-nidade, eter-nidade, eter-nidade. E quem escutasse com ouvido atento podia distinguir como que uma nota cantada, e o sino de prata que tocava sua nota pura. Como era bom ouvir de novo o som daquele onde morava um bicho estranho, e terem me permitido viver aqui em Brekkukot, nesse pequeno casebre de turfa que era a razão de existirem as outras casas sobre a terra, naquela casa que conferia um sentido às outras.

"Diz da minha parte ao rei Cristiano da Dinamarca que sei bem o que significa ser convocado a outras terras para tornar-se uma pessoa importante entre os dinamarqueses. Eles me buscaram pobre, pequeno agricultor e desvalido do fiorde de Breiðafjörður, e me colocaram para capitanear uma corveta. Ele também foi convocado, sendo um pobre pequeno e desvalido agricultor do sul da Alemanha, e o instalaram como rei de todo o território da Dinamarca, e é claro que ele não sabia nem uma palavra na língua deles, assim como eu. Eles colocam miseráveis estrangeiros em seus mais altos postos para assim cumprir seus objetivos. Diz a ele que não recrimino vossa majestade, apesar de os dinamarqueses terem cometido um dos maiores crimes da história universal quando autorizaram

Gudmunsen, além dos ingleses, faroeses e outras nações dessa laia, a usar rede de arrasto de meia-água e rede de fundo aqui nas enseadas mais importantes do país, como a baía de Faxaflói e o fiorde de Breiðafjörður, varrendo assim o fundo do mar e extirpando toda criatura que ali vive e respira, sejam grandes ou pequenas. Com isso, dão cabo de homens como o nosso querido Björn aqui de Brekkukot. Diz a vossa majestade que, a cada virada de ano desde que me mudei aqui para a capital, não deixei de fazer tudo o que está ao meu alcance no intuito de manifestar o meu protesto contra essa conduta diante dos mais altos servidores da Coroa aqui na Islândia, a saber: governadores-gerais, bispos e reais conselheiros. E tenho dito", concluiu o capitão Hogensen.

Levo a Kristín de Hríngjarabær a caneca de leite pela última vez. Ela estava sentada no seu cantinho, completamente cega e já bem surda, com aquela sua tez bela e límpida, o sol brilhando em seu rosto.

"Como te sentes hoje, querida Kristín?", perguntei.

"Ah, eu vivi muitos dias bonitos aqui no nosso cemitério quando fazia sol e a brisa do oeste soprava como agora", ela respondeu.

Quando fiz menção de ir embora, ela disse:

"Eu tinha um pouco de lã fina guardada há alguns anos e, desde que fiquei sabendo da tua partida, me apressei a tricotar algo com essa lã. Aqui estão esses dois parzinhos de meias que eu queria te pedir para levar na tua bagagem por mim. Também queria te pedir para procurar, assim que chegares lá, uma pobre mulher chamada senhora Hansen, na Jutlândia. Diz à mulher que estas meias foram tricotadas por mim pessoalmente e entrega a ela da minha parte; diz que são para o filhinho e a filhinha dela, com as minhas melhores saudações."

"Me dá o teu saco de viagem, meu minino. Meus ombros devem dar conta dele", disse meu avô.

Saímos pelo portão de Brekkukot, aquele portão que divide os dois mundos, com minha avó logo atrás. Saímos rumo ao cais. Estava começando a escurecer. Chovia sobre a pálida relva outonal. O bote que fazia o embarque do navio já estava quase no cais quando chegamos ao embarcadouro. Eu havia prometido me despedir do inspetor. Não demorei muito para encontrá-lo: ele estava sentado na sua cabine ao lado das latrinas dos molhes, de onde chegava o tempo todo um forte cheiro de fenol e sabão. Estava sentado num mochinho em frente a uma mesa em frangalhos, arrumando uma escova. Quando outra pessoa se juntava a ele na cabina, não sobrava mais espaço algum. Em toda aquela instituição sob sua responsabilidade, os chamados mictórios portuários, não havia um palmo de madeira que não estivesse alvo de tão escovado. Acredito que naquela época não devia existir uma instituição de higiene mais perfeita no hemisfério norte. Nunca o chamamos de outra coisa que não fosse inspetor, e quando criança eu achava que ele era uma espécie de inspetor-geral de todo o município, talvez até mesmo de todo o país. Agora que a idade está chegando para mim e me ponho a pensar nas várias instituições renomadas que conheci, bem como em seus respectivos diretores, concluo que aquele homem deveria ter sido o inspetor-geral do mundo inteiro.

Ele se levantou e fixou em mim aquele seu olhar afável, vivaz e espirituoso. Em seguida, disse:

"Bem, então chegou a tua vez, querido amigo, de pegar um navio e ir comprar para mim um pouco daquela ração de passarinho que usam no estrangeiro."

"Eu não sabia que o senhor criava passarinhos aqui", eu disse.

"Mas eu não crio. Apenas faço o que posso para ter um agradinho para o camundongo que vem às vezes me cumprimentar quando a coisa está feia", ele respondeu.

Então o inspetor me entregou algumas coroas em moeda para esse fim.

"E se eu gastar esse dinheiro em aguardente assim que chegar a Copenhague?", perguntei, fazendo um gracejo.

"Não tem problema. Tu decides. E agora te desejo boa viagem", disse o inspetor.

"Muito obrigado", respondi.

"Ah, sim, antes que eu me esqueça, e antes tarde do que nunca. Lembras de quando tomei uma moeda de ouro de ti?", ele me perguntou.

"Ah, como se eu não tivesse me esquecido disso há muito tempo", devolvi.

"Aqui está ela. E boa sorte. Que tenhas a sorte merecida por quem tem vontade de fazer algo nesta vida, algo grande ou pequeno, não importa, desde que esteja determinado a não causar mal a ninguém. E se algum dia precisares de um dinheirinho, escreve uma carta para mim, pois de agora em diante vou ter problemas para me livrar da minha renda mensal", disse o inspetor.

Meu avô abriu a porta e pôs a cabeça para dentro da cabine para me avisar que o bote que me levaria até o navio estava chegando.

Abracei minha avó, que estava parada ali no cais; vestia sua saia comprida e o xale preto cobrindo-lhe a cabeça e os ombros. Nunca eu havia abraçado aquela mulher, pois os abraços não eram habituais em Brekkukot. Fiquei surpreso que ela fosse tão leve e magra, cheguei a me perguntar se os ossos dela não seriam ocos por dentro, como os dos pássaros. Ela parecia uma folha murcha nos meus braços naquele breve átimo de um instante em que a cingi no meu abraço.

"Que deus te acompanhe, Grímur querido. E se um dia, em alguma parte do mundo, encontrares uma pobre mulher como eu, peço que a saúdes por mim", ela disse.

Meu avô, Björn de Brekkukot, me beijou abruptamente na bochecha e me disse estas palavras:

"Não posso te dar um bom conselho no pé em que as coisas

estão, meu minino. Mas quiçá eu possa te mandar uma rama de alabote seco no navio da metade do inverno, depois disso, veremos. E agora, adeus."

Quando o barco já se afastara da terra algumas remadas, eles ainda estavam lá parados na praia, olhando aquele menino que uma mulher desconhecida entregara nu em suas mãos. Estavam de mãos dadas, e as outras pessoas davam passagem a eles; eu não via mais ninguém além dos dois. Ou será que eles eram tão singulares que as outras pessoas se dissipavam a seu redor, viravam cerração e sumiam?

Depois de subir com meu saco de viagem ao convés do navio postal *Estrela Polar*, acompanhei-os com o olhar enquanto eles iam andando lentamente no rumo de casa, no rumo do nosso portão, no rumo de Brekkukot, da nossa casa, que seria derrubada no dia seguinte. Eles caminhavam de mãos dadas feito duas crianças.

1955-1956

Os peixes que aqui gorjeiam — posfácio dos tradutores

Halldór Laxness nos conduz por uma narrativa que transcende tempo e espaço, explorando temas universais como a busca por identidade, o lugar do artista na sociedade, a fragilidade da fama e o embate entre tradição e modernidade. Escrito entre 1954 e 1955 (provavelmente iniciado antes do anúncio do prêmio Nobel de Literatura concedido ao escritor em outubro de 1955), *Os peixes também sabem cantar* explora diversos temas: as relações coloniais entre Dinamarca e Islândia, a modernização da ilha, o avanço do capitalismo, a consolidação de uma burguesia urbana e a valorização da alta cultura europeia em detrimento da tradição poética local.

Sua narrativa sinuosa se apoia na memória coletiva, nos mitos e nos valores compartilhados para descrever a construção da identidade, tanto pessoal como nacional. O romance é, ao mesmo tempo, um *Bildungsroman* — romance de formação — de Álfgrímur e de uma sociedade em transição que oscila entre as amarras coloniais e a busca por autenticidade. O protagonista é moldado pela sabedoria tradicional, mas também é atraído pelo brilho ilusório da fama representada por Garðar Hólm. Sua jornada reflete a busca por um equilíbrio entre passado e futuro, entre autenticidade e validação externa.

Para além do encantamento provocado pelas descrições das paisagens islandesas e dos pequenos detalhes da vida cotidiana nas ruas de Reykjavík no início do século XX — tudo muito distante de nós, brasileiros —, as reflexões de Laxness se mostram atemporais e capazes de ultrapassar os limites geográficos de uma pequena ilha no Atlântico Norte, ressoando até o Atlântico Sul. Superada essa distância, a obra ganha universalidade e abre espaço para sentimentos de pertencimento e saudade, que nos são muito caros como povo e nação (e também aos poetas). Assim, o "canto dos peixes" também é gorjeio, ainda que, rodeado de fiordes, fiquemos tentados a dizer que "os peixes que aqui gorjeiam não gorjeiam como lá" — e sabendo que o título original do romance, *Brekkukotsannáll,* literalmente "Crônicas da encosta", nada tem a ver com a longa tradição de utilizar a palavra "peixes" em traduções da obra.

A fragilidade da fama e o embate entre integridade e oportunismo

Laxness explora nesta obra como os indivíduos enfrentam adversidades e oportunidades em suas trajetórias. De um lado, temos a vida trágica de Garðar Hólm, celebridade local e internacional cuja fama precária o conduz à morte — a evasão, por não suportar as dúvidas sobre sua verdadeira essência, é derradeira. De outro lado, há personagens triviais, como os avós de Álfgrímur, que realizam grandes feitos no cotidiano, sem alarde nem vaidade. Esses indivíduos, muitas vezes marginalizados — como os destituídos em busca de asilo ou aqueles que sofrem com psicose, alcoolismo e males inexplicáveis pela medicina —, encontram refúgio em Brekkukot, um casebre acolhedor à margem do lago Tjörnin, no centro de Reykjavík.

A narrativa se desenrola em retrospecto, pela voz de Álfgrímur, criado por avós adotivos nessa casa de pedra e turfa. A identidade do pai é desconhecida e sua mãe, alguém que esteve por lá de passagem, acabou parindo-o e deixando-o aos cuidados de Björn e sua companheira, os donos de Brekkukot, antes de partir para sempre da Islândia. O protagonista revela uma dualidade desde o nome, pois a mãe biológica quer chamá-lo de Álfur, em referência aos elfos do imaginário islandês, enquanto a avó adotiva prefere Grímur, um dos nomes secretos de Odim, deus da mitologia nórdica. Essa escolha do nome composto Álfgrímur simboliza a dupla valência de uma vida: a que nos é dada e a que escolhemos viver. A adoção, aqui, é vista como condição essencial para o florescimento da vida, não importando a origem, mas sim ser escolhido e acolhido.

Brekkukot, um lugar real e ao mesmo tempo imaginário, torna-se refúgio para os marginalizados, uma comunidade em microcosmo que prospera longe da vigilância das autoridades. Álfgrímur divide o sótão com homens mais velhos, como o capitão Hogensen, um prático de porto quase cego que se deleita em contar sagas islandesas, Runólfur Jónsson, um trabalhador rural, e um enigmático inspetor, que parece manter algum tipo de comunicação com os elfos. Nesse ambiente, as demonstrações de afeto são discretas, as modas passageiras não deixam marcas; mas o conhecimento e a sabedoria popular são reverenciados como tesouros: as palavras, valiosíssimas, são dispensadas com parcimônia. Os laços entre os moradores de Brekkukot são construídos na convivência cotidiana, com base em reciprocidade, tolerância e respeito.

Modernização e colonialismo cultural

Brekkukot está situada ao lado de um cemitério, local ainda hoje reconhecível nas ruas de Reykjavík, embora as atuais casas sejam bem diferentes. A proximidade faz com que Álfgrímur rememore funerais e reflita sobre o destino dos mortos anônimos. Em um desses rituais, ele é convidado pelo pastor Jóhann a entoar um hino fúnebre, o que marca o início de sua relação com a música. Ao dizer "escrevo poemas para aliviar o meu padecer, não para colher louvor nem fama", a avó ensina ao neto o valor da arte como expressão autêntica, em contraste com a vacuidade da fama de Garðar Hólm.

O cantor, embora celebrado internacionalmente, é uma figura trágica. Seu sucesso é medido por padrões alheios à nação islandesa, que aos poucos assimilava as mudanças do novo século, e sua legitimidade como artista depende do reconhecimento de centros culturais como Viena e Copenhague, não de sua terra natal. Ele é o símbolo do colonialismo cultural. No entanto, longe de condenar a influência do resto do continente europeu e a modernização da Islândia de forma simplista, a Laxness interessa questionar os termos desse intercâmbio, mostrando que, mesmo diante da inevitabilidade da mudança, é possível manter uma postura ética.

Autenticidade e escolhas

O término do romance nos devolve a questão da origem e da herança. Ao venderem Brekkukot e suas terras para custear os estudos do neto, os avós do protagonista não lhe prodigam somente uma herança no sentido material — ou seja, a independência e a autenticidade —, mas também transmitem ao filho-neto algo muito maior e inefável. A avó, ao convencer Álfgrímur a devolver a carta de Gudmunsen, que havia prometido custear seus estudos, mostra-lhe a importância de sustentar os desejos com integridade. Assim, *Os peixes também sabem cantar* é mais que um retrato da Islândia em transição: Laxness nos convida a refletir sobre como preservar a autenticidade num mundo em modernização, que se entrega ao consumo desenfreado.

A imagem que abre o romance é a mesma que o encerra: um filho tão necessário aos pais, mesmo que neste caso sejam os avós. Aos poucos, seus ascendentes diminuem, esvaem-se na névoa como duas crianças de mãos dadas observando o navio cindindo as águas, carregando o filho rumo ao coração de seu próprio desejo. Álfgrímur, ao partir, leva consigo não só a herança material, mas também a sabedoria de Brekkukot — um legado de resistência, ética e autenticidade.

Francesca Cricelli e Luciano Dutra
Seltjarnarnes, fevereiro de 2025

Discurso de Halldór Laxness ao receber o prêmio Nobel de literatura de 1955

Vossa majestade, senhoras e senhores.

Há algumas semanas eu viajava pelo sul da Suécia quando certo dia comecei a suspeitar que a iminente decisão da Academia Sueca poderia recair sobre mim. À noite, sozinho no quarto em que estava hospedado, meus pensamentos se ocupavam do fado que poderia aguardar um viajante e escritor sem relevância, vindo de uma ilha desconhecida e remota, quando uma instituição que detém o poder de conferir reconhecimento e fama a obras do espírito humano decidisse então pedir que essa pessoa se levantasse de seu assento e se apresentasse sob as luzes da ribalta deste mundo.

Talvez não seja estranho que eu tenha pensado em primeiro lugar, como ainda penso neste momento solene, nos meus amigos e confidentes, em especial nos mais próximos. Essas pessoas já não estão mais entre nós, mas, mesmo enquanto ainda pisavam nesta terra, já estavam próximas da estirpe dos seres ocultos. Pouca gente os conhecia, e ainda hoje não são muitos que se lembram deles. Porém, com sua presença em minha vida, formaram meus alicerces. Pensei justamente naqueles homens e naquelas mulheres magníficas da Islândia primordial, que foram responsáveis pela minha formação; pensei no meu pai e na minha mãe, mas em especial na minha avó, que me ensinou incontáveis poemas da antiguidade antes mesmo que eu soubesse ler.

Pensei então, e ainda sigo pensando neste momento, nos

bons conselhos que ela me deu quando criança: não fazer mal a ninguém; valorizar ao longo da vida, em primeiro lugar, os necessitados e malogrados; e não esquecer jamais que, na Islândia, os injustiçados e marginalizados são justamente os que merecem, mais do que qualquer um, o carinho, o amor e o respeito de todos nós. Assim, aprendi durante toda a minha infância e juventude que os figurões e as pessoas de poder não passavam de ficção e miragem, e que a simpatia com os oprimidos era o único preceito moral possível na realidade islandesa.

Lembro dos meus amigos anônimos que, na minha infância e também muito tempo depois, me ajudaram nos livros que escrevi. Alguns, apesar de não serem escritores de ofício, tinham um discernimento literário infalível, eram capazes de esclarecer aspectos fundamentais da literatura que por vezes nem os artistas mais virtuosos conseguem enxergar. Apesar de muitos já não estarem mais aqui, esses amigos geniais seguem vivos dentro de mim, alguns de forma tão presente que às vezes me pergunto quanto da minha obra me pertence e quanto pertence a eles.

Pensei também nesta família com cerca de 150 mil integrantes,[*] ou seja, a nação islandesa, amante dos livros, que me acompanha com interesse desde meus primeiros passos como escritor — ora me criticando, ora me encorajando, mas nunca com indiferença. Como um instrumento musical delicado que reage ao toque, dando eco às minhas obras. É uma grande felicidade a qualquer escritor nascer e se criar num país cujo povo está imerso no espírito literário há muitos séculos, com um legado literário fabuloso desde a Antiguidade.

Também não é estranho que meu pensamento tenha viajado até a época dos autores das antigas sagas, criadores da literatura islandesa clássica, aqueles escritores radicalmente entrelaçados

---

[*] Segundo dados censitários, a população da Islândia em 1955 era de 156 033 habitantes. Atualmente, é de pouco mais de 380 mil.

com nossa cultura primordial, mas cujo nome nem sequer foi preservado. Apenas suas obras persistem, imperecíveis, sob os olhares do mundo, tão notórias quanto o próprio país que lhes deu origem. Aqueles homens anônimos permaneceram, durante longos e sombrios séculos, num dos países mais miseráveis do mundo, em casas que lembram as da Idade da Pedra, criando livros sem recompensa alguma, sem conhecer o significado de reconhecimento, fama e sucesso. Imagino que na maioria dos cubículos onde viviam não ardia sequer um fogo para aquecer os dedos congelados nas noites insones. Mesmo assim, foram capazes de criar não apenas uma linguagem literária a um só tempo tão graciosa e solene, praticamente sem par no mundo, mas também um gênero cujas obras são hoje consideradas clássicos da literatura universal. E, apesar dos dedos muitas vezes congelados de frio, jamais largavam a pena enquanto um candor ardia no coração.

Naquela noite, eu me perguntei: o que o sucesso e a fama poderiam trazer a um escritor? O tipo de prosperidade que só o dinheiro proporciona? É bem provável que sim. No entanto, para qualquer escritor islandês que relegue a própria origem, isto é, o âmago da cultura islandesa primordial, de onde nascem todas as nossas narrativas, para qualquer escritor que se perca do bom caminho e descure de seu dever fundamental para com os desprovidos, que minha avó me ensinou a colocar sempre em primeiro lugar, a fama valeria quase tão pouco quanto a felicidade proporcionada pelo dinheiro.

Vossa majestade, senhoras e senhores: o que há de mais valioso para mim neste momento é o fato de uma instituição tão influente como a Academia Sueca mencionar meu nome na mesma frase em que também menciona os magistrais autores anônimos das antigas sagas islandesas. A justificativa da Academia por esta elevada honraria que me foi concedida será sempre um incentivo para mim, tanto quanto um motivo de satisfação para nossa nação como um todo.

Por tudo isso, estendo neste momento à Academia Sueca minha gratidão e estima. Apesar de ser eu a receber hoje este prêmio literário das mãos de um rei, acredito que essa premiação também está sendo concedida aos meus mestres, que nos legaram o magnífico patrimônio literário islandês.

Sumário

Os peixes também sabem cantar 5

1. Um bicho estranho 7
2. Tempo abençoado 12
3. Um peixe peculiar 20
4. Qual o valor da bíblia? 23
5. Duas mulheres e um retrato 32
6. Títulos de Brekkukot 38
7. Arame farpado de Hvammskot 43
8. Mezanino 49
9. Os dignitários 57
10. A fala e a escrita em Brekkukot 64
11. A universidade dos islandeses 69
12. Um excelente enterro 79
13. Uma mulher de Landbrot 85
14. Luz sobre Hríngjarabær 90
15. Corvos brancos 97
16. O inspetor e a visita 104
17. Três centavos de pimenta 112
18. Quando a nossa Lykla der cria 123
19. Manhã eterna, fim 132
20. Latim 139
21. Convertendo os chineses 145
22. Schubert 152
23. O segundo retorno de Garðar Hólm 159
24. *Der Erlkönig* — O Rei dos Elfos 165
25. O homem no cemitério? 172
26. A nota 178

27. O conselheiro real   187
28. A doutrina secreta de Brekkukot   196
29. Um sólido matrimônio   202
30. A alma vestida de ar   211
31. Quiçá o deus   221
32. Reunião política na Loja dos Bons Templários:
     O projeto de lei dos barbeiros   227
33. Fama   236
34. O terceiro retorno de Garðar Hólm   244
35. Os laços   250
36. Uma noite no túmulo do arcanjo Gabriel   273
37. Uma noite no Hôtel d'Islande   285
38. Canto lírico na catedral   294
39. O jubileu do Empório   307
40. Um centavo   316
41. Fim da história   322

Os peixes que aqui gorjeiam — posfácio dos tradutores
por *Francesca Cricelli* e *Luciano Dutra*   **327**

**Discurso de Halldór Laxness ao receber o prêmio
Nobel de literatura de 1955   333**